KB253880

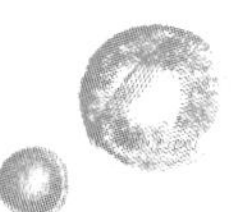

인간에 대한 예의

인간에 대한 예의

공지영 소설

창비

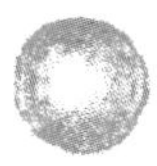

차 례

사랑하는 당신께 __007

꿈 __027

인간에 대한 예의 __067

무엇을 할 것인가 __111

무거운 가방 __137

절망을 건너는 법 __189

잃어버린 보석 __215

손님 __271

동트는 새벽 __311

해설 | 손경목　351

작가의 말　367

개정판을 내면서　374

사랑하는 당신께

창밖은 칠흑처럼 깜깜합니다. 멀리서 밤길을 달리는 차 소리가 다가오다가 사라졌습니다. 아마도 인적이 드문 길에서 무척 속력을 내었나봅니다. 제 등줄기가 그 차 소리를 따라서 쭈욱 굳어오다가 다시 편안해집니다. 혹여라도 당신이 오시나 했었나봅니다. 당신은 바쁜 사람인데 말이에요.

지금 막 청소를 마쳤습니다. 그릇들을 가지런히 정리하고 옷장 속의 옷들을 차곡차곡 개어놓고 먹다 남은 냉장고의 음식들도 버렸습니다. 빨래하는 내 손이 안쓰럽다면서 당신이 손수 골라주셨던 하늘색 세탁기 속에 들어 있는 빨래는 어떻게 하나, 생각하다가 사실은 조금 혼자서 웃기도 했습니다. 왜냐고요? 빨래라니요. 사실 이 밤중에 내가 쓰던 물건들을 정리하면서, 그것도 이웃에서 행여 눈치챌까봐 조심조심 그릇들을 챙기고 내 삶을 정리하면서, 그러면서 빨래라니요.

그런 자신이 조금 어처구니도 없고 그랬기 때문에 웃었던 겁니다. 하기는 그보다 더 우스운 일은 그 다음에 생겨났습니다. 저는 세탁물을 뒤졌지요. 쿰쿰한 냄새가 나는 빨래 속에서 당신의 팬티와 러닝셔츠를 발견하고 그것을 손으로 문질러 빨았습니다. 언제나처럼…… 하기는 그 옷을 손으로 빨기 전에 대야를 챙기고 비누를 꺼내들면서, 저를 비난하던 한 친구의 말을 떠올렸습니다. 중독이라고요…… 제가 당신을 위해 빨래를 하고 청소를 하고 요리를 하는 것, 그녀는 그런 일들을 중독이라고 불렀습니다. 제가 어떤 사람을 사랑한다고 생각하는 일에 중독되어 있다나요. 하지만 그 친구가 무어라 하든 저로 말하자면 당신에 관한 것이라면 무엇이든 소중해지는 마음입니다. "그것도 중독이야." 그 친구는 말했지요. 그래요, 그래서 웃음이 나왔습니다. 웃으면서 문득 생각했습니다. 드디어 담담하구나, 하고 말이에요.

지금 저는 당신과 늘 마주앉아 있던 식탁에 앉아 이 글을 쓰고 있습니다. 잠시 고개를 들어보니 집안이 윤이 납니다. 냉장고 손잡이에 붙은 알루미늄판이 거울처럼 반짝입니다. 씽크대 구석이나 가스레인지 아래에 낀 때는 너무 오래되어서 애를 먹기도 했습니다만, 철수세미로 문지르고 문질렀더니 겨우 제 빛을 찾았습니다. 하지만 이마의 땀을 닦아가며 그것들을 윤내다가 잠시 멍하니 생각에 잠긴 것도 사실입니다. 지난 세월을 이렇게 닦아낼 수만 있으면 하는 생각이 들었더랬습니다. 많은 눈물과 땀방울을 흘려서라도 처음처럼 다시 윤이 나게 할 수 있다면 얼마나 좋을까 하는 생각이 말입니다. 잠시 저는 수세미를 손에 든 채로 멍하니 앉아 있었습니다. 대체 왜 이러고 있는지 그 이유를 몰랐습니다. 그것도 중독일까요. 아닙니다. 중독이라니요. 당신에 대한 제 사랑을 그런 식으로 표현하는 건 싫습니다. 잘 생각이 나지는 않지만, 그래요, 습관이라는 말이 좋겠지요. 별로 마음에 드는 단어는 아니지만 중독보다는 병적으로 들리지 않아서 좋은 것 같군요.

이야기가 이상한 방향으로 흘러가버렸습니다. 이런 이야기를 늘어놓자고 펜을 든 것은 아닙니다.

오늘 오후엔 백화점에 다녀왔더랬습니다. 정말 오랜만의 일이었지요.

어제까지는 도저히 틈이 나지 않았더랬습니다. 어제는 당신도 아시다시피 김장을 했거든요. 절여놓았던 배추를 물에서 건져 소쿠리에 받쳐 물기를 빼놓고, 커다란 무를 씻어서 채를 썰었습니다. 그러고는 멸치젓을 달여서 한지에 받쳐 즙을 걸러내놓고 갓하고 미나리도 다듬어 씻어놓았습니다. 며칠 전에 까놓은 마늘을 절구에 빻고 김칫속을 버무렸습니다. 일을 마치고 보니 벌써 겨울의 짧은 해가 졌습니다. 그때까지만 해도 저는 생각했습니다. 올 겨울 내내 당신하고 이 김치를 먹겠구나, 하고 말이에요. 멸치다시를 낸 물에 잔치국수를 삶아 넣고는 볶아놓은 쇠고기 고명과 시금치 웃기를 얹고 이 김치를 얹어 먹으면 문득 겨울밤도 훈훈해지고 우리는 많은 이야기를 할 수도 있겠구나…… 저는 조금 들떠 있었나봐요. 당신의 회사로 전화를 걸어버렸으니까요. 당신은 또 늦으시겠다고 했습니다. 내 귓가에 들려오는 당신의 목소리 너머로 또다른 전화벨 소리가 울리고 컴퓨터의 프린터가 돌아가는 소리가 들리고 그리고 이어서 당신의 목소리가 들렸습니다. 저는 겨우 말했습니다. "김장을 했어요…… 열 포기를 담갔어요. 배추가 아주 달아요." 당신은 잠시 양볼에서 바람이 빠지는 듯이 웃다가 말했습니다. "정말 피곤하다니까……" 저는 머뭇거렸습니다. 그리고 미안하다고 말했습니다. 당신을 피곤하게 하는 제가 정말 미웠습니다. 당신은 괜찮다고 말씀하셨습니다. 저는 그래도 마음이 놓이지 않아서 다시 한번 말했습니다. 저는 정말 나쁜 여자인가봐요. 당신은 괜찮다고, 바쁘니까 그냥 끊자고 하셨습니다. 괜찮다는 당신의 말에 용기를 내어서 저는 말했습니다. 굴이 싱싱하길래 조금 샀어요. 사태도 조금 샀어요. 보쌈을 좋아하시잖아요. 된장하고 고추장을 섞어 배춧국도 끓였어요. 오늘 저녁은 꼭 집에 와서 드세요…… 아닙니다. 당신은 그 소리를 듣지 못하셨지요? 말을 다 마치기 전에 뚜우뚜우 소리가 들렸습니다. 당신이 끊으신 건가요? 아닙니다. 그저 전화가 끊겼을 거예요. 우리집 전화는 당신의 회사 다이얼만 돌리면 이상하게 고장을 일으키곤 하니까요. 당신이 그러셨잖아요. 당신 회사의 전화 상태가 좋지 않다고…… 저는 어제 밤 열두시가 되어서 보쌈을 먹었습니다. 돼지고기 사태를, 마치 아몬드처럼 길쭉하게 모양도 예쁘게 빠진 걸로 정육점에 부탁해서 한근이나 사두었는데 그걸 삶아서 다 먹었어요. 살이 찌려나봅니다. 당신은 살이 쪄도 절 사랑하신다지만 전 살찐 여자는 싫어요. 언젠가 텔레비전에서 결혼과 함께 은퇴했다가 살이 잔뜩 쪄서 돌아온 탤런트를 두고 당신은 말씀하셨죠. 정말 보기 싫군……

　아닙니다. 전 살이 찌지 않도록 노력해왔어요. 당신과 함께한 지 삼년이 지났지만 전 아직 처녀 때 스커트를 입을 수 있거든요. 그래요, 오늘은 백화점에 갔었어요. 스커트를 한벌 샀어요. 비둘기색 개버딘이에요. 처음에 한번만 드라이를 해주면 그 다음에는 손빨래를 해도 된대요. 쎄일이 끝나서 한산한 매장을 뱅글뱅글 돌면서 검정 카디건도 한벌 샀습니다. 흑진줏빛 블라우스도 한벌 사고 공단으로 만든 리본이 달린 자주색 구두도 한켤레 샀습니다. 그러고 나서 자주색 꽃무늬가 화려한 스카프도 하나 사려고 했는데 그만 지갑이 텅 비었더군요. 그동안 당신이 주신 반찬값을 조금 아껴서 모아두었던 돈을 모두 찾았거든요. 저는 매장에 있는 아가씨에게 그건 다음에 와서 사겠다고 말했습니다. 꼭 사고 싶었지만 아무렇지도 않은 듯이 말했습니다. 물건이 마음에 들지 않을 때 쓰는 상투적인 핑계처럼 보이려고 일부러 별로 미안한 표정도 짓지 않았습니다. 그런데 그때 한 여자가 와서 그 스카프를 만지작거렸어요. 단발머리를 하고 헐렁한 청바지를 입은 채 유모차를 끌고 있던 그녀의 손 위로 그 스카프를 넘겨주었을 때, 마치 그 스카프가 가시덤불로 짠 거친 직조물처럼 제 가슴을 스쳐가는 것 같았습니다. 여자는 그것을 목에 둘러보고 결국 그것을 샀습니다. 저는 다른 스카프를 고르는 척하며 그녀를 바라보고 있었습니다. 아닙니다. 유모차에 앉아서 빤히 저를 바라보던, 토끼 모양의 목도리를 두른 아이의 이야기를 하려는 건 아닙니다. 당신이 지난달에 제가 모은 적금을 다 가져가셨다는 걸 이야기하려는 것도 아니구요. 아닙니다. 그게 아닌데 글이 왜 이렇게 써지는지 모르겠어요. 그저 제 느낌을 숨김없이 당신에게 이야기하고 싶었을 뿐입니다. 그래요, 집으로 돌아온 저는 새로 산 옷들을 옷걸이에 잘 걸었습니다. 바라보니까 참 좋았습니다. 저걸 입고 어딜 갈까 생각도 했습니다. 그런데 갈 곳이 없었습니다. 제게는 저런 차림으로 갈 곳이 없어요. 대리점도 그만두었으니까요. 저는 그래서 혼자서 그 옷을 입어보았습니다. 구두도 신었어요. 방안의 장판이 구둣굽에 상처입을까봐 조심조심 걸어도 보았습니다. 저는 지금 그 옷을 입고 이 글을 씁니다. 이렇게 좋은 옷을 입어보기는 정말 처음입니다.

우리가 처음 만나던 무렵에 저는 정말 촌스러웠지요. 당신이 그러셨잖아요. 보따리만 들려놓으면 영락없이 서울역 앞의 갓 상경한 소녀 같다구요…… 사실은 뒤돌아보기도 싫은 시절입니다. 오빠 등록금 대기가 빠듯했어요. 제가 살던 그 소도시에 있는 여대 앞엔 나가보지도 않았지요. 하도 입고 싶은 옷이 많아서 언제나 그 거리를 피해다녔답니다. 저 여대생들은 대체 돈이 어디서 나서 옷가게에 걸린 옷들을 저렇게 잘도 살 수 있을까, 그런 생각도 더는 하기 싫었던 스물한 살, 그때 나의 삶은 언제나 귀에서 아린 겨울바람 소리가 났습니다. 그때 당신이 내 앞에 와주셨지요. 당신은 제가 근무하던 잡화점에 면도기를 사러 오셨습니다. 출장을 왔는데 그만 면도기를 빼놓고 왔다고 말씀하셨는데 사실은 그때 당신에게선 벌써 애프터셰이브 로션의 향취가 나는 것만 같았습니다. 당신은 신용카드를 내미셨지만 우리 가게에선 그때 신용카드를 받지 않았지요. 당신은 몹시 당황해하셨습니다. 전 당신에게 그냥 맘에 드는 물건을 가져가시고 대금은 다음에 내달라고 말씀드렸습니다. 당신은, 서울에서 오신 당신은 웃으며 말씀하셨어요. 날 어떻게 믿느냐고 말이지요. 모르겠어요…… 그저 당신은 믿을 수 있는 분 같았습니다. 그러니 혹시 그게 운명은 아닐까 하고 저는 그후 내내 생각했습니다. 다음달에 다시 그 도시에 오신 당신은 제게 말했지요.

"아가씨, 서울로 취직하고 싶지 않아?"

그래요, 서울로 가고 싶었습니다. 그래요, 다시금 기억이 살아납니다. 마치 오래 덮어두었던 책장을 넘기는 것처럼 선명하게 말이에요…… 제가 스물한살이던 그때 그 소도시에서 집으로 가는 길에 작은 성당이 있었습니다. 그 성당의 마당에는 성모상이 서 있었습니다. 저는 신자는 아니었지만 그 성모상을 지나치면서 늘 빌었습니다. 아아, 나를 이곳에서 탈출시켜주세요. 누군가가 와서 내 삶을 뒤흔들게 해주세요…… 저는 한번쯤 내 귓가에도 살랑거리는 봄바람이 스치기를 기다렸습니다. 예쁜 옷을 입고 영화구경을 가고 사랑하는 사람에게 선물을 받고 싶어. 나에게도 그럴 권리는 있잖아? 누군가에게 그렇게 대어들고 싶기도 한 날들이었습니다. 그때 당신이 내게 물어주셨던 겁니다. 어디서 그런 용기가 솟았는지 모르겠어요. 얼굴도 붉히지 않고 저는 말했습니다. 저를 서울로 데려가주시겠어요?

저는 당신의 전화번호를 들고 서울역에 내렸습니다. 이 세상에서 나를 도와줄 사람은 당신 한분뿐이었어요. 공중전화를 들고 당신의 전화번호를 누르는데 그 전화의 꼬불거리는 줄이 마치 제가 이 세상에서 붙들고 있는 유일한 줄, 이런 표현이 괜찮다면 마치 탯줄처럼 느껴졌습니다. 당신은 어머니이고 저는 스스로는 아무것도 할 수 없는 아기인 듯이 말이에요. 만일 당신이 그 전화가 이어진 그 선의 끝에 계시지 않으면 숨이 턱 하고 막혀버릴 듯이 겁이 났었지요. 당신은 거기 계셨습니다. 오래전에 예정된 운명처럼요. 그리고 저는 당신 친구의 전자대리점에 취직했습니다. 당신은 자주 대리점에 오셨어요. 가끔 절 데리고 나가 양식을 사주시기도 했지요. 처음 포크와 나이프가 여러 개 있는 식탁에 앉았을 때 제가 얼마나 당황스러웠는지 당신은 모르실 거예요. 그것들은 내가 다른 세계로 가기 위해 거쳐야 할 관문처럼 식탁 위에 버티고 있었습니다.

당신은 당황하는 제게 무척 친절하셨습니다. 그리고 맥주를 몇잔 드시고 나서 저를 빤히 바라보셨지요. 제가 예쁘다는 말을 하실 때 떨리던 당신의 입매를, 그 입매의 괴로운 듯한 뒤틀림을 저는 아직도 기억합니다. 왜냐하면 당신은 기혼자였고 한 아이의 아빠였음을 저는 알고 있었기 때문입니다. 한 아이의 아빠이며 한 여자의 남편인 당신…… 여기서 그만 당신과의 만남을 끝내야 한다는 걸 알고 있었습니다. 다른 이들이 이미 이루어놓은 생애에 끼여드는 건 옳지 않다고 다짐도 했습니다. 하지만 도망치려고 하면 할수록 꼭 그만큼의 끌어당김이 내 마음속에서 자라났습니다. 저는 언제나 그 자리였습니다.

그래요, 그 자리를 맴돌던 제게 어느날인가는 또 당신이 다가왔습니다. 우리 대리점 사장님인 당신 친구분하고 당신하고 또 한 친구분—당신들은 아주 어릴 때부터 친구라고 말했습니다—이 모여서 갈비를 먹기도 했지요. 그때 우리 대리점 사장님이 저를 보고 당신이 얼마나 좋은 사람인지 아느냐고 물었습니다.

좋은 사람……

또 한 친구분도 말했습니다.

"이놈 정말 좋은 놈이에요."

그 며칠 후인가 당신이 제게 여행을 제의하셨을 때 제가 당신을 따라나선 것은 아마도 그 말 때문이었습니다. 좋은 사람, 좋은 남자…… 나는 사람들이 어떤 여자를 가리킬 때 좋은 사람이라고 하는 말의 뜻을 알고 있었습니다. 나는 당신의 제의를 무겁게 받아들였습니다. 좋은 남자라는 말을 믿었습니다. 그것도 당신하고 어릴 때부터 함께였던 사람들이 한 말을 제가 어떻게 믿지 않겠습니까. 대천 바닷가에 엷은 주황색 노을이 깔릴 때, 그 노을이 바라다보이는 횟집에서 소주잔을 기울이며 당신은 지금 별거중이라는 말씀을 하셨습니다. 곧 이혼서류에 도장을 찍을 것이고 그리고 괴롭다고요. 당신 아내의 의심증에 대해서도 말씀하셨습니다. 좋은 남자인 당신을 당신의 아내는 끊임없이 의심하고 있다고요. 직장을 여러번 옮긴 것도 그 아내 때문이었다고요.

도망가고 싶은 의무감과 당신 쪽으로 끌려가고 싶은, 팽팽히 이어진 내 마음의 망설임이, 그 팽팽한 현이 제 가슴속에서 툭, 끊어져버렸습니다. 의처증에 걸린 남자의 아내를 저는 잘 알고 있었습니다. 그건 저의 어머니였습니다. 제가 중학교 때던가요, 사료값도 안되는 값으로 소를 팔아버린 후 아버지에게 도지기 시작한 그 병…… 한 사람이 한 사람을 터무니없이 의심할 때 오는 불행을 누구보다 잘 아는 저였기에 당신을 받아들일 수 있었던 겁니다. 그리고 뜬눈으로 새운 제 귓가에 밤새 파도소리가 들렸습니다. 내 귓가에 당신의 사랑한다는 말도 들려왔습니다. 내 귓가에서 처음으로 겨울바람이 사라졌습니다. 저는 당신의 목에 팔을 두르고 말했지요.

"전 당신에게 좋은 여자가 되고 싶어요."

그래요, 그 밤에 당신이 먼저 잠드셨을 때 저는 혼자 다짐했습니다. 좋은 여자가 되겠다고 말예요.

당신은 저를 자주 찾았습니다. 저는 당신의 속옷도 빨아드리고 머리도 잘라드렸습니다. 머리를 자르려고 목욕탕에서 커다란 보자기를 두르고 앉은 당신의 모습은 천진한 소년 같았습니다. 저는 다시 한번 다짐했습니다. 이 사람을 악마 같은 부인으로부터 구해드리자고요. 당신을 위해서라면 지옥 끝까지라도 뛰어들겠다고요. 아아, 정말이지 내 몸 하나 부서져서 당신을 구할 수만 있다면…… 하고 생각했습니다. 세상사람들의 이목 같은 건 조금도 무섭지 않았습니다. 당신은 내게 좋은 분이셨으니까요. 당신은 정말 좋은 남자였습니다.

　그리고 일년 후 우리는 산부인과로 갔지요. 의사는 경고했지요. "세 번이나 이러시면 다시는 아이를 가질 수 없습니다" 하고 말이에요. 당신은 울먹이셨습니다. 미안하다고 내 손을 잡고 몇번이나 말씀하셨습니다. 저는 울지 않았습니다. 당신을 이해했으니까요. 당신 부인이 아이를 낳고 난 후 의심증이 생겼기 때문에 당신은 아이가 두렵다고 하셨습니다. 제가 그렇게 될까봐 무섭다고 하셨습니다. 전부인하고의 상처가 너무 깊다고 말씀하셨습니다. 저는 당신을 이해했습니다. 오히려 내 뱃속에서 세번째나 꿈틀거리는 이 생명들에 대해 더 집착이 생기기 전에 없애버리고 싶은 마음이었습니다. 그것이 당신의 사랑을 잃지 않는 방법이었으니까요. 하지만 당신은 괴로워하셨습니다. 당신을 원망하지 않느냐고 묻기도 하셨습니다. 내가 고개를 저었지만 당신은 믿지 않으시는 눈치였습니다. 제가 마취에서 덜 깨어나 힘이 없었나봐요. 저는 더 힘차게 고개를 저어드릴 수 있었는데 말이에요.

　당신은 그 며칠 동안 회사에 휴가를 내고 저를 간호해주셨습니다. 제 건강은 이미 엉망진창이었습니다. 대리점도 그만두고 늘 누워 있어야 했으니까요. 그러던 어느날인가 제가 기운을 좀 차리자 당신은 제 손을 이끄셨습니다. 우리는 강변으로 드라이브를 나갔지요. 봄볕이 강물 위로 쏟아져내리고 벚꽃이 흩어져 휘날렸습니다. 저는 당신의 옆좌석에 앉아서 차창으로 쏟아져들어오는 봄볕을 쬐고 있었습니다. 당신은 좋으냐고 물으셨습니다. 저는 이마에 손을 짚었습니다. 햇볕이 너무 강렬해서였습니다. 내 인생의 겨울바람 소리는 당신을 알게 된 후 사라졌지만 이 화사하기만 한 봄볕은 어쩐지 저와 어울리지 않는 것 같아서 겁이 났습니다. 내 행복감이 이 봄날의 꽃이파리처럼 그저 흩날려버릴 것만 같아서 저는 두려웠던 겁니다. 하지만 당신은 강변이 잘 내려다보이는 까페에 차를 세우셨고 우리는 그리로 들어가 싫도록 봄 강물을 바라보았습니다.

점심을 먹고 화장실에 다녀오는 길에 당신은 그 집의 토분항아리에 가득 꽂힌 패랭이꽃 다발 앞에 서 계셨습니다. 저 역시 아까부터 그 황토색 토분에 가득 꽂힌 연보라색 패랭이꽃 다발을 눈여겨 바라보고 있었습니다. 꽃은 참 아름다웠습니다. 엄지손톱만한 수백의 꽃송이들로 이루어진 패랭이꽃 다발……

자리로 돌아온 당신은 물으셨습니다.

"저 꽃이 조화일까 진짜일까?"

우리는 함께 꽃을 바라보았습니다. 꽃은 완벽한 자태를 지니고 있었습니다. 연보랏빛은 진줏빛 광택을 발하고 있었고 잔디잎새 같은 연초록 이파리는 알맞게 늘어져 있었으니까요. 당신은 조화 같다고 하셨고 저는 진짜 패랭이꽃 같다고 말했습니다. 우리는 내기를 걸었습니다. 당신이 제게 물으셨습니다.

"왜 진짜라고 생각하지?"

저는 머뭇거렸습니다. 그걸 어떻게 설명해야 할지 알 수 없었습니다. 사실은 아까부터 그 꽃에서 눈을 떼지 못하면서 저는 그 아름답기만 한 꽃의 아랫부분, 그러니까 토분과 맞닿은 언저리에서 시들어 누렇게 된 이파리를 하나 발견했던 겁니다. 조화라면 그런 걸 만들 필요가 없었겠지요. 시퍼렇게 살아 날뛰는 것만 만들어도 될 테니까요. 하지만 그건 가짜입니다. 살아 있는 것에는 분명히 생채기가 있습니다. 촌에서 자란 사람은 누구나 그걸 알고 있습니다. 들꽃이나 나무에도, 새나 강아지나 들고양이에도, 하다못해 구르는 돌멩이까지 살아 있는 것은 반드시 생채기를 가지고 있었던 겁니다. 나는 그걸 설명해드리고 싶었지만 당신이 웃으실까봐 겁이 났습니다. 터무니없다고도 말씀하실 것만 같았어요.

당신은 고개를 갸웃하시면서 말씀하셨습니다.

"정말 알 수가 없군."

우리는 말을 멈추고 꽃을 바라보았습니다. 거의 완벽에 가까운 모습이었습니다. 당신은 궁금해서 못 견디겠다는 듯 토분 언저리에 있는 누렇게 시든 이파리를 집어내셨습니다. 그래서 저는 제 생각을 겨우 말씀드렸습니다. 그러자 당신은 웃으며 말씀하셨습니다.

"이건 그저 우연히 끼여든 불순물일 뿐이라구."

그러고 보니 그런 것도 같았습니다. 당신은 좋은 생각이 있다며 주인 모르게 패랭이꽃 한송이를 집어내셨습니다. 패랭이꽃은 진줏빛 광택을 입힌 듯 은은하게 빛났습니다. 비단으로 만들어진 꽃 같았습니다. 당신은 잠시 궁리하더니 그 연한 연보라색 꽃이파리를 손톱으로 누르셨습니다. 그것이 가짜꽃이었다면 당신의 손톱 밑에서 구겨졌다가 다시 펴지겠지만 진짜꽃이라면 다시는 예전처럼 꽃이파리를 펼 수 없겠지요. 아아, 그런데 그것은 살아 있는 꽃이었습니다. 당신의 손톱 끝에는 금방 푸른 물이 들어버렸고 당신의 손아귀에 있던 패랭이꽃은 푸른 즙의 덩어리가 되어 사라졌습니다. 뭉개진 꽃은 다시는 고개를 들지 않았습니다. 그제야 당신은 낭패한 표정을 지으셨습니다.

우리는 그날 해가 질 무렵 노을을 마주보며 서울로 돌아왔습니다. 운전을 하시는 당신의 손톱 밑에 푸른 패랭이물이 아직도 남아 있었습니다. 그것은 불길한 징조였을까요? 저는 그후로도 오래오래 그것을 생각합니다. 그것은 산 것을 짓이긴 벌이었을까요? 당신은 저의 집에 발길이 뜸하시게 되었습니다. 그리고 밤마다 제 가슴속에 패랭이꽃이 피었다가 짓이겨져 푸르게 물들었습니다.

그리고 가끔은 비가 내렸습니다. 제가 세들어 사는 집의 낡은 한옥 기와 위로도, 너무 오래되어서 얇은 꺼풀이 일어나는 나무로 된 저의 창틀 위에도 비는 내렸습니다. 당신의 아내가—아, 내,라는 말을 쓰기가 힘이 듭니다. 아내가 그분이니 저는, 저는 당신의 무엇이 되는 겁니까? 당신은 어찌하여 제게 단 하나의 이름도 허락하지 않으셨나요?—저를 찾아온 날도 그랬습니다. 제가 문을 열었을 때 그분은 낡은 감색 우산을 쓰고 계셨습니다. 그분의 눈동자가 제 눈과 마주쳤습니다. 바라보시는 눈빛이 어찌나 서글프던지 저는 눈길조차 돌리지 못하고 멍청하게 그분의 동공을 바라보았습니다. 그분은 끝내 제 방 안으로 발길을 들이지 않으셨습니다. 그제야 그분의 눈 아래에서 귓가까지 검푸르게 덮인 기미자국을 저는 볼 수 있었습니다. 입매가 선명해서 자존심이 센 분이라는 건 금방 알 수 있었습니다만 그분은 저를 한참이나 바라보시다가 말했습니다.

"집이 경매로 넘어가게 생겼다고 전해줘요."

그분의 눈매가 왜 그렇게 슬퍼 보였을까요? 저는 덜덜 떨면서 그분이 딛고 선 땅위에서 그분의 흰 커버 위로 튀어오르는 빗방울을 바라보고 있었습니다. 빗방울 속에 흙탕물이 튀기고 그분의 낡은 구두코는 질펙하게 젖어 있었습니다.

그리고 그분은 가셨습니다. 이 말을 당신께 이제야 전해도 될까요? 그분은 가시기 전에 다시 말했습니다.

"아가씨도 돈을 떼였나?"

저는 아무 말도 하지 않았습니다. "아니에요, 제가 드렸어요" 대답하고 싶었지만 그분의 말이 제 입을 막았습니다.

"정신차려요. 그 인간은 악마야."

그날도 당신은 돌아오지 않으셨습니다. 그래요, 이제야 다 고백할랍니다. 저는 그 길로 뛰쳐나가서 당신의 회사 앞으로 갔습니다. 어떻게 당신의 오랜 친구가 하는 말과 오래전부터 당신의 아내인 사람의 입에서 튀어나온 말이 그렇게 다를 수가 있단 말입니까. 저는 당신이 좋은 사람이라는 말에 제 일생을 걸었는데 이제야 당신의 아내라는 사람이 불쑥 나타나서 당신이 악마라고 하다니요……

퇴근하는 당신은 낯선 여자와 함께 계시더군요. 저는 밤 열두시 반 종로3가, 알전구가 늘어진 그 많은 포장마차의 대열 속에 당신들 둘을 두고 집으로 돌아왔습니다. 당신들은 몹시 취해 있어서 제가 그 곁을 스치고 지나가도 아무 기척도 느끼지 못하시더군요. 그래요, 저는 그날 밤부터 잠들지 못했습니다. 천개의 눈을 가지고도 제가 가진 보물을 지키기 위해 한개의 눈은 감지 않고 부릅뜬 전설 속의 용처럼 눈을 감지 못했던 겁니다. 아무리 눈을 감아도 제 마음속의 한눈은 퍼렇게 눈을 뜨고 제가 사는 집 밖의 좁은 골목길과 큰길가의 버스정류장과 아스팔트 위를 샅샅이 뒤지고 있었습니다. 거기서 당신은 어떤 여자와 함께였습니다. 당신은 거기서 다른 소녀에게 포크와 나이프를 쥐는 법을 가르쳐주고 당신은 거기서 한 여자에게 돈을 받아내고 또 거기서 당신은 패랭이꽃을 짓이겨서 그 여인의 눈 아래에서 귀밑까지 파란 꽃물을 들이고 계시더군요.

처음에 저는 몹시 울었습니다. 당신이 오신다는 전화를 받고 부랴부랴 장을 보고 상을 보아두었지만 당신의 얼굴을 보면서, 당신이 제가 끓인 생태찌개를 땀을 뻘뻘 흘리면서 다 드시는 모습을 보자 그만

참을 수가 없었던 겁니다. 당신은 제게 말씀하셨습니다.

남자는 달라. 마음이 없어도 여자를 만나고 이빨을 쑤시고 그리고 잠을 잘 수 있어. 그럴 때 남자들은 좋은 줄 알아? 남자도 괴롭다구. 하지만 그게 남자야. 여자들은 그럴 수 없지…… 그게 남녀의 차이야.

그래요, 저는 당신의 말을 믿었습니다. 저를 보면 알 수 있었으니까요. 저의 엄마를 보아도 알 수 있었습니다. 당신의 아내를 보아도 알 수 있었습니다. 이 세상에서 여자는 사랑하는 남자가 아니면 자지 않습니다. 그래요…… 떼를 쓰듯 제가 반박하자 당신은 또 말씀하셨습니다.

창녀들은 다르지. 걔네들은 그런 여자의 속성 때문에 희생되는 여자들이야. 그러니까 여자도 아니지.

당신은 울고 있는 저를 따뜻하게 안아주셨습니다. 그러고는 말씀하셨지요. 이 세상에서 내가 사랑하는 건 너뿐이라고, 여자를 만나고 술을 마시고 함께 자는 건 그저 아무 일도 아니라고…… 그건 사랑하고는 분명 다른 일이고 저를 보면 애처로워서 견딜 수가 없다고요. 제가 울면 당신 가슴이 너무나 아프다고요.

저는 그때나 지금이나 추호도 당신의 사랑을 의심해본 일이 없습니다. 남자니까 그러실 수 있다는 것도 이해합니다. 물론입니다. 지금 이 글을 쓰는 이 순간까지 제 생을 걸고 맹세할 수도 있습니다.

당신은 좋은 사람입니다. 그 사실도 의심해본 일이 없습니다. 다만 남자를 가리켜 좋은 사람이라고 말할 때 그것이 여자를 가리켜 좋은 사람이라고 말하는 것과 다르다는 걸 알지 못했을 뿐입니다.

이제 새벽이 오려나봅니다. 언젠가 당신과 함께 가서 보았던 연극의 한장면처럼 창밖이 푸르게 변해갑니다. 깊은 강물처럼 그윽하게 푸른빛입니다. 저는 이제 이 글을 마쳐야 합니다. 그리고 떠나야겠지요, 아침이 오기 전에. 그래서 방안으로 비쳐드는 보자기만한 햇빛에도 선명하게 드러나게 될, 이끼라도 낀 것처럼 검푸른 제 얼굴의 기미가 보이기 전에 말이에요.

사랑하는 당신, 이 글의 서두에서 제가 말씀드린 제 친구는 제게 그랬습니다. 당신을 떠나라고요. 그래요, 저도 그렇게 생각했습니다. 그 친구에게 이야기를 꺼내기 훨씬 전인 맨 처음부터 저는 그렇게 생각했습니다. 그러나 저는 당신을 떠날 수가 없었습니다. 그래요, 사랑했기 때문에, 이미 운명이라고 느껴버렸기 때문에, 그리고 어떤 기약의 징표처럼 제 얼굴에 돋은 검푸른 기미 때문입니다.

저는 당신께 애원했습니다. 술에 취해 가끔씩 찾아오는 당신 앞에서 울기도 했습니다. 그러나 당신은 말씀하십니다. 사랑하는 건 저뿐이고, 다른 여자는 그저 다른 여자일 뿐, 아무 의미도 아니라고……

사랑하는 당신.

어릴 때 할머니가 해주셨던 이야기가 생각이 나요. 옛날옛날에 어떤 여자가 살았답니다. 그 여자에게는 글공부를 하는 남편이 있었는데 남편이 늘 과거에 떨어지는 바람에 살림은 너무나 가난했답니다. 그러던 어느날 남편은 비장한 각오로 서울로 시험을 보러 떠나고 여자 혼자 집을 지키고 있었답니다. 그날 밤, 그 여자를 사모해오던 동네 머슴이 그녀의 집으로 뛰어들어 여자를 안으려 했답니다. 여자는 몸을 더럽히느니 차라리 죽음을 택했답니다. 은장도로 가슴을 찌른 거지요. 서울로 가던 그녀의 남편은 어떤 주막에서 깜빡 잠이 들었습니다. 꿈속에서 아내가 나타나 말하기를 "몇날 몇시 어떤 주막에 가면 아무개라는 이름의 수험생을 만날 것인즉 그 나그네와 붓을 바꾸어 가지십시오" 했답니다. 꿈에서 깨어난 남편은 길을 가다가 아내가 꿈에서 일러준 대로 어떤 주막에 당도해 아무개라는 나그네를 찾으니 그 나그네가 있었습니다. 신기한 마음에 그 나그네와 하룻밤을 새우면서 과거준비에 대한 이야기를 나누다가 장난삼아 붓을 바꾸자고 했답니다. 이미 친하게 된 그들은 붓을 바꾸었고 부인의 예언대로 남편은 과거에 급제했다는 이야기입니다.

할머니는 말씀하셨습니다. 정말로 진심을 다해 원하는 일이 있다면 죽어서라도 그 뜻이 이루어지는 거라고요. 살아 있었다면 그 부인은 남편을 도울 수 없었을까요?

사랑하는 당신.

언젠가는 책을 하나 읽었습니다. 다리에서 강물을 향해 몸을 던지는 사람들에 관한 이야기였습니다. 정신과 의사의 말에 의하면 그들의 대부분은 신발을 벗어놓고 강물로 뛰어드는데, 그들의 신발은 언제나 그들이 떠나온 육지를 향해서 놓여 있다는 거였어요…… 저는 그 구절을 읽다가 잠시 멍하게 앉아 있었습니다. 왜였을까 생각해보았습니다. 신발을 그쪽으로 벗는다는 건 그의 온몸을 그쪽을 향해 비틀었다는 이야기가 되겠지요. 그들은 바라보았을까요? 떠나기 전에, 영영 이별하기 전에 그들이 걸어온 삶이 묻은 그곳을…… 하지만 말입니다, 저는 생각했습니다. 혹시나 그들이 몸을 비틀었던 것은, 그리하여 그들이 살았던 육지를 향해 신발을 벗어놓게 만든 것은 혹시나 희망이 아니었을까 하고. 그들의 구두코는 육지를 향해서가 아니라 사실은 희망을 향했던 것은 아니었을까 하고요. 만일 그들이 죽기 전에 바라본 그 지나온 삶에 단 한오라기의 희망이 남아 있었다면 어떻게 되었을까요? 그런데 희망은 그들이 이미 살았던 육지에만 있어야 하는 건가요? 깊고 푸른 강물은 정녕 절망이기만 할까요?

새 구두가 좀 발에 끼이는군요. 방금 저는 공단으로 만든 리본이 달린 자주색 새 구두를 벗어서 당신이 늘 웃으며 들어오시던 문 쪽으로 돌려놓았어요. 이제 좀 발이 편안합니다.

버스정류장 앞에 있는 소희약국에서 다행히 저를 믿고 약을 주었습니다. 제가 지난 한해 동안 꾸준히 약을 사갔기 때문입니다. 행여 그분들에게 누가 되지 않도록 당신이 배려해주시기 바랍니다. 그리고 방을 뺀 돈은 아주 작겠지만 당신의 아내에게 전해주십시오. 저는 이 순간까지도 내내 당신 아내의 얼굴이 선명히 떠올라 마음이 아픕니다. 그분에게 전해주십시오. 제가 사죄하고 있다고요. 저는 한때 그녀가 어리석다고, 너무 어리석어서 악마가 되었다고 착각했습니다. 그걸 사죄하고 싶었습니다. 그리고 비키니옷장 밑바닥에 모아둔 돈이 약간 있습니다. 당신의 바바리가 낡은 것 같아서 하나 장만해드리려고 했던 것이니 주저 말고 좋은 것으로 골라 사세요. 그러고 나서 전화를 반납하고 가재도구를 정리하면 제 장례비는 나올 겁니다. 집에는 알리지 말아주세요. 그 시절은 죽음을 걸고서라도 다시는 생각하고 싶지 않습니다.

그러고 나면, 제 방값이 당신의 아내에게 가고 당신이 새 바바리코트를 고르고 제가 한줌 흙으로 뿌려지고 나면, 저는 아마도 뻑뻑한 구두를 벗은 발이 편안해지듯 편안해질 것입니다. 그 편안함으로 저는 늘 당신의 등뒤에 있겠습니다. 어느날 길을 걷다가 문득, 또는 소녀를 만나 포크와 나이프를 사용하는 법을 친절하게 가르쳐주시다가 문득, 그도 아니면 누군가에게 사랑한다고 말하려다가 문득 등뒤에서 짓이겨진 채로 한줌 즙으로 화해버린 검푸른 기운이 느껴지시면 제가 왔다고 생각하세요.

오래도록 생각했지만 제가 당신을 사랑할 수 있는 유일한 길은, 제가 당신의 괴로운 남자됨에서 구해드릴 수 있는 길은 오직 이것뿐입니다. 할머니의 옛애기 속의 정절 깊은 여인처럼 저도 당신을 지키고 싶으니까요. 당신이 제게 생전에 베풀어주셨던 그 사랑을 잊지 않은 채로 저는 푸릇푸릇하게 이 대기에 스밀 것입니다.

사랑하는 당신, 그러면 안녕히.

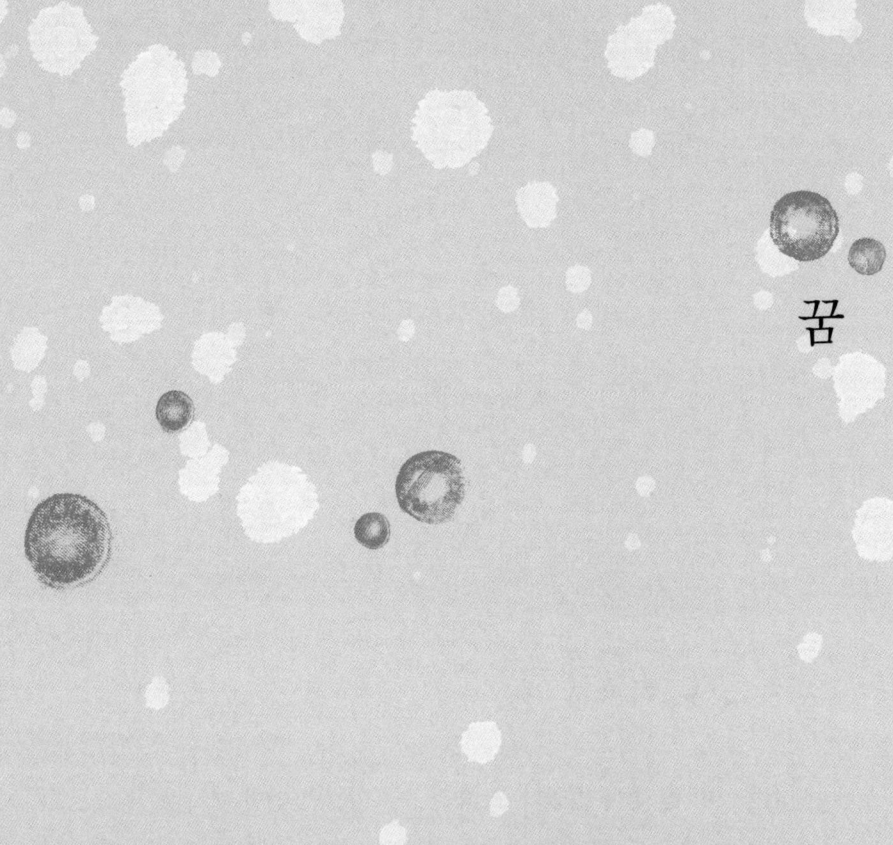

꿈

첫쨋날 오후 1시 30분

　우리는 이미 좀 늦어 있었다. 토요일 오후여서인지 빈 택시가 영 잡히지 않았던 것이다. 그랬기 때문에, 합승손님으로 인해서 조금 돌아간다는 운전사의 말을 듣고도 우리는 주저하지 않고 택시에 올랐다. 나이가 오십줄에 막 접어들었을까, 하와이식 남방셔츠를 입은 운전사는 합승으로 우리를 태우자마자 길음삼거리에서 곧장 정릉으로 통하는 사잇길로 접어들었다. 아마도 우리보다 먼저 탄 앞자리의 아낙이 그리로 가는 모양이었다. 이런 일이야 한두 번 겪은 바도 아니었지만 길은 좀 위태로워 보였다. 거의 사십오도 각도나 되는 경사에다 길이 좁아서, 차가 지나칠 때마다 훌라후프를 하거나 고무줄을 하던 계집아이들이 길가에 납작하게 붙어서서 불안한 눈동자로 우리를 바라보

았다. 연탄을 넣어두기 위해 길가에 세워둔 낡은 캐비닛과 배춧단을
실은 리어카들, 그리고 길에서 방으로 바로 연결되어 있는 남루한 주
택의 알루미늄 방문 겸 대문 들이 거의 충돌할 듯 말 듯 차창을 휙휙
스쳐지나갔다. 손잡이를 잡고 있는 내 손에서 벌써 땀이 배어나왔다.

　그는 우리보다 먼저 탄 손님을 내려놓고 곧바로 카세트를 밀어넣었
다. 처음에 우리는 그것이 그냥 운전기사들이 자주 들곤 하는 흘러간
가수들의 메들리 테이프인 줄 알았다. 하지만 잠시 후 흘러나오는 여
자의 허스키한 목소리는 낯익은 것이 아니었다. 게다가 노래라곤 거
의 도레미도 배워보지 못한 듯한 여자의 목소리는 음정도 박자도 제
멋대로였다. 그런데 운전사는 그 노래를 따라부르며 추억에 젖은 얼
굴을 하고 있는 것이었다. 뒷자리에 나란히 앉은 박과 나는 어이가 없
어서 서로 마주보고 잠깐 웃었다. 아마도 요즘 노래방에서 자신이 부
른 노래를 녹음해주기도 한다는데 그런 종류의 것인 모양이었다. 생
각은 틀리지 않았는지 여자의 노래가 끝난 다음에는 빰빠라밤밤밤바
바…… 하는 팡파르가 울려나왔다. 1993년도에 대한민국에 살면서
노래방이라는 곳에 한번이라도 가본 일이 있는 사람은 아마도 그것이
노래가 끝난 후 점수가 나타나기 전에 나오는 음악이라는 걸 알 것이
었다. 이어서 남자의 노랫소리가 흘러나왔다.

　―원더풀, 원더풀, 아빠의 청춘…… 브라보, 브라보, 아빠의 청
춘……

　운전기사는 카세트에서 흘러나오는 것과 똑같은 목소리로 노래를
따라불렀다. 좁은 골목길에서 거의 충돌할 듯 마주치는 봉고차들을
요리조리 피하기 위해 핸들을 휘이익 휘이익 돌려가면서, 또 한편으
로는 브라보, 브라보 노래를 따라부르면서 운전사는 물고기의 창자

속처럼 가늘고 가파른 골목길을 오르락내리락 차를 몰아갔다. 골목길도 참을 수 있었고 곡예하듯 차를 요리조리 몰아가는 것도 그런대로 참을 수 있었지만 끝없이 이어지는 그 노래들은 시간이 지나면서 점점 참기가 힘들어지기 시작했다. 차가 급하게 왼쪽으로 몸을 틀어 오른쪽으로 상체가 기울 때마다 온몸의 신경들이 우르르 오른쪽으로 몰려서는 비죽거리며 비어져나오는 것 같은 느낌이었다. 옆자리의 박은 입술을 꼭 앙다문 채 눈을 감고 있었다. 그러자 비로소 그가 작곡가라는 생각이 났다. 몇년 전 내가 참여한 적이 있는 영화일 때문에 처음 인사를 나누었을 때 그는 미국에서 재즈음악을 전공하고 귀국한 지 얼마 안되었다고 자신을 소개했다. 그는 전문대학의 강사로 나가면서 영화음악을 작곡하고 있었는데 나는 그가 미국에서 작곡해 왔다는 음악을 듣고 곧 그의 음악을 좋아하게 되었다. 쉽지만 통속적이지 않은 음악. 나는 그가 작곡한 몇편의 음악들을 카세트테이프에 녹음해서 가끔 듣곤 했는데, 음반을 내놓게 됐다고 기뻐하는 그를 본 지 거의 일년이 지났건만 그는 여태 아무 소식도 가져오지 않고 있었다. 글을 쓰는 사람으로서 남의 글을 읽을 때 맞춤법이 조금만 틀려 있으면 글의 내용과 상관없이 그 틀린 철자가 자꾸 눈에 거슬리던 경험이 있는 나로서는 그가 택시기사가 틀어놓은 저 소음, 그러니까 음악을 잘 모르는 내가 들어도 음정도 박자도 틀리는 이상하게 육감적인 저 노랫소리를 들으면서 무슨 생각을 할까 하는 생각이 들었다. 박은 여전히 그 자세였다. 나는 그 이상한 소음을 좀 참아보기로 했다. 음악을 전공하는 그도 참는데 하는 생각이 들었던 것이다. 그래서 나는 이렇게 생각해보기로 했다. 저 허스키한 젊은 여자는 아마도, 아무리 생각해도 아내는 아닐 것이니, 그렇다고 딸이나 조카이지도 않을 것이니, 그저 삶에 상처입은 여자와 일상에 지친 늙은 남자가 정말 사랑을 하는 것인지도 모른다고, 그런데 저들은 사랑을 표현하는 방법을 몰라서 노래방엘 갔던 것이고, 평소엔 쑥스러워서 할 수 없었던 고백을 노래로 하고 있는 것이라고, 누구 말마따나 남이 하면 스캔들이고 자기가 하면 비련이라는 생각 같은 건 집어치우자고, 저 음악은 귀에 거슬리다 못해 이제 속까지 부글부글 끓어오르게 하고 있지만 그래도 좀 다르게 생각해보자고…… 저 운전기사는 오죽하면 이 물고기의 뱃속 같은 골목길을 곡예하듯 달려가면서 저렇게 추억어린 표정을 짓고 있을까, 하고 말이다. 소설가라면 입체적으로 사람을 바라보아야 한다고 어떤 점잖은 평론가도 내게 충고하지 않았던가.

　——죽도록 사랑해놓고 두번 다시 만나지 못해…… 남자아 남자, 남자의 약속이 미워요오오오……

　하지만 생각은 생각이었고, 운전사의 난폭한 운전을 참아내면서 음이 맞지 않는 노래와 여자의 육감적인 콧소리를 듣고 있으려니까 짜증은 바야흐로 머리끝까지 치밀어올랐다. 화가 나는 건 나는 거였고, 듣기 싫은 소리는 듣기 싫은 거 아닐까. 내가 아무리 소설가이고 인간의 생을 입체적으로 그려내야만 한다 해도, 변호사라고 매일 교통법규를 지키는 것도 아니지 않은가 말이다. 그래서 화가 나는 마음이라도 서로 좀 나누어볼까 하고 박을 바라보았지만 그는 요지부동이었다. 나는 그가 미국을 생각하고 있을지도 모른다고 생각했다. 가끔 술자리에서 그는 1980년대초에 도망치듯 미국으로 갔다는 말을 잘도 해댔는데 나중에야 그가 광주출신이라는 것을 알아낸 나는 아무것도 묻지 않았다.

　——이상했어요. 팔십년대초에 한국에 있을 때 나는 생각했지요. 독

재자 니들이 아무리 나를 제약해도 빼앗아갈 수 없는 것도 있다고 말예요. 예를 들면 우리 머릿속에 떠오르는 생각들이나 상상력 같은 것들, 꿈들…… 한데, 아니었어요. 미국에 간 지 육개월쯤 지나고 나서 나는 내가 한국에 있을 때와는 전혀 다른 상상을, 생각을 그리고 꿈을 꾸고 있다는 걸 깨닫게 됐지요. 그건 무서운 발견이었어요. 혹시 이해할 수 있으세요?

하지만 공부를 마치고 팔년 만인 1989년에 그는 그곳에서 곧 보장될 안락한 생활을 뿌리치고 돌아왔다. 광주를 저지른 자가 아직 통수권좌에 앉아 있는 나라에 말이다. 꿈조차 다르게 꿀 수 있는 나라를 두고 왜?

택시를 타기 전 박은 내게 한달 동안이나 피아노를 만지지도 못했다는 말을 털어놓았다. 그런 말을 할 때 그의 얼굴이 하도 어두워 보여서 하마터면 나는 왜요? 하고 물을 뻔했다. 그러면 안되는 거잖아요 하고 물을 뻔도 했다. 그러나 나를 자제케 한 것은 나 역시 몇달 동안 한줄의 글도 완성하지 못하고 있다는 생각이었다. 하지만 나는 그래도 아직은 컴퓨터 위에서 피아노 치듯 자판을 두드리고 있었다. 쓰고 또 지우고 또 지우고, 그리고 마지막에 다 지워진 컴퓨터의 검은 화면에 명멸하는 커서만 바라보는 일. 마치 너는 할 수 있어, 없어, 있어, 없어…… 하듯이 명멸하는 그 커서. 그런데 그는 피아노엔 손도 안 댔단다. 그가 치는 피아노 소리는 나처럼 Delete라는 단추를 누르지 않아도 허공으로 지워져가는 것이었는데 그는 왜 손도 대지 않았을까.

한낮의 골목길에도 차들이 밀리고 있었다. 마주치는 차를 피해주고 다시 올라갈 때마다 차는 가볍게 진저리를 치면서 뒤로 밀렸다가 다시 출발하곤 했다. 우리는 그 아슬아슬함 때문에 둘 다 차창 위에 달린 손잡이를 구명대처럼 부여잡고 앉아서 이제 흥에 겨워 못살겠다는 듯한 남녀의 발악스러운 이중창을 견디고 있었다. 이중창 속에는 간간이 여자의 교태스러운 웃음소리가 섞였고, 이어서, 아이 그러지 마, 하는 것 같은 콧소리도 들렸다.

—소쩍꿍새가 울기만 하면 떠나간 우리 님이 오신댔어요, 소쩍꿍 소쩍꿍……

박수소리, 웃음소리, 발을 구르는 소리…… 소쩍꿍새가 한창 울고 있을 때 박이 아주 천천히 말했다.

—아저씨, 우린 여기서 좀 내리고 싶은데요.

그의 목소리를 듣지 못했는지 운전사가 볼륨을 줄였다. 소쩍꿍새가 저만치 사그라들었다.

—뭐라구요?

—내려달라구요, 우린 내리겠단 말입니다.

박은 이를 악무는 듯이, 그러나 여전히 낮은 소리로 말했다. 내가 투덜거리는 운전사에게 요금을 지불하고 나서 돌아보자 그는 골목 뒤편으로 들어가 몹시 토하고 있었다. 지갑을 챙기다 말고 나도 모르게 한숨이 새어나왔다. 박이 손수건으로 천천히 입가를 닦으며 내게로 다가왔다. 겸연쩍은 그의 표정이 억지로 미소를 짓고 있었지만 나는 토하느라 그의 눈가에 맺힌 눈물방울이 눈꼬리로 사그라드는 것을 보았다. 나는 박이 택시에 두고 내린 작은 배낭을 그에게 건넸다. 그는 마치 웃는 것처럼 입술을 가볍게 뒤틀며 배낭을 받아들었다.

—택시가 있을까요?

내가 시계를 들여다보며 묻자 박은 잠시 망설이더니 대답했다.

─조금만 걷고 싶은데요.

그래서 우리는 아슬아슬한 비탈길을 천천히 걸었다. 가끔 맹렬한 속도로 차들이 지나갈 때면 아까 우리가 차창 안에서 보았던 계집아이들처럼 길옆으로 납작하게 붙어서면서 택시 안에 탄 사람들을 바라보기도 했다. 노파가 택시 앞좌석을 꼭 붙든 채로 지나가고 트럭이 배추, 양파 하는 확성기를 울리면서 우리 앞을 스쳐지나갔다.

─어젯밤에 술 드셨어요?

납작하게 붙어서서 차를 피하는 중에, 얼굴에 화색이 좀 돌아온 그가 내게 물었다.

─왜요? 술냄새가 나요?

─예…… 글쓰는 사람들하고 마셨나보죠?

그는 딱히 할말도 없다는 듯 말했다.

─글쎄요…… 아닐 거예요. 소쩍새들하고……

내 입에서 왜 소쩍새라는 말이 튀어나왔는지 모르겠다. 택시를 내리기 전에 들은 소쩍꿍새라는 노래 때문이었을까?

잠시 후 우리는 다른 택시를 잡아탈 수 있었다. 젊은 운전사는 라디오를 켜놓았는데 거기서도 물론 유행가가 흐르고 있었다. 내가 박에게 물었다.

"저기요, 왜 우리는 그 기사한테 테이프를 멈추라고 말하지 못했을까요?"

박이 그제야 그게 이상하다는 듯 잠시 웃더니 택시 안의 스피커에서 울리는 가수의 노래를 들으며 말했다.

"그래도 프로페셔널이 좀 낫군요."

전날 밤 11시 40분

어제 초저녁에는 갑작스러운 비가 내렸다. 남쪽으로 난 베란다에서 쏴아 하는 빗소리가 들리는 것을 시작으로 뒷베란다에서도, 서쪽으로 뚫린 목욕탕에서도 빗소리가 밀려들었다. 목욕탕 창으로 내다보니 멀리 인수봉의 흰 이마가 막 구름 속으로 들어가는 참이었다. 나는 투명하고 날카롭고 긴, 비의 창살에 갇혀 있는 것 같았다. 글을 써보려고 컴퓨터 앞에 앉아 있다가 말고 부엌으로 나오니 집안이 엉망진창이었다. 우선 쌓여 있는 설거짓감부터 손을 대려다 말고 앞치마를 입은 채로 나는 그냥 맥주캔을 따버렸다. 그러니까 비 때문이었다.

나는 빗소리에 갇혀서 멍하니, 개수대에 쌓여 있는 설거지 그릇들과, 식탁 한켠에 수북한 쓰레기봉투들과, 찌그러진 채 나뒹구는 맥주캔의 수를 세고 있었다. 세면서 닥쳐오는 마감날짜를 걱정하고 있었다.

—삼세번입니다. 두 번 빵꾸를 내셨으면 이젠 그만 좀 주시죠.

그들은 내가 좋은 작품을 숨겨놓고 주지 않는다고 생각하는 사람들처럼 말했다. 사실이 아니라는 걸 누구보다 그들이 잘 알면서도 말이다.

—그래야겠죠. 저도 그래야만 한다고 생각해요.

나는 대답했다.

—그러셔야죠.

그들도 동의했다. 그러니 문제는 이제 컴퓨터 앞에 앉아서 쓰기만 하면 된다. 그래도 나는 여전히 맥주를 마시고 있었다. 전화벨이 울린 것은 그때쯤이었다. 자주 어울리던 문인들이 모여 있다면서 한 시인이 짓궂은 목소리로 집앞 술집의 이름을 대는 것이었다.

밖에는 아직도 비가 내리고 있었다. 나는 우산을 펴고 빗속으로 한 발짝을 내디뎠다. 빗소리는 이제 우산 위에서 두두두두 울리고 있었다. 걸어가면서 이 밤에 수유리까지 와서 술을 마시며 내게 전화를 건 시인을 생각했다.

대학을 졸업하고 내가 일하던 작은 운동단체에서 함께 일한 그는 얼마 전 꽤 급진적인 문학단체에 몸담았다가 징역을 살고 나온 일이 있었다. 나는 그가 남을 위한 일에, 특히 그것이 궂은일일 때에 빠지는 것을 본 적이 없었다. 잊혀져간 문인의 임종을 지키고 나서 문인들에게 연락을 취해서 문인장을 치러준 것도 그였고, 후배들이 구속되기라도 하면 꼭 한번씩은 면회를 가고 책을 넣어주는 것도 그였다. 나 역시 그의 후배라는 특권을 가지고 있어서 어려운 일이 있을 때마다 그에게 달려가곤 했다. 나는 이제까지 그가 내 앞에서 화를 내는 것을 본 일이 없었다. 아니, 딱 한번 있었다. 화를 낸다기보다 언제나 웃고 있던 그의 입가에서 미소가 싹 가시는 순간을 말이다. 그건 어떤 술자리에서 문학평론가이자 대학교수인 그 또래의 한 남자가 그에게 물었을 때였다. 그는 시인과 함께 대학원에 다녔으나 시인은 뛰쳐나왔고 그는 교수가 된 사람이었다.

──어때요? 그만 복학하시죠. 생계도 그렇고요. 부인이 어렵게 일하신다는데……

내가 한번도 글을 발표해보지 않은 잡지에 글을 기고하고 있던 낯선 문인들이 일제히 그에게 시선을 던졌다. 그 말에 별 악의가 담겨 있지 않은 것이 틀림없었지만, 대학원에 복학하는 것도, 그래서 교수가 될 자격을 얻는 것도 절대로 나쁜 일이 아니라는 걸 알고 있었지

만, 더더구나 질문을 받은 것은 시인 자신이었지만 내 얼굴이 먼저 굳
어져버렸다. 마치 질문을 받은 것이 나인 것처럼 나는 그 낯선 평론가
에게 모욕을 느꼈다. 그건 말이죠, 그건…… 그렇게 간단히 물어보면
안되는 건데요, 당신이 뭐 하는 사람인지 나는 모르지만, 왜 그런 이
야기를 하는지 모르지만…… 그게 아니란 말예요, 그게…… 물론 나
는 입을 열지 않았고 시인은 잠시 후 그냥 씩 웃고 말았다. 나는 그때
우리가 1993년을 살고 있다는 깃을 생각했다. 내가 시인을 처음 만난
것이 대학 사학년 때인 1984년이니 벌써 십년이나 흘러가 있었던 것
이다. 십년이란 건 간단한 세월이 아니었다. 특히 젊었던 우리에게 그
십년이란 세월은 그랬다. 하지만 우리는 이제 간단하다. 짧고 간결하
다. 십년 새 우리는 간결해져버린 것이다.

　―복학하시죠.

　―그래보지요.

　그런 그를 나는 요 며칠 전 인사동의 한 단골술집에서 만났다. 여주
인이 내게 와서 그를 좀 어떻게 해보라는 말을 건넸다.

　―벌써 이박삼일 동안 여기서 술을 마시는 중이야. 집으로 보내
봐. 집에서 기다리는 사람 생각도 해야지.

　마주앉았을 때 그의 눈에서 희미하게 무언가가 빛나고 있었다. 대
체 이게 무슨 짓이야, 형…… 하고 튀어나오려는 말을 붙잡아준 것은
아직도 빛나고 있는 그 희미한 빛 때문이었다. 화장실에 가려는지 일
어서려다 휘청거리는 그의 팔을 내가 잡았을 때 그는 도로 자리에 주
저앉아 마른얼굴을 한번 쓸어내렸다. 그의 얼굴은 곧 울음이라도 터
질 것같이 보여서 나는 덜컥 겁이 났다.

　―형, 이제 자기 자신도 좀 생각해. 애들도…… 자꾸 남 생각만

하다보면 자기는 누가 챙겨?

주제넘은 말참견이라는 걸 알고 있었지만, 나는 물었다. 묻는 나를 바라다보는 그의 눈에서는 아직도 그 희미한 빛이 나고 있었지만 그건 어디까지나 희미할 뿐이었으므로 나는 내 질문이 장난이 아니란 것을 표시하기 위해 굳은 표정을 지어 보였다. 하지만 그는 어린아이처럼 깔깔 웃었다.

—우리 마누라가 챙기지, 우리 마누라가…… 재밌지?

그는 정말 재미있다는 듯 웃었다.

—인마, 너 시궁창에 빠져본 일 있냐? 난 있다. 물이 생각보다 뜨듯하데. 그 기분 너는 모를 거다. 더는 더러워질 수 없는 느낌, 더는 모욕당할 수 없는 평화…… 그건 좋은 거야. 그리고 거기서부터 정말 우리는 시작하는 거야.

나는 그가 낸 세 권의 시집을 모두 읽었다. 모두가 그렇고 그런 옳은 말씀이라는 생각밖에 들지 않았다. 그런데 이박삼일 동안 술에 절어서 집에도 안 가고 잠도 안 자고 술만 마시는 그가 내뱉은 그 말이 내 가슴으로 와서 닿았다. 나는 처음으로 그가 정말 시인인지도 모른다는 생각을 했다. 그러면서 나는 또 생각하고 말았다. 정녕 이런 시궁창 같은 고통이 있고 난 후에라야 우리는 시작할 수 있는 것인가……

집앞의 술집에 들어서자 시인이 손을 들어 나를 반겼다. 벌써 오년째 같은 소설을 고치고 있는 소설가와 안경을 쓴 평론가가 함께였다.

—문학사 정차장이 너 소설 안 준다고 투덜거리던데…… 좀 썼어?

시인이 물었다. 나는 오년째 같은 소설을 고치고 있는 소설가를 바라보며 자신있게 대답했다.

—아니!

내 대답이 하도 의기양양해서인지 사람들이 함께 웃었다. 나도 웃었다. 하지만 나는 알고 있었다. 언제부터인가 그들의 미소 뒤에, 그들의 미소가 막 거두어지려는 찰나에 그들의 얼굴 위로 떠오르는 상흔들…… 나는 미소가 아니라 미소 뒤에 그들에게 공통적으로 떠오르고야 마는 그 상흔들을 자꾸 보는 내가 싫었다. 이런 걸 또 느끼려고 열두시가 다 된 시간에 빗속을 걸어온 것은 아니었다. 어색한 기분 때문에 나는 안주바구니에 담긴 멸치만 축내고 있었다. 자기는 마누라가 챙겨주니까 자신은 다른 사람을 챙겨주어야 한다고 주장하는 시인이 빈 멸치바구니를 놓칠 리가 없었다. 그는 주머니를 뒤적거리다 말고 잠시 낭패한 표정을 짓더니, 생각을 바꿨는지 나비넥타이를 맨 웨이터를 불러 아주 어눌한 목소리로 말했다.

—아저씨, 여기 멸치만 조금 더 주실래요?

—하나 더 시키세요. 멸칫값이 요즘 아주 비싸거든요.

그러면 그러죠, 뭐, 하고 사람 좋은 시인이 말하려고 하는데 내가 불쑥 끼여들었다.

—멸칫값이 뭐가 비싸요? 오늘 시장에 가니까 천원에 세 바구니나 주던데……

웨이터의 얼굴이 험악해지는 순간 시인이 탁자 밑으로 가만히 팔을 뻗어 내 옆구리를 쿡 찔렀다.

—올랐어요. 멸치가 얼마나 비싼 줄 알아요?

웨이터는 험악한 눈초리를 거두지는 않았지만 손님에게 최대한의 자제심을 발휘하니까 그리 알라는 듯 다시 말했다.

　—안 비싸다니까요. 마른안주 한접시에 팔천원이나 받으면서 그 깟 거 좀 못 줄 이유가 뭐예요?

　—이 아줌마가 술집에 와서 이게 무슨 소리야!

웨이터가 다시 말했다. 그는 폭발하는 듯했다. 하기는 그도 피곤할 것이었다. 열두시가 넘어도 창문을 검은 커튼으로 가리고 늦게까지 장사를 하는 주인 때문에, 말도 안되는 주정을 하는 손님들 때문에, 멸치만 더 달라는 얌체 같은 우리들 때문에 말이다. 시인은 이제 내 손을 힘을 주어 잡고 있었다. 나는 시인이 무슨 말을 하고 싶어하는지 알고 있었지만 그 손을 뿌리쳤다. 뿌리치면서 갑자기 팽팽한 전의가 내 아랫배를 긴장시키는 것을 느꼈다.

　—아줌마? 그래요, 아줌마가 술집에 와서 안주 비싸다는 소리 했어요. 비싸지도 않은 멸치 한줌 갖고 비싸다고 거짓말하는 당신한테 따지는 거예요. 왜요? 뭐가 잘못됐어요, 아저씨?

결사적인 싸움이라도 한판 벌일 듯이 대어드는 내 얼굴을 몸으로 막으며 시인이 마른안주 한접시를 시켜버렸다. 그러자 나를 노려보던 웨이터가 참아준다는 얼굴로 사라졌고, 시인이 나를 물끄러미 바라보았다.

　—왜 그래? 요즘 무슨 일 있니? 그만한 일로 목숨 걸 거 뭐 있어?

나도 내가 왜 이러는지 알 수 없었다. 하지만 그가 뱉은 목숨이라는 단어가 목에 걸려 넘어가지 않았다. 그 말은 참으로 오래된 말인 듯이, 마치 슬픈 전설이 배어 있는 듯이 느껴졌던 것이다. 잠시 침묵이 흘렀다. 좀 겸연쩍기도 했으므로 나는 그냥 그가 따르는 맥주만 마셨다. 물론 아무 일도 없었다. 하지만 나는 요 몇달째 화를 내고 있었다. 왜 당신 글에는 전망이 없느냐고 무심히 묻는 착한 독자들에게도 화가 났고, 내 글을 빨리빨리 읽어치우는 평론가에게도 화가 났다. 아니다. 완성되지도 못한 글들이 내 컴퓨터에 잔뜩 들어 있는 것도 화가 났고, 그 글들을 불러내서 Delete 단추를 누르면 내가 며칠 밤을 뒤척거리며 써놓은 글들이 일초도 안되는 순간에 지워지는 것이 화가 났으며, 더구나 그 글들을 지워놓고도 전혀 후회가 되지 않는 것에 결정적으로 화가 났다. 웨이터에게가 아니라 나는 그냥 무작정 화가 나 있었던 것이다. 시인은 가방을 뒤적여 작은 수첩을 꺼내들었다.

그 수첩의 앞장에는 어딘가에서 곱게 오려내 풀로 붙인 듯한 시구가 있었다. 그는 손가락으로 깨알같이 잔잔한 그 글씨들을 하나하나 짚어나가기 시작했다.

—봐라, 이게 성 프란체스코의 기도란 거다, 인마. 위로받기보다는 위로하고, 용서받기보다는 용서하며…… 우리는 줌으로써 받고 용서함으로써 용서받으며, 자기를 버리고 죽음으로써 영생을……

반질반질 벌써 손때가 묻어버린 그 시인의 수첩 앞장이 내 눈에 와서 박혔다. 그는 대체 언제부터, 얼마나 자주 저 앞장을 펼치고 일일이 손으로 글귀를 짚어가며 저 구절을 읊어주었을까 생각하니 콧등이 무거워졌고 이내 시큰해졌다. 나는 그가 들이미는 수첩에서 고개를 돌려버렸다.

—외면하지 말아, 이놈아. 이게 진리야!

—무슨 진리가 그렇게 많아? 해탈했어? 형은 해탈해버린 거야? 시궁창에 코박고 전도사같이 웅얼웅얼 기도하면서 해탈할 거야!

내가 분위기를 깬다는 것은 알고 있었지만, 술자리에서 쓸데없이 분위기 깨는 인간들을 가장 혐오하고 있었지만 나는 소리를 버럭 지르고 말았다. 시인이 어색하게 입술을 훔치며 수첩을 닫았다. 그래서

나는 그냥 화를 내기로 했다. 나는 이제 싫어져버린 것이었다. 서로
빙빙 돌려 말하기, 결정적인 사항들, 예를 들면 생계는 어떻게 해?라
거나, 아직도 진행되는 그 재판 끝났어?라거나, 형이 그 운동단체에
기금을 내기 위해 저당잡혔던 집문서는 찾았어라거나, 형이 끌려가던
날 중풍으로 쓰러진 아버님은 요즘 어떠서…… 하는 말들은 절대로
내뱉지 않고 서로서로 모른 척하기, 그래서 술자리에서는 재미있는
말만 하기, 서로 같은 상처를 지니고 있다는 내색은 절대로 안하
기…… 성 프란체스코의 기도가 싫었던 것이 아니라, 해탈하고 싶어
하는 그 시인의 몸부림이 싫었던 게 아니라 말이다. 나는 시인을 외면
하고 오년째 같은 소설을 고치고 있는 소설가가 주는 잔을 받았다. 노
동현장에서 수배를 받으면서 쓰기 시작했다는 소설, 고치다보니 이미
역사소설이 되어버린 노동소설을 쓰는 그는 우스운 말로 분위기를 풀
어보려고 애쓰고 있었다. 하지만 나는 이제 그의 말에도 억지로 웃지
않았다.

결국 분위기는 나 때문에 깨져서 우리들은 묵묵히 술만 마시다가
세시쯤 술집을 나왔다. 비는 그쳐 있었다. 비에 젖은 텅 빈 아스팔트
위로 나트륨등이 뿌옇게 어리고 있었다. 용산이요, 구의동이요, 사람
들이 택시를 타고 사라지고 나서 나와 시인 둘만 남았다.

—미안해요, 형……

—괜찮아 인마, 다 그러면서 사는 거지…… 포장마차 가서 한잔
더 할까?

—아니……

시인은 잠시 생각에 잠긴 듯하더니 우리집까지 나를 바래다주겠다
고 천천히 앞서 걸었다. 나도 그를 따라 나트륨등이 비 젖은 아스팔트

위로 어리는 길을 걸어갔다. 가로등에 비친 가로수 이파리에서 맑은 빗방울의 여운들이 뚝, 뚝 떨어져내렸고 멀리, 비 그친 국립공원 숲속에서 소쩍새 울음소리가 들렸다.

　—형, 소쩍새를 본 일이 있어요?

　—아니…… 소쩍새는…… 몰래 울잖아. 다른 새들 다 잘 때, 밤에만……

　나는 그저 고개를 끄덕였다. 하지만 나는 소쩍새를 본 적이 있었다. 비가 부슬부슬 뿌리던 날, 약수통을 달랑 들고 산으로 향하는 길에, '북한산의 동물 자원'이라는 게시판에 소쩍새는 부엉이와 나란히 사진으로 앉아 있었다. 통통한 부엉이 옆에 앉아 있었기 때문일까, 나는 왠지 소쩍새가 저주받은 부엉이처럼 느껴졌다. 이제 더는 부엉부엉 울지 못하고, 인간의 자음과 모음으로는 더 흉내낼 수 없는 소리로 목을 쥐어짜며 꾸르륵 꾸욱꾹 우는 새…… 아마도 몰래 접근해서 소쩍새를 찾아낸 사진작가가 그를 찾아내고 플래시를 터뜨리는 찰나, 소쩍새는 정확히 렌즈 쪽을 보고 있었는데, 나는 그 소쩍새의 눈빛에서, 저주라는 단어가 함축하고 있을 법한 모든 말들, 그러니까 영원한 간힘, 풀어내지 못하고 쌓여만 가는 슬픔, 원망까지도 뚫고 나올 듯 아직도 치밀어오르는 어떤 꿈 같은 것들을 공연히 느끼고는, 왠지 비가 부슬부슬 뿌리는 한적한 산길이 무서워져서 약수도 뜨지 않고 그대로 집으로 돌아와버린 적이 있었던 것이다.

　침묵하며 우리집 앞까지 와서 그는 내게 악수를 청하고는 껑충한 뒷모습을 보이면서 사라져갔다. 내 손에 아직 남아 있는 그의 손의 여운이 딱딱하게 느껴졌다. 수배도 해제되었고 조사도 받았고 재판도 끝났지만, 게다가 밤 세시까지 술을 마셨지만 그는 온몸의 긴장을 다는 풀지 못하고 있었다. 나는 그가 어쩌면 집으로 돌아가기 전에 정말로 혼자 포장마차에 갈지도 모른다는 생각을 했다. 아니, 어쩌면 또 이박삼일 동안 술을 마실지도 모른다. 하지만 그는 저주받은 것처럼 다는 부드러워지지 않는다. 다는 풀어헤쳐지지 못하는 것이다. 아마 그는 딱딱한 손으로 연필을 들고 성 프란체스코의 기도문이 적힌 수첩을 꺼내서 깨알같이 메모를 할 것이다. 말하자면 그는 죽는 날까지 시를 쓸 것이었다. 왜냐하면,

첫쨋날 오후 6시 20분

김감독은 속도를 좀 줄였다. 벌써 다섯번째 검문소였다. 헌병이 우리 일행을 쓱 훑어보더니 가라는 손짓을 했다. 운전대를 잡은 김감독이 기어를 바꾸어넣으며 속력을 냈고 우리는 더 북쪽을 향해서 달려 나갔다. 의정부와 포천 시내에서 생각보다 길이 많이 막혔기 때문에 우리는 또 늦어 있었다. 가끔 우리 둘을 불러내서 낚시터로 데리고 가곤 하는 낚시광인 김감독은 좋은 포인트를 놓칠까봐 초조한 모양이었다. 하지만 박과 나로 말하자면 그저 아무 생각이 없었다. 머리를 짧게 깎은 수양버들이 차창을 스쳐가는 길에서 담배만 피우고 있던 박이 새삼스럽다는 듯이 물었다.

"그런데 대체 왜 이렇게 검문을 하는 거지요?"

"우리가 젊으니까요."

"그것도 그렇겠군요."

그들은 선문답 같은 이야기를 간결하게 주고받으며 잠시 하하 웃

었다.

　차창 곁으로 트럭이 천천히 언덕길을 오르고 있었다. 무엇을 그렇게 많이 실었는지 푸른 비닐에 덮여 있는 내용물은 보이지 않았지만, 트럭은 우리 차를 비껴 뒤로 멀어져갔다. 김감독의 차는 이제는 거의 생산되지도 않는 고물형이었지만 트럭보다는 그래도 나은 모양이었다. 트럭을 가볍게 스쳐 오르막길을 다 오르고 나서 우리 차는 322번 지방도로 접어들었다. 낚시터가 이제 가까워진 것이었다. 우리는 낚싯가게 앞에 내려 지렁이와 케미라이트와 라면을 샀다. 돌아보니 박이 캔맥주를 한아름 가지고 와서 계산을 하고 있었다. 우리는 비포장 길로 접어들어 다시 달리기 시작했다. 긴 여름해가 먼산 위에 떠 있었다.

　한탄강의 지류인 그 강가는 언제 와도 좋았다. 마치 태초에 누군가가 쇠스랑으로 긁어놓은 듯한 가파른 절벽들이 서 있고 그 아래로 잔잔한 물이 푸르렀다. 토요일치고 한산한 편이었다. 자리를 잡고 나자 김감독이 서둘러 낚싯대를 폈고, 박이 가지고 온 텐트를 강가 한쪽에 설치하고 있었다. 나는 그들과 여러번 이곳에 왔지만 낚시를 한 일이 없었다. 그건 처음에 낚시터로 따라오자마자 김이 가르쳐준 대로 지렁이를 꿰면서부터였다. 낚시의 뾰족한 바늘이 지렁이의 몸을 관통했을 때 지렁이는 온몸을 동그르르 말았다. 내 손끝으로 딱딱한 긴장감이 분명하게 전달되어왔다. 지렁이 자신은 아마도 그게 저항이라고 생각하고 있는지도 몰랐다. 지렁이가 불쌍하다든가, 그건 잔인하다, 그런 생각 때문에가 아니라 나는 그냥 지렁이의 그런 본능적인 저항들, 결과적으로는 소용이 없는, 그래서 결국은 무모한 본능적인 저항을 아무렇지도 않다는 듯 묵살해버리는 그 행위가 싫었을 뿐이다.

―그러면 대체 뭐 하러 따라오는 거예요?

언제나 낚시터에서 한켠에 앉아만 있는 나를 보고 한번은 김감독이 물었지만 나는 그저,라고 대답했다. 그후로 언제나 나는 낚시터에 오면 한켠에 앉아서 맥주를 홀짝이며 그들이 낚시하는 것을 구경하곤 했다. 하지만 그들은 낚시를 갈 때마다 나를 불러내곤 했다. 한켠에 가만히 앉아만 있는 내 모습이 이제는 그들에게도 그냥 익숙한 모양이었다. 나 역시 끼여들지 못하고 그저 한켠에 앉아 있는 것에는 익숙했다. 예를 들어, 여자친구들과 동창회에서 만날 때 남편에 대한 이야기, 시댁 이야기, 그리고 아이 이야기를 하며 깔깔거리다가 가끔 그들이 나를 바라보았을 때, 그들의 눈빛에는 그러니까 이혼한 너에게 이런 이야기를 해도 실례가 안되겠지 하는 배려가 담겨 있었지만, 언제나 그럴 때마다 나는 굳어지기 시작했다. 아무 생각 없이 같이 웃고 있었을 뿐인데, 갑자기 웃는 내 얼굴이 서걱거리는 듯한 느낌들……그럴 때 나는 그들이 그어놓은 금 밖에 있는 사람이었다. 금 밖에 밀려난 사람은 그러니 입을 다물고 한켠에서 조심스레 웃어야 했다. 하지만 그들은 가끔 깊은 밤, 내게 전화를 걸어오기도 했다.

―미치겠어, 정말 이혼하고 싶어. 글쎄 우리 영미 아빠가 말이야……

글을 쓰다가도, 라디오를 들으며 혼자 차를 마시다가도 그들의 전화를 받으면 나는 그들의 결혼생활 속으로 끼여들었다. 함께 웃고 울고 그리고 이야기해주고…… 그럴 때 분명 나는 그들의 금 안에 있었다. 하지만 전화를 끊고 나면 나는 다시 금 밖으로 밀려나왔다. 내가 금 밖에 있었기 때문에 그들이 내게 전화를 건다는 사실을 나는 알고 있었다. 같이 금 안에 있는 친구들, 예를 들어 행복한 결혼생활을 자랑하는 친구에게 그들은 고통을 호소하지는 않았다. 아마도 내게는 하지 않는 즐거운 이야기들을 서로 나눌지도 모르겠지만 말이다. 그러고 보니 어린시절 동네에 비행기 모양의 놀이기구를 리어카에 싣고 오던 아저씨가 생각이 났다. 우리들은 그가 나타나면 일제히 엄마에게 달려가 어렵게 십원씩 타내가지고는 그 놀이기구를 타러 몰려갔다. 하지만 잠시 후, 그는 나를 번쩍 들어 놀이기구 밖에 내려놓았다.

　—안되겠구나 애야, 너 또 저번처럼 멀미할라.

　더 타고 싶다고 떼를 쓰는 때도 있었지만, 나는 대개는 순순히 포기하곤 했다. 실제로 멀미가 입안 가득히 몰려나와 있던 때가 대부분이었기 때문이다. 그러면 나는 그 리어카의 금 밖에서 아이들이 비행기 모양의 그 놀이기구를 타고 빙글빙글 돌아가는 걸 구경했다. 순미는 무서운 듯이 입을 꼭 다물고 있고, 숙자는 입을 헤벌린 채로 좋아서 죽을 지경이고, 경식이는 부우우웅, 정말 비행기처럼 소리를 지르고 있고…… 금 밖에 서서, 하지만 금 언저리를 아주 떠나지도 못하고 우두커니 서서 친구들이 탄 비행기에 파란 페인트가 조금 벗겨진 것을 보는 일, 모형비행기 하나하나마다 씌어 있는 필리핀이라든가 월남이라든가 태국이라든가, 우리가 한번도 가보지 못한 나라의 지명을 읽는 일. 만일 내가 멀미를 하지 않았다면 나는 아마 그 안에 들어가서 모형비행기가 오르내릴 때의 짜릿한 재미만 기억해냈을 것이다. 그러나 내 기억 속에는 그런 것 대신, 나를 빼놓고 모형비행기를 타던 친구들의 얼굴이 남아 있는 것이다. 그 풍경과 그들의 표정, 지켜보고 있던 내 모습까지 말이다. 그래서 그 시절을 회상하면 나는 언제나 그들과 함께 비행기를 타보기라도 한 듯이 즐겁기도 한 것이다. 한번은 순미처럼 무서운 듯이 입을 꾹 다문 내 모습도 있고, 또 한번은 좋아서 죽을 지경인 숙자처럼 타보기도 하고…… 나는 어쩌면 그때부터 소설을 쓰고 싶어했던 것은 아닐까. 영원히 술래가 된 것처럼 금 밖을 서성이면서 그들이 그것을 타는 모습을 지켜보기, 그리고 그들처럼 해보는 것을 상상하기, 그래서 밖에 서 있는 자의 쓸쓸함과 안에 있는 자들의 복닥거림을 엮어내보기…… 그런 사람이 할 수 있는 일이란 바로 소설쓰기가 아니었을까?

"……소설 한권 읽고 이렇게 저 자신의 아픈 이야기를 모두 털어놓는다는 것이 바보 같은 일이겠지요. ……남편은 학교 선배였습니다. 제가 일학년 때 이미 시위 주동을 해서 제적을 당했습니다. 사랑은 아마 제가 그의 약혼자로 등록을 하고 옥바라지를 하면서부터였나봅니다. 그는 그 시절 젊은이들이라면 누구나 그랬듯이 석방이 되자 노동 현장으로 떠날 준비를 했습니다. 사실을 이야기하자면 저는 그가 자랑스러웠던 겁니다. 그래서 저는 나 자신이 하고 싶었던 노동운동을 그에게 미루어놓고 대신 그가 노동운동에만 전념할 수 있도록 뒷바라지를 하기 시작했습니다. 아동물 외판원에서부터 서점 점원까지 안해본 일이 없었습니다. 그가 해고당한 후에는 그가 다니던 공장 앞에 분식집을 차려서 회사 근처에 갈 수 없는 그 대신 제가 노동자들을 만나기도 했습니다. 첫아이를 유산한 것이 그 무렵이었습니다. 그러나 나는 절망하지 않았습니다. 그런데 이년 전 어느날 그는 느닷없이 큰회사에 취직을 해버린 겁니다. 이제 우리는 신도시에 분양받은 이십팔평짜리 아파트에 삽니다. 아침이면 그는 넥타이를 매고 출근을 합니다. 처음에 저를 만났을 때 그는 말했습니다. 옳다고 믿는 걸 버리는 건 죄악이야…… 취직을 하면서 그는 말했습니다. 좀더 장기적으로 봐야 해…… 그런데 요즘 그는 말합니다. 올 여름엔 동남아로 한번 떠나보는 게 어떨까…… 가끔 출근하는 그의 뒷모습을 보고 있으면 그의 뒷덜미를 낚아채고는 발악하듯 말하고 싶은 충동을 느낍니다. 물어내, 내 세월, 죽은 우리 애 물어내. 내가 가졌던 꿈 물어내! 하지만 저는 정녕 그를 미워해야 합니까…… 날마다 같은 일상이 반복됩니다. 아침에 남편을 출근시키고 아이를 유치원에 보내고 나면, 설거지하고 집안 치우고…… 하지만 저는 가끔씩 중얼거려봅니다. 사랑이라든가, 행복이라든가, 그도 아니면 희망 같은, 이제는 제게서 너무나 멀어져버린 그런 단어들…… 나이를 먹는다는 것은 그런 것들을 버려가는 과정일까요. 하지만 당신의 책은 내게, 내가 그런 사실을 잊고 살아간다는 바로 그런 걸 깨닫게 해주었습니다. ……조금씩 소설공부를 해나가고 있습니다. 저도 소설가가 될 수 있을까요. ……가슴속에서 버둥거리는 할말이 너무 많습니다.”

가끔씩 집이나 출판사로 배달되는 편지에 사람들은 그런 글귀를 보내오곤 했다. 한번도 본 일이 없는 그녀들이 왜 이런 글을 내게 써보냈을까, 하고 나도 그녀들처럼 생각했다. 그녀들 입에서뿐만 아니라 내 입에서조차 그런 말들은 사라진 지 오래가 아니던가. 그런데 그들은 말한다. 당신의 글은 내가 그런 사실을 잊고 살아간다는 바로 그런 걸 깨닫게 해주었습니다, 하고.

일전에 소설을 쓴다는 후배가 작품을 가지고 나를 찾아온 적이 있었다. 작품에 대해 좀 이야기를 하고 나서 내가 물었다.

—방송국 구성작가 일을 하면 생활은 넉넉할 텐데 뭐 하러 소설 쓰려고 이 고생이니?

그녀가 나를 물끄러미 바라보다가 말했다.

—선배님은 잡문 써서 돈 잘 버는 사람이 그럼 부러우세요?

그녀는 조금의 의심도 갖지 않은 얼굴로 말했다. 그 글이 잡문이라면, 그렇다면 소설은 본문이라는 말일까…… 웃음이 나왔지만 바라보는 후배의 얼굴이 하도 진지해서 나는 그냥 입을 다물고 말았다.

해가 절벽의 끝에 손톱처럼 걸려 있었다.

"특별히 예민한 찌니까 대어 한마리 낚겠네요. 매운탕 준비나 좀 해주세요."

김감독이 긴 찌에 케미라이트를 끼우며 말했다.

이제 어둠이 내리면 그는 저 녹색으로 빛나는 케미라이트 찌에 온 신경을 모으고 앉아 있어야 할 것이다. 밤이 내리는 저 물속에서 무슨 일이 일어나는지는 아마 저 케미라이트 찌만이 그에게 전해줄 것이니까 말이다. 붕어가 살금살금 다가와 일 밀리미터쯤 미끼를 건드린다 해도 예민한 찌는 춤을 춘다. 그걸 보면 사람들은 알아차린다. 붕어가 조금씩 건드리고 있구나…… 붕어가 일 밀리미터를 건드리는 진실과 그것이 일 밀리미터의 움직임이라는 진실을 알아차리는 그 사이에는 그 움직임의 열배 스무배로 춤을 추어야 하는 찌가 있다. 무엇이 변했을까, 사람들은 어떻게 삶을 바꾸었을까. 십년 사이…… 아주 적은 일들이 일어났을 뿐이다. 자가용으로 출근하는 사람들이 늘어서 길이 더 막히게 되었고, 신문의 일면기사의 주제가 바뀌었고, 가끔은 노래방에 가고, 자주는 술집에 가서 좀 덜 정치적인 이야기를 나누게 되었다고 생각하면 그만이었다. 그런데, 십년이 지난 지금에 나는 춤을 추는 사람들을 만나고 있다. 열배 스무배 비틀거리다가 시궁창에 빠져서는 말하는 것이다. 여기서부터 정말 시작이 아닐까, 하고. 그러면 나는 묻고 싶어지는 것이다. 뭘? 대체 뭘?

어둠이 내리면서 발밑에서 찰싹이던 물결소리도 잦아들었다. 사방이 고요해졌고 동쪽 하늘은 희미한 은빛으로 물들기 시작했다. 나는 어둠이 내리면 내릴수록 더 환해져오는 케미라이트 찌를 바라보며 여전히 한켠에 앉아 있었다. 검은 강물 위에 케미라이트 찌가 별처럼 뿌려져 있었다.

"보름달인가."

김감독이 중얼거렸다.

첫쨋날 밤 9시 45분

보름달이었다. 비탈마다 저희들끼리 모여 한줌씩 피어 있는 개망초 꽃들이 환하게 보이는 아름다운 밤이었다. 하지만 박과 김은, 둘다 거의 입질조차 받지 못하고 있었다. 원래 달이 밝으면 고기가 잘 잡히지 않는다는 상식을 주워들어 알고 있었지만 이건 좀 심한 듯했다.

"참 찌가 말뚝이네, 말뚝."

김감독이 발밑에 담배를 비벼끄며 말했다. 나는 담배를 하나 물고 수면을 바라보았다. 달빛이 호수 위에서 잘게 부서지고 있었다. 사방이 환해서 나와 떨어져 앉은 박이 고개를 좀 치켜들고 노래를 흥얼거리는 모습까지도 잘 보였다.

김감독은 부지런히 떡밥을 갈아끼우고 또 끼우고 있었다. 언젠가 우리를 처음 낚시에 데리고 가서 그는 말했다.

──말하자면 낚시는 기다림입니다. 기다리면 고기는 와요.

내가 보기에도 그는 기다림에 능숙한 사람이었다. 내가 각색을 해준 일이 있는 90분짜리 영화를 무려 이년 동안 찍어댄 사람이다. 크

랭크 인만 해놓고 제작자가 갑자기 돈이 없다고 해서 일년, 그 다음엔 주가가 오른 주연 여배우가 개런티가 적은데다가 대학을 못 다닌 자신의 열등감을 자극하는 영화라고 연속 펑크를 내는 바람에 일년, 그래서 내가 써준 시나리오의 반도 못 찍은 그 영화를, 주가가 오른 주연 여배우의 명성만 믿고 제작자가 개봉해버렸다. 그때 극장 앞에서 그는 몹시 충혈된 눈으로 사람들과 악수를 하고 있었다.

그 시간 이후로 삼년이 지났건만 그는 여전히 시나리오를 들고 고치고 또 영화사를 기웃거리는 모양이었다. 하지만 관객동원이 적었던 영화를 찍은 감독을 다시 채용해줄 제작자를 만나기는 어려웠다. 영화판에 잠시 머물러보았던 나는 그가 무슨 말을 들었을지 짐작이 갔다.

─예술? 그거 좋지…… 그렇다고 지금 이 판에서 설마 예술하자는 얘기를 하려는 건 아니겠지?

물론 그가 삼년 동안의 공백을 가지게 된 데에는 내 탓도 좀 있었다. 내 소설을 영화화해보겠다고 그는 나를 어떤 영화사 사장 앞에 데리고 간 적이 있었다. 사장이 말했다.

─물론, 저번에 우리가 영화화했던 그 유명 교수의 『밤의 여관』은 다르죠. 막말루다가, 문장도 안되는 소설이잖아요. 저도 대학물 먹은 놈인데 그거 모르겠습니까. 하지만 그건 유명해요. 간판 좌악 붙여놓으면 지나가던 리어카꾼도 알아본다 이겁니다. 물론 선생님 작품이 문학성, 뭐 그런 거야 있겠지요. 하지만 작품료가 그 작품의 반밖에 안되는 건 이해하셔야 돼요.

그가 문학성, 뭐 그런 거야 하고 말했을 때 나는 일어나서 그 자리를 뛰쳐나오고 싶었다. 당신 작품이 별로 훌륭한 것이 못 된다고 말했

으면 뛰쳐나오고 싶다는 충동까지는 느끼지 않았을 것이다. 김감독이
연신 담배만 피우면서 초조하게 나를 바라보다가 힘없이 눈을 내리깔
았다. 나는 그냥 그 자리에 앉아서 사장의 말을 다 들었다.

　―방송국에선 더해요. 이번에 선생님 또래 작가 것은 아마 한권에
백오십 받았다죠? 그게 근수로 달아서 판 거지 뭡니까. 우린 적어도
그렇게는 안합니다.

　그날 밤 집으로 돌아와서 이불을 뒤집어쓰고 누운 채로 나는 생각
했다. 뭐 하러 쓰나, 뭐 하러 고치나, 경기라도 들린 것처럼 자다가도
벌떡 일어나서 또 고치고, 또 지우고 다시 써보고…… 혼자 수유리까
지 와서 이 짓을 하고 있나. 그렇게 쓴 걸 들고 가서 돈 몇푼―물론
내게는 몇푼이 아니었지만―더 받아보자고, 그래서 잡지에 연속 펑
크를 내는 바람에 밀린 적금도 붓고 빚도 갚아보자고, 정말 그러려고
문학성, 뭐 그런 거야…… 그런 소리를 듣고 와야 하나? 그런 소리를
듣고도 내 또래의 작가는 자신의 책을 팔았나? 그도 나처럼 생각했겠
지. 집으로 돌아와서 이불을 뒤집어쓰고 어쩌면 울었을지도 모른다.
그러니 이제, 문제는 리얼리즘이 아니라, 돈이 되었나, 그런가.

　물론 작품료가 결정되기도 전에 그 사장은 거대한 액수를 주고 들
여온 외화의 흥행실패로 부도를 내버렸으므로 일은 거기서 끝났다.
하지만 그래도 그는 기다린다. 그는 쓰고 또 고친다. 그리고 가끔 밤
늦게 우리집에 전화를 거는 것이다.

　―여기가 어디냐구요? 글쎄 여기는 도대체 어딜까요? 모르겠습니
다. 하지만 아는 것도 있습니다. 뭐냐구요? 하하, 한마디로 쫓겨났다
이겁니다. 마누라가 애들 피아노 가르쳐서 번 생활비만 축내는데 뭐
잘났다고 큰소리치겠습니까. 보십시오, 작가양반, 저 그냥 벗기는 영

화 할랍니다. 그도 아니면 유치한 사랑 이야기라도 찍을랍니다……
아니죠, 요즘은 쎅스 코미디가 유행이랍니다. 그거 할랍니다. 두고보
세요, 전 합니다!

하지만 그는 아직도 그런 작품을 찍지 않았다. 그러면서 그는 떡밥
을 갈고 있는 것이다. 그는 너무 환해서 고기가 잡히지 않는 이 보름
밤에 월척이라도 기다리는 것인지 모른다.

그때 갑자기 먼산 쪽이 환하게 밝아지면서 온 산이 찌렁찌렁 울렸
다. 술에 적당히 취한 얼굴로 노래를 흥얼거리던 박과 떡밥을 갈고 있
던 김과 그리고 내가 일제히 시선을 하늘에 던졌다.

조명탄이었다. 마치 축포라도 터뜨리는 것처럼 하늘이 환해졌고 불
빛들이 부서져서 검은 하늘 위로 천천히 흩어져내리고 있었다. 우리
가 지나쳐왔던 가까운 군부대에서 포격훈련을 하는 모양이었다. 다시
조명탄이 터졌다. 그리고 포성. 산은 포성이 한번 울릴 때마다 포성보
다 오래 울었고, 산의 울음소리는 절벽이 이어진 강 언저리를 따라 길
게 흘러갔다. 김이 낚싯대를 늘어뜨린 채 허탈한 얼굴로 울고 있는 산
과, 울음소리에 뒤척이는 긴 절벽들을 바라보고 있었다.

"저어, 혹시 전쟁이 난 건 아닐까요?"

박이, 자신을 바보취급 하지 말아주었으면 좋겠다는 어투로 천천
히, 그러나 상당히 실제적인 두려움이 어린 표정으로 말했다. 김이 피
식 하고 웃었다.

"보기보다 겁이 많으시군요. 훈련이에요. 군대 있을 때 가끔 밤에
포격훈련 해봐서 알지요."

그래도 박은 안심이 되지 않는 눈치였다.

"그렇다면 혹시 잘못해서 이리로 포탄이 날아오는 건 아닐까요? 재

수가 없으면…… 혹시라도."

김이 하하, 웃다가 다시 말했다.

"그럴지도 모르죠. 재수가 없으면 무슨 일은 못 당하겠습니까. 그러니 와서 소주나 한잔 합시다."

우리는 아예 낚시를 포기하고 둘러앉아 깡통째 데운 참치 안주에 소주를 마셨다. 말하자면 그들 모두 나처럼 한켠으로 밀려난 것이었다. 지글거리며 끓는 참치깡통을 우리 앞으로 밀어주며 김이 소주를 따랐다.

"그런데 김감독님, 영화 왜 안 들어가세요?"

박이 물었다. 김은 소주를 박에게 건네며 피식 웃었다.

"왜냐구요…… 글쎄…… 얼마 전에 어떤 영화학교에서 나보고 강연을 좀 해달라고 하더군요. 가서 이야기를 하고 나오는데…… 참 그랬어요. 난 학생들에게 어떻게 하면 좋은 영화를 만들어낼 수 있는가 하는 이야기를 해주었거든요. 다들 참 열심히 들읍디다. 하지만 강의를 마치고 난 다음에 나는 내가 결정적으로 글러먹었다는 걸 알았어요. 막말로 요번에 깐느에서 그랑프리를 탄 작품을 그대로 베껴서 충무로에 나가보세요. 제작자들은 아마 말할 거예요. 어디서 이렇게 돈도 안되는 시나리오를 들고 왔어……"

제 말이 우스웠는지 그는 혼자서 웃었다. 우리는 웃지 않았다. 그는 담배를 물며 아직도 포성이 울리는 먼 하늘을 바라보았다.

"차라리 그림을 그렸더라면 좋았을 뻔했어요. 그러면 아무도 사주지 않아도 혹시 내게 재능만 있다면 자식새끼들은 먹고살 거 아닙니까. 제작자가 자금을 대주지 않는 한 내 머릿속에 세계를 감동시킬 만한 영화가 한편 들어 있다 해도 내가 죽으면 그걸로 끝입니다. 아니죠, 죽기 전에 이미 끝이죠. 그런데 박형은 왜 음반 안 내세요?"

화살이 제게로 돌아오자 박은 좀 당황하는 듯하더니 갑자기 큰 소리로 웃었다.

"할 거예요. 인기가수들 녹음 때문에 스케줄이 자꾸 뒤로 밀려요. 곧 하게 되겠죠…… 그런데 글쓰는 사람들은 좋겠어요, 종이하고 연필만 있으면 되니까 말이죠. 게다가 출판사 사장들은 그래도 트였잖아요? 그런데 왜 요즘은 소설 발표 안하세요?"

마치 돌아가면서 소견발표라도 하는 시간처럼 그들이 내게 물었다. 나는 포성보다 길게 우는 산을 바라보면서 잠시 머뭇거렸다. 왜냐하면요, 왜냐하면…… 나는 할말이 없었다.

출판사 사장이 장사 안되는 작품이라고 딴지를 거는 것도 아니고, 유명작가들 때문에 내 소설이 안 실리는 것도 아닌데 왜…… 나는 갑자기 그들에게 미안해졌다. 박의 말대로 자본주의사회에서 소설은 가장 원가가 싸게 먹히는 예술일 수도 있었다. 역으로 자본가들을 향해 마음놓고 비판을 해댈 수도 있는 것이다. 하지만 나는 문득 아까 우리가 차를 타고 오던 길에 본 그 무거운 트럭을 생각했다. 낑낑거리며 오르막길을 오르는 트럭…… 우리 차가 가볍게 그 곁을 스치는 동안 트럭은 겨우겨우 앞으로 나가고 있었다. 무거워서 정말 미안하다는 듯 오른쪽으로 비켜서서 조심조심 앞으로, 아니 앞으로 나가는 것이 아니라 뒤로 밀리지 않으려고 안간힘을 쓰는 것 같던 그 트럭…… 짐을 너무 많이 실은 탓이라고 나는 생각했다. 적재정량보다 너무 많이 욕심을 부렸는지도 모른다고. 아니다, 틀림없이 그랬을 것이다. 그래서 나는 농담으로 대처하기로 했다.

"왜냐하면 우린 소쩍새들이거든요……"

잘은 모르겠지만 들은 일이 있다는 얼굴로 박이 하하, 웃었고 김이 어리둥절한 표정을 지었다. 그런데 나로 말하면 갑자기 눈물이 쏟아졌다. 돌연한 감정이었다. 웃던 박이 입술을 천천히 다물었다.

"죄송합니다."

나는 천천히 말하고 일어나 먼저 텐트로 들어왔다. 대체 왜 이러는 건지 나도 알 수 없었다. 침낭에 얼굴을 묻자 내 목구멍에서 자음과 모음으로 표현할 수 없는 꺼억꺽 소리가 밀려나왔다. 일제의 감옥에서 죽은 어떤 시인의 말대로 내 괴로움에는 이유가 없었다. 하지만 정말 내 괴로움에는 이유가 없을까. 그 시인은 말했다. 한 여자를 사랑한 일도 없다, 시대를 슬퍼한 일도 없다. 바람이 자꾸 부는데…… 펄럭이는 텐트자락을 훤하게 밝히며 밖에서는 연신 조명탄이 터졌고 그리고 포성이 들렸다. 그러고 나면 포성소리보다 오래오래 산도 따라 울었다.

둘쨋날 새벽 5시 2분

우리들은 쫓기고 있었던 것 같다. 도서관 앞을 달려가는데 같이 도망치던 친구가 바람처럼 뒤로 끌려나갔다. 돌아보니 그는 검은 옷을 입은 다섯 명에게 둘러싸여 입을 틀어막히고 있었다. 모퉁이를 돌자 세워놓은 자동차가 보였고, 요란한 총소리가 들리기 시작했다. 나는 있는 힘을 다해 자동차를 향해 뛰었다.

—어서 타!

시궁창에 빠져서 군화를 신은 사람들에게 등을 짓눌린 채로 시인이 외쳤다. 내가 올라타자 차는 앞으로 나가기 시작했다. 나는 전혀 운전을 할 줄 몰랐다. 그런데 차는 움직이고 있는 것이었다. 다시 모퉁이를 돌자 가파르고 높은 계단이 나왔다. 나는 사십오도나 되는 각도의 오르막계단으로 차를 몰아붙였다. 차는 올라가고 있었다. 나는 운전을 할 줄 모르는데, 아아, 어쩌자고 이 가파른 길을, 길도 아닌 계단을…… 어디로 가야 하죠? 어디로? 내가 묻자 오년 동안 같은 글을 고치고 있는 소설가가 다시 대답했다.

―표지판을 좀 보렴……

나는 표지판을 보고 갈림길에서 우측으로 핸들을 꺾었다. 나는 운전을 전혀 할 줄 모르는 사람이었지만 차는 달리고 있었다. 이번엔 거의 구십도의 경사였다. 나는 죽을힘을 다해 액쎌러레이터를 밟았다. 차는 그저 떨어지지 않은 채 제자리걸음이었다. 하지만 언제 떨어져내릴지 모르는 일이었다. 떨어져서 시궁창에 처박히게 될지 모른다. 나는 죽음보다 그 시궁창이 더 무서웠다. 그 떨어지는 맹렬함, 이것이 추락이구나 생각하면서 떨어져내려야 하는 그 순간을 인정해야 하는 그것이 두려웠다. 기를 쓰고 액쎌러레이터를 밟아대면서 문득 여기가 어딜까 나는 밖을 내다보고 있었다. 맙소사, 나는 표지판 위로 차를 몰아왔던 것이다. 길이 아니라, 길을 표시해놓은 표지판 그 위로……

깨어보니 텐트 밖이 푸르스름했다. 악몽을 꾼 모양이었다. 또 시작이구나 하는 생각도 들었다. 가끔씩 연달아서 나는 이런 종류의 악몽을 꾸곤 했다. 어떤 날은 악몽을 꿀까봐 무서워서 잠자리에 들지 못하기도 했다. 꿈 자체가 무서운 게 아니라 그 반복이 두려웠다. 갑자기 나는 낯선 나라에 서 있고 사람들은 내가 알 수 없는 언어로 이야기하고 있을 때, 여보세요 여기가 어디죠, 전 어디로 가야 하나요, 난 여기로 오겠다고 한번도 생각해본 일이 없어요…… 전혀 통하지 않는 언어로 혼자 중얼거리는 꿈, 운전을 하지도 못하는 내가 가파른 절벽길로 차를 몰고 가는 꿈, 길이 멀고 가파르고 험한 꿈, 그중에서도 특히 많이 반복되는 것은 운전에 관한 꿈이었다. 가파른 오르막길을, 다만 떨어져내리지 않으려고 죽을힘을 다해 올라가는 꿈…… 하지만 오늘의 것은 그중 최악이었다. 표지판으로 차를 몰고 가다니…… 물론 현실의 나는 운전을 할 줄 알았다. 차를 몰고 고속도로로 나가본 경험도 있다. 그런데 꿈속으로 들어가기만 하면 나는 전혀 운전을 할 줄 모른다, 전혀……

옆자리에서 박이 코를 골고 있었다. 연이틀째 술을 마신 탓이었는지 속이 몹시 쓰렸다. 위장이 수세미가 된 채로 푸념을 하는 것 같았다. 나는 시계를 들여다보며 텐트 밖으로 나왔다.

사방에서 안개가 피어오르고 있었다. 풍경은 하얀 안개의 망사 속에서 아주 포근해 보였다. 강은 쉴새없이 안개를 피워올리고, 나는 나른한 그 안개에 싸여 있었다. 그렇다면 밤의 포성은, 주책처럼 울어버린 내 모습은 모두 꿈이었을까……

안개가 덮인 새벽의 고요 속에서 작게 파문 이는 물결소리가 들렸다. 김은 낚싯대를 던지고 나서 나를 보더니 손짓을 해댔다. 엔간한 사람이군, 생각하며 가까이 다가가자 그는 구수한 냄새가 나는 커피잔을 내게 내밀었다.

"안 주무셨어요?"

내가 커피를 위장약과 함께 삼키고 나서 물었다. 그는 찌에서 시선을 떼지 않은 채 씨익 웃었다.

"꿈을 꾸다가 금방 깼어요."

“꿈이오?”

내가 묻자 그는 낚싯대를 낚아챘다. 초릿대 끝이 휘이익 소리가 나도록 휘어지고 있었다. 큰놈인 것 같았다.

“거 보세요, 기다리면 고기는 온다고 했잖아요. 뜰채를!”

나는 엉거주춤 뜰채를 집어들었다. 그는 용을 쓰고 있었다. 힘을 쓰며 낚싯대를 세우고 수면을 응시하는 그의 얼굴은 아주 비장해 보였다. 하지만 어느 순간 마치 물속에 숨어 있다가 튀어오르는 작은 새처럼 안개 어린 수면에서 찌가 퉁겨져나왔다. 뜰채를 들고 있던 나를 향해 김이 낭패한 얼굴을 지어 보였다.

“수초에 걸렸어요. 큰놈이었는데……”

그는 낚싯대 끝에 달려나온 검푸른 수초더미를 떼어내며 허탈하게 말했다. 낚싯바늘까지 부러뜨리고 고기는 도망을 간 모양이었다. 허탈한 표정이었지만 김은 찬찬히 부러진 바늘을 떼어내고 새로운 바늘로 채비를 바꾸며 말했다.

“꿈에 말예요, 갑자기 깡패들이 달려오더니 수배자를 내놓으라는 거예요. 무조건 도망쳤죠. 가다보니까 또 깡패들…… 밤새 도망치는 꿈이었죠. 원래 꿈을 잘 안 꾸는 편인데…… 난 수배자가 어떻게 생겼는지 구경도 못 한 사람인데…… 참 이상도 하지.”

이상한 일이라는 그의 말이 끝나기도 전에 또 이상한 일이 벌어졌다. 안개를 뒤흔드는 듯한 비명소리가 들려왔던 것이다. 처음엔 그것의 발신지가 어디인지 알 수 없었으나 곧 그것이 우리 텐트 안에서 박이 지르는 소리라는 걸 알 수 있었다. 김이 갈아끼우던 바늘을 팽개치고 텐트로 달려갔다. 나 역시 일어나 텐트로 갔다.

“무슨 꿈을 그리 요란하게 꿔요?”

　가까이 다가가자 텐트 안으로 들어간 김의 소리가 들리고 중얼거리는 박의 목소리가 들려왔다. 역시 그쪽도 그저 꿈인 모양이었다.

　"이상한 일이네요. 귀국한 이래 처음이에요. 미국 간 초기에는 가끔 그러기도 했는데……"

　"나와서 커피 한잔 해요. 이게 다 고기가 안 잡히는 탓이야."

　김과 박이 텐트 밖으로 나왔다. 박의 얼굴은 몹시 해쓱해 보였다. 서둘러 내가 버너에 불을 피우고 커피를 끓여 내밀자 박이 그것을 받아들고 이마의 땀을 닦았다.

　"동갑인 고종사촌이 그때 죽었거든요. 난 그저 소식만 들었댔는데…… 왜 그 장면이 마치 영화처럼……"

　박은 눈을 깜빡거리며 담배를 피워물었다. 꿈…… 미국에 가서 그는 다른 꿈을 꾸었다고 했다. 지리상의 거리가 멀어지면 꿈조차 달라질 수 있다는 걸 그는 알았다고 했다. 그런데 그는 돌아왔다. 돌아와서 인기가수에게 녹음순서를 자꾸 밀리면서 한달째 피아노엔 손도 못대고 있는 것이다. 그러고는 고작 따라온 낚시터에서 포탄소리 때문에 낚시를 망치고, 그리고 십몇년 전에 잊었다고 생각한 일을 악몽 속에서 다시 만나는 것이다. 그러고 보니 정말 이상했다. 꿈을 잘 안 꾸는 김이 꾼 꿈과 십몇년 전의 일을 다시 만나는 박과 최악의 악몽을 꾼 나……

　"가만, 혹시…… 포탄소리 때문은 아닐까요?"

　김이 낚싯바늘을 바꿔 끼우는 것도 잊어버리고 말했다.

　"포탄소리가 왜요? 두 분도 같은 꿈을 꾸셨나요?"

　박의 질문을 들은 김이 정말? 하는 표정으로 나를 바라보았을 때, 나는 천천히 고개를 끄덕였다. 갑자기 싸늘한 새벽 냉기가 옷 속으로 파고드는 것만 같아서 나는 단추도 없는 앞자락을 자꾸만 여몄다.

"정말 이상한 일이군요."

박이 다시 가볍게 진저리를 치며 말했다.

셋쨋날 새벽 3시 00분

자다가 나는 깨어났다. 악몽은 꾸지 않았다. 집앞 골목의 방범등 불빛 때문에 방안의 윤곽이 잘 드러나 보였다. 화장품이 어지러이 놓여 있는 화장대, 달력 그리고 벽에 걸린 일정표…… 마감일이라고 쓴 날짜에는 붉은 싸인펜으로 ×표가 그려져 있었다. 나는 주섬주섬 일어나 책상 앞으로 갔다. 아직도 위이이잉 소리를 내며 컴퓨터가 돌아가고 있었다. 어젯밤에 낚시터에서 돌아와 글을 쓰려고 낑낑대다가 그냥 잠들어버린 일이 떠올랐다. 그런데 왜 컴퓨터를 꺼놓지 않았을까? 마감일은 지났지만 나는 아직도 쓰려고 한단 말인가? 무슨 글을 더 쥐어짤 거라고 생각했기에 나는 이것을 꺼놓지도 않았단 말인지, 그렇다면 컴퓨터는 내가 잠든 동안에도 계속 모터를 돌려가면서 커서를 깜박거리고 있었단 말인가?

책상 위에는 편지가 놓여 있었다. 이번에는 인천이 발신지로 되어 있는 편지…… 나는 그것을 집어들었다.

"저는 한 대학에서 총여학생회장직을 맡고 있는 여학생입니다. 선생님 글을 읽고 나서 다시 한번 대체 '무엇을 할 것인가'에 대해서 오래 생각했습니다. 가끔 선생님 또래의 선배님들과 이야기를 하다보면 차라리 그때는 얼마나 행복했을까 하는 생각을 하기도 합니다. 어떤 학자의 말대로 그때는 '별이 빛나는 창공을 보고 갈 수가 있고, 또 가야만 하는 길의 지도를 읽어내던' 그런 시절은 아니었을까 하고 말입니다. 밤 세시, 제 방 창밖으로 아직도 별은 빛나지만, 별은 우리에게 아무것도 말하지 않습니다. 멀고 희미하게 반짝이고 있을 뿐. 이제 저는 제가 무엇을 원해야 하는지도 모르겠습니다. 모든 것이 혼돈입니다.

추신. 지금 곰곰 생각해보니 저는 이제 겨우 스물두살입니다."

나는 편지를 책상서랍에 집어넣었다. 시계를 올려다보았다. 밤 세시…… 무엇이 이 밤에 독자들로 하여금 얼굴도 모르는 내게 자신의 이야기를 털어놓게 하는지, 무엇이 후배로 하여금 소설이야말로 잡문이 아니라고 그토록 결연히 선언하게 하는 것인지, 대체 무슨 허깨비가 노동소설을 쓰던 그 소설가로 하여금 오년째 같은 소설을 고치고 또 고치게 하는지, 시궁창에서라도 다시 시작해야 한다고 속삭이게 하는지 나는 알 수 없었다. 더구나 잠에서 깨어난 나를, 마치 아주 중요한 일을 하지 못하고 깜빡 잠이 들었던 사람처럼 허둥지둥 일어나게 해서 컴퓨터 앞으로 밀어붙이는 것일까…… 이 밤, 이 캄캄한 밤 세시.

나는 다시 컴퓨터를 마주보았다. 길쭉하고 네모난 커서는 연신 깜박이면서 내게 말하는 듯했다. 길을 찾아봐, 찾을 수 있다, 없다, 있다, 없다, 있다없다있다……

나는 의자를 돌려 깜박이는 커서를 외면하고 읽다 만 책을 집어들었다. 때로 글쓰기가 힘겨울 때 글읽기처럼 쉬운 도피는 없었다. 몇달 전에 사놓고 반쯤 읽은 책은 그런대로 편안했다. 하지만 구호야말로 작품이라고 생각하는 세대들이 있다는 글귀가 불현듯 눈에 들어왔다.

“문학주의와 운동주의에서 갈등하느라고 그나마 여유가 있었던 유신세대도 아닌, 살육과 절망의 광주세대”의 이야기를, 4·19세대인 평론가는 6·25세대이자 월남세대인 한 노작가와의 대화를 통해 간결하게 적고 있었다.

—살육과 절망뿐인 세대거든요. ……광주세대에겐 문학이란 무조건 타기해야 될 것이지요.

나는 급하게 책을 덮었다. 정말 살육과 절망만이 가득 찬 글을 읽고 난 뒤처럼 몸이 부르르 떨려왔다.

언젠가 한 기자와의 인터뷰에서 나는 말한 적이 있었다.

—예, 저는 팔일학번입니다. 우리가 입학했을 때 이미 광주는 끝나 있었지만 우리는 한번도 광주를 끝낼 수는 없었습니다. 그러니까, 말하자면 저희는 광주세대라고나 할까요. ……지난 십년, 우리에게는 참 많은 일들이 일어났더랬습니다. 하지만 이제 저는 그만 팔십년대에서 벗어나고 싶어요……

나는 그때 아마 감히, 생글거리고 있었던 것 같다. 그러자 한 소녀가 울었다. 술자리에서 우연히 만난, 통일의 꽃이라 불리는 그녀는 내가, 그녀의 오빠이자 나의 동기였으며 군대에서 의문의 죽음을 당한 한 청년의 이야기를 꺼내자마자 울기 시작한 것이다. 그녀를 우러러보던 다른 후배들이 갑작스러운 그녀의 울음에 몹시 당황하고 있었다. 그녀는 말했다.

—감옥에서 나와보니 아무도 오빠 이야기를 하지 않아요. 난 다들 오빠를…… 이제는 고만 잊은 줄만 알았는데……

나에게 있어서 그녀는 눈물을 떨구던 그 순간에 피어나는 것만 같았다. 그녀는 이제는 아무도 기억해주지 않으려는 오빠를, 오빠의 죽음을 기억하고 있기 때문에 그래서 더욱 꽃인지도 몰랐다. 눈물을 떨구고 피어나는 꽃…… 언젠가 그녀도 잊혀질지 모르지만, 잊혀져서 간결하게 정리될지도 모르지만, 잊혀졌다고 해서 꽃이, 꽃이 아닌 것은 아니었다. 꽃잎이 지고 나서도 뿌리와 줄기와 싱싱한 이파리가 남아 있는 한, 아니, 그 이파리마저 지고 흰눈에 덮여 줄기의 형체조차 희미한 겨울날에도 우리가 장미를 장미라고 부르듯이 말이다.

멀리서 소쩍새의 울음소리가 희미하게 들리기 시작했다. 나는 천천히 다시 컴퓨터를 마주보았다. 몰랐던 것이 아니었다. 일전에 내게 편지를 보내온 한 주부의 말처럼 가슴속에는 쓰고 싶은 것들이 버둥버둥거렸지만 그것을 꿰어나갈 삶을 나는 찾지 못하고 있었다. 글이 아니라 내 삶이 엉망진창인 것이다. 내가 정말 화를 낸 것은 내 글에 대해서가 아니라 내 삶에 대해서였다. 그러니 우리는 정말 살육과 절망에 가득 차 있던 세대들이었는지 모른다. 그래서 구호를 예술이라고 생각했을지도 모른다. 고작 한줌의 멸치 때문에 레스또랑의 보이와 결사적인 싸움이나 벌이려고 하고, 죄없는 시인에게 버럭 소리를 질러댄 걸 생각해보면 그의 말도 일리가 있었다. 나의 꿈이 경고한 것처럼 나는 길을 가고 있었던 것이 아니라, 길을 표시해놓은 표지판 위에서 버둥거리고 있었는지도 모른다. 그러니 이제 나는 표지판에서 내려와 길을 가기 시작해야 하는지도 모른다. 제작자 때문에 영화를 찍지 못하는 감독도 아니고, 인기가수 때문에 녹음이 밀리는 작곡가도 아닌, 소설가인 내가 말이다. 표지판 위에 그림으로 그려놓은 매끄러운 표지가 아니라 진짜 길, 울퉁불퉁하고 가파르고 힘겨운 진짜 길을, 내가 걷기 전에 이미 그 길이 살육과 절망으로 가득 차 있었다 해도, 그것이 우리에게 주어진 길이라면 길 아닌 곳으로 도망치지 말고, 타박타박이라도 걸어서 넘어가야 하는지도 모른다. 진짜 길을 가는 사람에게 표지판은 더이상 악몽이 아니라 밤하늘에서 빛나는 별의 지도가 될 테니까 말이다.

나는 마치 걸음마를 시작한 아이의 걸음걸이처럼 조심스럽게 천천히 두 손을 자판 위에 놓고 두드려보았다. 어쩌면 며칠 후 또다시 자다가 벌떡 일어나 Delete라는 단추를 누를지도 모르겠지만, 누르기만 하면 머리가 모자라는 충실한 하인처럼 컴퓨터는 일초도 안되어서 이 모든 걸 지워버릴지도 모르겠지만 그래도 나는 시작해보는 것이다. 내가 꾸는 그 악몽 같은 꿈들, 꿈에서 깨어나도 괴로운 90년대의 사람들, 그리하여 이제 90년대라는 금 밖에 서서 나는 다시 들여다보는 것이다. 우리의 꿈조차 지배하면서 아직도 건재한, 추억보다 선명하게 남은 배경들, 헤세를 읽고 김동리도 읽고 바르뜨와 바슐라르도 읽었지만 구호가 바로 작품이라고 생각했을지도 모르는, 살육과 절망만이 가득한 그때, 그 배경에 서 있던 그들, 젊었던 그들, 젊었던, 그들에 대하여…… 정녕 그것은 그저 꿈을 꾸던 사람들에 대한 꿈일 뿐일까.

인간에 대한 예의

　데스크가 변덕을 부린 것이 이해가 갈 만큼 이민자는 확실히 매력적인 여자였다. 그녀가 한국에 오면 거처하곤 하는 경기도 남쪽의 어느 어름으로 찾아갔을 때 그녀는 막 아침산책에서 돌아오고 있었다. 키가 일 미터 오십오 쎈티미터쯤 될까, 생머리를 질끈 하나로 묶고, 풀을 먹이지 않은 부드러운 아이보리색 광목바지에 가지색 순모스웨터를 풍성하게 걸친 그녀는 들꽃들이 싱싱하게 피어나는 마당에 서 있었다. 변덕이 심한 봄날씨가 이어질 무렵이었다. 며칠은 마치 초여름처럼 성급하게 더워서 그저 별생각 없이 재킷을 잡지사에 걸쳐놓고 블라우스 차림으로 취재에 나섰던 것인데, 차에서 내리자마자 섬뜩한 한기를 품은 바람이 사정없이 몰아쳐와서 그 집 울타리 한켠에 서 있던 라일락의 보랏빛조차 입술이 파랗게 질린 것 같게 느껴졌다. 집 뒤쪽 가까운 골짜기의 뽀얀 봄빛도, 생나무울타리 한켠에 선 수양벚나

무의 환한 빛, 산목련나무의 눈부신 백색, 겹벚나무의 소박한 분홍빛
조차도 아직 차가운 봄바람 앞에서 그저 가엾이 떨고 있는 듯 보였다.
하지만 그 나무들 앞에서 우리를 맞이하는, 그 나무들보다 키가 작은,
왜소한 몸집의 이민자는 마치 그 바람 속에서 혼자 피어난 들꽃같이
꿋꿋하고 맑아 보였다. 바람과 봄날의 변덕스러운 한기와 그리고 마
흔여덟의 나이조차도 어쩌면 그녀를 비켜가게 하는 재주를 가진 것처
럼, 그녀의 첫인상은 뭐랄까, 독특하고 어쩌면 신비했다. 그건 그녀가
우리—사진기자와 나—를 맞아들였던, 마치 동화에서나 나올 것
같은 아주 독특한 통나무집이 주는 인상 때문이었는지도 모른다. 넓
은 나무마루는 오래도록 들기름이라도 먹인 듯 은은하게 검정고동색
으로 빛났고, 지금은 불이 꺼진 벽난로 위에는 그녀가 그린 그림이 놓
여 있었다. 서너살배기의 여자아이가 둥그렇고 푸른 지구 위에 가부
좌를 틀고 앉아 있는 그림이었다. 내가 엉거주춤 서서 그림을 들여다
보는 동안 이민자는 향기가 아주 독특한 차를 내왔다. 무슨 들풀을 짓
이겨놓은 것같이 쌉쓰름한 맛이 느껴지는 차였다.

　한 한달 동안 이 차만 마시고 지낸 적이 있어요. 인도에서요……
저의 명상 스승이셨던 마가호타 미르혼지께서 직접 만들어주신 거죠.
마음을 깨끗하게 하는 데 도움이 됩니다.

　우리에게는 거친 직조의 결이 도톨도톨 느껴지는 무명방석을 내어
놓고 그녀 자신은 맨발로 마룻바닥에 앉으며 입을 열었다. 그제야 나
는 가방 속에서 취재수첩을 꺼내들었다. 그제야 수첩을 꺼낼 만큼 나
는 그 집과 그녀의 독특한 분위기에 압도당하고 있었다.

　죄송합니다. 스승이라는 분의 성함이……
하고 말하다가 나는 입을 다물었다. 그녀가 물끄러미 나를 바라보고

있었다. 책을 읽지도 않고 찾아온 건가, 하는 기자로서의 예의없음에 대한 의아함 같은 게 그 눈빛 속에 담겨 있어서 나는 황급하게 덧붙였다.

저, 책을 읽었는데 스승 이름이 금세 떠오르지 않네요. 익숙한 이름이 아니라서…… 죄송합니다.

마, 가, 호, 타…… 미, 르, 혼, 지.

머뭇거리는 나를 향해 스승의 이름을 말하면서 그녀는 마치 석굴암의 불상에 새겨진 것처럼 엷고 환한 미소를 띠었다. 나는 그녀가 스승의 이름을 발음하는 동안 고개를 숙이고 그것을 취재수첩에 적으면서 내 스승도 아닌데 그 괴상한 이름을 내가 외울 게 뭐야, 하고 생각하던 참이었다. 괜한 생각이었을까. 취재수첩에서 눈을 떼고 고개를 들었을 때, 그녀가 나를 향해 아직도 짓고 있던 그 미소 속에 사람을 꿰뚫어보는 힘이 느껴져서 나는 좀 무안해졌다.

이미지도 없이 이름만 강요하는 것 같네요, 내가…… 어떻게 말이라는 것으로 그를 설명할 수 있을까요.

그녀는 나의 무안함을 다시 꿰뚫어보듯이 말했다. 말소리는 따뜻했고 표정은 부드러웠다. 그때 그녀의 표정은, 만일 표정이라는 것을 이렇게 분류해도 좋다면 뭐랄까, 식물성분의 냄새가 나는 것이었다. 파초잎에 파르르 바람이 불어가는 것 같고 그 위로 비가 내리는 것 같은 표정, 넓은 뜰 가운데 혼자 서 있어도 그것으로 모든 것이 이미 충족된 모습이라고나 할까. 나는 내가 그녀의 이국생활에 대해 괜스레 거부감을 가지고 온 것을 후회했다. 작고 가느다란 눈매, 납작하지도 높지도 않은 코, 얇은 입술. 그녀도 나같이 그저 한국인이었다. 나는 쌉쓰름한 냄새가 풍기는 차를 얼른 마셨다. 스승이 인도사람이든 미국

사람이든 그녀는 이제 고국에 돌아와 있는 것이다.

나는 다음 질문을 하기 위해 고개를 들다 말고 그녀와 눈이 마주치자 조금 웃어 보였다. 그러자 그녀는 내 빈잔에 살포시 차를 따르는 것이었다. 두 손을 내밀어 공손하게 그녀가 내 잔에 차를 따르는 것을 바라보면서 나는 문득, 앙상하게 마른 그녀의 품에 안기면, 저어 산다는 게 뭐지요,라고 물을 수도 있을 것 같은, 그러면 그녀는 그저 나의 머리를 쓰다듬어주고, 그러면 나는, 그래요 살고 싶어요,라고 이야기할 수도 있을 것 같은 느낌을 가졌다.

그랬다. 그녀에게는 분명 어떤 힘이 있었다. 뭐랄까, 자신의 존재만으로도 이미 충만한 사람이 가지는 어떤 힘…… 데스크가 그녀의 개인전에서 그녀와 만나고 돌아온 후, 사무실은 마치 인도의 명상터처럼 변했다. 술자리에서는 그저 이제는 늙어버린 낭만적인 문학소년 같고, 사무실에서는 웬만큼 강심장이 아닌 기자들의 눈물을 쏙 빼놓을 만큼 카리스마적인 노련함을 가지고 있는 그는, 마치 무엇에 취한 듯 열띠게 그녀의 그림과 그녀의 명상에 대해 이야기를 시작했고, 취재와 마감과 월급봉투와 글쓰기에 지쳐 있던 기자들은 담배를 피우거나 필자에게 전화로 원고를 독촉하거나, 기사를 쓰고 있던 원고지를 구겨버리다가도 데스크가 전해주는 이민자의 삶의 방식에 은밀하게 귀들을 기울이기 시작했다.

스물하나의 나이로 대한민국 국전 대상, 대학 졸업 후 도미, 뉴욕에서 큰 성공, 이어 도불하여 전시회 연달아 성공, 소더비경매장에서 그림을 거래시킬 수 있는 유일했던 한국화가…… 어느날 성공과 성취의 허망함을 깨닫고 인도로 여행 떠남, 스승 마가호타 미르혼지 밑에서 사사, 삼년간 인도 전역 맨발로 방랑, 아프리카 스케치여행, 어느날 킬리만자로의 눈 덮인 봉우리가 바라다보이는 한 사파리에서 야영 중 불현듯 깨달은 바 있어 다시 돌아와 고국에 정착.

꿈같은 이야기군.

빈정거리기 잘하는 기자가 그녀의 내력을 듣자마자 불쑥 내뱉었지만, 그 빈정거림의 의도에 대해 나 자신도 인정하지 않는 바는 아니었지만, 정말일까 하는 생각 또한 없지 않았다. 말하자면 어떤 용감무쌍한 자유인에 대한 동경 같은 것, 마감을 끝내고 동료기자들과 얼큰한 술자리에서 파해 집으로 돌아올 때, 문득 길거리에 서서 바라보면 모든 거리는 어둡기만 하고 그럴 때, 내가 지금 대체 무엇을 하며 사는 거지 하는 생각이 들 때, 어떤 자유, 어떤 방랑, 어떤 초월, 어떤 꿈의 실현, 그런 것들에 대한 호기심이랄까 그런 것들이 내 안에서 꿈틀거렸다는 말이었다.

그달에 화제가 되는 책을 선정해서 그 작가를 인터뷰하고 책의 내용을 소개하는 6페이지짜리 기사를 맡고 있는 나에게 데스크가, 이번에는 권오규 선생을 한달 뒤로 미루고 우선 이민자를 취재하라고 변덕을 부렸을 때, 나는 사실은 조금 망설이긴 했다. 권오규라는 사람을 이미 취재해놓은 이유도 있었지만 그녀의 이국생활이 왠지 내게 거부감을 준 것도 사실이었다. 하지만 그런 생각들에도 불구하고, 밑져야 본전이라는 생각으로 내가 순순히 그 제안을 받아들인 것도 어쩌면 그녀가 데스크에게 전해주어 이제 나에까지 엷게 묻어버린 그 희망 때문이었는지도 모른다. 그 희망이 오랜 독신생활과, 길지 않은 여성지 기자생활과, 나에게는 그토록 오래처럼 느껴지던 쓸쓸함의 시간들을 다르게 채색해줄지도 모르겠다는 그런 느낌이 들었던 것이다. 그래서 나는 사진기자에게 건네받은 권오규 선생의 네거필름과 이미 그를 취재해놓은 수첩과 그가 쓴 『인간에 대한 예의』라는 책을 한꺼번에 누런 봉투 속에 집어넣고 매직펜으로 6월호용이라는 글씨를 써놓은 후, 이민자를 취재하기 위해 이곳으로 왔던 것이다.

그런데 이제 그 독특한 그녀의 통나무집을 나서서 그 집 앞에 세워둔 취재차에 올라타고 멀리 바람부는 산에 피어난 가지가지 파스텔빛 산매를 배경으로 서 있는 그 통나무집을 바라보았을 때, 그리하여 나도 이런 집에서 한번 살아보고 싶다고 생각하던 바로 그때, 문득 내 가슴속 깊은 곳에서 오래도록 잠자던 슬픔 하나가, 마치 잡동사니로 범벅이 된 땅을 뚫고 머리를 내민 열무싹처럼 고개를 디미는 것이었다. 왜냐하면…… 왜 열무싹 같은 슬픔이냐 하면…… 그렇다. 그 부분에 대해서는 대답을 할 수가 있을 것 같다. 열무싹을 떠올린 것은 최근 옮긴 집 뒤뜰에 작은 텃밭이 있었기 때문이다. 심심한 어느 휴일날에 나는 꽃삽을 가지고 땅을 한번 일구어보았는데, 그것은 땅이라기보다 거의 쓰레기장에 가까웠다. 잔돌 큰돌이 무수하게 섞여 있는 것은 말할 것도 없고 비닐이나 과자봉지, 나중에는 굳은 시멘트덩어리까지 나왔던 것이다. 잔돌이나 비닐봉지라면 몰라도 시멘트덩어리라면 꽃삽으로는 도저히 어쩔 수 없어서 그만 포기할까 하긴 했었다. 하지만 꽃삽을 들고 돌아서는데 잡동사니 땅과의 싸움에서 맥없이 밀려난다는 생각이 별로 유쾌하지 않았고, 좋다, 그럼 이왕 시작한 일이니 내친김에 끝까지 가보자는 생각을 하고 나서 나는 내 허리까지 오는 커다란 삽을 사왔다. 일단 그 삽으로 시멘트를 들어내고 퇴비를 주긴 했지만 아직도 잔돌이 많고 모래가 많이 섞인 땅이라 씨앗을 뿌려도 자랄까 싶었다. 그래서 그저 손해보는 기분으로, 정말 재미삼아 시장 화원에서 열무씨앗이라는 걸 사다가 뿌려두었더랬는데, 식목일이

지나자 날씨까지 차가워졌다. 며칠 동안 나는 뒤뜰에 가서 혹시라도 이제나저제나 싹이 나오려나 기다렸지만 퇴비를 머금어서 약간 거무스레해진 흙만 보일 뿐 싹이 돋을 기미는 그야말로 싹도 보이지 않았다. 섭섭한 마음은 있었지만 너무 이른 봄날에 씨앗을 뿌린 내 탓이겠지 생각하고 지내던 차였는데, 바로 며칠 전 그저 죽어버린 줄만 알았던 씨앗들이, 아직도 돌과 비닐이 남아 있는 그 잡동사니 땅을 뚫고 녹두알만한 새싹을 내밀었던 것이다.

나는 요즘 잡지사로 출근하기 위해 집을 나설 때마다 싹들을 둘러보고 나올 만큼 열무싹들에게 열중해 있었다. 그러니 가슴속에 생각지도 않게 불쑥 솟아오른 어떤 것에게, 열무싹처럼이란 비유를 스스럼없이 붙일 수 있었던 것이다.

하지만 슬픔이 고개를 든 것 같은 느낌은 왜였느냐고 누군가가 묻는다면, 그것은 왜냐하면…… 하고 말꼬리를 흐리다가, 어쩌면 슬픔은 아닐지도 모른다고 나는 고개를 저어버렸을 것이다.

그저 하필 차에 올라타고, 한시간의 취재 끝이었지만 벌써 친근하게 느껴지는 그녀의 파초 같은 얼굴을 바라보면서 손을 흔들었을 때, 그때 내 머릿속으로 지난번에 내가 취재를 한, 하지만 지금은 책이 잘 팔리는 이민자를 위해 다음달로 그 기사가 미루어질지도 모르는, 권오규 선생이 출소 후 거처한다는 그 삼양동 구불구불한 골목길 끝, 어느 허름한 한옥의 문간방이 떠올랐을 뿐이다. 한 서너 평 되는 마당엔 얇은 시멘트가 발라져 있고 그 한켠엔 촌스러운 철쭉과 꽃피지 않은 군자란이 파란 플라스틱 화분에서 자라고 있는, 마당에 가느다란 수도꼭지가 있고 재생고무로 만든 벽돌색 대야가 아무렇게나 널려 있는, 검정색깔의 수채화물감에 물을 많이 타면 나타나는 듯한 검은 그늘이 엷게 드리워진, 그 한옥 문간방이 말이다. 하지만 그렇다 해도, 그러니까 그게 왜 슬픔이냐고 따지기 좋아하는 사람이 꼬치꼬치 물어 본다면 나는 그만 할말이 없는 것이었다.

　　자유는 나의 의상, 명상은 나의 끼니…… 이 우주도 나를 가둘 수는 없다.

　돌아오는 길에 제목은 벌써 떠올라주었다. 괜찮은 제목 같았다. 취재를 마치고 돌아오는 길에 제목이 이렇게 쉽게 떠오른다는 것은 좋은 징조였다. 사실 권오규라는 사람을 취재하고 삼양동 구불구불한 골목길을 내려올 때 나는 막막했다. 그저 막막했다고밖에는 할 수 없는 것이, 스물여덟의 나이로 무기수가 되었던 그가 이제 출옥한 지 이년 만에 그동안 감옥에서 쓴 편지들을 묶어 책을 펴냈다고 해서 그것을 대체 무슨 말로, 어떻게 기사를 쓰기 시작해야 하는지 대책이 서지 않았기 때문이다. 제목은 물론 앞글도 본문도 도무지 캄캄이었다. 이민자를 취재하러 선뜻 나선 것은 잘한 일 같았다. 그렇지 않다면 이번 달에도 또 '쫑순이' 기자가 될 판이었다.
　선배, 어쩔 거야. 이번달에 이민자씨 건으로 할 거야?
　사진기자가 내게 물었을 때, 그런 생각들을 하고 있던 나는 그래서 순순히 고개를 끄덕였다.
　하기는 데스크가 이번달에는 다른 여성지하고 인터뷰하지 말라고 이민자를 단단히 구워삶아놓은 모양이던데…… 요즘이야 그런 게 특종이지 뭐. 문민정부가 출범한 마당에 웬 장기수? 안 그래, 선배?
　왜 그렇게 말을 길게 하지?

내가 물었다. 무언가, 그렇다, 이왕 변명을 해놓은 터이니 이번에도 열무싹 같은 것이라고 하자, 불쑥 열무싹 같은 의구심이, 아니다…… 의구심이란 것은 열무싹같이 파릇파릇한 것은 아니다. 슬픔이라면 몰라도. 그러니 그저 단순하게 표기해보기로 하자. 그러니까 나는 그의 말이 왠지 비아냥처럼 들려서 그렇게 묻고 그를 바라보았다. 그는 두 다리를 쭉 뻗고 의자 뒤로 몸을 젖히며 잠시 침묵하다가 말했다.

그냥 나도 이 판을 떠나야 할까 싶어서…… 그냥 내가 그렇다는 이야기야.

어디로 가려고……?

글쎄…… 어디로 갈까. 인도? 아프리카? 뉴욕? 그도 아니면 파리? 명상이나 하면서 생각해보지 뭐. 나에게도 '그 무언가가' 떠올라주겠지. 젠장할……

다 좋은데 젠장할이란 말은 왜 붙이니?

그 말이 이런 경우에 꼭 맞으니까, 젠장할……

꼭 그렇게 세상을 비뚜로 볼 거 뭐 있어? 이제 구원으로 가는 길은 우리에게 꼭 하나가 아니어도 좋잖아?

무언가 더 말을 이을 듯 잠시 망설이다가 사진기자는 무거운 가방을 뒷좌석으로 던져놓고 눈을 감아버렸고, 나도 더 말하지 않고 고속도로를 달렸다. 사실은 사진기자가 눈을 감지 않았더라면 구원이라든가 길이라든가에 대해 불쑥 말해버린 자신에 대해 몹시 난처해져서 내 쪽이 오히려 그를 외면했을지도 모른다. 그런 의미에서 그와 나는 죽이 잘 맞는 편이었다.

하지만 나는 사진기자처럼 그저 그녀와의 만남을 그런 한마디로 치부해버리고 싶지만은 않았다. 그녀가 그 마당에 서서 들꽃같이 맑게

서서 웃었을 때 나에게는 어떤 용기 같은 게 솟은 까닭이었다. 혼자라도, 앞으로 더 많이 혼자 있는다 해도 괜찮을 것 같은 기분. 그러니 이제 밤에 집에 혼자 들어선다 해도 냉장고에서 싸구려 포도주병을 꺼내 홀짝거리며 마시거나, 아니면 밤도 늦은 시간, 너무 밤이 깊어서 라디오도 끝나고 창문 밖의 트럭소리도 사라졌을 때, 전화기 앞에서 이 밤에 누가 깨어 있지는 않을까, 깨어 있어서 나하고 이야기를 두런두런 나눌 수는 없는 것일까 궁리하다가, 그저 700으로 시작되는 오늘의 운수에 전화를 걸어놓고 우두커니 그것을 듣고 있는 대신, 아까 이민자가 가르쳐준 명상을 해볼 수도 있는 것이다. 몸을 조이는 모든 것을 다 풀어버리고—될 수 있으면 알몸이면 더 좋다고 그녀는 말했다—반가부좌나 가부좌의 자세로 앉는다. 그런 다음 단전에 힘을 주고 호흡을 시작한다. 모든 우주의 기가 코를 통해 기도를 거쳐 뱃속으로 내려갔다가 단전에 고이는 들숨, 이번에는 단전으로 모여든 나쁜 기가 뱃속을 지나 기도를 거쳐 입으로 뱉어지는 날숨. 중요한 것은 숨을 느끼는 것이라고, 그저 숨을 느끼는 것이라고 그녀는 말했다. 아까 이민자 앞에서 서투르게 웃으며 흉내내었던 그 호흡을 혼자서라면 정말 발가벗고 할 수 있을지도 모른다…… 그런 생각들, 그런 게 들었던 것이다.

잡지사에 도착하니 모두들 식사를 하러 나가고 자리는 텅 비어 있었다. 나는 사진기자에게 점심을 내겠다고 말했고 사진기자는 거기에 동의했다. 가방을 의자에 놓고 지갑을 찾아 들려고 했을 때 권오규 선생에 대한 취재가 담긴 누런 봉투가 바닥으로 떨어져내렸다. 집어두고 나갈까 하는 생각도 들었지만 조금 귀찮다는 생각이 들었고 나는 그저 가방 속에서 지갑만 찾아 달랑 겨드랑이에 끼고는 사진기자와 함께 엘리베이터에 올라탔다. 사진기자가 일층이라는 버튼을 누르고 나서 내게 말했다.

사실은 말야, 아까 왜 물어봤느냐면, 그때 우리 삼양동으로 찾아갔을 때 그 집 사진틀 속에 있던, 그 흑백사진 말야…… 한사람은 처형당하고 한사람은 옥사했다던가…… 그 사람들 사진을 찍을걸 하는 생각을 했었거든. 이번달에 기사가 나갈 거면 내가 오늘이라도 가서 그 사진들을 좀 찍고 싶어서……

사진기자는 크게 신경쓰지 말라는 듯 시큰둥하게 말했지만 내내 생각에 잠겨 있는 표정이었다. 나는 혹시 그가 내가 권오규의 자료들을 떨어뜨리고는 그것을 집지도 않고 나온 것을 보았나, 하는 생각을 했다. 아니면 갑자기 이런 말을 할 까닭이 없지 않을까 싶었다. 아니다. 나는 왜 자꾸 요즘 들어 사람들의 말을, 이것이 혹시 비아냥은 아닐까 생각하는지 알 수 없었다. 나는 재킷 주머니에 두 손을 밀어넣고 엘리베이터의 숫자가 변하는 것만 바라보았다.

하기는 그의 말대로 사진이 있었다. 몹시 화창한 봄날이었다. 삼양동 주택가로 들어섰을 때 어느 집 담장 너머로 서 있던 벚꽃이 꽃잎을 팔랑팔랑 떨어뜨리는 바람에 사진기자가 내게 포즈를 취하라고 농담을 건네기도 했던, 그런 아주 화창한 날이었다. 하지만 올라갈수록 골목은 좁아졌고 벚나무 같은 것은 더 보이지 않았다. 그저 복덕방 문앞에 내놓은 축 늘어진 게발선인장 따위가 눈에 띄었을 뿐, 삭막한 시멘트덩어리의 골목이 이어졌다. 그래서였는지 우리가 삼양동 구불구불한 골목길을 걸어올라가 권오규라는 사람이 거처한다는 집에 들어갔을 때는 봄날이고 뭐고 그저 땀만 흘렀다. 사진기자는 연방 손수건으로 땀을 닦아내었다. 벨을 누르자 거의 이십년 동안 권오규란 사람의 옥바라지를 한, 그의 동생이 대신 나와 우리를 대청으로 안내했다. 기억이란 건 이상한 것이다. 그때는 사실 시멘트로 바른 그 집 마당에 놓여 있던, 파란 비닐화분에 담긴 철쭉이랑, 꽃이 없는 군자란을 나는 눈여겨보지 않았다. 엷은 검은색의 그늘 따위도 그저 시원하다고 느꼈을 뿐이다. 하지만 이민자 화백의 집을 나서서 차에 올라타고 그녀에게 손을 흔들었을 때 나는 왜 거기서, 땀을 흘리는 사진기자라든가 머리가 좀 벗어진 권오규의 동생이라든가, 부엌에서 우리에게 커피와 사과를 날라오던 그의 계수는 빼고, 재생고무로 만든 낡은 대야와 가느다란 수도꼭지만을 떠올렸던 것일까. 어쨌든 우리들은 대청에 앉았다. 권오규란 사람의 동생은 자신의 형인 권오규씨가 잠깐 병원에 갔다며 몹시 미안한 얼굴을 지었다. 그리고 우리에게 명함을 한장 내밀었다. 거기에는 '한국도기통상 대표이사 권오원'이라는 이름이 적혀 있었다.

도기통상이 뭐 하는 뎁니까?

그저 지나치는 듯이 내가 묻자, 권오원이라는 사람은,

남대문에 있는 조그만 그릇가게예요. 제 이름이 오원인데 거창한 기업체의 사장이겠습니까 뭐……

하고, 우리가 자신을 거창한 기업체의 사장이라고 생각할까봐 조바심이라도 난다는 듯한 얼굴로 허허 웃으며 말했다.

명함은 집어넣으시지요 뭐……

그는 여전히 얼굴이 벌게서 말했다. 도기통상이라는 거창한 이름을 쓴 것이 부끄러운 건지, 사실은 그것이 조그만 그릇가게여서 부끄러운 건지, 그도 아니면 자신의 이름이 오억이 아니고 오원이라고 부끄러워하는 건지, 아무튼 그는 우리가 그 명함을 들여다보고 있는 게 거북하다는 듯 머리를 연신 만져가며 쑥스럽게 말했다. 쑥스러워하지 않아도 되는 일에 하도 쑥스러워하는 그가 민망해서 우리도 얼른 명함을 주머니에 집어넣었다. 그렇게 다른 사람을 의식하지 않아도 될 텐데 하는 생각도 들긴 했다. 그러면서 그때 명함을 넣고 무심히 시선을 돌리다가 그 사진을 발견했던 것이다. 낡은 한옥의 대청에는 늘 그렇듯이 낡은 사진틀이 걸리고 그 안에 작고 빛바랜 사진들이 들어 있었다. 나란히 앉아 찍은 사람은 아마도 그들의 어머니와 아버지 같았고, 그 부모님의 커다란 사진 앞에 작은 사진이 두 장, 반명함판의 크기로 끼워져 있었다. 내 시선이 그곳에 머물자, 권오규의 동생이 말했다.

……저분은 그때 형님이랑 같이 재판을 받고 사형당하신 이문수 선생이시고 저분은 고문 때문에 옥사하신 황문철 선생님이십니다. 형님이 감옥에서 간직하고 계셨다가 제게 저 사진을 부탁하셨더랬지요. 가족들도 뿔뿔이 흩어지고, 그래서 저희 집에서 제사를 모시고 있지요.

나는 그가 말하는 사진들을 올려다보았다. 사형을 당했다는 이문수라는 사람은 검정 양복을 입고 있었다. 사각이 반듯한 얼굴에 부리부리한 눈, 황문철이라는 사람은 그보다 좀더 나이가 들어 보였다. 그는 검은 두루마기 차림이었는데 얼굴이 갸름하고 눈매가 얍삽했다. 처형을 당하고, 그리고 내장이 터져나가도록 당한 고문의 후유증으로 옥사를 했다는 그들…… 만일 그런 설명이 없었다면 나는 그저 그것이 그들의 숙부들쯤 될 거라고 생각했을지도 모른다. 하지만 권오원의 설명을 들으면서 나는 그들의 이름을 취재수첩에 적었다.

딴 이야기 같지만…… 사실 나는 죽은 이들의 사진에 익숙하지 못하다. 우리집은 제사를 모실 때도 사진 같은 것은 쓰지 않아서 그랬는지도 모른다. 그런데 그렇게 죽어서 사진으로 남은 친구들이 내게는 있었다. 가끔 앨범을 펼쳐놓고, 나는 나와 함께 사진을 찍어 그 앨범 속에 한시절을 기록했으나, 지금은 이 지상에 없는 친구들의 수를 가만히 세어보기도 했다. 성당의 주일교사 일을 같이 하다가 대학 일학년 엠티에서 물에 빠진 여학생을 구하고 스스로는 빠져나오지 못해 죽은 친구, 군대에서 의문의 죽음을 당한 동기, 어두운 심야극장에서 심장마비로 죽은 선배…… 한 친구는 자취방에서 목을 매었고 또 한 후배는 최루탄에 맞아 쓰러졌다. 또 한 친구는 끌려가서 고문을 당하고 돌아와서는 정신병원에 들어갔다가 아파트 십층에서 뛰어내렸고 또 한 선배는 새벽까지 후배들과 술을 마시다가 달려오는 택시에 치여 그대로 죽어버리기도 했다. 그리고 또…… 한 남학생이 있었다. 그는 곱슬머리칼을 하고 있었고 웃으면 보조개가 들어가는 얼굴을 가지고 있었다. 일단 노래를 시작하면 그 목소리가 턱없이 커서, 술집에서 자주 우리를 쫓겨나게 했던……

살아 있었으면…… 그들은 모두 무엇을 할까.

어쩌면 지금쯤 넥타이를 매고 회사 지하다방에서 후배를 만나거나, 저녁 동창회모임에 프라이드를 끌고 나타날 것이겠지만, 만일 살아 있었다면 다른 많은 친구들처럼 나는 그들과 오래 떨어져서 서로 별로 궁금해하지도 않고 살아갈지도 모르겠지만 이상하게도 가끔 그들의 얼굴이 눈에 밟혔다. 왜냐하면…… 그들은 우리들의 이십대가 고스란히 놓인 1980년대, 내가 죽고만 싶어, 죽고만 싶어, 하고 중얼거리며 죽지 못하고 빠져나온 1980년대의 한 길거리에서 우리와 함께 달리다가 고꾸라졌다는 생각이 자꾸 들었기 때문이다. 고꾸라진 그들을 두고 나 혼자 달려나와 그 긴 터널을 빠져나와버렸다는 생각, 그래서 어두운 곳만 보면 혹시 여기에 그들의 주검이 파랗게 누워 있는 건 아닐까 겁이 나기도 했기 때문이다.

권선생님께서는 많이 불편하신가요?

한동안 괜찮으셨더랬는데 약한 감기에도 저렇게 힘들어하시는군요. 아무래도 감기균도 감옥 속의 것이 좀 순한 모양입니다.

그는 별로 우습지도 않은 농담을 하고는 아주 재미있다는 듯이 웃었다. 그 웃음 속에는 젊은 기자들을 오래 기다리게 하는 미안함을 어떻게든 덜어주려는 서투른 의도가 엿보여서 우리도 할 수 없이 그를 따라 웃었다. 사실은 좀 멋쩍었고 지루했다. 잠시 후, 그의 아내가 깎은 사과와 커피를 내왔다. 우리는 화창하다 못해 덥기까지 한 봄날에 그 집 대청에 앉아서 들쩍지근한 커피를 마셨다.

저 방이 형님이 쓰시는 방이에요.

인터뷰할 대상이 없어서 침묵하며 사과만 베어먹고 있는 우리에게 몹시 미안하다는 표정을 지으며 동생이 이야기를 시작했다. 그가 가리키는 곳은 권오규가 거처하는 문간방이었다. 엷은 미색 한지가 훤히 비치는 그런 한옥식 미닫이방이었다.

원래는 저 방이 여닫이문이 달린 방이었죠…… 형님이 출옥하신 지 얼마 안돼서예요. 원래 세를 주었던 방을 내보내고 나서, 그 방에 가구를 좀 들여놓고 형님을 저기 거처하시게 했죠. 피곤하니까 쉬시라고 하고 우리는 방문을 닫고 잠이 들었는데 다음날 아침, 형님이 일어나시지 않았는지 방에서 별 기척이 없어요. 얼마나 피곤하실까 싶어서 형님을 깨우지 말기로 하고선 저는 가게로 나가고 애엄마도 볼일이 있어서 밥상을 마루에 차려놓고 밖으로 나갔죠. 우리가 그때 가게를 한창 수리하고 있던 때라, 경황이 없어서 밥상 위에 쪽지를 써놓고 나갔더랬어요. 아침은 밥을 드시고 점심은 중국집에서 짜장면을 시켜서 드시라고, 중국집 전화번호를 적고 우리집을 그곳에 알려주는 방법을 적어놓은 거지요. 그런데 그날 오후 네시 넘어서까지 집에 아무리 전화를 해도 받지를 않아요. 이상한 생각에 제가 집으로 뛰어왔지요. 밥상도 그대로고 형님도 보이지 않았어요. 정말 별의별 생각이 다 든 건 말도 마세요. 그때 형님 방 쪽에서 쾅, 쾅, 쾅, 문 두드리는 소리가 나요. 깜짝 놀라서 방문을 열어보니까…… 형님이 땀이 범벅이 된 얼굴로 절 바라보시더라구요. 아니 형님, 왜 이렇게 문을 두드리세요. 나오시지 않구, 하니까…… 그제서야 형님이 당황해하시면서 말씀을 못하세요. 나중에 알아보니까 장기수들이 출옥하면 그런 일이 많다는 거예요. 생각해보세요, 이십년 동안 갇혀 있다 보니까 스스로 안에서 방문을 열 수 있다는 걸 잊어버리신 거죠. 아침도, 점심도 거르시고…… 형님은 안에서 계속 문을 두드리셨던 거예요. 나가는 기척이 들리는 것 같으니까, 혹시나 혹시나 하다가 문을 두드렸던 거죠. 세상에……

동생은 붉어진 눈시울을 얼른 내리깔며 담배를 집어들었다. 듣고 있던 사진기자가 카메라렌즈를 만지작거리며 작게 기침을 해댔다.

인간의 몸뚱이를 가둬두는 게 사실은 그렇게 무서운가봅니다. 일이 있기 전에 형님은 럭비선수시기도 했는데…… 감옥에서 운동을 하시고 단전호흡도 하셨다고는 하지만 지금은 너무 약해지셨어요. 길을 걷다가도 자꾸만 깜짝깜짝 놀라셔요. 감옥에서 혼자 일곱, 여덟 걸음 걷고는 뒤돌아서서 일곱 발짝 또 걷고 하던 버릇이 아직 남아 있던 거죠. 처음엔 화들짝 놀라시면서 걸음을 멈추시기에 저희는 어디 몸이 아프신가 했어요. 형님은 조금 쉬었으면 하시더군요. 저희로서는 시내구경을 시켜드리려던 거였는데…… 그것도 알고 보니까 그런 버릇 때문이었어요. 이십년 동안 바라보았던 감옥의 벽이 눈앞으로 화악 달려드는 것 같은 환영을 보시는 거죠. 형님이 나오시긴 했지만 이미 몸속에 들어와버린 그 벽을 허물려면 얼마나 세월이 더 필요할지……

사진기자는 마당 한켠에 있는 재생고무로 만든 붉은색 대야만 바라보고 있었다. 나는 천천히 사과를 베어먹었다.

권오규는 우리가 찾아간 지 한시간 남짓 후에 나타났다. 계수가 대문을 열어주자 그 대문에서부터 대청까지의 몇미터도 안되는 거리를 헐레벌떡 뛰어오는 것이었다. 권오규는 얼른 대청으로 올라서며,

미안하군요, 젊은이들한테…… 오시라고 해놓고.

라고 말하며 손수건을 꺼내 이마의 땀을 닦았다.

이상우 선생이라고 빨치산이셨던 분이 얼마 전에 출옥을 하셨는데 고만 오래 못 넘기실 것 같아서 말이에요, 병원에 가는 길에 혹시나 하고 전화를 해보니까 역시 그러시더군요. 그래, 큰 병원에 모셔다놓고 오는 길입니다. 이거 너무나 미안하군요.

아주버님도…… 몸도 편찮으신데 그러다가 더 병나면 어떻게 하시려구 그러세요. 그런 건 이제 좀 젊은 사람들한테 맡기세요. 감기는…… 병원에 가셨어요?

권오규에게 인삼차를 내오며 그의 계수가 말을 거들었다.

아닙니다. 난 괜찮아요. 약이나 좀 지어먹지요. 감기쯤이야 뭐…… 그 이상우 선생이 남쪽에 무슨 가족이라구 있어야지 말이에요. 그렇잖아도 장기수 후원회 젊은이들이 왔습디다.

그는 우리를 앉혀놓고 계수씨와 오래 말을 한 게 미안하다는 듯 겸연쩍게 웃었다. 웃는데 그의 눈가에 잔주름이 깊게 몰려들었다. 이상했다. 감옥에서 이십년을 보낸 사람이 대체 언제 웃을 시간이 있었기에 저 사람의 눈가에는 저토록 오랜 세월을 웃었던 흔적이 팬 것일까. 나는 권오규의 눈가에서 시선을 떼어 두 사람을 마주보았다. 나란히 앉은 형제의 얼굴, 동생 쪽이 오히려 나이가 많아 보였지만, 동생 쪽은 머리가 벗어지고 몸이 비대한 편인 데 비해 권오규는 얼굴이 좀 갸름하고 마른 편이었지만, 만일 그 둘이 나란히 앉아 있지 않았다면 닮지 않은 형제라고 생각했을 사람들이겠지만 그들은 닮아 있었다. 뭐랄까, 그들의 얼굴에는 그들이 가만히 있을 때는 숨어 있던 어떤 아이들의 모습이 웃음을 띨 때마다 튀어나오는 것 같은 공통점…… 차를 몰고 가다가 막 수업을 파한 초등학교 앞 횡단보도에 멈추어설 때 와아 뛰어가는 아이들의 모습이…… 세상에, 그건 또 무슨 해괴망측한 상상력인지. 오십이 다 된 두 노인네 형제의 모습에서 신발주머니를 덜렁덜렁 흔들며 뛰어가는 아이들, 한 이학년쯤 된 아이가 그래도 제가 형이라고 한 일학년쯤 되어 보이는 동생의 손을 꼭 붙들고 뛰어가는 그런 얼굴을 느끼다니…… 나는 얼른 터무니없는 상상에서 깨어나 기자로서의 일을 생각했고 권오규에게 명함을 내밀었다. 그는 연한 하늘색 와이셔츠 윗주머니에서 작은 돋보기를 꺼내 쓰고 내 명함을 들여다보며 고개를 끄덕였다. 하지만 그때, 그가 월간 여성 기자라는 내 명함을 보고 고개를 끄덕였을 때 나는 상상에서 깨어나 이상한 기분에 다시 사로잡혔다.

이십년 동안 옥살이를 한 그에게, 방문을 안에서도 열 수 있다는 걸 잊어버린 그에게 대체 '월간 여성'이 무슨 상관이란 말인가…… 그가

언제 한번 그걸 읽어보기라도 했으며, 앞으로도 이런 책을 읽기라도
할 것인가 말이다. 나는 이제는 다만 너무 늙어버린 그 두 형제와 이
야기를 나누다가 그 집을 나섰다.

삼양동을 내려오는 내 취재수첩에는 그저 이문수와 황문철이라는
이름이 처형, 옥사라는 글자 옆에 나란히 적혀 있을 뿐이었다. 보통
작가를 인터뷰하고 내려오는 길에는 이것저것 문안들이 떠오르게 마
련인데 이상하게 제목도 떠오르지 않았다. 다만, 저 사람 오십이 다
된 지금 장가는 어떻게 갈 것인지, 책이 그리 많이 팔리지도 않는다는
데 생계는 어떻게 할 것인지, 몸도 안 좋다면서 다른 장기수들 뒷바
라지나 하면서 평생을 살 것인지…… 그런 기사화되기 힘든 생각들
만 떠올랐다.

엘리베이터는 일층에 도착했다. 우리는 앞서거니 뒤서거니 걸었다.
점심은 뭘 먹을까 하면서 빌딩의 현관문을 여는데, 바람이, 마치 오랜
시간을 고여 있다가 문을 여는 우리에게 한꺼번에 달려들기라도 하는
듯이 불어왔다. 이상한 날씨였다.

날씨가 왜 이러지…… 가만, 봄에도 태풍이라는 게 부나?

사진기자와 나는 똑같이 하늘을 올려다보았다. 색깔에도 무게를 달
수 있다면 아주 무거운 육중한 회색구름이 하늘을 뒤덮고 이상하게
섬뜩한 느낌의 바람이 불고 있었다.

꼭 금방 하늘이 무너져내릴 것 같다……

나와 같이 하늘을 올려다보던 사진기자가 주머니에 두 손을 찔렀
다. 늘 렌즈나 사진기나 필름 등을 넣고 다니던 그의 무거운 가방이
없어서인지 그는 휘청대는 것처럼 보였다.

오늘이 강경대 이주기잖아.

그는 바람을 피해 가슴을 웅크리고 걸으며 빠르게 말했다.

오늘이⋯⋯?

꼭 이십년 전 일 같지?

우리는 설렁탕집에 들어가 수육을 시켜놓고 반주를 한잔씩 했다. 사진기자도 나도 별말을 하지 않고 소주를 한병이나 비웠다. 다시 거리로 나왔을 때 사진기자가 발그레한 눈가를 찌푸리며 웃었다.

내가 만일 말야, 선배, 지금 이 바람 속에서 어떤 울음소리를 듣는다면 말이야, 구슬프고 억울하고 그런 소리를 듣는다면 선배는 나보고 또, 미친놈 그러고 말겠지?

그는 말을 마치고 먼지가 입으로 들어갔는지 침을 뱉었다. 나는 나보다 키가 십오 쎈티미터나 큰 그의 어깨에 힘겹게 어깨동무를 했다.

아니, 대신 이렇게 말할걸. 너 그렇게 살다간 오래 못 버틴다.

그래, 그것이 정답이야.

그가 대답했고, 우리는 1991년 사월의 대학 정문 앞에서 쇠파이프에 맞아죽은 강경대가 죽은 지 이년 되는 날에, 소주 한병의 취기에 얼떨떨하게 젖어서, 바람이 부는 길거리에 서서 피들피들 웃었다.

발치에 떨어뜨렸던 권오규에 대한 자료들을 집어올리다가, 나는 그 봉투 속에서 한뭉치의 자료들을 발견했다. 도서관에서 이십여년 전의 그의 공소자료들을 찾아낸 복사물이었다. 나는 여기저기에 기사를 쓸 때 인용하기 위해서 붉은 줄을 쳐놓았다. 공소장에 따르면 권오규의 '일당'들은 '지식인·언론인·종교인에게 드리는 글'이라든가 '민중의 길'이라는 유인물을 통해서 학생들의 데모를 배후조종하고 북쪽의 상투적 대남비방 구호인 '매판족벌' '자본주의적 착취' 등의 구호를 사용하여 북한 공산주의자들을 이롭게 하고, 유신정권을 군사독재정권이라고 규정하여, 노동자·농민을 박정희정부를 전복하고 공산혁명을 세울 수 있는 주요세력으로 설정하여 폭력혁명을 구상하고, 각목·화염병 등을 준비하여 데모를 유혈화하는 준비를 한, 구제받을 수 없는 공산혁명의 찬동세력들이었다는 것이다.

그것이 그를 무기징역을 살게 한 죄들이었다. 더구나 그는 그 당시 이미 학교를 졸업한 사회인의 신분으로 평생을 '공산혁명'에 몸바치기로 한 전업적 혁명가로서 후에 형집행정지로 석방된 학생신분의 다른 사람들과도 구분되었다.

강경대가 죽은 1991년에 비하면 참으로 격세지감이 느껴졌다. 유인물과 화염병이 무기징역 선고의 절대적인 증거가 되다니……

어떻게 할까, 정말 권오규라는 사람을 다음달로 미루나, 이민자를 그대로 실어버리나 생각을 하면서 나는 자료들을 덮었다. 바람은 여전히 뿌옇게 창밖에서 불어젖히고 있었다. 마감상황이 적힌 상황판에는 이미 완성된 기사들에 빨간 동그라미들이 쳐져 있었다.

머리 좋은 아내가 펼치는 쎅스 체위, 알뜰살림 총집합, 남편의 바람기 이렇게 잡는다, 간암 이겨낸 극적 투병기…… 그리고 이달의 책 취재란에는 이민자의 이름이 적히고 그 옆에 독촉이라는 체크가 되어 있었다. 오늘 아침, 부랴부랴 취재를 떠나기 전까지 분명 그 자리에는 권오규라는 사람의 이름이 적혀 있었다. 나는 아직 이민자를 이번달에 싣겠다고 정식으로 데스크와 의논한 일이 없었다. 아까 내가 권오규에 대한 자료를 누런 봉투에 넣고 6월호용이라고 써놓았음에도 불구하고 기분이 좀 묘했다. 하지만 지금 와서 그걸 데스크에게 따지자고 해도 권오규든 이민자든 내게 어떤 생각도 잘 떠오르지 않는 상황이어서 나는 그저 취재수첩을 덮어놓고 담배만 연방 두 대를 피워댔다. 두번째 담배를 막 끄려는데 급사아이가 전화가 왔다고 알려왔다.

전화기 속에서 들리는 것은 뜻밖에도 강선배의 목소리였다. 그는 좀 쑥스러운 듯한 말투로 지하다방에서 기다리고 있다는 말을 전했다.

나는 시계를 들여다보았다. 오후 두시가 막 넘어가는 시간이었다. 강선배가 연락도 없이 왜 찾아왔는지 전혀 감이 잡히지 않았다. 그의 떠들썩한 이혼소식을 먼발치에서 전해들었을 뿐, 요 몇년 동안 나는 그를 만난 적이 없었다.

기다려도 엘리베이터는 올라오지 않았다. 1, 2, 3, 4……9라고 적힌 숫자판 옆에 FULL이라는 불이 켜진 채였다. 엘리베이터가 오르락내리락하는 동안 나는 여전히 바람이 미친 듯이 불어가는 여의도의 거리를 내려다보며 서 있었다.

그러자 불쑥, 벌써 오년이라는 생각이 들었다. 처음에 이 잡지사의 사장인 외삼촌의 주선으로 계약직 기자가 되었을 때, 나는 가계부를 만드는 일을 했다. 그때는 아직 거리마다 건조한 햇볕이 쨍쨍한 가을날이었다. 일년 동안 사용할 가계부 포맷을 만들고 가계부의 모서리마다 집어넣을 요리며 알뜰살림 힌트며, 그도 아니면 마이 카 상식을 만드는 것이 나의 일이었다. 그때 어두운 자료실 한켠에서 슬라이드 필름으로 보관되어 있는 요리들을 찾아내면서 나는 생각했다. 대체 이곳 사람들은 어쩌면 저렇게 밝은 얼굴을 하고 있을까, 어쩌면 그들은 조금의 죄의식이라든가 조금의 미안한 얼굴이라든가 그런 것들이 없는 것일까, 어떻게 날마다 쌜러드나 과일안주에 맥주를 마시고, 어떻게 저렇게 비싼 옷을 자랑삼아 입고 다닐 수가 있는 것일까. 나는 슬라이드 환등기를 켰다. 슬라이드는 찰칵, 찰칵 돌아갔고 찰칵, 찰칵 돌아가는 슬라이드가 환하게 불을 밝히며 스파게티 미트 쏘스며 사우전드아일랜드 드레씽을 얹은 야채쌜러드며 쏘시지 양상추 쌜러드찜 같은 그림들을 보여줄 때마다 슬라이드의 번호를 열심히 적어서는 가제본된 가계부 갈피에 끼워놓았다. 나는 대체 어쩌자고 여기서 이런 낯선 이국음식의 슬라이드들을 찾고 있는 것일까. 그들이, 내가 사랑한다고 외치던 그들이 대체 이런 음식을 먹어는 보았을 것이며, 아니면 지금이라도 혹여 먹고는 있을 것이며 그도 아니면 죽는 날까지 마이 카를 타고 알뜰하게 살림을 꾸리며 이 음식들을 먹을 수도 있을 것인가. 그런 생각이 들 때마다 나는 볼펜을 놀려 그런 요리들의 고유번호를 적으면서도, 마치 내가 그 가계부의 한켠에 죽고만 싶어, 죽고만 싶어……라고 쓰고 있는 착각을 느꼈다. 강선배를 마지막으로 본 것은 아마도 그 무렵이었을 것이다.

그때도 강선배는 건물 지하 까페에서 기다리고 있었다. 내가 그곳을 빠져나온 지 거의 삼개월 만이었다. 그는 변장을 위해서였는지 파마를 하고 검은 테의 안경을 쓰고 있었다. 그는 피곤한 표정을 하고 있다가 나를 보자 얼굴을 펴며 조금 웃었다. 파마기가 아직도 서투르게 남아 있어서 제멋대로 뻗친 머리. 하지만 그 무성하게 뻗대는 머리칼과는 달리 까칠한 잔주름이 잡히는 얼굴이 어두운 조명 아래서도 잘 보였다. 날마다 얼굴을 마주하고 보아왔던 잔주름이면서도 그의 얼굴에서 피어나는 그 까칠한 잔주름이 마음에 밟혀서 나는 마주앉자마자 그의 앞에 놓인 물잔을 들어 얼른 마셨다.

그래, 괜찮니?

그는 아주 조심스레 물었다. 그가 왜 조심스럽게 나에게 묻는지 그 이유를 알고 있었기 때문에 아, 단지 그것 때문이었을까, 나는 그저 얼른 시선을 내리깔았다. 아니에요, 사실은 죽고만 싶어요, 미안해요,라는 말을 하고 싶었지만 그것조차 너무 상투적인 말 같아서 나는 그저 입을 다물고 시선을 여전히 내리깐 채로 고개만 끄덕였다.

바로 찾아오려고 했는데 너한테 오히려 부담이 될 것만 같아서…… 왜 우리에게…… 말하지 않았었니. 니 사정을 설명하고 그리고 모두를 안심시킨 다음에 나갈 수도 있었는데……

그는 말을 하다 말고 입을 다물었다. 왜냐하면 내가, 그가 그래, 괜찮니 하고 물었을 때부터 고개를 들지 못하고 있던 내가 여전히 고개를 숙인 채로 울기 시작했기 때문이다. 그 눈물의 의미는 지금 생각해봐도 뭐라고 딱히 꼬집어낼 수 없는 것이긴 했다. 다만 나는 그때 울면서 생각했다. 내가 도망쳐나온 것은, 내가 저녁거리를 사러 시장에 간다고 말하고 도망쳐나온 것은 당신들이 옳았기 때문이에요. 옳은 당신들에게 무슨 말로, 가령 예를 들어 아버지가 갑자기 아프시다거나, 집안이 기울어서 내가 지금 당장 돈을 벌지 않으면 안돼요라거나, 갑자기 병이 나서 죽을 것만 같아요,라는 핑계도 없이 그곳을 나올 수가 있었는지 아무리 생각해도 막막했기 때문이에요, 라는 생각…… 그들이 옳았기 때문에 운 것은 아니었지만…… 그랬다, 날마다 조마조마한 그 시간들이 싫었다. 수배자들과 함께 자고 먹고, 방 밖에서 경찰차 지나가는 소리라도 나면 온몸의 신경들이 쭈뼛쭈뼛 서는 그 느낌들. 등사물을 나르거나 책을 가방에 숨겨가지고 거리에 나설 때, 전경이라도 보이면 가슴이 미친 듯이 방망이질치던 그 순간들이 지긋지긋했기 때문이다. 그래서 단지 그 논리적으로 설명할 수 없는 그 싫음을 견디다 못해 그저 그곳을 도망쳐나왔지만 내가 도망쳐 향했던 이곳은 그렇다고 ‘싫지 않은 곳’은 아니었다. 그곳에서는 다른 종류의 싫음들이 나를 기다리고 있었다. 예를 들면 신문을 펴면 재빨리 주식 값이 적혀 있는 난만 보고 마는 사람들이 있고, 값이 뛰어오른 아파트를 팔고 값이 더 뛰어오를 아파트를 장만하는 사람들이 있고, 자동차를 바꾸고, 맥주를 마시며 어젯밤 그네들과 잠자리를 한 하룻밤 연인들에 대해 이야기를 해대고……

바보 같은 자식은……

그는 피식 웃으며 겨우 눈물을 그치는 나의 어깨를 가볍게 툭툭 쳐주었다. 그날 나는 급한 약속이 있다며 떠나가는 그에게 그날 받은 월급봉투를 내밀었다. 그는 월급봉투를 들여다보고는 거기서 만원짜리 지폐 다섯 장을 꺼내 자기 주머니에 넣었다.

이젠 됐지? ……너무 죄책감 가질 필요 없다.

그는 말했다. 그가 남기고 간, 아직도 만원짜리 지폐가 많이 남아 있는 월급봉투를 쥐고 나는 그가 사라지는 여의도의 빌딩가를 그를 따라 몇발짝을 걸었다.

햇살이 환하게 부서지던 가을날이었다.

들어가봐라……

네.

어서 들어가라니까……

하지만 그럼에도 불구하고 그를 계속 따라가는 나를 안쓰러이 돌아보던 그의 얼굴. 바람도 불지 않던 날에 제멋대로 뻗치던 그의 머리카락…… 그렇게 여의도의 빌딩가를 좀 걷다가 나를 돌아다보며 그는 담배를 물고 잠시 난감한 표정을 지었다.

저기…… 어차피 알게 될 텐데 말을 하는 게 좋을 것 같구나. 윤석이가…… 지금 병원에 있다. 중태다……

……한 남학생이 있었다. 그는 곱슬머리칼을 하고 있었고 웃으면 보조개가 들어가는 얼굴을 가지고 있었다. 일단 노래를 시작하면 그 목소리가 턱없이 커서, 술집에서 자주 우리를 쫓겨나게 했던……

나는 바쁘다며 떠나가는 강선배를 붙잡고 아무 곳이나 보이는 데로, 수배중인 그의 처지를 생각해서 될 수 있으면 어두운 곳으로 그를 끌고 들어갔다. 양주·맥주라는 간판이 붙은, 조금만 더 밤이 이슥하면 아가씨들이 칸칸이 막힌 곳으로 남자손님들을 따라 들어가는 곳. 대낮부터 들어서는 그와 나를 보며 마담이 이상한 눈초리를 보냈다. 우리는 일부러 칸막이 속에 들어가 나란히 자리를 하고 앉았다. 마치 대낮부터 사랑을 나누기라도 하는 연인들처럼…… 아니다, 그건 우리만의 생각이었는지도 모른다. 마담은 아마도 그렇게 어리숙하지 않았을 것이다. 대낮부터 칸막이가 쳐진 술집에 들어서는 청춘남녀들은 그렇게 굳은, 그렇게 어찌할 바를 모르겠는, 길을 가다가 난데없이 매라도 맞은 듯 망연한 그런 표정은 짓지 않을 테니까……

맥주를 두어 병 시켜놓고, 그야말로 말라비틀어진 마른안주를 시켜놓고, 마담이 하품을 하며 사라지는 것을 보고 난 다음에야 나는 그에게 물었다. 그제야 말이다.

그게 무슨 소리예요?

그는 맥주를 연방 두 컵을 마셨다.

임투중에…… 사장이 영 말이 통하지 않으니까…… 마지막 교섭을 하려고 몸에 신나를 뿌리고 들어갔었나봐. 그래도 이 사장이 영 막무가내니까…… 그 사장이 그 지역에서 악덕업주로 유명한 놈이거

든. 그래서 제 몸에 시너를 뿌리고 교섭하다가 사장에게 라이터불을
들이대려고 한 거지. 정 그렇게 막무가내로 나오면 라이터를 내 몸에
들이대서 불을 붙이겠다, 그런 말을 하려고 했나보지. 그런데 휘발된
신나가 그…… 사무실 속에 퍼져 있었고 라이터불을 켜자마자 몸으
로 불이…… 사장도 중태야. 오늘 석간에 기사가 났던데……

그는 윤석의 용태를 걱정하며 남은 맥주도 다 마시지 않고 자리를
떠났다. 나는 남은 맥주를 마저 마시고 사무실로 돌아가면서, 그러니
까 스파게티 미트 쏘스며 사우전드아일랜드 드레씽을 얹은 야채쌜러
드며 쏘시지 양상추 쌜러드찜 같은 요리들을 찾기 위해 사무실로 들
어오는 길에 신문을 샀다. 그의 기사는 사회면 맨 귀퉁이에 다섯 줄로
나와 있었다. 그리고 다음날 아침 그의 사망소식을 나는 조간에서 읽
었다.

나는 윤석과 함께 다섯 달쯤을 살았다. 아니, 정확히 말하자면 노동
현장에 배치를 받기 전에 윤석과 다섯 명의 남학생들을 우리집에 묵
게 해주었던 것이다. 한번은 술을 먹은 윤석이 내게 술잔을 던진 일도
있었다. 그를 안 지 얼마 안되어서의 일이었다. 그는 내게 술잔을 던
져놓고 내가 얼굴에서 소주를 다 닦아내기도 전에 제가 먼저 눈물을
터뜨렸다. 나는 알고 있었다. 그의 형은 공장에서 일하다가 손이 잘린
사람이었고 어머니는 공장 식당에서 일을 하는, 저애가 어떻게 대학
엘 들어왔는가 놀라울 정도로 가난한 후배였다. 그는 울면서 말했다.

누나가 뭘 알아…… 누나는 몰라…… 가난……이라는 거……

다른 기억도 있다. 그가 나의 아파트에 처음 도착하던 날, 아마도
내가 보리차를 끓이려고 주전자를 가스레인지에 올려놓으려던 참이
었을 것이다.

누나, 수도꼭지에서 이렇게 더운물이 나오는데 뭐 하려고 물을 또 끓여요?

사람들이 와와 웃었다. 나는 솔직히 그때 충격을 받았다. 더운물이 수도꼭지에서 나오는 집에 한번도 살아본 일이 없다니, 보리차랑 온수를 구분하지 못하다니…… 그의 말대로 나는 아는 게, 책에서 읽은 거 빼고, 최저임금 숫자말고, 아는 게 없었다. 만일 첫날 그에게서 받은 충격이 없었다면 나는 술잔을 내게 끼얹은 그와 두번 다시 말도 하지 않았을 것이다. 하지만 그가 끼얹어 내 얼굴에서 뚝뚝 떨어지는 소주를 닦아내면서 사실은 나도 울고 싶었다. 내가 부모님이 사주신 아파트에서 살고 있는 게 미안했고 뜨거운 물이 펑펑 나오는 게 미안했고 그의 형의 잘린 손이, 그의 어머니가 공장 식당에서 하루 열여섯 시간을 일하시면서 그의 대학등록금을 대는 게 가슴 아팠다. 하지만 미안해하고 가슴이 아픈 거 외에 내가 해줄 수 있는 일이 없었다. 그래서 나는 그저 그가 스스로 화를 풀 때까지 기다려보자고 생각했는데 다음날 그가 먼저 내 방문을 두드렸다.

다섯 명의 후배들이 내 집에서 살고는 있었지만 나는 그들과 함께 행동할 일은 거의 없었다. 대충 짐작을 할 뿐, 서로의 일들에 대해 묻지도 않았고 알려고 해서도 안되는 상황이었다.

내가 문을 열자 그는 한여름에 일찍 나오는 새파란 인도사과를 한 알 들고 서 있었다. 나와 눈이 마주치자 그는 갑자기 어쩔 줄 모르겠다는 듯이 얼굴을 붉히더니 오래 연습을 한 신인배우처럼 말했다.

저기, 사과 드세요……

비죽이 내다보니 다른 네 명의 학생들이 웃으며 우리를 바라보고 있었다. 빠듯한 계획 속에서 모처럼 사과를 사다 먹는 모양이었다. 나는 사과를 받아들고 겨우 고마워, 하고 말했다. 그건 진심이었다. 나는 그가, 먼저 사과를 하는 그가, 명색이 선배인 내게 사과를 하는 그가, 빠듯하고 배고픈 나날의 일상 속에서 제가 먹을 사과 한알을 내게 건네준 그가 고마웠던 것이다.

그 작은 싸움과 사과 한알의 화해를 통해서 우리들은 친해졌다. 나는 그들과 함께 자주 식사를 했고 가끔은 삼겹살을 사다가 건네며 그들의 젊고 왕성한 식욕들을 안쓰러워하기도 했다. 그들이 우리집에서 떠나던 날, 떠나서 노동현장으로 가는 날, 우리들은 마지막 만찬을 함께했다. 그는 또 턱없이 큰 소리로 노래를 불렀다.

청산이 소리쳐 부르거든 나 이미 떠났다고
기나긴 죽음의 시절 꿈도 없이 누웠다가
나 이미 큰 강 건너
떠났다고 대답하라……
저 깊은 곳에 영혼의 외침
더 험한 곳에 민중의 뼈아픈 고통
내 작은 이 한 몸 역사에 바쳐
싸우리라 사랑하리……

이번에는 쫓아낼 술집 아주머니도 없었지만 내가 아파트에서 쫓겨날까봐 걱정이었을 만큼 그의 목소리는 여전히 컸다.
누나, 나랑 악수 한번만 해요.
수줍은 손이었다. 뺄 듯 뺄 듯하다가 그는 내 손을 꼭 움켜잡고 나를 한참 바라보았다.

미안해요, 누나. 나는 사실은 이전에는 참 속좁은 가난뱅이 고학생일 따름이었지만 이젠 아니에요. ……이젠 정말로 그렇지 않아요. 누나, 믿으시죠?

나는 고개를 끄덕였다. 그가 웃으며 천천히 내 손을 놓았다.

저어, 꼭 다시 뵙고 싶어요…… 우리……

그가 다시 말했을 때 고개를 끄덕였지만 나는 우리가 다시 만날 가능성에 대해 거의 생각지 않았다. 네가 끌려가든 내가 끌려가든 우리들은 기약할 수 없는 시대를 살고 있잖니, 그렇게 말할 뻔하기도 했다. 하지만 이런 식으로 이렇게 망연한 죽음이 우리를 갈라놓을 거라고는 꿈에도 생각하지 못했다. 나는 그저 그들이 노동현장으로 가서 건강하고 씩씩하게 살아주기만을, 그래서 부끄럽지 않은 젊은날을 보내기를 바랐다.

강선배는 그 뒤로 한번 내게 전화를 걸었다. 우리는 죽어버린 윤석의 이야기를 하지도 못했다. 강선배 역시 수배라는 상황 때문에, 나는 또 가계부를 만드느라 그의 장례식에 참석하지도 못했던 것이다. 다만 전화를 어서 끊으라는 듯 삐이삐이 공중전화의 경고음이 들릴 때, 그리고 나서 정말이라는 듯 전화가 끊겨버리는 그 사이, 아주 급박한 목소리로 강선배의 목소리가 들렸다.

오늘 혼자서…… 묘지에 갔었다……

강선배와 나는 그후로는 연락을 하지 못했다. 그가 구속이 되었다는 소식이 들렸고 그가 이혼을 했다는 소식이 들렸고 그가 아버지 집으로 들어갔다는 소식…… 강선배는 아직도 모른다. 신입생이던 시절, 삼학년이던 그를 내가 얼마나 사모했는지를. 헤어지던 무렵 윤석이가 나를 몰래 사모했던 것처럼 나는 강선배를 사모했다. 어리숙하게 눈을 반짝이며 앉아 있던 우리들을 모아놓고,

　말이야, 별거 아니야. 싸우지 않고 얻을 수 있는 것은 아무것도 없다. 작은 일처럼 보이는 것도, 사실은 아주 큰 문제가 작게 드러난 것에 지나지 않아. 우리는 바로 그것들을 향해 싸움을 시작하는 거란다. 우리 주변 우리 내부, 사소하게 보이는 작은 일들부터 청소를 해나가는 거…… 알겠니?

라고, 선한 눈매를 어글거리며 웃던 그를, 그 작은 일을 가지고 싸우다가 감옥에 가고, 재판정에서 하얀 한복을 입고 교도관에게 입이 틀어막힌 채 질질 끌려나와 우리 모두를 울게 만들던 그를, 윤석이 내게 소주를 끼얹었을 때, 윤석과 나를 번갈아가며 달래던 그를…… 노동자가 되고 역시, 중학교만 졸업한 노동자하고 결혼을 했던 그를 말이다. 하지만 지금 나는 오년 후의 그를 만나러 간다. 사소한 일 가지고 목숨 걸 필요 뭐 있어,라고 말한다는 그를, 아버지가 경영하는 버스회사의 사장이 되었다는 그를, 딸을 둘 낳고 살던 노동자하고 헤어진 그를, 그와 헤어진 후 정신병원에 갇힌, 중학교만 졸업한 노동자의 남편이었던 그를.

　오년 동안 변한 것은 그만이 아니었다. 까페도 변해 있었다. 그때 어둑어둑 달려 있던 까페의 늘어진 조명등은 천장에 매달린 작고 환한 조명으로 바뀌고 구석구석 칸막이 속에서 만지면 먼지가 묻어나올 것 같던 의자들은 널찍한 소파로 변해 있었다. 이상했다. 늘 들락거리는 지하 까페의 변화를 나는 왜 그를 오년 만에 만나는 지금에서야 깨닫는 것일까. 나는 실내를 자꾸만 돌아보았다. 그가 앉아 있을 법한 구석자리에는 손님이 아무도 없었다. 나를 먼저 알아본 것은 그였다.

그는 녹두색의 실크잠바를 입고 까페 한가운데 놓인 의자에 앉아 나를 기다리고 있었다. 검은 안경은 날이 선 금테로 바뀌어 있고, 서투른 파마 때문에 엉성하던 머리는 가지런히 돌아와 있었고, 그는 살이 좀 붙어 있었다.

몰라보게 변했네……

내가 말했을 때 그는 그런가, 하고 웃었다. 그의 얼굴에는 이제 까칠한 잔주름이 피어나지 않았다. 오년 전의 그는 까페에 들어가면 언제나 구석진 자리를 찾곤 했다. 수배를 받던 무렵부터 그의 습관이었다. 나는 그가 아직도 그 습관을 가지고 있다고 왜 생각했을까. 그가 나의 이름을 부르고, 구석자리를 기웃거리던 내가 돌아보며 그를 발견했을 때, 나는 갑자기 그가 까페의 한가운데 자리가 아니라 세상의 한가운데에 앉아 있는 것 같은 착각을 느꼈다. 내가 그토록 저주했고, 그가 변혁하고 싶었던 세상의 한가운데 말이다.

사실은 결혼을 하게 됐다. 요 근처에 거래처가 있어서 지나가다가 네 생각이 나서 청첩장이라도 전해주려고……

그는 쑥스럽게 웃으며 주머니에서 금박이 박힌 청첩장을 내밀었다.

그런데 너 아직도 낮술 마시고 다니니? 나이가 몇인데……

그가 웃었다.

아직……? 그래, 내가 아직도…… 하는 게 있네……

내가 신기해서 말하자, 그는 담배를 물고 불을 붙였다. 잠시 침묵이 계속되었다. 오년 전에 그와 함께 마셨던 맥주가 생각났다. 그때도 환한 대낮이었다. 맥주·양주라는 간판이 붙은 컴컴한 룸쌀롱 같은 데서 우리는 술을 마셨다. 마치 연인처럼 보이게 하려고 나란히 앉아, 마담이 하품을 하며 사라진 것을 확인하고서야 죽은 윤석의 이야기를 했다. 그런데 윤석인 죽고 선배는 사장이 되고 우리는 이제 낮술 이야기만 하는 것이다.

강선배는 작게 기침을 하고 나서는 오년 만에 만난 후배에게치곤 참으로 평범한 이야기들을 두런두런 해나갔다. 나도 그에게 두런두런 답했다. 만일 오년 전의 우리들이었다면, 설사 그때의 나는 날마다 이상하고 긴 이름의 서양요리들의 슬라이드를 찾으면서 죽고만 싶다고 생각하고 있긴 했지만, 아마도 오늘 같은 날 나는 1970년대 초반 세상을 떠들썩하게 했던 사건의 주모자인 권오규란 사람의 이야기를 했을지도 모르겠다. 그가 무기징역을 받고 그의 동료들은 혹은 사형선고를 받고, 내장이 터져나갈 정도의 고문을 받고, 그중의 하나는 사형이 집행되고 그중의 하나는 고문 후유증으로 옥사를 하고, 그러고도 그는 살아남아서 스물몇살의 청년이 오십이 다 되어 출옥한 이야기 말이다. 출옥을 한 후에도 감옥에 갇혀 있던 이십몇년간의 습관 때문에, 밖에서 누군가가 열어주지 않으면 방문 안에서 제 스스로 문을 열 줄 모르고, 길을 걷다가도 마치 감옥의 벽이 그에게 달려드는 것만 같은 환각에 흠칫흠칫 놀라 서는 바람에 같이 걷던 사람들이 함께 가슴이 내려앉는 슬픔을 맛보고, 그런 그의 이야기 말이다.

그러면 강선배와 나는 애꿎은 은하수담배만 피워대면서 서로 붉어진 눈가를 어떻게 처리해야 할지를 몰라 코를 훌쩍여가면서, 그래도 그럼에도 불구하고 우린 이긴다, 왜냐하면 우린 옳으니까, 진리를 한 번 알아버린 사람은 목에 칼이 들어와도 그것에서 벗어나지 못한다, 라는 말을 했을지도 모르겠지만 말이다.

하지만,

아까 오전에 전화했더니 취재 갔다고 하더구나. 바쁘니?

강선배는 나의 침묵이 조금 거북해졌는지 한참 만에 입을 열었다.

으응…… 마감이니까요.

나는 물만 마시며 그를 어색하게 바라보았다. 이 어색함. 오랜만에 만난 반가움이 아직도 자리를 잡지 못하고, 오년 전에 있었던 우리 사이의 반가움이 구석진 곳으로만 찾아드는 것 같은 어색함…… 그러니 꼭 죽음이 아니라 해도 사실 이런 만남이 이별은 아닐까.

급하게 취재 갔었어. 이민자라는 사람의 집에. 이번에 책을 냈는데……

아아, 이민자.

강선배가 입을 열었다. 그가 이민자를 알다니, 뜻밖이었다. 데스크가 그녀의 책이 그토록 베스트셀러라는 칭찬을 한 것이 조금 이해가 갔다.

이번에 아버지가 그 여자 그림을 한점 샀어. 알고 보니 우리 집안하고 먼 일가야.

그래애……

그와 나는 이민자를 안다는 공통점을 겨우 발견하고 서로 눈이 마주치자 웃었다.

취재 잘하고……?

그저.

내 마누라 될 사람이 그 여자 명상법 사다놓고 요즘 연습한대. 좋다고 읽어보라고 나한테도 한권 줬는데 아직 못 읽었어. 바빠서 통 책을 읽을 시간이 나야 말이지.

그도 모처럼 나온, 이 어색한 분위기를 무마시켜주는 이민자의 이야기를 놓치지 않겠다는 듯이 서둘러 이야기를 이어나갔다.

만나보니까 어때?

……글쎄, 뭐랄까, 독특했어.

독특해? 어떤 점이?

그 집엔 강아지가 있었거든…… 그 강아지는 하루종일 연못가에 놓인 돌에 코를 박고 가만히 앉아 있어. 내가 강아지가 왜 저러느냐고 물었더니 이민자 화백이 대답하데. 강아지요? 아아…… 강아지는 명상을 하는 중이에요. 재미있기에 내가 물었지. 무슨 명상이오? 그러자 그녀가 대답했어. 글쎄요, 이런 거겠죠. 물속에 고기가 있네……

그가 식어버린 커피잔을 들다 말고 푸우, 하고 웃었다. 나도 따라 웃었다. 나는 감사했다. 오늘 만일 권오규의 집에 갔었더라면 삼양동에, 골목길이 구불구불한 그 허름한 한옥의 그 그늘진 문간방에, 시멘트로 발라진 서너 평짜리 마당이 있고 그 마당엔 파란 비닐화분에 담겨진 촌스러운 철쭉이 있고 재생고무로 만든 대야가 널브러진 그 집에 갔었더라면 강선배와의 어색함을 풀 수가 없었을지도 몰랐다. 그렇다고 이제 와서 그와 둘이 앉아서 이미 죽어버린 윤석이라거나, 권오규의 투옥과 고문과 청춘에 관해서 이야기할 수는 없었다. 아니, 그건 나의 지나친 비약일까. 그러나 그렇다 해도 까페의 한가운데 자리에서 녹두색의 하늘거리는 실크잠바를 입은 그와 마주앉아서, 이제 와서 나는 그런 이야기는 하고 싶지 않았다.

그는 시계를 보더니 일어서서 찻값을 지불했다. 언뜻 흘겨본 그의 지갑 속에는 몇장의 파란 지폐가 삐죽이 고개를 내밀고 있었다. 나는 그가 혹시라도 내 월급봉투를 내밀었던 그날을, 그것을 다 준다 해도 그들을 도망쳐나온 내 죄책감을 다 씻을 수 없을 것 같았던 그 가을날을 기억하고 있을까, 그도 아니면 윤석의 묘지에 홀로 다녀왔던 그리고 내게 전화를 걸어 울먹였던 그날들을 가끔은 생각하고 있을까, 잠시 생각했지만 곧 웃음을 띠고 그에게 악수를 청했다. 그가 약간 어색해하며 내 손을 잡았다.

주차장까지 그를 배웅하고 다시 칠층에 있는 사무실로 올라가기 위해 엘리베이터를 기다리면서 나는 그의 결혼식을 상상해보았다. 케이크가 잘라지고 얼음으로 만든 조각이 빙글빙글 돌아가는 그곳, 그곳에 모일 우리의 옛 동료들을 말이다. 아마도 많은 사람들이 올 것이다. 컴퓨터회사의 사장이 된 선배, 전임자리를 얻은 동기생들, 시집을 가서 애기를 둘씩이나 낳은 친구들…… 하지만 오지 않는 사람들도 있을 것이다. 아직도 수배중인 후배와 아직도 감옥에 있는 선배와 그리고 버얼써 죽어버린 친구들……

한 친구가 술자리에서 그렇게 물었다.

우리들은 말이야, 우리들은 저 팔십년대를 결국에라도 말이야, 벗어날 수 있을까.

그러자 다른 친구가 말했다.

벗어나지 못하면 어쩔 거야. 이제사……

그러자 어떤 친구가, 전과자라는 낙인 때문에 대기업을 포기하고 지금은 작은 컴퓨터회사에 다니는 어떤 친구가 머리칼을 비비다가 말했다.

……나는 아냐, 니들 다 그래도 나는 아냐…… 왜냐하면 나는 아니니까……

우리들은 몹시 취해서 그 자리를 파했다. 그 친구들도 강선배의 결혼식에 올까?

엘리베이터는 좀처럼 내려오지 않았다. 나는 생각을 바꾸어 계단 쪽을 택했다. 어둑어둑한 비상구 계단을 천천히 올라가면서 권오규 선생의 『인간에 대한 예의』라는 책과 사진기자가 건네준 그의 네거필름과 처형당한 사람과 고문 후유증으로 옥사한 사람의 이름만 달랑 적힌 취재메모들을 떠올렸다. 그리고 취재조차 할 수 없는, 바보같이 죽어버린 윤석과, 그런 사람들……

나는 왜 이민자에게 갔었나? 전혀 좋아하지 않는 데스크의 청탁을 왜 그렇게 쉽게 받아들였을까. 받아들여서 권오규란 사람의 책을 다음달에 소개해도 좋다고 나는 왜 생각하나. ……그건 작은 일이니까. 내가 권오규 선생을 이번 호에 싣든 이민자를 이번 호에 싣든 세상은 어쨌든 그렇고 그렇게 돌아갈 테니까? 나는 벌써 팔십년대를, 내 이십대가 고스란히 놓여 있는 그 팔십년대를 벗어난 걸까. 죽은 사람은 죽은 사람이고 감옥에서 풀려난 사람들은 풀려난 사람들이고…… 잡지를 읽는 사람들은 이제 더이상 그런 이야기는 좋아하지 않으니까. 그건 이젠 철지난 유행가니까. 그래서?

나는 권오규란 사람의 이름을 선배들이 등사한 팸플릿에서 보았다. 줄을 치고 필기를 하면서 그들의 운동의 허점과 오류와 그 아나키스트적인 발상을 비판했다. 대체 몇십명의 비밀결사가 독재정권을 무너뜨릴 수 있다고 생각한 칠십년대적 순진함이여…… 그가 내게 미친 영향은 고작 그것뿐이었다. 그는 다른 사람들이 무수히 투옥되고 죽어가고 하던 때에도 그저 감옥에 앉아 있었을 뿐이다. 그 때문에 박정권이 무너지지지도 않았고, 그 때문에 전두환씨가 백담사로 간 것도 아니고, 그 때문에 문민정부시대가 온 것도 아니었다. 그는 팔십년대에 고스란히 이십대를 보낸 우리들에게 대체 무슨 영향을 끼쳤단 말인가……

윤석은 신중하지 못했다. 그는 일당 칠백원을 올리기 위해 제 몸에 불을 지르는 짓을 저질러버렸다. 신나가 휘발성이 있다는 걸 왜 잊어버렸단 말인가. 그러고도 그 회사의 일당은 오르지 않았다. 사장은 살아났고 그는 죽었다. 그의 어머니는 아직도 공장의 식당에 나가실 것이다. 그리고 나는 가계부를 만들면서 잠시 손을 놓고 멍하게 앉아서 바보 같은 것, 바보 같은 것 중얼거렸다. 그가 끼친 영향은 고작 그것이었다……

하지만 이제, 이 대망의 구십년대에 이민자는 다를 수 있다. 그녀는 적어도 내게 명상하는 방법을 일러줄 수 있다. 모든 외로운 사람들, 잠 못 드는 사람들, 혼자라는 생각에 슬퍼하는 사람들에게, 아니에요, 우리가 살아 있다는 것만 해도, 이 우주 속에 살아 있다는 것만으로도 우리는 충분한 가치를 지니고 있습니다,라고 당당하고 담담하게 말해줄 수 있다. 그래서 그녀와 희귀한 냄새가 나는 차를 마시노라면, 그래, 혼자서라도 잘살아보는 거야 하는 용기를 얻을 수도 있다. 그래서 용기를 얻으러, 정말 그 용기를 얻으러 나는 이민자에게 갔었나?

무언가 잡을 것이 없을까, 이렇게 허허로운 때에. 술자리에서조차 운동가요는 더이상 부르지 않는 이때에, 요즘 인천하고 부평하고 울산에서는 말이야, 라고 더이상 말하지 않는 이때에, 누가 수배를 당했는지, 누가 아직 감옥에 남아서 이 차가운 봄날의 냉기를 견디고 있는지 관심이 없는 이때에, 운동? 너 아직도 그런 거 이야기하니, 하고 말하면 웃음보가 터지는 이즈음에. ……무엇이 옳고 무엇이 그른가가 아니라 무엇이 좋고 무엇이 싫은가에 대해서만 이야기하는 이때에. ……아내 있는 평론가가 출판사 여직원에게 임신을 시키고, 결혼식 청첩장을 돌리던 작가가 술집여자 스무 명과 번갈아 잠을 잔 걸 자랑하고…… 누가 누군가에게 치명적인 상처를 입히고 입으며, 사실은 그건 동구권이 무너졌기 때문이었어,라고 너무나 진지하게 대꾸하는 이때에 제발이지……라는 마음 하나 품고 나는 이민자에게 갔었는가. 그런가?

너는 도망친 사람이니 입을 다물라고 누군가가 말한다면 나도 입을 다물지 모르지만, 무서워서 도망친 비겁자라고 욕한다면 진심으로 그들에게 나의 비겁함에 대해 사죄할 용의도 있지만, 그렇다고 해도 나 역시 팔십년대의 아들이며 딸이었다. 팔십년대의 아들이며 딸들은, 어떤 상황이라 하더라도 옳으면 승리한다는, 아아, 너무도 단순했지만 너무도 굳게, 결국은 정의가 승리한다는 믿음을 먹고 자란 사람들이었다. ……루카치를 교지에 실었다는 이유로 강제징집을 당하는 선배를 보면서, 학내시위 사실을 학교 신문에 실었다는 이유만으로 구속된 친구를 보면서, 누군가 작은 정의를 위해 싸우고 나면 뒤에 오는 이들은 좀더 큰 정의를 위해 싸울 수 있다는 신념, 우리들의 희생은 결코 헛되지 않을 거라는 신념을 배웠던 사람들이다. 그랬던 우리들의 마음속에서 동구권을 빼고 나면 정말 한숨과 체념과 방탕과 그런 것들만 남았던 것인가? 그런가……

감옥에서 이십년 동안 그저 앉아 있던 권오규의 모습이 떠올랐다. 가난한 가방을 달랑 들고 그림공부를 하러 뉴욕으로 떠나는 이민자의 모습도 보였다. 비밀결사를 다 결성하기도 전에 체포되는 권오규. 그 무렵 뉴욕에서 그림을 그리는 이민자. 감옥에 앉아 있는 권오규. 인도를 맨발로 방랑하는 이민자. 감옥에서 일곱 걸음 걷다가 뒤돌아서서 다시 일곱 걸음 걷는 권오규. 아프리카의 눈덮인 킬리만자로가 보이는 사파리에서 불현듯 '그 무엇인가' 깨닫는 이민자. 그래도 감옥에 앉아 있는 권오규. 지겹도록 이십년 동안 앉아만 있는 권오규. 무엇을 견디려고, 무엇을 기다리려고 그저 앉아 있는 권오규. 화염병을 들고 뛰던 강선배, 휴지뭉치를 들고 코를 풀며 따라가던 나. 일당 칠백원을 올리려다 죽어버린 윤석이. 그저 싫어서 도망치던 나. 까페의 한가운데 앉아 있던 강선배, 흙이 된 윤석이와 낮술, 엉망진창인 나. ……그런데 오늘은 바람이 분다. 사진기자는 강경대가 맞아죽은 지 이주년이 되는 날이라고 말했다. 하필이면 오늘 강선배는 나를 찾아와 청첩장을 내밀고 하필이면 오늘 바람이 분다. 나는 사진기자의 말대로 조그맣게 입술을 오므리고 혼자 중얼거려보았다.

젠장할…… 마감인데 어쩌란 말이야……

영화를 본 일이 있었다. 주말의 명화 시간에. 지금은 제목도, 출연한 배우도 떠오르지 않는 영화. ……이차대전중, 다섯 명의 특수 요원들이 나찌의 댐을 폭파하러 떠난다. 다이너마이트를 한손에 쥐고 다른 손에는 어머니의 사진을 쥔 젊은이들. 그들은 죽으러 가는 것이었다. 적의 댐과 자신들의 운명을 같이 파괴하러…… 상사는 말한다. 우리의 임무를 생각하면 죽음이 무슨 두려움이랴. 사실은 그 상사를 뺀 나머지 젊은이들은 꼭 죽고 싶지는 않았다. 그러나 그들은 댐 속에 들어가서 다이너마이트를 폭파시킨다. 그리고 쓰러진다. 나는 그들의 죽음에 애도를 보낼 마음을 가지기 시작했다. 어서 댐이 무너지고 물줄기가 솟구쳐내리고, 그들 역시 그 물줄기에 휩쓸리는 그 장엄한 광경이 펼쳐지기만 한다면…… 그런데 영화는 거기서 끝난 것이 아니었다. 잠시 후, 그들 젊은이들은 댐 속에서 깨어난다. 그들은 기절했을 뿐이었다. 그들이 깨어나는 것을 지켜보던 상사가 웃는다.

망할 자식들, 이 거대한 댐이 다이너마이트 몇개로 폭파될 줄 알았던 거냐? 이제 우리가 구멍낸 자리에 물이 스며들고…… 그리고 댐은 바로 그 구멍난 틈으로 스며드는 이 강의 물줄기가 무너뜨리는 거야. 자, 얼른 일어나! 여기를 빠져나가자.

아까 마신 소주의 취기가 그제야 뭉게뭉게 올라왔다. 얼굴이 화끈거리면서 계단이 아물아물거렸다. 나는 잠시 난간에 두 손을 짚고 너무 늙어버린 노인처럼 잠시 서 있었다. 그러니 이제 마지막으로 열무싹 이야기를 좀더 해야겠다. 이민자의 통나무집을 나서면서 내가 느꼈다는 열무싹 같은 슬픔이라는 것은 사실은 거짓말이었다. 슬픈 거면 슬픈 거고 열무싹이면 싹이지 열무싹 같은 슬픔 같은 건 애초부터 없었다는 말이다. 나는 이민자를 결코 권오규만큼 사랑할 수 없다는 걸 처음부터 알고 있었다. 그녀가 사실은 더 매력있고 더 재미있는 시간을 내게 내주었지만, 권오규의 동생은 지루했고, 권오규는 내가 다이미 알고 있다고 생각하는 고리타분한 이야기만 한 것도 사실이었지만 나는, 미안하다, 나는 그들의 지나온 삶을 생각할 수밖에 없었다. 내가 팔십년대에 이십대를 고스란히 보냈듯 그들이 보냈던 이십대를 생각했던 것이다. 그리고 앞으로 내 삼십대가 다가오듯이 그들의 삼십대와 그들의 사십대를 시궁창 냄새가 풍겨오는 듯한 우리의 정치사와 함께 생각할 수밖에 없었다. 그러니 마지막으로 이제 정말 열무싹 이야기를 하기로 하겠다. 이건 정말인데, 나는 오늘 아침에 먹다 남은 차찌꺼기 모은 것을 그 열무싹이 뿌리내린 흙에 뿌려주고 그것을 다른 흙으로 덮었다. 땅이 너무 척박해서 그것이라도 비료를 주어야겠기에…… 나는 빌었다. 날씨가 더 무더워져서 이 차찌꺼기들이 빨리 썩기를, 썩어문드러져서 거름이 되기를…… 나는 그걸 바라면서 아직 차가운 봄하늘을 올려다보았다. 그들이 썩지 않으면 그들은 열무싹과 아무 상관이 없을 테니까, 파릇파릇한 어떤 싹도 틔울 수 없을 테니까…… 그저 막막하기만 하던 권오규의 기사 첫머리가 그제야 내 머리에 떠올랐다.

여기, 시대와 역사와 인간에 대한 예의를 지켰던 한사람이 있다.

나는 천천히, 낮술에 취하는 몸을 조심스럽게 가누며 칠층이라는 안내판이 붙은 계단으로 올라섰다. 멀리 데스크가 하품하는 모습이 보였고, 나는 그를 향해 걷기 시작했다.

무엇을 할 것인가

걷다보니 저녁이었다. 고궁을 따라 이어진 길에는 인적이 거의 없었고 혜화동 로터리 쪽으로는 차들만 길게 늘어서 있었다. 해가 지는 무렵이면 늘 그랬듯이 사물들의 윤곽이 뚜렷했다. 몇백년 전 쌓았을 고궁의 돌담 언저리, 이끼낀 기와의 까실까실한 결들까지 선명했다. 문득 눈을 들었다. 희끄무레한 저녁하늘 사이로 앙상한 나뭇가지가 파들거리며 떨고 있는 게 보였다. 한때는 무성히 이파리가 피어났고 또 한때는 푸드득거리며 커다란 이파리를 떨구던 나무들이었다. 하지만 이제는 미세한 바람결에도 몸서리를 치면서 그저 파들거릴 뿐이었다.

나는 가방을 고쳐메며 계속해서 걸었다. 아까 오후에 선배의 출판사에 들른 이후로 나는 계속 거리를 헤매고 있었다. 모든 약속들을 스스로 취소해버렸음에도 불구하고, 나는 길 잃은 사람처럼 이 저녁거리가 낯설었다. 늘 걷던 길의 버스정류장 팻말까지 그랬다. 갈 곳이 없었던 것이다.

생각하지 않으려고 애를 썼지만 다시 그의 생각이 났다. 그가 결혼을 한다고 아까 출판사에서 누군가가 말을 꺼냈을 때부터 나는 계획했던 저녁의 일정들을 혼자서 취소해버렸다. 아무 일도 일어나지 않았다면, 정확히 말해서 그가 결혼한다는 소식을 듣지 않았더라면 나는 아마도 지금 이 시간, 아마도 김교수의 출판기념회에 참석해 있을 것이다. 별로 동의하지도 않는 그의 논문에 입에 발린 치하를 보내고 사람들을 만나고 뷔페를 먹고, 어쩌면 쓸데없는 농담들을 지껄이면서 거품도 싱싱한 맥주를 마시고 있을지도 몰랐다.

그, 가, 결, 혼, 을 한다.

이제 나는 아무도 건너지 않는 신호등 앞에 서 있다. 차들이 늘어선 길 건너편에 서 있는 여자가 보였다. 스물이 좀 넘었을까, 시장에서 아무 생각 없이 골라잡은 것 같은 허름한 파카에 무릎이 나온 바지를 입고, 그 여자도 길 건너편에서 내 쪽에 있는 신호등을 바라보고 서 있었다. 나는 그 여자가 몹시 불안해 보인다는 생각을 했다. 그런 생각을 하고 나자 갑자기 지금 나와 마주보고 서 있는 여자의 모습이 혹시나 환영이 아닐까 하는 생각이 들었다. 저런 모습을 한 여자를 나는 기억하고 있었던 것이다. 단발머리를 하고 아무렇게나 골라잡은 파카와 무릎이 나온 바지를 입고 저 길거리에 서 있던 스물몇살의 여자. 지금 저 여자처럼 신호등을 바라보면서 파란불이 들어와주기를 기다리던 여자……

그러자 이 세상의 모든 풍경들이 내 곁에서 지워져버렸다. 그리고 그 여자와 나…… 차들이 밀려 있는 한길을 사이에 두고 마주보고 있는 그 여자와 나만이 이 세상에 남았다. 그리고 이윽고는 그 여자도 지워져버리고 기억 속의 여자만 남아 거기에 서 있었다. 머릿속에서 달력들이 거꾸로 팔락거리기 시작했고 1986년 겨울이 되었다.

그때 그 여자는 몹시 창백한 얼굴을 하고 있었다. 유난히 검은 눈동자는 불안하게 흔들렸고 온몸이 딸꾹질을 하듯 몇분 간격으로 가볍게 경련을 일으키고 있었다. 신호등이 바뀌자 그 여자는 빠른 걸음으로 길을 건너 혜화동 쪽으로 향해갔다.

이윽고 어떤 초라한 다방 입구에 다다랐을 때 그 여자는 멈추어서서 가쁜숨을 몰아쉬다가 다방으로 들어갔다. 이층으로 오르는 계단은 그 여자의 낡은 운동화가 닿을 때마다 삐그덕거리는 소리를 냈다. 삐그덕거리는 소리가 혹시 불길의 징조는 아닐까, 그 여자는 그 계단 중간에 서서 잠시 그런 생각을 하기도 했다.

그 여자는 조심스레 다방문을 밀쳤다. 그때, 1986년 겨울의 어느 날에는 아직 시간이 일러서 다방엔 아무도 없었다. 조심스레 창가에 자리를 잡고 나서 그 여자는 주머니를 뒤적거렸다. 간절하게 담배생각이 나는 것 같았다. 하지만 그 여자의 주머니 속에서는 토큰 몇개만 가련하게 짤랑거렸다.

그리고 잠시 후 그가 들어섰다. 불안하게 출입구를 응시하고 있던 여자의 얼굴에 왈칵 화색이 번졌다. 그는 인조털이 달린 감색 체크무늬 반코트를 입고 있었다. 그 반코트를 보자 그 여자는 설핏 고개를 숙여버렸다. 이제 와서 그의 반코트를 보면서 눈물이 괴어버린 게 부끄러워서는 아니었다. 마지막이라는 생각에 그만 가슴이 철렁 내려앉은 때문이었다.

그는 그 여자의 앞자리로 와서 앉았다. 천천히 그 여자가 고개를 들었다. 생각 탓이었을까, 그의 눈은 괴로워하고 있는 듯이 보였다. 여자처럼 그의 눈동자도 몹시 흔들리고 있었다. 그런 생각을 하자마자 여자는 가슴께에서 무언가가 찢겨져나가는 듯한 통증을 느꼈다. 그 여자는 남자의 시선을 피해 낡은 탁자로 시선을 떨어뜨리면서 자기도 모르게 가슴 한구석에 제 손을 가져다댔다. 심장이 뚝, 뚝 피를 흘리는 것만 같았다. 하지만 다시 그와 눈이 마주쳤을 때 그 여자는 설핏 웃었다. 마지막이라는 생각도 금기라는 생각도 그 여자는 하지 않기로 했다. 마지막이라도 좋았던 것이다. 그가 여기 있고 나는 또 여기 있고…… 아직 우리는 함께다. 미소짓는 그 여자의 마음을 헤아린다는 듯 그가 입을 열었다.

　—어젯밤엔 술이 과했던 것 같구나…… 우리 둘다……

　설핏 미소짓고 있던 여자의 윗입술이 얇게 뒤틀렸고 이어 선명하게 일그러졌다. 술 때문이라고 그가 입을 열었을 때 알아차려야 했다. 하지만 그 여자는 그러지 않았다. 그건 마지막이었다. 마지막이라는 생각이 그 여자에게 용기를 주었다.

　어차피 모든 선을 넘어버렸다고 그 여자는 생각했다. 지금은 아침 쎄미나 시간이었다. 말도 없이 빠져나온 그와 그 여자를 모두들 찾고 있을 것이었다. 그 눈초리들, 쏟아져내릴 그 비판들…… 가뜩이나 그 여자는 지금 사람들의 따가운 눈초리를 받고 있는 처지였다. 하지만 그 여자는 제게로 달려들어 상처입힐 그 모든 말들을 다 각오하고 여기까지 온 것이었다. 그것이, 마지막이라는 생각보다 더 그 여자에게 용기를 주었다. 그래서 여자는 입을 열었다.

　—난 목숨을 걸 수도 있어요.

　술 때문이라고 말한 그와 목숨도 걸 수 있다고 말한 그 여자의 눈이 다시 한번 허공에서 부딪쳤다. 그는 무슨 말인가 하고 싶은 듯했으나 바람빠진 것처럼 웃어버렸다.

대학원을 그만두었을 때, 집을 뛰쳐나와 노동운동을 하겠다고 선언했을 때, 그 여자는 어머니와 아버지 앞에서 이해해달라고 말하며 시선을 떨구었다. 남자 앞에서 여자는 아직 시선을 떨구지는 않았다. 하지만 술 때문이었다는 그의 말을 다시 생각하자 여자는 결국 시선을 떨구고 말았다.

─형은 참 비겁한 사람이군요.

그가 말없이 주머니를 뒤적거려 담배를 꺼냈다. 그리고 그 여자에게 한대를 내밀었다. 담배를 받아들면서 그 여자는 어젯밤에 일어난 일들을 생각했다. 그와 그녀에게 돌연히 찾아왔던 밤을 생각했던 것이다. 하지만 그 밤이 돌연하게 찾아온 것이 아니라는 걸 그 여자는 알고 있었다.

1983년의 어느 가을날, 낙엽이 지는 교정의 뒷숲에서 여학생들이 우수수 우수수 강간을 당하고 다음날 벌어진 시위…… 여학생들의 치마를 발겨놓고 유유히 사라진 사복경찰들의 이야기가 흉흉하게 떠돌던 가을이었다.

─산 자여 따르라! 산 자여 따르라!

그는 도서관 유리창에 매달린 채로 소리쳤다. 물론 그는 끌려갔다. 그리고 건너편 건물에서 유인물을 뿌리던 여자선배가 사복경찰들에게 쫓겨 건물 아래로 떨어져내렸다.

학생회관 뒤편에 숨어서 그 광경들을 바라보면서 엉켜쥔 주먹으로 눈물을 틀어막고 서 있던 그 여자는 일년 후 대학원에 진학했다. 대학원을 그만두고 집을 뛰쳐나온 건 어쩌면 당연한 일이었다. 그 여자는 살아 있었고 살아 있는 젊은이들의 갈 길을 알고 있던 탓이었다. 수천 명의 살아 있는 젊은이들이 택했던 감옥의 길을 그 여자도 가고 싶어했다. 왜냐하면 감옥 밖에 있다는 사실이 더 괴롭던 시절이었으니까. 이유는 단지 그것이었다.

그 여자는 노동현장에 투입되기 위한 교육을 받았다. 머리털이 나고 나서 그렇게 혹독한 공부는 처음이었다. 물론 그렇게 궁핍한 것도 처음이었다. 하루분의 아주 작은 식량이 정해지고 하루분의 엄청난 양의 학습분량이 정해지고 피워도 될 은하수담배의 개수가 정해졌다. 그 여자는 학습에 몰두했다. 그것은 힘겨웠지만 기쁜 일이었다. 하지만 그 기쁨은 오래가지 않았다. 손질이 간편한 머리와 허름한 옷, 식물성분의 식사, 공동의 용돈, 닥쳐올 나날들에 대한 구체적인 불안…… 실제로, 모여서 공부를 하고 있다는 사실만으로 끌려간 동료들도 많았다. 여자는 제 선택에 대해 불안해하기 시작했다. 노동자가 된다는 일은 혹은 민중이 된다는 것은 너무 힘겨운 일이었다. 적어도 이미 물질이 주는 쾌락을 맛본 여자에게는 그랬다. 하지만 내색할 수도 없었다. 여자는 노동자가 되고 싶다는 생각과 되고 싶지 않다는 생각이 뒤죽박죽인 채, 실마리를 풀 수 없는 혼돈을 혼자서만 싸안고 그해 겨울을 맞았다.

그리고 어느날 그가 그녀들에게 왔다.

그는 그녀들을 지도하던 선배가 끌려간 이후로 그녀들에게 온 거였다. 물론 그도 수배중이었다. 그 역시 언제 끌려갈지 모르는 상태였다. 그는 그 여자의 얼굴을 전혀 기억하지 못했다. 그 여자가 자신의 후배라는 사실을 알지 못하는 것 같았다. 하지만 그 여자는 그를 기억했다. 끌려가던 그가 외치던 마지막 소리, 어쩌면 신파적인 대사처럼

보이기도 하는 말, 산 자여 따르라,라는 소리가 젊은 가슴에 비수처럼
꽂힐 수밖에 없었던 그 가을날들을 잊지 않은 것이다.

　―김정석이라고 합니다.

　그가 간단히 자신을 소개했다. 물론 이름은 가명이었다. 그 여자도
가명으로 자신을 소개했고 그들은 그렇게 다시 만났다. 공부를 하는
짬짬이 휴식시간이 되면 그는 낡은 기타를 퉁겼다. 공부에 지친 그녀
들이 그 주위에 둥그렇게 모여앉아 노래를 불렀다. 기타를 퉁기며 노
래를 부르는 그를 보고 있자면 그 여자는 문득 도서관에 매달려 있던
삼년 전의 그를 떠올리곤 했다. 그때 그는 분명 저런 모습은 아니었
다. 그가 외쳤을 때, 외치면서 끌려갔을 때 그 여자는 그가 그렇게 고
운 저음을 가진 사람이라는 건 몰랐다. 부드럽게, 마치 휘파람처럼 휘
감기는 그의 낮은 노랫소리를 들으면서 그 여자는 왠지 가슴이 아팠
다. 그가 그저 외치는 자의 소리로만 남아 있었더라면 아마 가슴이 아
프지는 않았을 것이다. 그 여자는 사담이 허용되는 시간이면 가만히
그에게 이야기를 걸었다. 외치는 자의 소리와 낮은 휘파람처럼 휘감
기는 저음을 동시에 가진 그라면 그 여자의 고민을 안아줄 것만 같았
다. 이해하고 독려하고, 그러고 나서 강철처럼 그 여자를 단련시켜줄
수 있을 것만 같았다. 그리고 실제로 그는 그렇게 했다.

　누군가의 과거사에 대한 이야기는 서로에게 금물이었지만 그가 없
을 때 호기심이 많은 여학생 하나가 그의 이야기를 하기도 했다.

　―우리 대학 삼학년 때 시위 말야, 그때 도서관 사층에서 짭새를
피하다가 떨어진 언니 있잖아. 그 언니랑 결혼한대. 그 언닌 그때 떨
어진 상처 때문에 지금 하반신마비가 되었는데 얼마나 열심히 활동하
는 줄 아니? 참 잘 어울리는 커플이야. 감옥에서 서로 편지를 몰래 교

환하면서 연인으로 사귀기 시작했대. 멋지지 않니?

그리고 며칠 후 그녀들에게 그가 왔을 때 그는 새로운 스웨터를 입고 있었다. 선명한 배춧빛의 손뜨개 스웨터였다. 휠체어에 앉아서 저 스웨터를 뜨개질했을 여자의 손가락이 떠올랐다. 둥글게 감은 배추색 털실이 풀려나가는 모습이 보이는 것만 같았다. 뜨개질이라면 그녀도 자신이 있었다. 후드가 달린 멋진 카디건을 동생들에게 떠입힌 적도 있었으니까. 하지만 그 여자는 지금 뜨개질을 할 수는 없었다. 더더구나 그를 위해 뜨개질을 할 수는 없었다. 그녀는 그에게 아무것도 줄 수가 없었다. 무엇인가를 받지 못했을 때가 아니라 주고 싶은 사람에게 아무것도 줄 수 없을 때 사람은 가장 슬플 수도 있다는 걸 그 여자는 그때 처음으로 깨달았다. 깨달으면서 그 여자는 생각했다. 대체 어쩌자고 이런 생각을 하는 거지?

그러자 그 여자는 그제야 아득한 나락으로 떨어지는 걸 느꼈다. 그 여자는 아득바득 그 절망감과 질투심의 정체와 싸웠다. 대학원을 그만두고 집을 뛰쳐나온 것은 결코 그런 식의 감정을 느끼기 위해서는 아니었다. 뛰쳐나오면서 아버지에게 뺨을 맞으면서도 당당하던 그녀가 아니었던가……. 새벽에 일어나 찬물에 손을 담그고 걸레를 빨다가도 눈물이 나왔다. 그 여자는 생각을 잊기 위해 쏴아, 수도를 틀었다. 하지만 수도꼭지에서 쏟아지는 것은 스스로도 이해할 수 없는 어처구니없는 감정의 격류였다.

호기심이 많은 여학생이 다시 말했다.

—얼마나 지독한 형인 줄 아니? 그 언니가 몸이 아파 누워 있어도 후배들과의 약속시간이 되면 일어나 나오는 형이야. 저렇게 늘 웃고만 있어도 강철 같은 형이야. 그야말로 정석에서 단 한번도 벗어난

일이 없는 사람이야. 그래서 우리 모두 정석이라고 부르기 시작했지. 정석이 아니면 어떤 행동도 하지 않거든……

그랬다. 그는 절대로 흐트러진 적이 없었고 그렇다고 권위를 보이지도 않았다. 말씨는 언제나 한 옥타브 낮은 '라'음이었다. 아주 강조를 해야 할 말이 있을 때도 '시' 이상 올라가지 않았다. 물론 아주 높은 음까지 올라가는 노래를 부를 때는 제외였지만 말이다. 만일 그녀들이 하고자 열망했던 그 일에 정답이 있다면 그건 바로 그였다. 경제학, 철학에서부터 역사, 문학에 이르기까지, 영어, 독어에서 일본어, 스페인어까지…… 그는 그녀들을 주눅들게도 했고 운동에 대한 열망에 눈뜨게도 했다. 그는 빛이었다. 그녀들에게는, 아니, 적어도 아득바득 제 감정과 싸우느라 자꾸 그늘 속으로 숨고 싶었던 그 여자에게는……

그 여자는 감히 그가 그 여자만을 향해서 특별한 미소를 지어주기를 바란 적이 없었다. 하지만 한번 그는 그 여자에게 미소를 지었다. 그건 이런 일 때문이었다. 며칠 밤을 지새우면서 쎄미나가 벌어지던 날 밤, 그는 드디어 잠깐 쓰러져버렸다. 지독한 감기였다. 그녀들이 감히 큰 소리도 지르지 못하고 그를 일으켜세웠다. 그는 창백한 얼굴을 찡그리며 가볍게 손을 저었다. 별것 아니라는 말이었다. 그는 누운 채로 그녀들의 쎄미나를 들었다. 쎄미나가 제대로 진행될 리 없었다. 그 여자는 아까 그가 쓰러질 때부터 마음이 뒤숭숭거려서 갈피를 잡지 못하고 있었다. 발제도 건성으로 했고 그리고 내내 그의 창백한 얼굴만 훔쳐보고 있었다. 쎄미나가 끝나고 누군가가 새벽거리로 그의 약을 사러 뛰어나갔다. 그 여자는 그때 식사당번이었다. 그 여자는 어제 장을 본 여학생들이 사다놓은 대파의 흰뿌리를 잘라 깨끗이 씻었다. 그리고 물을 한컵 냄비에 넣고 그것을 끓였다. 어릴 때 지독한 감기에 걸리면 할머니가 끓여주던 파뿌리 생각이 난 거였다. 새벽거리로 약을 사러 갔던 여학생이 빈손으로 돌아왔다. 이제 그를 도와줄 사람은 그 여자밖에 없었다.

그 여자는 파뿌리 삶은 물을 내밀었다. 이제야 무언가 줄 수도 있다는 생각에 그 여자는 들떠 있었다. 더구나 그 여자의 얼굴을 잠깐 동안이었지만 물끄러미 바라보고 나서 그는 그 여자에게 아주 특별하게 보이는 미소를 지었던 것이다. 그 미소가 하도 눈이 부셔서 그 여자는 그 방안에 있던 그녀를 제외한 다섯 명 여학생들의 시선이 그녀에게 쏠린 것도 깨닫지 못했다. 하지만 그가 파뿌리 물을 다 마시고 났을 때, 그녀는 자신이 주시받고 있다는 걸 깨달았다. 그녀는 자꾸만 떨리는 입술을 지그시 누르며 그가 내미는 빈 대접을 받아들고 부엌으로 뛰어들어갔다. 그녀에게 쏟아진 여학생들의 시선은 분명 의혹이었다. 그 여자는 그때 그 조직내에서 심하게 개인주의적인 성향을 가졌다고 비판받던 중이었다. 얼마 전 한 여학생이 앓아누웠을 때 그 여자는 한밤중에 약을 사러 나가는 것을 몹시 귀찮아하기도 했다. 그때는 분명 부엌에 항상 있었던 파뿌리 같은 건 생각하지도 못했다.

그 여자가 안절부절못하고 있는 부엌으로 다른 여학생이 들어섰다. 모임내에서 가장 나이가 많은 여자였다. 그녀는 그 여자를 바라보더니 침착한 목소리로 말했다.

—잘했어. 정석이형은 곧 나을 거야. 난 다만 네가 동지애를 다른 여자동료들에게도 나누어주었으면 해.

그 여자는 그러자 떨리는 입술을 펴고 그것이 동지애였다는 표정을 지었다. 하지만 그 여자도 그리고 나머지 그녀들도 그것이 동지애만은 아니라는 걸 알고 있었다.

그러고 나서 그 여자는 모임내에서 심한 차별을 받았다. 심한 차별이라고 했지만 그건 차별이라기보다 격리였다. 예를 들어 다른 동료들이 살고 있는 방으로부터 책을 전달받기 위해 몇명이 외출을 해야 할 때도 그녀는 제외되었다. 왜냐하면 그 책을 중간에서 전해주는 일을 그가 할 때도 있었기 때문이다. 그 여자가 살고 있는 방이라는 공간에서 여섯 명이 모두 모인 시간이 아니면 그 여자는 그를 볼 수 없게 배려되었다. 가끔씩 상상력이 뛰어나다거나 발제를 요령있게 한다고 그 여자를 칭찬하던 그의 입도 다물어졌다. 그 여자는 그 좁디좁은 비밀방에서 여섯 명의 여학생들이 누워서 잠이 들 때 혼자서 벽을 보고 깨어 있었다. 그러면 그 여자는 또 생각했다. 대체 어쩌자고 내가 이러는 걸까? 곧 현장에 투입될 상황에서 이런 감정으로 인해 동지들에게 누를 끼쳐도 되는 걸까? 모두들 사랑조차 버리고 이곳으로 오지 않았던가. 모두들 보고 싶은 사람까지 보지 못하고 어떻게든지 역사를 올바르게 책임져보자고 눈물을 참고 있지 않은가 말이다.

그 여자는 그 생각만으로 그녀들의 따돌림을 묵묵히 받아들였다. 그래서 다음번에 다른 동료가 감기에 걸렸을 때 그 여자는 손수 장을 보아다가 파뿌리를 끓여 그녀에게 내밀었다. 같은 방에 살던 동료들이 그녀에게 미소를 보냈다. 하지만 여자는 그날 밤 혼자서 또 생각했다. 아아, 나는 혹시 위선자가 아닐까……

그리고 몇달이 흘렀다. 그 여자에 대한 조직의 엄격한 배려도 조금씩 누그러들었다. 그는 여전히 그 여자에 대해서는 완강히 입을 다물었지만 가끔씩 눈길이 부딪쳤을 때, 아주 짧은 시간 허공에서 두 사람의 눈길이 부딪쳤을 때 그 여자는 그의 눈길이 특별하다는 걸 느꼈다.

사랑을 해본 사람들만이 알 수 있는 그 짧고도 긴 시간…… 그 여자는 이제 그런 사실들이 두려워지기 시작했다. 이제 곧 노동자가 될 것이었다. 사람들에게 더이상 누를 끼칠 수도 없었다. 하지만 그 여자는 또 생각했다. 그건 정말일까. 눈동자끼리 허공에서 얽혔을 때, 그의 동공이 검고 크게 확대되어오는 듯한 그 느낌, 그걸 확인해보고 싶었던 것이다. 하지만 그것도 잠깐, 그 여자는 눈을 내리깔고 그녀가 가장 애를 먹고 있던 『자본론』 공부에 몰두했다.

어느날인가 그는 기쁜 듯이 그녀들을 찾아왔다. 돈이 생겼고 맛있는 것을 사주고 싶다는 것이었다. 몇달 동안 채소와 싸구려 어묵으로 연명하던 그녀들이 환호성을 질렀다. 삼겹살이 구워지고 소주가 날라져왔다. 그녀들은 오랜만에 낡은 기타를 꺼내들었고 그리고 토론이 아닌 이야기들을 나누었다.

놀기로 작정한 날이었으므로 모두들 유쾌했다. 그가 술을 마시는 것을 보는 것은 처음이었다. 그는 대접에 따른 소주잔을 여섯 명의 그녀들에게 골고루 돌렸고 그동안 알지 못했던 각자들의 고민에 고루 귀를 기울이려고 애쓰는 것 같았다. 별로 말이 없던 사람이었는데 그날은 아주 우스운 이야기들도 꺼냈고 힘든 생활과 긴장에 지쳐 있던 그녀들을 흐드러지게 웃게도 만들었다. 그 여자도 오랜만에 커다란 소리로 웃었다. 그리고 행복했다. 그것으로 족했던 것이다. 같은 고민을 하는 사람들이 여기 있고 우리는 기필코 역사를 바꿀 수 있고 그리고 여기 빛나는 나날들을 모범적으로 사는 그가 있다.

밤이 깊어지고 하나, 둘 술에 약한 그녀들이 작은 마루에서 방으로 들어가 잠이 들었다. 밤 세시가 넘었을까, 작은 마루에는 그와 그 여자만 남아 있었다. 문득 그 여자는 그걸 깨달았다. 그와 그 여자의 눈이 오래도록 허공에서 만났다. 그 여자도 그도 눈을 내리깔지 않았다. 눈길을 떼지 않은 채 그가 물었다.

　—내일 종로에서 후배를 만날 일이 있는데 나가지 못할 것 같거든. 대신 나가서 내가 다시 연락한다고 좀 전해주겠니?

　그가 말했다. 그 여자의 눈이 환희에 빛났다. 그 여자는 거의 한달이 넘도록 시내구경을 하지 못했던 것이다. 그의 말은 그러니까 이제 그 여자의 유예기간이 끝났다는 뜻이 되는 거였다. 그는 찬찬히 주머니에서 종이를 꺼내 다방의 약도를 그려주었다. 약도를 확인하느라 그에게 다가앉은 그 여자의 숙인 머리가 그의 앞이마에서 나풀거리는 머리카락과 맞닿았다.

　—가면 아마도 이런 전화가 올 거야.

　다음 말을 듣기 위해 그 여자가 착한 학생처럼 그를 응시했다. 그때 그가 왈칵 손을 뻗어 그 여자의 팔을 당겼다. 아니, 어쩌면 그 여자가 먼저 그의 품으로 안겨버렸는지도 모른다. 엉거주춤 포옹을 한 채로 그 여자는 생각했다. 내가 결국 저지르고 마는구나……

　그 여자는 남자의 배춧빛 스웨터에 그저 고개를 묻고, 그 스웨터를 뚫고 나오는 그의 체온을 느끼고 있었다. 하지만 그 여자가 그의 어깨에 고개를 묻고 느낀 것은 단순한 환희는 아니었다. 휠체어에 앉은 여자가 짜주었다는 그 배춧빛 스웨터…… 그의 손길이 그 여자의 등으로 가만히 다가왔다. 그 여자는 그의 배춧빛 스웨터에 얼굴을 묻은 채로 생각했다. 이래도 되는 걸까…… 그가 그녀를 천천히 떼어내고 두 손으로 그 여자의 얼굴을 감싸안은 채 그 여자의 눈을 오래도록 들여다보았다. 그 여자가 울음을 터뜨린 것은 그때쯤이었다.

　—잘못했어요. 사실은, 사실은…… 형을 사랑하고 있는 것 같아요.

그가 다시 그 여자를 안았다. 이번에는 아까보다 더 힘이 세었다. 그가 말했다.

—다 알고 있었어……

그 여자가 눈물 젖은 얼굴을 그의 어깨에 비볐다. 배춧빛 스웨터, 휠체어에 앉아 있는 그의 여자…… 그러나 그도 그 여자도 서로에게서 떨어지지 않았다. 얼마나 시간이 지났을까. 그 여자는 그의 어깨가 움찔하고 굳어지는 걸 느낄 수 있었다. 그리고 그가 천천히 그 여자를 떼어내고, 이번에는 그 여자에게 눈길을 돌리지 않은 채 가만히 집밖으로 나갔다. 어디로 가는지 알 수 없었다. 생각해볼 겨를도 없이 그 여자가 그를 따라 집밖으로 나갔다. 그는 두 손을 바지주머니에 찌르고 캄캄한 어둠속에 서 있었다.

—미안하다…… 이러지 말자고 생각했었는데……

그 여자는 어둠속에서 고개를 저었다.

—한번만 만나주세요. 저 사람들 있는 데서 말구…… 그냥 뵙고 싶어요. 내일 열시 요 앞 다방에서……

그 여자의 말을 듣는지 마는지 그는 입술만 욱신거리며 씹어대고 있었다.

그리고 그 여자는 그날 밤 어둠속에 서 있는 그를 남겨두고 먼저 집으로 돌아왔다. 불꺼진 방에서는 그녀들 중 가장 나이가 많은 여자가 자지 않고 깨어 있었다. 집으로 들어간 그 여자는 아무 말 없이 이불을 덮고 언제나 그랬듯 벽을 보고 누웠다. 긴 한숨소리가 나이 많은 여자의 입에서 흘러나왔다.

두 사람 사이를 가로막고 있는 탁자 위로 커피가 날라져왔다.

그가 그녀에게 말했다.

—어젯밤엔 술이 과한 것 같다. 우리 둘 다……

그 여자가 다시 말했다.

—난 목숨을 걸 수도 있어요.

그는 설핏 웃으며 눈을 내리깔았다. 미소를 짓고 있는 그 여자의 입술이 얇게 뒤틀렸고 이어 일그러졌다. 그가 담배를 내밀었다. 그 여자는 그가 내미는 담배를 받아들었다.

—무슨 말이든지 하려무나.

그가 말했다. 여전히 그는 그 여자의 시선을 피하고 있었지만 자석에 끌리듯 다시 눈이 마주쳤다. 그 여자는 피를 뚝, 뚝 흘리는 듯한 자신의 심장을 부여잡고 굳은 듯 앉아 있었다. 그가 담뱃불을 내밀었다. 그 여자는 담뱃불을 순순히 받았다.

—형, 참 비겁한 사람이군요.

잠시 생각에 잠겨 있던 그가 천천히 고개를 끄덕였다.

—술 때문이 아니잖아요?

그는 이번에는 고개를 끄덕이지 않았다.

그 여자는 마치 그가 도서관에 매달려 있다가 끌려갔던 그 몇해 전의 가을처럼 주먹으로 입술을 틀어막고 그를 바라보았다. 인조털이 달린 감색 체크무늬 반코트 속으로 배춧빛 스웨터가 보였다. 그들은 아주 오래된 연인들이고 그녀는 그와 동시에 시위를 하다가 하반신 불구가 되었다. 둘은 감옥에서 편지를 주고받으며 동지로서의 사랑을 키웠다. 그리고 그녀는 아직도 그를 위해 뜨개질을 한다…… 뜨개질이라면 그 여자도 자신이 있었다. 하지만 그럼에도 불구하고 그 여자는 그를 위해 뜨개질을 할 수가 없다. 그러자 마지막이라는 단어가 이번에는 그 여자의 머릿속으로 명확히 떠올랐다. 그저 이렇게 마주앉아 있어서 좋은 게 아니고 정말 마지막이라는 단어…… 그가 떠나든 그 여자가 떠나든 그건 마지막이었다. 그 여자는 울음을 억누르려고 입술을 누르고 있던 조그만 주먹을 입에서 떼어내었다. 마지막으로 그 눈빛의 의미를, 그가 그 여자를 바라보았을 때 커다랗게 확대되어오는 동공의 의미를 확인하고 싶었던 것이다.

　―형, 아무것도 바라지 않아요. 단지 정말 이름을 가르쳐주세요. 그러고 나면 더 떼쓰지 않을게요.

　―……김, 정, 석.

그가 천천히 말했다. 그는 끝내 그렇게 말했다. 여자의 콧날이 왈칵 시큰해졌고 그리고 서러운 눈물이 맺혔다.

　―이름은 알아서 무얼 하겠니? 나는 그저 네가 알던 김정석이라는 사람이야. 우리가 각자의 장에서 열심히 살아간다면 그걸로 족한 거야. 아마 다시 이런 자리에서 만날 일은 없겠지. 그래도 열심히 살면 우린 만나는 거야…… 내 말 알아듣겠니?

그 여자가 작게 머리를 흔들었다.

　―그렇게 상투적으로 말하지 마세요. 그저 난 이름을 알고 싶었을 뿐이에요. 동지로서의 이름을 원하는 게…… 아니었는데……

여자가 말을 다 마치기도 전에 그의 눈에 확 붉은 기운이 몰려들었다. 하지만 그는 그 여자에게서 눈길을 떼지 않았다. 마치 입술로 다 할 수 없는 그 어떤 진실을 그녀에게 전달해주고야 말겠다는 듯이 그의 눈길은 집요해 보였다. 그 여자도 그를 바라보았다. 그가 입술로 말할 수 없는 어떤 진실들을 해면처럼 하나도 남김없이 빨아들이겠다는 듯했다. 그리고 그 여자는 말했다.

　―잘못했어요. 다…… 제 잘못이에요.

그리고 그들은 다방을 나왔다.

그는 그 여자를 더 돌아보지 않고 버스정류장을 향해 걸었다. 그러자 다시 마지막일지도 모른다는 생각이 들었다. 그 여자는 굳어진 입술로 그를 불렀다. 몇발짝 걷던 그가 그 여자를 돌아보았다. 그들은 그렇게 몇발짝을 사이에 두고 서 있었다.

—오늘 시내에 있는 다방에 가서 형이 나오시지 못한다고 전하겠어요.

어젯밤 그 포옹의 전조가 되었던 그 약속을 생각하며 그 여자가 말했다. 그가 마른손으로 제 얼굴을 비볐다. 한참을 그렇게 서 있다가 그가 말했다.

—아니, 그럴 필요 없다. 들어가봐. 모두 기다릴 거다…… 다들 힘들잖니!

그가 다시 발을 떼었다. 여자는 그를 잡으면 안된다고 생각했지만 이번에는 더 큰 소리로 그의 이름을 불렀다. 그가 끝끝내 고집하던 정석이라는 이름…… 그는 돌아보지 않고 어깨를 움츠린 채 뛰듯이 걸어갔다. 그러고는 달려오는 버스를 향해 달음질치더니 그 버스에 올라탔다. 버스의 배기가스가 하얗게 뿜어나오던 겨울날이었다. 그리고 그 여자가 그를 본 것은 그것이 마지막이었다.

그 여자는 그녀들이 살고 있는 방으로 돌아갔다. 그녀들은 말도 없이 사라졌다가 다시 돌아온 그 여자를 차가운 눈초리로 맞았다. 그 여자 역시 냉랭한 눈초리로 그들과 마주앉았다. 무거운 침묵이 그 방을 감쌌다.

—너무 철없다고 생각하지 않아? 대체 이게 무슨 짓이야!

성마른 여자 하나가 소리쳤지만 아무도 더 대꾸하지 않았고 그래서 그 아침이 지나갔다.

　며칠 후 그녀들을 지도해줄 새 선배가 왔다. 새 선배는 김정석이라는 사람이 사정상 그녀들을 더 지도해줄 수 없게 되었다고 짤막하게 말하고 책을 폈다. 그녀들은 일제히 그 여자에게 시선을 던졌다. 그 여자는 눈을 책에 고정시킨 채 몸을 떨었다. 이렇게까지 할 필요가 있을까 하는 생각이 들었던 것이다. 이름 같은 건 순순히 가르쳐주지 않아도 좋았다. 다시 그에게 안기지도 않을 것이고 겁도 없이 사랑한다고 말하지도 않을 것이고 그리고 아침에 사라지는 일도 없을 텐데……

　그녀는 그 과정을 이수한 후 노동현장으로 배치되는 일에서 제외되었다. 그리하여 그녀들이 제각기 다른 곳으로 떠나가 노동자가 되었을 때 그 여자는 후배들이 모여 있는 다른 방으로 가야 했다. 거기서 다시 한번 재교육을 받아야 한다고 그들은 말했다. 하지만 그 여자는 거기서 공부에 몰두하지 않았다. 그 여자는 어느날 저녁거리를 사러 간다고 그 방을 빠져나와 다시는 그들과 합류하지 않았다.

　돌아온 탕자처럼 집으로 돌아간 그 여자는 며칠 후 혼자서 강릉 이모집으로 갔다. 하루종일 바닷가를 거닐다가 밤이면 돌아와 잠을 잤다. 겨울바다에서조차 사람들은 모두 짝지어 있었다. 둘 혹은 셋…… 혹은 여섯.

　어느날 바닷가를 지치도록 걷던 여자는 털썩 백사장에 주저앉았다. 누구하고라도 이야기를 하고 싶었다. 그래서 그 여자는 혼자서 중얼거렸다.

　─목숨을 걸 수도 있다고 말한 적이 있었지. 그래, 분명히 그렇게 말했고 난 정말 그럴 수도 있었을 거야. 그렇지만 일상을 걸 수는 없

었어. 자잘한 나날들을 건다는 건 목숨을 거는 일보다 더 힘들었어. 나의 미래…… 나의 젊은날…… 젊음을 건다는 건 미래를 거는 일이고 일상을 건다는 건 언제까지 이어질지도 모르는 삶을 거는 거잖아. 목숨을 거는 일이 차라리 쉬웠을 거야. 하지만 나는 정말 목숨이라도 걸고 싶나?

어떤 남자가 그 여자 곁으로 다가왔다. 묻지도 않았지만 그는 자신이 대학원생이며 서울에서 바람을 쐬러 혼자 온 여행객이라고 소개를 했다. 다만 그가 그 여자가 다니던 대학원 이름만 대지 않았다면 그 여자도 대충 그렇게 믿어버렸을 수도 있었다.

둘은 바닷가에서 술을 마셨다. 그는 회를 샀고 그 여자는 소주를 마셨다. 그가 머뭇거리며 여관으로 그 여자의 손을 잡아끌었을 때 그 여자는 무표정한 얼굴로 그를 따라나섰다. 하지만 그가 불도 끄지 않고 그 여자의 몸을 끌어당겼을 때 그의 어깨에 얼굴을 묻으면서 그 여자는 불현듯 배추색 스웨터를 생각했다. 그 여자는 상처입은 짐승처럼 그의 어깨를 강하게 밀쳐냈다. 당황한 남자가 다시 그 여자를 끌어당겼지만 여자는 벗었던 코트를 입었다. 가짜 대학원생이 그녀의 뺨을 연거푸 후려쳤다.

부풀어오른 뺨을 잠깐 매만지다가 그녀가 대답했다.

—미안해요. 아깐 죽어야겠다고 생각했어요. 그래서 따라온 거예요. 하지만 갑자기 살아야겠다는 생각이 들었어요. 죽으려면 당신하고 하룻밤 자는 것쯤 정말 아무 일도 아니겠지만 살아야겠다고 생각하니까 가고 싶어요. 절 보내주세요.

가짜 대학원생이 어이가 없다는 얼굴로 그녀를 바라보다가 이윽고 욕설을 퍼부었다.

밤바닷가로 뛰쳐나온 그녀는 그때까지 아무렇게나 풀어져 있던 목도리를 꼭꼭 여미며 이모집을 향해 걸었다. 흰 이빨을 드러낸 파도소리만 그녀의 귀에 철썩였다. 그 여자는 흘러내리는 눈물을 닦아내면서 걸었다.

—스물네살짜리 여자가 스물다섯살짜리 남자를 사랑했어. 그뿐이었어. 그게 죄야? 공부방에 여학생들과 같이 앉아서 고기가 먹고 싶다는 생각을 했었지. 그것도 죈가? 남루한 파카에 무릎이 나온 바지 말고 예쁜 치마를 입고 싶다고 생각도 했어. 그도 아니면 수배자들과 나란히 앉아서 혹시라도 끌려갈까봐, 끌려가서 성고문이라도 당하게 될까봐 벌벌 떨었어. 그것도 비겁한 건가? 대체 그게 무슨 큰죄인 거지? ……아니야, 그도 아니면 이름 한번 가르쳐달라고 말했어. 가명 말고 진짜 이름. 대체, 대체 그게 무슨 죄였다는 거야? 난 당신의 진짜 이름이 무언지 아는데…… 사실은 당신이 도서관에 매달려 있다가 끌려가던 그날부터 벌써 알고 있었는데……

그에게 그런 말을 했어야 했다. 무식하게, 일자무식하게 대들어야 했다. 그러고는 얼굴을 바꾸고, 희극을 연기하다가 갑자기 비극을 연기하는 배우처럼 얼굴을 바꾸어서 그 여자와 자고 싶어하던 가짜 대학원생에게 말해야 했다.

—그래도 우리에겐 지켜야 할 것들도 있어. 니 눈에는 우습게 보이겠지만, 무모한 결벽증이라고 생각할지도 모르겠지만…… 그건 우리의 무기야. 그것마저 없다면 돈도 없고 힘도 없고 핍박당하는 우리가, 거대한 뿌리를 가진 이 역사의 왜곡에 대항해서 대체 무얼 가지고 싸우겠니? 사랑마저도 버리고 가야 할 길이 있다는데 누가, 누가 감히 그를 나무랄 수 있겠니?

그 여자는 그해 겨울이 끝날 무렵 집으로 돌아와 대학원에 다시 등록을 했다.

그리고 1987년 그 여자는 수배자 해제 명단에서 그의 본명을 읽었다. 그 여자는 그 여자가 감옥보다도 괴로운 곳이라고 생각하던 대학원에 다니면서 교수집에 세배도 가고 논문도 쓰면서 석사를 마치고 박사과정에 등록했다. 그러는 동안 동구권이 무너지는 소리가 들리고 그리고 그 여자가 한때 몸담았던 조직의 그 사람들이 모두 끌려갔다는 소식이 들렸다. 그리고 또 한 겨울이 지나자 소련연방이 해체를 선언했고 그가 폐결핵 2기가 되어서 고향으로 내려갔다는 소식을 들었다. 그런 소식을 전해준 것은 감옥에서 나온 그의 후배였다. 후배는 그 여자의 동네에서 우유대리점을 열고 있었다. 딱히 대학원에 마음을 붙이지 못하고 있던 그 여자는 가끔 후배의 우유대리점으로 가서 남산만큼 배가 부른 후배의 부인과 우유를 마시며 사는 이야기들을 하곤 했다. 어느날인가 후배가 그 여자에게 말했다.

—혹시 정석이형이라고 불리던 사람을 아세요?

우유를 마시던 그 여자가 잠시 동작을 멈추었다. 삼키려던 우유가 하얗게 엉긴 채로 목구멍을 틀어막는 것 같았다.

후배가 다시 물었다.

—팔십칠년인가 수배해제 되고 나서 그 형이 여기 놀러 왔었어요. 그때 정화씨를 요 앞길에서 봤다고 하더군요. 내가 우스갯소리로 동네 처녀라고, 자주 놀러 온다고 말했어요. 그러고 나서 그 형이 우리 집에 자주 왔었죠. 가만, 그러고 보니 희한하게도 정화씨랑은 마주친 적이 없네. 한번은 마누라랑 나랑 둘이서 영화구경을 갔다가 술도 한 잔 먹고 새벽에야 돌아왔는데…… 셔터가 내려진 우리 대리점 앞에

그 형이 앉아 있겠죠. 술에 잔뜩 취해서 하는 말이, 발이 가길래 그냥 종로에서부터 걸어왔다고 하더군요. 안됐어요, 폐결핵이라는데……
조직은 다 깨지고…… 술 먹고 다니지 말라고 내가 그렇게 충고를 해도 안 들어요. 그 형 결국 고향으로 내려갔어요. 사촌형님이 골프용구점을 차렸다는데 거기서 일을 도와줄 건가봐요. 원래 집도 가난하고…… 이번에 아버지가 돌아가셨다나봐요.

우유내리짐을 경영하던 후배는 말을 하다 말고 허공에 시선을 던졌다.

—그 형…… 참 빛나던 사람이었는데…… 약삭빠르게 일찍 빠져나온 우리들만 이렇게 무사하군요.

그 여자는 한번도 골프용구점에 가본 일이 없었다. 그래서일까, 그 곳에서 일하는 그의 모습은 아무래도 떠오르지 않았다. 자가용을 탄 사람들이 와서 달걀만한 골프공을 고르고 골프대를 만져보고…… 그럴 때 그가 지을 표정을 상상할 수 없었던 것이다. 다만 닫혀진 셔터 앞에서, 새벽도 아직 먼 어느 캄캄한 밤중에, 닫혀진 셔터 앞에 앉아 있는 그의 모습은 선명하게 떠올랐다.

왜였을까.

그 여자는, 아무렇게나 골라입은 파카에 무릎이 나온 바지를 입은 그 여자는 아직도 길 건너편에서 이쪽을 향해 서 있었다. 나도 그녀를 향해 서 있었다. 다시 머릿속의 달력이 펄럭이며 1992년이 가고 있음을 알려주었고, 그러자 밀려 있는 자동차들의 매캐한 배기내음과 거리의 성마른 소음이 들려왔다.

나는 그 여자가 아직도 서 있는 길 건너편의 붉은 신호등을 바라보고 있었다. 내가 잠깐 회상 속에서 떠올린 그 시절의 그 여자는 설사 시간이 좀 걸린다 하더라도, 아무리 이 겨울의 어스름 속에 떨면서 서 있는다 해도 곧 파란 신호등이 들어올 거라고, 그래서 모든 차들을 멈추게 하고 길 건너편에서 이쪽 편으로 자신을 안전하게 걸어가도록 만들어줄 거라고 믿고 있었다. 하지만 요즘의 나는 아무것도 믿지 못했다. 어쩌면 영영 파란불은 들어오지 않을지도 모르고, 그리고 이 자리에 그대로 언제까지나 서 있게 될지도 모른다는 생각을 했던 것이다.

나는 길을 건너기를 포기했다. 어차피 방향도 없는 길이었다. 나뭇가지들이 그 봄날과 여름날의 무성한 이파리들을 떨구고 그저 파들거리며 서 있었다. 봄날이 오면 그 나무에 다시 잎이 돋을지도 나는 알 수 없었다. 아니, 그보다 더, 봄이 올지에 대해서도 알 수 없었다. 나는 원시인들처럼 혼돈에 빠져 있었다. 밤이 오면 그들은 두려움에 몸을 떨었다고 했다. 그 밤도 지나고 나면, 밤을 견디어낸 자들에게는 아침이 온다는 사실을 그들은 알지 못했기 때문이다.

그런데…… 그, 가, 결, 혼, 을, 한, 다.

사복경찰들에게 쫓기느니 차라리 지구의 중력에 몸을 맡기기로 결정했던 그녀하고…… 날개도 없이 추락을 택했던 그녀하고, 그리하여 그날 이후 다시는 두 발로 땅을 딛지 못한 그녀하고…… 그녀는 아직도 그를 위해 뜨개질을 하고 있을까.

─자식, 참 좋은 녀석이었는데, 결핵 고치기는 했는지…… 하기는 서로 나이가 꼭차기도 했지. 그 자식, 팔십칠년인가 수배해제 되기 전에 헤어진다 어쩐다 소란을 피우더니 결국 결혼을 하는구만. 어때? 정화 너도 물론 올 거지? 그나저나 넌 왜 결혼 안하는 거야.

그의 결혼소식을 전해준 선배는 사람들을 향해 떠들다가 나를 향해 명함을 한장 내밀었다. 금박도 선연한 그의 명함에는 재벌기업의 기획실장이라는 직함이 박혀 있었다. 나도 곧 전임자리를 맡게 될 것이라는 이야기를 했다. 그때 그 방에서 배운 지식을 활용해 나는 「1930년대 소설에 나타난 사회주의 리얼리즘」이라는 논문을 썼고 그것으로 박사학위를 받을 예정이었다. 우리들은 별로 놀라운 표정을 짓지도 않았다. 그 출판사에 모인 옛 시절의 동지들은 서로 쑥스러운 얼굴로 명함을 건네고 그리고 공룡이 다니던 시절의 이야기를 했다.

——맘모스들이 쿵, 쿵 쓰러져 얼음 속에 갇혔대. 글쎄 몇만년이 지났는데도 하나도 상한 데가 없대잖아. 파랗게 얼어서…… 그 둥그렇고 날카롭던 상아도, 허공을 향해 치켜뜬 눈매도 모두 다 그대로라는 거야. 얼어붙어 있는 붉은 피까지…… 밀매꾼들이 그 맘모스를 발견해서는 상아만 가져다가 판다는 거야. 그게 돈이 되니까. 그리하여 맘모스의 치켜뜬 눈동자하고 얼어붙은 붉은 피만 영원히 지하에 갇히는 거지. 돈이 되는 상아만 빼고……

십삼년 동안 감옥에 있다가 출옥한 선배는 우리들의 이야기를 듣다가 하하 웃었다. 웃다가 그는 후배들보다 먼저 일어섰다. 우리들보다 십몇년 전부터 반독재운동을 해온 그는 후배들과의 자리를 이제 거북해하곤 했다. 한번은 가려는 그 선배를 붙잡았더니 그가 쑥스러운 얼굴로 웃으며 말했다.

——명색이 선배인데 니들한테 맛있는 거 사줄 돈도 없고…… 미안하구나.

사라져가는 선배의 뒷모습을 나는 한참을 바라보고 서 있었다. 그의 등은 벌써 굽어 있었다.

나는 천천히 걸어가며 1986년의 그 다방을 찾았다. 창경원을 지나 돌담이 끝난 곳에서 스무 발짝쯤 더 걸어가면 작은 골목에 있던 다방. 그 다방은 이제 노래방이 되어 있었고 보랏빛과 노란빛의 네온싸인이 간판 주위에서 천박하게 번쩍이고 있었다.

나는 말없이 거기에 서 있었다. 그 다방이 노래방 간판으로 바뀌어서가 아니었다. 그런 일들이야 흔해서 더이상 상처가 되지 못했다. 다만 나는 네온싸인 같은 종류가 아닌 빛을 기억하고 있었다. 그 빛은 폐결핵에 걸리고, 골프용구점의 점원이 되었다. 그 빛을 위해 뜨개질을 하던 여자는 아직도 휠체어에 앉아 있었다. 감옥에서 나온 남자는 우유대리점을 차리고, 화려한 민주투사였던 노선배는 다만 저녁을 사 줄 돈이 없어서 후배에게 굽은 등을 보이며 사라져가고…… 우리들은 모여앉아 금박글씨가 선연한 명함을 건네며, 이제 영원히 박제된 맘모스의 이야기만 하는 것이다. 그러자 내 눈앞으로 얼음 속에 갇힌 치켜뜬 맘모스의 눈매가 떠올랐다. 한때는 따뜻했으나 이제는 얼어붙어버린 붉은 피가 보이고, 그러자 또 누군가가 말하는 소리가 들려오는 듯했다.

——약삭빠르게 일찍 빠져나온 우리들만 이렇게 무사하군요.

나는 어두워져가는 초겨울의 하늘을 올려다보았다.

우리들은 이제 겨우, 겨울의 입구에 서 있을 뿐이었다.

무거운 가방

1

　아내는 저녁세수를 마치고 소파에 파묻히듯 앉아 있었다. 퇴근이 늦어서 늘 파김치가 되어 돌아오는 아내였지만 요즘의 그녀는 생기발랄해 보였다. 현관문을 열고 가볍고 작은 핸드백을 던지듯 내려놓으며 일을 그만두고 싶어 미치겠어,라고 말하던 버릇도 없어졌다.
　그건 아마 그보다도 먼저 아내가 변한 탓이리라.
　"오랜만에 차라도 마실까?"
　아내는 신문을 집어들다 말고 그를 바라보며 말했다. 아내의 목소리에 콧소리가 섞인다는 것은 그녀가 지금 아주 행복해 있다는 이야기도 된다.
　그는 아까부터 그의 낡은 아파트로 내려다보이는 강을 바라보는 중이었다. 아니, 강을 내려다보고 있다고 했지만 실상 강은 그저 밤처럼 어두울 뿐 아무것도 보이지 않았다. 하지만 그는 아내가 물으면 강을 보고 있어, 그렇게 말할 참이었다.

강변을 따라 긴 길이 이어지고 노란색 나트륨등만 강 위로 비치고 있었다. 지난여름 태풍이 불었을 때 한을 품은 여인처럼 검은 머리칼을 나부끼던 수양버들도 그저 잠잠했다. 밤이 늦어서인지 차들의 소리도 밎고 어디선가 늦게까지 잠을 못 이루는 사람이 켜놓았을 법한 라디오 소리가 시름시름 들려오고 있었다. 가끔 그 소리를 덮으며 택시들이 쌀쌀하게 지나쳐가버렸다. 아내의 목소리가 한번 더 들렸을 때서야 그는 겨우 아내를 돌아보았다.

"무슨 생각을 그렇게 해? 차 마시자고 물었는데."

그는 아내 앞에서 잠시 당혹감을 느꼈다. 마치 주제넘은 파티에 끼여든 사람처럼 갑자기 어색했고 눈길 둘 바를 몰랐다.

"왜 그래? 요즘 들어 오히려 더 지쳐 있는 것 같아……"

"내가 그래 보이나?"

그는 반문했지만 내심으로 가슴 한구석이 뜨끔했다. 아내는 역시 눈치가 빠른 여자였다. 그와 아내가 벌써 칠년째 함께 살고 있다는 점 때문만은 아니다.

"전에 합격증 받아오던 날도 그래. 꼭 떨어진 사람 같은 얼굴을 하구 말이야. 옆에 지나가던 아주머니가 나보고 뭐 잘못됐냐고 묻는데 창피해서 혼났어."

아내는 신문을 가만히 접어두고 그의 등뒤로 다가왔다. 그러고는 그의 등뒤에서 그를 안았다. 그는 손을 뒤로 뻗어 아내의 팔을 어루만지면서 얇은 잠옷 안으로 감추어진 아내의 익숙한 살결을 잠시 상상했다.

아내는 그의 등 복판에 얼굴을 묻고 따뜻한 입김을 뿜어내고 있었다.

"우리 처음 이 집 보러 왔을 때 생각나?"

아내는 그의 등에서 얼굴을 떼고 나직한 목소리로 물었다.

그는 가만히 고개를 끄덕였다.

"그땐 참 어떻게 버텼나 몰라. 다시 시작하라면 못할 것 같애."

아내는 그녀가 얼마나 힘들게 그와의 결혼생활을 지켜왔는가를 은근히 과시하는 듯했다. 조강지처, 술지게미와 쌀겨로 연명하던 시절을 잊지 말라고 강요하는 것만 같다. 그는 거기서 생각을 멈추었다. 아내의 말마따나 지쳤기 때문일까. 그는 요즘 자꾸 아내에 대해 비뚤어지고 있었다.

하지만 그가 고시를 공부하는 동안 아내가 백화점에 취직을 하지 않았더라면 그들의 생활이 몹시 힘겨웠으리라는 것은 그로서도 인정하지 않을 수 없었다.

그는 언젠가 아내가 근무하는 백화점에 가서 모조 진달래 속에 싸인 마네킹을 우두커니 올려다본 일이 있었다. 에스컬레이터를 내려오던 아내가 멀리서 그를 발견했다. 그는 반갑게 손을 흔들었다. 하지만 이윽고 아내의 얼굴이 굳어지는 것이 보였다. 아내는 제 의지와는 상관없이 떠밀려내려온 에스컬레이터에서 벗어나더니 빠르게 그에게 말했다.

"빨리 나가! 나 모른 척하구 건너편 다방에서 기다려!"

아내가 검정물을 들인 그의 허름한 옷을 부끄러워했다는 걸 그는 나중에야 알았다. 방금 양장점에서 나온 듯한 아내의 동료들이 수군거리며 그 곁을 지났다. 아내는 그들을 향해 그녀가 치장해놓은 마네

킹처럼 애매하게 미소를 지어 보였다. 하지만 그런 사소한 것을 빼놓는다면 아내는 참으로 나무랄 데 없는 여자였다.

그가 계속해서 고시에 실패하는 동안에도 군소리 한마디 하지 않았던 것이다.

그가 이차시험에 연거푸 떨어져 일차부터 다시 시험을 봐야만 했을 때 남쪽의 고시원으로 그를 데려다주면서 그녀는 말했다.

"날 부끄럽게 하지 말아줘."

그가 까칠한 수염을 쓰다듬으며 잠시 침묵하자,

"내 말은 당신이 적어도 자신과의 싸움에서 질 만큼 나약한 사람이 아니라는 걸 보여주라는 거야."

하고 말했다. 입을 다무는 아내의 눈빛에는 막 전장으로 떠나는 장수처럼 결연한 의지가 엿보였던 걸 그는 아직도 기억한다.

그것은 아내의 방식이었다. 그에게는 거의 말할 틈을 주지 않았다. 그는 아내가 전국을 수소문해서 알아놓은 가장 좋은 고시원에 가야 했고, 아내가 오라고 전화를 하면 서울로 잠시 돌아왔다. 새로 나온 좋은 헌법책도, 다달이 나오는 월간 고시 잡지도 아내가 부쳐주었다. 속옷조차 색깔에 신경쓰는 아내는 고시원이 있는 절 밑의 여관에서 함께 밤을 지샐 때면 그가 자신이 개어놓은 순서대로 속옷을 입지 않았다고 가볍게 신경질을 부리기도 했다.

어쨌든 아내는 백화점에서도 이미 능력을 인정받고 있는 전문 코디네이터였으므로 그는 샤워를 마치고 나오면 아내가 새로 가지고 온 회색이나 남색의 러닝, 팬티 쎄트로 갈아입었다. 곧 잠자리에 들어서면 어차피 벗어던질 것이었지만 그는 아내의 말에 따랐다.

그는 기분 나쁘지 않을 만큼 살며시 아내를 떼어놓고 창을 열었다.

갑자기 공장의 스위치를 올린 것처럼 무자비한 자동차 소리가 달려들었다. 바람이 아니라 소리가 달려드는 것 같았다. 가스불을 켜려다가 갑자기 엄습한 바람의 습격을 받은 아내가 가볍게 소리를 질렀다. 그는 얼른 문을 닫았다.

그러자 아내가 다시 가스 스위치를 돌렸고 파란 불꽃이 탁, 하는 소리와 함께 붙여졌다. 아내는 만족스러운 미소를 다시 회복한 얼굴로 투명한 커피주전자를 불에 올려놓았다.

그는 얼마 전에 드디어 고시에 합격을 했다. 총무처에 합격증을 받으러 갔을 때 아내는 회사를 하루 쉬고 그를 따라왔다.

버스를 타고 가며 아내가 말했다.

"저 사람들이 알까? 자기가 고시 합격을 했다는 걸…… 재미있어. 이제 버스를 타는 날도 얼마 남지 않았을 텐데."

합격증을 받아든 아내는 그것을 화려한 진달랫빛의 화선지로 테를 두른 다음 액자에 끼워 결혼사진이 걸린 거실 옆에 걸어두고 날마다 바라보았다.

아내가 출근한 후 그는 자신의 합격증이 들어 있는 액자를 떼어내 버렸다. 자신의 손가락이 마구 떨리는 것을 그는 보았다. 갑자기 숨이 가빠졌고 심장이 갈비뼈까지 팽창해서 뛰는 것 같았다. 온몸이 심장의 고동소리에 맞추어 경련을 일으켰다. 겨우 한손으로 심장을 누르고 그는 재빨리 협상할 단어들을 생각해냈다. 다가올 미래와 정원이 있는 집과 법의를 휘날리며 날카롭게 연설하는 자신의 모습, 자신감과 정의감…… 그러자 심장은 천천히 줄어들었다. 그는 빙그레 웃으면서 엉거주춤 구부린 자세로 눈에 고인 눈물을 닦았다.

"우리 기획실장 있지, 글쎄 당신 고시 합격했다는 소릴 듣고 나보고 슬슬 그만둘 생각이 없냐는 거야. 마치 내가 매니큐어나 말리고 앉아서 당신 덕 볼 생각이라도 애초에 있었던 것처럼…… 그 사람 말이야, 나한테 축하한다는 소리도 한마디 없었다구. 한국사람들 그저 남 잘되는 거 배아파한다니까……"

아내는 유자차가 든 병에 긴 스푼을 넣고 그것을 한움큼 떼어내면서 재잘대기 시작했다. 아내가 올려놓은 주전자에서 쉬잇쉬잇 물이 끓기 시작하고 아내가 반짝이게 닦아놓은 찻잔들이 달그닥거리는 소리가 들려왔다. 소리들은 아내의 말소리와 함께 얽혔다. 게다가 거대한 트럭의 소리가 이중으로 유리창을 흔들어대며 그 위로 덮쳤다. 굵고 가는 소리들이 엉킨 덩이가 그의 뇌를 꽉 틀어막는 것만 같았다.

"나 내일 어딜 좀 다녀와야겠어."

그는 제 말소리가 지금 제대로 들리고 있는 걸까 스스로 생각하면서도 아내에게 말했다.

"어딜? 연수원 출근은 한달쯤 남았잖아."

그는 잠시 아무 말도 하지 못했다. 아내가 주전자에서 쉬잇쉬잇 소리를 나게 하는 가스불을 끄고 물을 따랐다. 달그닥거리는 소리도 멈추었다. 그의 뇌를 틀어막는 소리의 엉킨 덩이들이 그러자 차츰 녹아 사라지는 것 같았다.

"그래! 친구들하고 만나서 이제 술도 실컷 마시고 그래. 그동안 고생했는데…… 그리구 머리도 좀 잘라야 되겠다. 내일 점심때 나랑 외식하구 나서 내가 아는 미장원에 갈까? 그 여자가 남자 머리 자르는데도 쎈스가 있던데."

아내는 유자찻잔을 그에게 밀어주며 말했다. 그는 더부룩이 자란 머리를 쓸어올렸다.

"그게 아니구 여행을 좀 다녀오고 싶어."

아내는 찻잔을 입에 대다 말고 잠시 놀란 표정을 짓더니,

"난 휴가 못 받아. 우리 백화점 이번 바겐쎄일 끝나야 돼."

하고 말했다. 그가 말한 여행의 뜻을 그녀가 알아차리지 못한 것은 아니었다. 그것은 그녀의 방식이었다. 그것은 그녀가 그를 혼자 떠나보내고 싶지 않다는 뜻이었으며 내일이 아니라 그녀가 휴가를 얻을 수 있는 날까지 날짜를 미루라는 것이었다.

"친구녀석들이…… 같이 가자구 해서……"

그는 거짓말을 둘러댔다. 며칠 전 친구들이 스키장으로 놀러 가자는 것을 일거에 거절해버린 그였기 때문이다. 아내가 그렇게 말하지 않았더라면 실제로 그는 혼자서 어디론가 떠났을 것이다. 그러나 말이 나온 이상 이제 그는 그의 친구들과 떠나게 될 것이다. 한 녀석은 총각이지만 한 녀석은 아내가 있고 아내는 내일 그 친구의 아내에게 전화를 할 것이다.

"그래, 그렇게 해……"

잠시 무슨 말을 할까 입술을 달싹이다가 아내는 그렇게 말했다. 그러고는 찻잔을 내려놓고 한참을 앉아 있다가 길게 숨을 내쉬었다.

그는 아무 말도 하지 않았다.

2

눈길이 닿는 곳까지, 하늘이 내려와 있는 곳까지, 사방이 온통 하얀 눈으로 덮여 있었다. 그들은 차를 세우고 앞바퀴에 체인을 둘렀다. 체

인의 아귀가 맞지 않아서 K는 애를 먹는 것 같았다. 이제 스키장에 다가갈수록 경사가 가팔랐고 운전이 서툰 K는 체인을 끼워보는 것이 처음인가보았다. 함께 동행한 N이 끙끙대는 K를 돕고 있었다.

그는 차에서 좀 떨어진 곳까지 가서 소변을 본 다음 담배를 한개비 물었다. 춥다기보다는 아주 차가운 날씨였다. 바람이 불 때마다 나뭇가지에 쌓인 눈이 빙숫가루처럼 흩날렸다. 나무마다 눈이 쌓여 있어서 나무색깔과 흰빛의 명암이 뚜렷했고 길을 따라서 능선들이 점점 더 가팔라지면서 나무들이 적어졌다. 차 지붕에 스키장비를 맨 빨간 스포츠카가, 이어 은색 쎄단이 체인이 덜컹거리는 소리를 내며 그들 옆을 지나갔다. 아마도 동행인 모양이었다. 그는 그 은색 쎄단 속에서 얼굴을 반쯤 덮은 썬글라스를 낀 긴 생머리의 여자를 언뜻 보았다. 눈길이어서 차의 속력이 느리긴 했지만 그 여자의 새빨갛고 도톰한 입술이 강렬하게 그의 머리에 남았다. 여행이니까, 그는 생각했다.

모퉁이를 돌아가는 은색 쎄단의 꽁무니를 바라보며 그는 담배를 던졌다. 바람이 산 아래서부터 하얀 눈가루들의 회오리를 일으키며 다시 몰려오고 있었다. 그는 쥐색 파카깃을 올리며 차로 돌아갔다. K와 N이 시동을 걸고 있었다.

그는 차에 올라탔다.

차는 잠시 전진하더니 다시 미끄러지기 시작했다. 당황한 K가 브레이크를 밟았지만 차는 십 미터쯤 뒤로 미끄러진 다음에야 멎었다. K가 차에서 내려 풀어진 체인을 다시 잡았다.

"저새끼, 똥차 가지고 스키장 가잘 때부터 내가 알아봤다니까."

소설을 쓰는 N은 차에서 내리더니 뚱뚱한 K의 뒤에 서서 놀리듯 말했다. 그도 차에서 함께 내렸다. N이 포켓에서 위스키를 꺼내 한모금 마시고 그에게 병을 건넸다. 그는 위스키를 한모금 삼켰다. 마치 차가운 겨울바람이 압축되어 병 속에 들어 있다가 그의 목을 타고 배로 내려가는 것같이 서늘한 느낌이었다.

"얀마, 이게 똥차냐? 니네 전셋값 빼도 못 사는 차다, 인마."

부동산을 하는 K는 체인을 갈다 말고 일어서더니 가죽장갑을 벗고 이마에 고인 땀을 닦았다.

"여자들이 이 차 한번 타는 게 소원인데."

K는 아직 미혼이었다. 그는 몇명의 여자들과 이 차에서 쎅스를 했는지 우리가 알면 놀랄 거라고 말했다.

"농구팀이야 축구팀이야?"

N은 요즘 들어 그의 상징이 돼버린 듯한 그 특유의 냉소적인 표정을 감추지 않았으나 K는 아랑곳않는 듯했다.

"줄다리기팀이다, 인마."

그들은 잠시 씁쓸하게 웃었다. 이렇게 셋이 어울리는 것도 아주 오랜만이었다. 대학을 졸업한 후 점점 어려워졌던 셋만의 술자리를 빼면 이런 여행은 거의 십년 만이었다. 대학 삼학년 땐가 K가 등록금 때문에 학교를 휴학하고 군에 가기 전, 함께 배낭을 지고 설악산에 오른 것이 마지막 기억이었다.

그 늦가을, 미친 듯이 단풍이 타는 설악의 어느 모퉁이에 작은 텐트를 쳐놓고 그들은 소주를 마셨다. 장엄하기까지 한 가을산 앞에서 그들은 참으로 작고 가여웠다.

"모든 게 허무해. 다 부질없어. 대체 누구를 위해 머리를 깎고 누구를 향해 총을 겨누어야 하는 거지? 한번 죽으면 그만이야! 투사고 개죽음이고 필요없어! 죽는 건 다 같은 거야. 산다는 건 지지리도 가지

각색이지만……"

군대를 가기 직전이었으니 누구나 그런 심정이었겠지만 K는 거의 자포자기상태로 말했다. 그와 N은 그 등산 내내 혹시 K가 산 아래 벼랑으로 몸을 던질까봐 밤마다 뒤척이며 K의 거동을 살폈다.

K는 살아남았다. 그는 군대에서 몇번 영창을 드나들다가 제대를 하더니 아주 다른 모습으로 그들 앞에 나타났다.

부동산업에 뛰어들었다는 것이다. 그리고 이제는 어느정도 성공을 거둔 것이다. K는 이제 다른 말을 입에 달고 다녔다.

"산다는 건 다 같은 거야, 인마."

자세한 내막을 말하지는 않았지만 K는 당시 시위가 빈발하던 빈민촌지역의 재개발 딱지를 사모아 나날이 번성하는 듯했다. K는 자주 술을 샀고 술에 취하면 가끔 울부짖었지만 다시는 죽는다는 말은 하지 않았다.

"살아남는다는 게 꼭 좋은 것일까?"

그 무렵 습작을 포기하고 곧 노동현장으로 떠나며 N은 말했다. 그리고 곧 N이 구속되었다는 소식이 들렸다. 출감하자 N은 소설가가 되어 있었다. 그가 쓴 소설은 노동자들의 정서를 잘 반영하고 있다는 평가를 받으며 여러 잡지에 다투어 실리고 있었다. 그러나 작년 여름, N은 노동현장에서 만난 아내와 아이를 데리고 서울 본가로 돌아왔다. N은 그다지 정서가 안정되어 보이지는 않았다. 그건 그 자신도 마찬가지였다.

그들이 모두 제 갈길로 떠났을 때 그는 지금의 아내를 만났다.

처녀시절의 아내는 물었다.

"졸업하고 뭘 할 생각이지?"

“되고 싶은 게 없다니 말이 돼? 법대에 들어올 땐 생각이 있었을 거 아냐?”

“두고봐! 난 당신을 꼭 고시에 패스하게 만들고야 말겠어.”

아마도 마지막 말을 한 건 그녀가 더이상 처녀가 아니었을 때의 일이리라.

“잠깐만요. 이보세요, 아저씨!”

길 저쪽에서 한떼의 여자들이 나타나 손을 흔들었다. 그와 일행이 멈칫해 바라보니 세 명의 아가씨들이 이쪽을 향해 뛰어오고 있었다.

시장에서 흔히 볼 수 있는 파카에 목도리들을 둘렀고 키들이 좀 작았다. 눈길을 오래 헤맸는지 종아리 아래까지 밀가루에 빠진 것처럼 흰눈이 묻어 있었고 얼굴들이 파랗게 얼어 있었다.

“아저씨, 좀 태워주세요. 너무 힘들어서 못 걷겠어요.”

파란색 파카를 입은 여자가 그들 일행 중에서 가장 먼저 다가와 말했다. 몹시 숨이 찬지 그녀가 입을 벌릴 때마다 하얀 입김이 주전자에서 그렇듯 쏟아져나왔다.

“스키장 가는 길이에요? 근데 아저씨라니? 멀쩡한 총각들한테.”

체인을 대충 다 끼운 K가 뒤에 오는 아가씨들을 마저 살펴보며 호기심 어린 목소리로 말했다.

파란 파카는 통통한 얼굴을 뒤로 젖히며 무엇이 재미있는지 웃었다. 곧이어 도착한 껌을 씹는 노란 파카와 단발머리를 한 흰 파카도 함께 웃었다. 만일 모두 다 파란 파카처럼 살이 좀 찐 아가씨들이었다면 K가 서둘러 그들을 따돌렸겠지만, 다행히도 나머지 둘은 용모가 ‘준수한 편’이었다. 그들의 입에서도 파란 파카와 똑같이 하얀 입김이 쏟아져나왔다.

K는 총각이라는 걸 강조하고 나서 그와 N에게 한 눈을 찡긋해 보였다. 그와 N은 공범자라도 된 듯 잠시 웃었다. 그는 문득 그중에 단발머리를 한 여자가 무거운 가방을 두 개 들고 있다는 걸 발견했다. 다른 여자들은 모두 간편한 배낭을 지고 있었다. 그는 그녀의 낡은 가죽가방 두 개를 바라보았다. 모조가죽이 닳아서 여기저기 본래의 색깔을 잃고 허옇게 바래 있었다.

"아니, 뭣들 타고 왔어요?"

N이 물었다.

"시외버스를 타고 왔는데 술취한 아저씨가 길을 잘못 가르쳐주었어요."

파란 파카가 말하자 노란 파카가 껌을 씹으며 덧붙였다.

"관광버스를 예약해두었는데 아침에 얘가 꾸물거리는 바람에 차를 놓쳐버리고 말았어요. 가방 챙기느라고."

노란 파카는 단발머리를 지적하며 시외버스를 타고 온 것에 예민한 반응을 보였다. 여자들은 자기네들끼리만의 의미가 있다는 듯 음흉하게 웃었다.

"어쨌든 타요. 이것도 인연인데."

그들은 함께 떠났고 이번에는 체인이 잘 감겼는지 차가 잘 달리기 시작했다.

우연히 남녀의 숫자가 맞는다는 것은 이런 여행에서 그리 불유쾌한 것은 아니었다. 그것도 그들보다 한참은 어려 보이는 아가씨들 셋과 동행이 된다는 것은 기분이 좋은 일이리라. K는 특히 싱글벙글한 얼굴이었다. 게다가 그녀들은 좀 촌스러운 느낌이긴 했지만 젊은 그들 특유의 매력을 느끼게 하기에 충분했다.

어차피 정원을 초과해 탑승했으나 아무도 불편하다는 말은 하지 않았다.

뒷자리에는 그가 앉았는데 왼편으로 여자들 셋이 앉았다. 그와는 반대편 창가에 앉은 단발머리 여자는 그 커다랗고 낡은 가방 두 개를 무슨 보물처럼 싸안고 있었다. 그의 눈길을 의식했는지 그녀가 문득 그를 돌아보았다. 그녀는 이제까지 그가 보아온 것 중에서 가장 검은 눈동자를 가지고 있었다. 그는 무안해져서 얼른 눈을 돌렸다. 하지만 다시 끌리듯 돌아보았다. 단발머리는 그와 다시 눈이 마주치자 얼른 고개를 돌리더니 커다란 가방을 다시 껴안았다.

"뭐 하시는 아가씨들이에요? 학생들이에요?"

아니라는 걸 누구나 느낄 수 있을 만큼 그녀들에게는 세련된 느낌이 없었다. 그러나 N은 그저 묻고 있는 것 같았다. 사실 K만큼 N은 여자들에게 흥미가 없었다. 벌써 유아원에 다니는 아이의 아빠인 그는, 그러나 남자들만이 떠나는 이 여행에서 약간의 흥분을 느끼는 듯했다. 그런 점에서 말한다면 그 역시 그랬다. 아까 총각이라며 K가 눈을 찡긋했을 때 이미 그들은 공범이 된 것이었다.

"아저씨들은요?"

노란 파카가 여전히 껌을 씹으며 되물었다. 높고 끝이 약간 갈라지는 목소리의 느낌이 뭐랄까, 만만치 않은 느낌을 주었다.

"이놈은 땅부자고 이 뒤쪽은 곧 판검사가 될 것이고 나는 소설을 써요."

갑자기 여자들 셋이 일제히 웃었다. K야 일찍 벗어진 머리에 기름진 얼굴을 하고 있었으니 그럴 법했지만 그들은 그와 N의 행색을 보며 전혀 믿지 않는 얼굴을 했다.

"아저씨들이 그렇다면야 우린……"

노란 파카는 잠시 웃더니,

"이쪽은 디자이너, 이쪽은 대학원생 그리고 저는 시인이에요."

하며 다시 깔깔댔다.

남자들 쪽도 웃고 말았다.

그들은 쓸데없는 농담을 지껄이면서 차를 달려 스키장 입구에 도착
했다.

3

주차를 했을 땐 이미 짧은 해가 저물고 있었다. 주차장 관리를 하는
듯한 노인이 그들에게 와서 산 위쪽에 있는 산장까지는 눈길에 알맞
은 특별마차를 타고 가야 한다고 무뚝뚝한 목소리로 말했다. 그리고
마차가 도착 안했으니 잠깐 기다리라고 했다. 그들은 작은 벙커같이
생긴 곳에 들어가서 자판기의 커피를 나누어 마셨다.

단발머리는 커다란 가방 둘을 여전히 놓지 않은 채 구석에 앉아 있
었다. 이런 곳이 자신에게 낯설다는 느낌을 감추지도 않는 표정이었
다. 파란 파카나 노란 파카가 은근슬쩍 주위를 돌아보며 세련되어 보
이려고 애쓰는 것에 비하면 참으로 촌스러운 느낌이었다. 그는 자판
기에서 커피를 뽑아가지고 그녀에게 다가가 종이잔을 내밀었다.

그녀가 그 검은 눈으로 다시 그를 돌아보았다. 그것은 전혀 방어가
되어 있지 않은 눈이었다. 모욕에 대해서, 거짓말들과 가면에 대해 면
역을 가지지 못했던 시절이 그에게도 있었다.

그는 문득 어색해져서 커피잔만 넘겨주고는 창밖을 바라보았다.

"밤이 되어서 깜깜한데 왜 산봉우리는 잘 보이지?"

까마득한 어린시절 자신을 업고 가는 큰누나에게 그는 물었다.

"으응…… 그건……"

큰누나는 그의 엉덩이를 훌쩍 들어올려 업은 자세를 바로하고는 말했다.

"그건…… 하늘에 하늘 아닌 것이 솟아 있어서 그래……"

"하늘에 하늘 아닌 게 솟아 있으믄 이렇게 깜깜한데도 잘 보이나?"

"그럼, 하늘이 아니니까……"

그는 갑자기 무서워져서 누이의 목을 꼭 움켜잡았다. 하늘도 아닌데 하늘로 머리를 치켜든 산이 그는 무섭고 가여웠다.

그 누나도 폐병으로 죽은 지 오래였다.

창밖에서는 한떼의 남자들과 여자들이 우르르 승용차에 올라타고 있었다. 그들은 그의 일행들과는 분명 달랐다. 그들에게는 젊음의 냄새와는 또다른 분위기가 엿보였다. 그것은 부유한 냄새였다.

그들의 차가 하얀 배기가스를 뿜으며 떠나고 나자 그는 까칠한 턱을 한번 쓸었다. 그들에게는 이 스키장에서 묵는 동안 무슨 일이 일어났을까, 그리고 우리들에게는 무슨 일이 일어날까. 그는 문득 그들에게 아니, 그 자신에게 무슨 일인가 일어날 것만 같은 예감을 했고, 그것이 사실은 그 자신이 무슨 일인가 일어나기를 바란다는 것을 깨달았다. 그는 눈을 돌려 그의 일행들을 살펴보았다. K는 노란 파카와 열심히 이야기를 나누고 있었으며 파란 파카는 약간 두려운 듯 주위를 둘러보고 있었다. N이 담배를 붙여물면서 그녀에게 무어라 짧은 말을 묻고 있었다. 그에게는 그들의 행동이 몹시 주눅들고 피곤한 듯이 느껴졌다.

서른이 넘으면서 그들은 언제나 만나면 피곤하다는 말을 했다. 치사하다는 말, 더럽다는 말, 때려치우고 싶다는 말…… 예전에는 물론 그들은 다른 말들을 했다. 하지만 그것이 무엇이었는지 그는 이제 기억나지 않았다.

"참 많이 변했네요."

단발머리가 처음으로 입을 열었다. 그는 자신에 대해 그리고 그와 K, 그리고 N에 대해 생각하고 있었기 때문에 그녀의 그 말이 자신의 마음속을 꿰뚫어보는 것 같아 순간적으로 깜짝 놀랐다.

"제가 여길 떠날 때만 해도 승냥이가 울곤 했었는데……"

단발머리의 말 속에는 스산한 추억이 배어 있었다.

"여기가 처음이 아닌가보군요."

단발머리는 빨간색 목도리를 한번 여미더니 고개를 숙이고 살포시 웃었다.

"이곳이 처음이신가요?"

그녀는 다시 눈을 들면서 그에게 되물었다.

"네."

그는 대답을 하고 담배를 물었다.

"이런 곳은 저도 처음이에요."

단발머리는 명랑하게 말하고 나서 어깨를 잠시 떨었다.

"뭐 걱정되는 일이라도 있으세요?"

단발머리가 다시 물었다. 그가 대답 대신 그녀를 빤히 쳐다보았다. 그녀의 얼굴에 갑자기 붉은 기운이 몰려들었다. 하지만 그녀의 목소리는 명랑하게 울려나왔다.

"아저씨 얼굴에 그렇게 씌어 있어요."

그녀는 풋풋 웃었다.

"그게 우습나?"

그는 자연스레 반말로 물었다. 그녀는 가만히 고개를 저었다.

"아저씨는 아주 힘든 일을 마치고 났을 때 더 힘든 일을 미처 하지 못했다는 걸 이제 막 깨달은 사람처럼 난처한 얼굴을 하고 있어요. 미안해요. 난 어떤 사람의 얼굴을 보면 그 사람이 지금 어떤 생각을 하고 있을까 생각하는 버릇이 있어서……"

그녀는 처음으로 벙어리장갑을 벗어서 손을 호호 불었다. 빨갛게 달아오른 그녀의 볼에 그녀의 희고 긴 손가락이 가닿았다. 그는 문득 팽팽한 그녀의 볼을 만져보고 싶은 충동을 느꼈다. 그는 천천히 호주머니에서 담배를 꺼냈다.

"왔어요, 마차가!"

그들은 우르르 밖으로 몰려나갔다. 이미 날은 완전히 어두워져서 검은 산들의 윤곽 뒤로 짙은 남색의 하늘만 걸려 있었다. 그도 피우려던 담배를 도로 넣고 일어섰다. 그러고는 단발머리의 가방 하나를 들었다. 가방은 생각처럼 무거웠다. 단발머리가 그를 빤히 쳐다보다가 남은 가방 하나를 들고 그를 따라 마차에 올랐다.

마차라는 것은 거짓말이었다. 그것은 기계였다. 개털모자를 눌러 쓴 사내가 그것을 운전하고 있었다. 산장이 있는 언덕까지 오르는, 그러니까 특별히 설계된 눈길 전용차인 모양이었다. 그들이 마차라고 한 것은 그 내부가 마치 공원에 있는 마차와 같은 구조이기 때문인 듯했다.

마차는 마치 헉헉거리는 것처럼 요란한 소리를 내면서 느릿느릿 산

길을 올랐다. 그는 몇번이나 이 마차가 저 눈길 아래로, 아까 그 주차
장 근처의 어둠과 추위 속으로 미끄러져 그를 다시 처박을 것만 같은
환상을 느꼈다. 도시의 폐수와 자동차의 소음이 흐르는 그 어떤 곳으
로 미끄러져버릴지도 모른다. 그는 마차처럼 숨이 가빠오는 것을 느
꼈다. 그의 이마에 식은땀이 배어나기 시작했다.

산장 입구에서 『알프스의 소녀』라는 동화에 나오는 개처럼 커다란
개가 그들 일행을 무심히 바라보고 있었다. 그러고는 모퉁이를 돌자
갑자기 풍경이 다른 모습으로 와락 다가왔다. 화려한 네온이 나타났
던 것이다. 산은 네온의 축제를 하고 있었다. 네온들은 가지가지 아름
다운 빛깔로 명멸했으며 디스코음악도 흘러나왔다. 흘러나와서 그들
에게 이곳은 너희들이 떠나온 곳과는 다른 곳이라고 말하는 것만 같
았다.

노란 파카의 입에서 경탄의 짧은 신음이 나왔다. 갑자기 여자들의
얼굴에 이제까지와는 다른 광휘가 나타나기 시작했다. 스물두살이
라고 그들은 말했다. 그는 자신의 스물두살을 생각해보았다. 그 시
절에 그는 언제나 모퉁이를 두려워했다. 언제나 보이지 않는 저쪽은
이쪽보다 더 나빴으니까. 하지만 보이지 않는 모퉁이 저쪽을 기다리
던 친구도 있었다. N 같은 경우가 그랬다. 그에게 모퉁이 저쪽은 이
성과 과학이 지배하는 세계였다. 그것은 보이지 않았기에 가능한 세
계였다.

"거 봐! 내가 좋을 거라고 했잖아."

노란 파카가 파란 파카의 한 팔을 부여잡으며 웃었다. 파란 파카도
함께 웃었다.

그들은 남자와 여자끼리 헤어져 방을 정하고 잠시 휴식을 취한 뒤,

산장 일층에 있는 까페에서 다시 만났다. 단발머리는 맨 마지막에 나타났다. 그녀는 여전히 그 무거운 가방 두 개를 들고 있었다.

하지만 아무도 그녀가 왜 그 무거운 가방을 가지고 자꾸 나타나는지에 대해 묻지 않았으므로 그 역시 입을 다물었다. 젊은 연인들끼리 춤을 추기도 하였고, 한쪽 구석에서는 한쌍의 남녀가 긴 키스를 나누고 있었다. 키스가 끝났을 때 긴 파마머리를 한 여자가 아무 의미도 없이 그를 빤히 바라보았다. 그도 팝콘을 집어먹으며 긴 파마머리를 빤히 바라보았다.

맨송맨송한 시간들이 흘러갔다. K와 N은 이미 이 아가씨들에게서 흥미가 없어져버렸는지 다른 아가씨들과 어울려 춤을 추고 있었고, 노란 파카는 계속해서 껌만 씹고 있었지만 껌 씹는 속도가 점점 느려졌다. 나중에는 몇분마다 한번씩 딱, 딱 튀기는 소리가 흘러나왔다. 파란 파카는 술은 입에도 대지 않고 두꺼운 손으로 팝콘을 집어 입에다 털어넣고 그것을 우적거리며 씹었다. 그녀들 셋 모두 이곳에 온 것을 후회하는 눈치가 보였다. 그 징조는 작은 맥주 한병 값이 사천원인 걸 보았을 때부터 완연히 나타나기 시작했다. 여자들이 몰려 있는 곳을 기웃거리던 펑크머리의 남자들이 그녀들 곁을 맴돌다가 더 화려한 여자들에게 몰려갔다. 그가 민망한 시선으로 바라보자 세 여자는 일제히 팝콘에 손을 뻗쳤다.

그는 왜 이 여자들이 스스로도 어울리지 못하는 이곳에 왔을까 잠시 궁금해했다. 그저 조촐하게 대천이나 만리포에서 겨울바다를 구경했다면 이런 표정들은 하지 않았을 텐데. 그는 여자들을 위로해주고 싶어서 매점에 가서 과자와 귤을 좀 사왔다. 여자들은 구석에 앉아 조용히 그것들을 씹었다.

잠시 후에 단발머리는 머리를 한번 쓸어올리더니 또 그 무거운 가방을 들고 일어섰다.

"내일 뵙겠어요. 갔다 올게."

"그래, 조심해서 갔다 와."

그녀들은 단발머리에 대해서 별로 신경쓰지 않았다. 이미 모든 이야기가 된 눈치였다. 그는 단발머리를 따라 일어섰다.

산장 현관을 나오자 찬바람이 기분좋게 그의 뺨에 불어왔다.

"들어가세요."

단발머리가 그에게 말했다.

"어딜 가지?"

그는 단발머리의 낡은 가죽가방 하나를 빼앗아들었다.

"집에요."

단발머리는 말했다. 아주 무심한 말투였다. 그는 왜 그녀가 이곳이 많이 변했다는 이야기를 했는지 알 것 같았다. 이 가방 속에는 집으로 가져가는 선물이 들어 있을까, 그는 무거운 가방에 대한 호기심이 뜻밖에 싱겁게 풀리는가 싶어서 조금 섭섭했다.

그들은 네온을 뒤로하고 산길로 접어들었다.

"가세요! 전 이런 밤길에 아주 익숙해요."

"가는 데까지……"

그는 왜 제 자신이 이런 길을 따라나서는지 생각도 없이 그녀와 함께 걸었다. 종아리까지 눈이 푹푹 빠졌다. 더구나 눈 때문에 길도 보이지 않았다. 하지만 그녀는 익숙하게 눈길을 헤쳐나갔다. 그는 그녀의 발자국을 따라 발을 내디뎠다.

4

산길을 돌아 내려오자 벌판이 펼쳐졌다. 벌판이라고 해봤자 나지막한 구릉이었지만 이번에는 좀 걷기가 쉬웠다. 그는 걸음을 빨리해서 그녀에게 다가섰다. 힘든 산길을 빠른 보행으로 걸어왔기 때문에 그와 그녀 모두 뺨이 붉게 상기되어 있었다. 그녀가 갑자기 하늘을 올려다보며 하하 웃었다. 하얀 입김이 별들이 반짝이는 밤하늘가로 퍼져나갔다. 눈 덮인 들판과 그와 그녀의 하얀 입김 그리고 웃음소리……
그는 자신도 모르게 미소를 지었다.

"아저씨, 결국 여기까지 따라오시고야 말았군요. 참…… 저만큼 미련하신가봐요. 이제 돌아가기에도 너무 먼데……"

"그런 거 같군."

그가 대답했다.

"정말 그렇게 생각하세요?"

"음."

그녀는 그가 들고 있는 그녀의 가방을 바라보았다. 둘은 잠시 그 눈 덮인 벌판에 서서 침묵했다. 가지에 쌓인 눈이 바람에 은가루처럼 흩날리고 있을 뿐, 사방은 고요했다. 그들은 걷고 또 걸었다. 얼었던 뺨이 상기되면서 등줄기와 겨드랑이에서 후줄근히 땀이 느껴지기 시작했고 그 다음에는 가방을 든 어깨가 아파오기 시작했다.

"잠시 담배 한대 피우고 갈까?"

"그러지요."

그는 담배를 피워물며 눈에 덮인 돌 하나를 찾아내 장갑을 낀 손으로 눈을 털어내고 그녀를 앉혔다.

그는 가방을 그 옆에 놓고 소변을 보기 위해 뒤쪽으로 올라갔다. 잠시 무거운 가방을 놓은 어깨가 그 무게의 사라짐에 적응하지 못해서였을까, 그는 그만 야트막한 비탈에서 미끄러지고 말았다. 비명을 지르지는 않았으나 다시 일어섰을 때 그는 왼쪽 발목이 얼얼한 것을 깨달았다. 그는 발목을 절뚝이며 소변을 보고 돌아섰다. 얼얼한 왼쪽 발목이 시큰거리면서 아파오기 시작했다.

"어디 다치셨어요?"

"응, 발목을 좀……"

아무렇지도 않은 듯 말했으나 한발을 내딛다가 그는 비명을 지르고 말았다.

"이제 조금만 더 가면 되는데."

그녀는 그의 눈이 묻은 그 발목을 바라보며 안타까운 듯 말했다.

"괜찮아. 조금만 쉬지……"

둘은 나란히 그 넓은 벌판에 앉았다. 움직이고 있을 때는 느껴지지 않던 바람소리가 그들의 귀를 얼얼히 때리고 지나갔다. 땀을 흘렸던 등줄기가 식어가면서 한기가 몰려왔다. 그의 뺨도 그녀의 볼도 차갑게 얼어가기 시작했다.

"따라오시지 말라고 했잖아요."

그녀는 미안한 듯 말했다. 그는 웃으며 그녀의 한쪽 어깨를 가만히 감쌌다. 그녀의 등줄기가 쭉 선을 그으며 굳어지는 것을 느꼈다. 그는 이 여자를 안으려고 따라온 것은 아니었다. 하지만 여자가 그렇게 느낄까봐 그는 좀 걱정이 되었다. 여자는 뜻밖에도 아무런 내색도 하지 않고 벙어리장갑을 긴 손을 마주잡고 속눈썹만 깜빡거리고 있었다. 여자에 대해서라면 그는 거의 경험이 없었다. 아내 외엔 이렇게 가까이 있어보는 것도 이 여자가 처음이었다.

그러나 만일 그녀와 그가 이 눈 덮인 벌판에서 내일 아침 시체로 발견된다면 아내가 무어라고 말할까. 그는 쓰잘데없는 상상을 잠시 하다가 지워버렸다.

"아까 개네들, 제일 친한 친구들이에요."

묻지도 않았는데 그녀가 그를 바라보며 말을 시작했다.

"오늘 미장원 자리 계약을 했어요. 둘은 서울 오자마자 미용기술을 익혔거든요. 나도 모아두었던 돈을 조금 냈어요. 내가 원한다면 공장 때려치우고 오래요. 시다부터 시작하면 언젠가는 나도 조그만 미용실을 차릴 수 있을지도 모르니까. 그게 좋겠지요? 그건 장래성이 있으니까…… 오늘 개네들이 미장원 자리 계약하는 걸 보고 눈물이 나올 뻔했어요. 복덕방 아저씨가 길목도 좋다고 했어요. 그동안 얼마나 고생들 했는데…… 이제 우리한테도 좋은 날이 오겠지요. 아저씬 정말 뭐 하는 분이세요?"

그녀가 그를 향해 얼굴을 돌렸다. 맑은 별빛이 쌓인 눈에 부딪쳐 튀어올라 그녀의 얼굴을 비추어주었다. 동그랗고 조그만 얼굴이 그의 시야에 환하게 들어왔다.

"뭐 하는 사람 같아 보여?"

그녀는 잠시 웃었다.

"아까는 믿지 않았지만 이야기하시는 걸 들으니까 아저씬 많이 배우신 분 같아요. 우린 정말 검사나 소설가나 정말 부자들을 별로 본 적이 없거든요. 사장들도 가난해요. 정말 부자인 사장은 얼굴도 못 봤구…… 그래도 잘 모르겠어요."

그 여자는 '정말'이라는 단어를 자꾸 썼다. 그가 웃었다. 오랜만에 웃는 웃음이었다.

"정말 검사님이신가요?"

"아니."

그는 장갑 낀 손으로 여자의 얼굴을 가만히 쓸어내렸다. 여자는 이번에는 굳어지지 않았다.

"그럼요?"

"곧 그렇게 되겠지."

그는 여자의 얼굴에 댔던 손을 치우며 말했다. 여자의 얼굴에 순간 실망의 빛이 스치고 지나갔다. 그녀는 눈을 여러번 깜박거리며 잠시 침묵 속에 앉아 있다가 말했다.

"몇년 전인가 특근이 없는 날 시내에 나갔다가 어떤 남자한테 우산을 씌워준 적이 있었어요. 정거장에서 혼자 비 맞고 있는 게 하도 처량하길래…… 그러곤 차를 마시러 갔죠. 남자는 자기는 대학생이라면서 내게 여러가지 이야기를 했어요. 나는 그 남자가 하는 말을 하나도 이해할 수가 없었어요. 알아들으려고 굉장히 노력했지만…… 삼십분쯤 있다가 남자는 하품을 하기 시작했어요. 커피값을 치르는데 나보고 내라고 하더군요. 그리고 몇번을 더 만났어요. 어느날 나보고 뭐 하는 사람이냐고 묻길래 방직공장에 다닌다고 했더니 그 다음엔 연락이 없었어요. 참 멋있는 사람이었는데…… 그런데 나중에 생각해보니까 못생겼던 것 같애요. 콧구멍두 컸구…… 또…… 목소리두 나빴던 거 같애요."

여자는 말을 마치고 나서 어깨를 으스스 떨다가 침묵했다. 저 여자는 왜 나한테 그런 이야기를 하는 것일까, 그는 일부러 딴청을 피웠다.

"미안하군."

그는 다시 딴청을 피우는 자신이 정말 미안해져서 그렇게 말했다.

"왜요? 검사가 된 건 아저씨가 되고 싶어서 그런 것인데요, 뭐……
무언가가 된다는 건 좋은 일이잖아요. 나도 미용사가 되고 싶어요. 될
수 있을까요?"

그는 대답 대신 찬바람을 가리기 위해 여자를 더 끌어당겼다. 여자
는 순응했다. 이 넓고 인적 없는 벌판에서 자신에게 아무런 방어태
세도 취하지 않는 그녀에게 그는 아까부터 이상한 흥분을 느끼고 있
었다.

"그 대학생이랑 같이 자봤나?"

그녀가 화들짝 놀라며 그를 바라보았다. 그는 그런 말이 이 여자를
당황시킬 수도 있다는 걸 그제야 깨달았다. 같이 자든 그렇지 않든 그
것이 도대체 지금 이 시간에 이곳에서 무슨 문제가 될 것인가. 하지만
그는 상상했다. 눈밭에서의 정사. 그는 자신이 왜 갑자기 그런 생각들
을 이 어린 여자를 놓고 하는지 알 수 없어 먼저 당황하고 말았다. 어
쨌든 아내는 그에게 소중한 여자였다. 청춘의 아픈 시절을 모두 그녀
와 함께 겪은 거였다. 하지만 그는 여자를 안은 한쪽 팔을 풀어놓지
않았다.

"여관엔 갔었어요. 근데……"

그녀는 가만히 고개를 젓다가 갑자기 웃음을 터뜨렸다.

"내가 얼마나 바보 같은지…… 그 남자가 스커트를 벗기려고 하는
데 겁이 났어요. 생리가 시작되는 거 같기도 하고 그래서 잠깐 화장실
에 갔다 온다고 했어요. 다행히 생리가 시작되지 않았더군요. 다시 돌
아왔더니 남자가 돌아누우면서 그냥 자자고 했어요. 그래서 그
냥……"

여자가 웃었고 그도 따라 웃었다.

"그러고선 방직공장에 다닌다는 말을 했나?"

그녀는 고개를 저었다.

"그건 그 전이었어요. 갑자기 그 사람은 하품도 하지 않고 내게 자신은 졸업하면 벌써 큰기업체에 취직하기로 되어 있다고 했어요."

그는 그녀의 벙어리장갑 낀 손을 벗겨내고 손을 잡았다. 그리고 그녀의 따뜻하고 작은 손가락 사이로 제 손가락을 끼워넣었다. 그녀의 손가락은 그의 손이 파고들 때 손가락 사이를 벌리지 않으려고 잠시 저항했지만 곧 순응했다. 보드랍고 작은 손이 그의 손안에서 부드럽게 쉬고 있었다. 그는 그 순간 무언가 뜨거운 것이 제 목구멍을 타고 입안으로 넘어온다는 생각을 했다. 욕정도 아니고 슬픔도 아니고…… 그는 구두에 묻은 눈을 탁탁 털었다.

"인연이 없었던 거야. 사랑한다면 그런 것쯤 아무 문제가 안되지."

우울한 그녀의 옆모습을 바라보다가 그가 위로하듯 말했다.

"정말 그렇게 생각하세요?"

그녀가 눈빛을 빛내며 물었다.

"그러엄."

"맞아요. 난 우리가 서로 통한다는 걸 알고 있었어요. 하지만 사람들은 아니래요. 내가 여대생이었다면 그 사람이 날 그렇게 쉽게 넘보지 않았을 거래요. 그러니까 무시하고 얕본 거래요."

"걸어볼까?"

그가 일어섰다. 워낙 다리가 얼어 있어서인지 통증은 그런대로 참을 만했다.

"한 십분만 걸으면 돼요."

그녀는 그가 들고 있던 가방을 빼앗았다. 그는 하는 수 없이 천천히 따라 걸었다.

"이 가방만 아니었다면 아저씨가 굳이 날 바래다주지 않았을지도 모르는데……"

앞서 걷던 그녀가 처지는 그를 돌아보며 말했다.

그는 어쩌면 그럴지도 모른다고 생각했다.

"아까도 얘기했지만 난 영리한 사람이 못 돼요. 친구들은 나보고 너무나 어리석대요. 그 무거운 가방을 그렇게 들고 다닌다고……"

그녀는 잠시 파카깃을 여미더니 다시 말을 시작했다.

"처음엔 나도 이 무거운 가방을 일부러 들고 다니지는 않았어요. 서울 온 지 삼년쯤 됐을 땐가…… 가정집 지하의 봉제공장에서 일했는데 아주머니가 얼마나 좋은 사람이었는지…… 눈물이 날 것같이 고마웠지요. 김치도 주고 밥도 많이 퍼주고 이불도 깨끗했어요. 그 아줌마가 그러라고 해서 월급을 모두 맡겨 계를 부었는데 추석때 집에 다녀오고 나니까 공장이 감쪽같이 이사를 갔어요. 사람들이 나보고 그랬어요. 넌 사람을 너무 턱없이 믿어버린다고…… 하지만 나 그 아줌마가 내게 잘해줬던 것만 생각했어요. 나한테 못되게 굴고 돈을 빼앗아버리는 것보다는 잘해주고 돈을 가지고 간 게 훨씬 낫잖아요? 얼마나 나쁜 사람들이 많은데…… 있을 곳도 없었고 그때서부터 친구집을 떠돌았지요. 공장 기숙사에 들어가기도 했고…… 친구집을 떠돌 때부터 가방을 가지고 다니게 됐는데 친구가 언제 불편해할지 모르니까 늘 가방을 싸두었어요. 떠날 수 있게…… 그후부턴 하루라도 내가 있는 곳에서 떠날 땐 이 가방을 들고 다니지 않으면 불안해서 견딜 수가 없게 됐어요. 몇번 가방을 가지지 않고 떠나려고 노력했지만 집을 나서면서 버스를 타러 갈 때까지 내가 이래도 되는 걸까, 이렇게 가볍게 걸어다녀도 되는 건가 하는 생각 때문에 곧 달려가서 가방을 가져나와요. 무겁긴 하지만 난 이게 편해요. 가끔 생각해보면 내가 얼마나 미련스럽고 어리석은가 싶어요. 하지만 사람이라는 건 자기가 자신을 어쩔 수 없는 때가 있는 거잖아요?”

그녀는 유치한 이야기를 커다란 철학적 발견이라도 되는 양 말했다.

그는 그녀의 무기운 가방 두 개를 바라보았다.

“한번은 버스를 타려고 줄을 서 있는데 어떤 아저씨가 내게 와서 말했어요. 여긴 자기 구역이니까 다른 데로 가보래요. 바라보니까 그 아저씨도 무거운 가방 두 개를 들고 있었어요. 아마 날 자신처럼 외판원으로 착각했나봐요. 재밌죠? 하지만 반가웠어요. 나처럼 무거운 가방을 들고 다니는 사람이 또 있구나 하고……”

그도 잠시 웃었다.

“왜 하필 스키장엘 왔지?”

그녀의 얼굴이 잠시 우울해졌다.

“걔들 손님들이 자랑을 했나봐요. 난 오는 길이니까 집에 가려구 왔구…… 난 돈 한푼두 안 냈어요.”

그는 이해했다. 그들은 생각했을 것이다. 언제나 스키장 다녀온 여대생들의 머리손질만 하고 있을 건 없잖아, 우리도 얘기에 끼여들자구,라든가 여름휴가는 포기하지 뭐, 그건 이제 너무 통속적이잖아……

그녀는 그의 생각과는 아랑곳없이 말을 이었다.

“몇년 동안 집에 한번도 못 갔거든요. 동생들이 얼마나 컸는지 보고도 싶고…… 하지만 새벽이 오기 전에 빠져나와야 돼요. 엄마는 내

가 오기만 한 것 가지고 반갑겠지만 돈 한푼 없이 어떻게 해요? 그래
도 내가 맏딸인데……"
　그녀는 계속 말했다. 그녀가 든 무거운 가방 때문에, 그의 발에 입
은 상처 때문에 그는 이제 그녀의 손을 잡을 수가 없었다.

5

　그는 그녀와 함께 그녀의 집으로 들어섰다. 한 두어 칸 되는 슬레이
트 지붕 위에 쌓인 눈이 어둠속에서도 잘 보였다. 그녀가 먼저 걸음을
멈추고 어둠속에서 희미한 옛집의 윤곽을 바라보았다. 그도 그녀 곁
에 섰다. 시큰시큰한 발목의 통증과 함께 고향이 떠올랐다.
　아버지마저 돌아가신 것은 그가 세번째 고시에 떨어졌을 때였다.
죽어가면서도 아버지는 아내의 손을 놓지 않았다.
　"고맙구나, 아가야. 고맙구나, 아가야."
　그것이 아버지의 유언이었다. 땅을 팔고 빚까지 정리하고 나자 삼
십만원이 남았다. 그는 아내에게 말했다.
　"이게 아냐. 내가 가야 할 길은 이게 아닌 것 같아!"
　아내는 처음으로 몹시 슬픈 얼굴을 했다.
　"……당신은 할 수 있어요. 난 아버님하고의 약속을 지키고 싶어.
지하에서나마 그분들이 기뻐하는 걸 보고 싶어요."
　아픈 발목 때문에 그의 얼굴이 땀으로 번들거렸고 사지는 냉랭히
얼어 있었다.
　"미안해요. 이쪽으로 오세요."

그녀는 누가 들을세라 낮은 소리로 그를 잡아끌었다. 그러고는 집 뒤로 돌아갔다. 그는 그녀를 따라 뒤꼍의 방으로 들어섰다. 시골 방치고는 좀 넓은 곳이었다.

불기가 없어 냉랭하긴 했지만 우선 바람이라도 막으니 좀 살 것 같았다. 그녀는 벽장을 열고 전기담요와 이불을 꺼냈다.

"원래는 외양간이었던 곳이에요. 오년 전에 소를 판 다음에 아버지가 방을 고쳤어요. 생각대로 비어 있네요. 여름엔 동생들이 쓰죠. 겨울엔 불을 못 때고요…… 이리로 좀 앉으세요. 제가 더운 물수건을 만들어가지고 올게요."

그녀는 제 가방 속에서 수건을 하나 꺼내더니 가방을 다시 꼭꼭 챙겨놓고 살며시 문을 열고 나갔다. 그녀가 나간 뒤 그는 이제 미지근해오는 전기담요에 발을 넣고 앉아 있었다. 우선 추위와 한기가 가시자 다리의 통증이 느껴지기 시작했다. 문밖에서 그녀의 기척 대신 바람소리만 회앵 스쳐갔다.

그는 이런 밤들을 겪은 적이 있었다. 절에 붙어 있던 고시원, 아내가 돌아가고 난 밤이면 그는 혼자 바람소리를 밤새 들었다.

아내가 도착한 날부터 돌아가는 날까지 그는 자신에게 묻곤 했다. 겨울이면 바닷가로 나가서 마른 생선들을 얻어다가 산골로 다니며 팔던 어머니가 죽었다는 소식이 고시원으로 날아온 무렵이었다.

"도대체 왜?"

처음에는 꿈이었던 것이 첫번 고시에 실패하고 나서는 열정으로 변한 것은 사실이었다. 그러나 세번째 떨어졌을 때 그는 그것이 오기일지도 모른다는 생각을 했다. 그는 점차 자신이 누군가를 단죄하고 판단하기에는 너무도 부족한 인간이라는 생각을 했다. 오직 아내만이 처음부터 끝까지 변함없는 열정을 가지고 그를 부추겼다. 아내의 말을 듣고 나면 그가 한번도 가져보지 못한 미래가 단지 그가 문을 열어주기만을 기다리고 있는 것 같은 생각이 들었다. 그는 불확실한 현재와 확실한 미래를 놓고 저울질하다가 아내와 타협했다. 이미 올 때까지 왔고 돌아가기에는 너무 긴 세월이었다.

다섯번째 도전한 고시에서 마지막 3차시험을 치르고 나왔을 때 아내는 빗속에서 그를 기다리고 있었다. 얇은 바바리코트의 깃을 올린 얼굴이 몹시 추워 보였다.

"당신 정말 수고했어요. 난 이제 자랑스러워."

그때 그는 아내의 얼굴을 보지 않았다. 그는 마치 파출부가 몹시 어지럽혀진 집안을 치우고 문을 나설 때 주인집 여자에게서 수고했다는 이야기를 들은 것처럼 모욕을 느꼈다. 하지만 그는 웃었다. 그 기분을, 그 감격을 깨서는 안될 것 같은 엄숙함이 아내의 얼굴에 있었다.

"도대체 무엇을 위해서?"

K와 N의 얼굴이 차례로 떠올랐다. 시위중에 숨져간 친구의 얼굴들, 은행원이 된 친구들, 그들이 웃고 떠들고 출근하고 퇴근하고 고기를 먹고 이를 쑤시고 여자를 만나고 하는 모습들이 환영처럼 스쳐갔다.

잠깐 잠이 들었던 모양이다. 깨어나보니 발목의 통증이 희미하게 살아오기 시작했다. 그녀가 더운 물수건으로 그의 발목을 감싸주고 있었다.

그는 상체를 일으켰다. 그녀가 벗긴 제 양말이 방 한구석에 놓여 있었다.

"이제 좀 나을 거예요."

그는 그녀의 손을 잡아끌어 이불 속으로 당겼다. 머뭇거리다가 결심을 한 듯 그녀는 파카를 입은 채로 이불 속에 누웠다.

그녀가 그의 귀에 동그란 입술을 대고 속삭였다.

"조금만 누워 있다가 떠나야 돼요. 새벽이 오기 전에…… 새벽에 들어오는 버스를 타고 몰래 가요."

그는 고개를 끄덕이며 그녀의 머리를 쓰다듬었다. 그녀의 머리에서는 오랫동안 벌판을 헤치고 온 자의 피곤한 냄새가 나른하게 났다.

바람이 창호지 바른 문을 스치고 지나가는 소리가 들렸다.

"참 이상하네요. 왠지 아저씨하고 이런 자리에 아주 오래전부터 누워 있었던 것 같은 느낌이 들어요."

그건 그도 마찬가지였다. 이 방의 을씨년스러운 분위기, 모욕을 깨닫지 못하는 젊은 여자. 그는 그녀가 왜 자신이 그와 닮았다고 했는지 알 것 같았다.

그는 그녀의 얼굴을 끌어당겨 길게 키스했다. 그녀의 혀가 주춤거리다가 이내 뜨거워졌다. 그는 자신의 몸이 나른한 욕조 속으로 잠기는 것을 느꼈다. 그리고 이어 불같은 열정이 살아나는 것을 느꼈다. 그는 동정의 소년처럼 그것을 주체할 수가 없었다.

그는 거칠게 그녀의 몸으로 올라갔다. 그녀의 흰 파카와 그의 회색 파카가 서로 부딪쳐 새들이 날개를 비비는 것 같은 소리를 냈다.

그는 그녀의 귀와 목에 부드럽게 키스하고 그녀의 파카를 벗겨내다가 문득 동작을 멈추었다.

그는 다시 내려와 그녀 옆에 누웠다. 그녀의 입에서 가느다란 한숨이 흘러나왔다.

"무슨 생각을 하셨어요?"

한참 만에 그녀가 조심스레 물었다. 그는 말없이 그녀의 손을 잡아 쥐어서 제 얼굴에 대었다.

잠시 침묵 속으로 바람소리가 음산하게 파고들었다.

"네 생각을 했어."

그가 말했다. 연수원에 출근하자마자 도덕적 스캔들을 일으킬 수는 없었다. 친구들과 아내와 고시 합격통지서와 그런 것들을 그는 생각했던 것이다.

다시 침묵이 지났다. 그는 주머니에서 담배를 꺼내 피웠다.

"내가 두렵지 않나?"

그가 물었다.

"아니요."

여자가 단순하게 말했다.

"난 알아요. 사람들은 그렇게 나쁘지 않아요. 신문에는 매일 나쁜 사람들만 나지만 신문에 안 나는 사람이 훨씬 많잖아요? 난 아저씰 처음 봤을 때부터 나쁘지 않은 사람이라는 걸 알았어요."

"돈 떼먹고 달아난 여자도 착해 보였다면서?"

그가 집요하게 물었다.

"오죽했으면 그랬겠어요."

여자가 다시 단순하게 말했다. 그는 갑자기 힘이 빠졌다. 여자의 단순함이 그에게 두려운 기분을 느끼게 했던 것이다.

"이름을 물어봐도 돼요?"

그는 길게 담배연기만 내뿜었다.

"아니."

여자의 표정이 순간 굳어졌다.

그는 담배를 끄고 여자를 품에 안았다. 여자는 순순히 그의 가슴에 얼굴을 묻었다.

"이름을 안다는 건 책임을 진다는 거야. 우린 아직 그럴 만큼 가깝지 않잖아? 정말 내가 나쁜 사람인지도 모르고."

그는 말하면서 자신이 정말 나쁜 사람일까봐 겁이 났다. 하지만 여자는 안심하는 것 같았다. 그는 상황이 점점 더 나빠지고 있다는 걸 깨달았다.

그녀는 잠시 생각에 잠기더니 다시 물었다.

"연애해보셨지요?"

"응."

"언제?"

"대학 때……"

"정말 좋았겠네요."

그가 세번째 고시마저 떨어졌을 때 아내는 걱정스러운 눈길로 약병을 내밀었다. 약병에는 빨간색과 파란색의 알약들이 어지러이 섞여 있었다.

"영양제예요. 파란 것은 강한 거니까 저녁때만 드세요."

그는 아내가 시키는 대로 그것을 먹었다. 이상하게 정신이 맑아지고 공부가 잘되었다. 어느날 옆방에 있는 그 또래의 고시생이 놀러 왔다가 그에게 말했다.

"허어 참, 형씨도 엔간히 다급했던 모양이오. 그래도 과하게는 하지 말아요. 몸 망친 사람 많으니까…… 나도 처음엔 그걸 먹어보려고 했는데 영 안 좋습디다."

의아해하는 그에게 고시생은 말했다. 거기에는 경멸과 동정이 어려

있었다. 그는 섣불리 자신의 감정을 들키지 않으려는 자 특유의 웃음
을 웃었다.

다음 일요일 그는 읍내 약방으로 내려가 그 약에 대해 물었다.

"아니, 어디서 이걸 이렇게 많이 모으셨어요? 한번에 두세 알 이상
은 안 파는 건데……"

그 약은 각성제였다. 강제로 사람의 뇌를 깨어 있게 하는 약이었던
것이다. 다음에 아내가 왔을 때 그는 파란 알약을 날짜수만큼 버렸다.
아내에게 몇번이나 말을 꺼내고 싶었지만 그는 그 사실을 안다는 걸
말할 수가 없었다. 아내도 마음이 편하지만은 않으리라, 그는 그렇게
생각해버리기로 했다.

다음에 면회를 왔을 때 아내는 그의 안색을 살폈다. 괜찮느냐고, 몸
이 아프거나 어지러운 증세가 없느냐고 자꾸만 물었다. 그는 아주 건
강하다고 대답했다. 그러자 아내는 안심하는 듯한 얼굴을 했고 그 다
음번 면회 때엔 파란 약이 두 배로 더 많이 든 병을 내밀었다.

"이제 그만 해! 제발!"

하지만 그는 그 소리를 뱉어버리지 못했다. 그의 가슴속에서 출구
를 찾지 못한 비명소리가 메아리처럼 이리저리 울렸다. 그는 떨리는
손으로 왼쪽 가슴을 눌렀다. 아내의 얼굴에 겁이 더럭 실렸다.

"정말 괜찮은 거예요?"

그는 마치 사진기 앞에서처럼 어색하게 웃으며 왼쪽 가슴에서 손을
뗐다. 아내의 얼굴에 괴로운 갈등이 잠시 어리다가 사라졌다. 그러
고 나서 결심을 굳힌 듯 아내는 아무것도 모르는 여자처럼 순진하게
웃었다. 잠든 아내의 머리맡에 앉아서 그는 아내의 얼굴을 한참이나
들여다보았다. 한번에 두세 알밖에 구할 수 없는 약을 구하러 아내는

얼마나 많은 약방을 돌아다녀야 했을까. 그것은 애정일까, 집착일까, 아니면……

이 단발머리의 여자도 작업장에서 그 약을 먹어보았으리라. 그는 그런 기사를 읽은 적이 있었다.

"아저씨는 정말 훌륭한 분이세요. 남들이 평생을 걸려도 하지 못하는 걸 하셨으니…… 고시공부는 정말 어렵다던데."

그녀는 꾸민 듯한 명랑함으로 말했다.

"재미있는 이야기 해줄까? 고시원에 있을 때 말이야, 새벽 다섯시에 아침식사가 시작되는데 사람들이 정확히 시간을 지켜 식탁에 앉지. 그러고는 십오분쯤, 식사가 끝나기 무섭게 각자 방으로 돌아가는 거야. 나도 체면상 겨우 일어나 자리에 앉긴 했지만 졸음을 참을 수가 없었어. 아주 힘들었거든. 이러다간 낙오될 것 같고 아주 초조했지. 그래 저 사람들은 얼마나 열심히 공부하나 싶어서 하루는 남들 방을 몰래 엿보았지. 그랬더니…… 아침식사를 마친 그들이 모두들 방문을 닫고 들어가서는 책을 베고 쿨쿨 다시 자는 거야."

그녀는 한참을 웃었다. 나중에는 웃음소리가 새어나갈까봐 그의 가슴에 얼굴을 묻었다. 그녀의 웃음소리 때문에 흔들리는 그녀의 몸이 그의 가슴을 흔들어 그의 몸도 함께 흔들렸다.

"잠들면 안돼요, 아저씨."

그녀가 상기하듯 말했다.

"잠들면 안되지."

그도 말했다. 그러나 그들은 서로의 체온에 의지해 잠들어버리고 말았다.

6

눈 쌓인 산골 마을엔 여느때보다 아침이 빨랐다.

그녀의 집에서 가장 먼저 일어난 사람은 그녀의 어머니였다. 어머니는 뒷간엘 다녀오다가 아이들의 방에 작고 큰 운동화 두 켤레가 놓여 있는 걸 보고 의아한 마음에 살며시 방문을 열어보았다.

그녀는 방문을 열고 몹시 놀랐다. 몇년 만에 집에 돌아온 자식이 웬 낯선 사내와 함께 잠을 자고 있는 것을 본 것이다. 어머니는 우선 방문을 소리 안 나게 닫고 이 일을 어떻게 받아들여야 할 것인가를 생각했다. 우선은 성질이 깨어진 사금파리쪽같이 칼칼한 아버지가 나오기 전에 신발부터 치워야 했다. 그녀는 여자다운 본능으로 우선 그 생각부터 했던 것이다. 그녀가 신발 두 켤레를 들고 어떻게 해야 할 것인가를 생각하고 있을 때 아버지가 방 밖으로 나왔다.

"뭐 하는 것이여? 누가 왔어?"

아버지는 마당으로 나와 부엌에 들어가 냉수를 들이켜고 나왔다. 그녀는 그 사이에 댓돌 밑으로 신발 두 켤레를 들이밀었다.

"아니에요."

어머니가 서둘러 둘러댔지만 아버지도 예감은 있는 법이다. 아버지는 다가가 그녀와 그가 자고 있는 방문을 열어젖혔다.

"큰애가 지 친구를 데리고 와서 잔 모양이에요. 먼길에 피곤할 테니 깨우지 마세요."

어머니의 다급한 목소리가 이어 들려왔을 때 여자는 깨어 있었다. 물론 남자도 그랬다. 하지만 이미 엎질러진 물이라는 걸 깨닫기에는 시간이 좀 걸렸다. 드디어 아버지가 방문을 열었을 때 그녀는 남자의 머리를 이불 밑으로 집어넣었다. 짧은 머리를 한 키큰 여자애야 흔한 법이니 우선은 이불을 사용하여 제 아버지를 속여야겠다고 그녀는 생각했던 것이다.

더구나 아버지가 문을 열었을 때 그녀는 짐짓 피곤에 지친 듯이 몸을 뒤척이며 신음소리까지 냈다. 아버지는 방문을 닫고 그대로 마당으로 내려섰다.

"아니, 연락도 없이 웬일이여? 밤에는 들어오는 차가 없을 텐데…… 눈길을 걸어왔나?"

이불 속에서 그와 그녀 두 얼굴이 나타났다. 갑자기 벌어진 이 상황을 어떻게 해결해야 할지 아무것도 생각나지 않았다. 그와 그녀의 눈길이 다급하게 마주쳤다.

여자는 무엇이 우스운지 입을 가리고 킥킥대며 웃기 시작했다. 상황이 심각한 것을 알았지만 그도 웃고 말았다.

아버지의 목소리가 다시 들려왔다.

"그래두 찬 방에서 그게 뭐야? 더구나 친구까지…… 여기 건넌방에서 재워. 찬 방에서 자다가 풍맞을라!"

다시 발걸음 소리가 들렸다. 그녀가 그를 다시 이불 속으로 집어넣었다. 그는 순순히 이불 속의 어둠에 묻혀 눈을 깜박였다. 일이 이렇게 되리라고는 전혀 상상해보지 않았다. 이건 게임이 아닌데. 하지만 그녀는 백치처럼 웃고만 있었다.

발걸음 소리는 다시 멀어졌고 어머니의 입가에서 흘러나오는 신음소리가 그녀의 귓가에 똑똑하게 들렸다. 어머니가 상황을 파악했다는 걸 그녀는 직감적으로 알아차렸다. 그러자 그녀도 상황이 심각한 것을 알았다. 하지만 알았다고 해도 대책이 서지 않는 건 마찬가지였다.

"방 치워났다!"

아버지의 소리가 다시 들려왔을 때 그는 이불을 걷고 단정히 일어나 앉았다. 결심을 한 듯했다. 그녀 역시 그럴 수밖에 없었다. 떨고 있는 그녀의 손을 그가 잡았다. 그 여자의 눈에 안심한 듯한 빛이 감돌았다.

다시 문이 열렸다. 아버지는 이불을 걷고 앉아 있는 두 남녀를 보자 입을 다물지도 못했다.

"아부지……"

아버지는 믿고 싶어하지 않는 것 같았다. 혹시라도 자신이 꿈을 꾸고 있는 건지, 파랗게 얼어 있는 어머니를 돌아보더니 다시 한번 딸과 남자를 쳐다보았다.

"아부지, 이상하게 생각 마세요…… 저기, 저기……"

딸이 입을 열자 그제야 마법에서 풀리기라도 한 것처럼 아버지의 얼굴에 핏기가 몰렸다. 이제 딸이 입을 열었으니 아버지가 무어라 대꾸를 해야 할 차례였다. 하지만 이 자상하지 못한 아버지는 불행히도 말을 잘하는 사람이 아니었다. 그는 다짜고짜 다가와 딸의 머리를 후려쳤다.

어머니가 달려오고 동생들이 눈곱도 떼지 않은 눈으로 우르르 몰려왔다. 아침을 짓던 이웃집 사람들까지 마당으로 몰려오기 시작했다. 누렁이만 그 사람들 사이로 이리저리 뛰어다니며 음식냄새를 맡으려 기를 쓰고 있었다.

"그게 아니에요. 아부지, 그게 아니고."

그녀의 아버지는 그녀를 때리다 말고 방 한구석에 멀뚱히 서 있는 그를 바라보았다.

"넌 뭐 하는 놈이냐?"

"전……"

할말도 없었겠지만 그가 말을 하려고 하자마자 아버지의 억센 손이 그의 뺨으로 날아왔다. 그는 묵묵히 맞고 서 있었다. 그녀가 둘 사이에 끼여들고 어머니 역시 아버지 앞을 막아섰다. 그녀 아버지의 억센 손이 그녀의 얼굴로 대신 날아들었다. 그는 여자를 밀어내고 아버지 앞에 섰다.

"자초지종은 따님이 말씀드릴 겁니다. 하지만 전 따님과 아무 사이도 아니고, 중요한 것은 생각하시는 것처럼 책임질 만한 일은 아무것도 하지 않았다는 겁니다."

그는 책임질 만한 일을 하지 않았다는 걸 강조해서 말했다. 책임질 만한 일을 하지 않았다는 그의 말이 끝나기가 무섭게 그녀의 얼굴이 하얗게 질렸다. 그것은 그녀의 가슴을 둔중하게 때리는 것 같았다. 그녀의 헝클어진 머리칼 사이에서 상처입은 듯한 눈이 번득이며 나타났다. 그는 그걸 의식했지만 그녀 쪽을 쳐다보지 않고 방 밖으로 나가 신을 신었다. 하필이면 발목의 통증이 더해져서 그는 절뚝이기 시작했다.

"뭐야, 이놈의 새끼! 내가 그 말을 믿을 줄 아니? 피가 펄펄 끓는 것들이 한이불 속에서 밤을 지새고도 책임을 질 만한 일을 안했다니! 그따위 뻔뻔스런 변명을 해?"

그의 뒤통수로 온갖 욕설이 흘러나왔다.

"이 뻔뻔스러운 놈!"

그는 온 동네 꼬마들까지 보고 있는 가운데 그 집 밖으로 쫓겨났다.

그녀 역시 그랬다. 어머니가 스웨터를 여미며 그녀를 쫓아나왔다.

"엄마……"

그녀가 어머니를 붙들고 한참을 서 있었다.

"내 잘못이다. 이 에미 잘못이야."

무엇을 잘못했는지 어머니는 연방 그렇게 말했다. 일이 벌어졌을 때 잘못했다고 말하는 것은 그녀의 버릇이었다. 이제까지 그렇게 빌고 뉘우치면 일단 상황이 생각보다 빨리 안정되었던 것이다. 어머니는 그 이상의 현명한 말을 알지 못하는 것 같았다.

딸과 어머니는 서로 붙들고 서서 눈물을 훔쳤다.

"뭐 하는 총각이냐, 응? 뭐 하는 사람이냐?"

딸은 아무 대답도 하지 못했다. 대신 그를 돌아보았다. 그는 그녀의 눈을 피했다. 딸은 시선을 어머니의 털신으로 떨어뜨렸다.

"이리 좀 와봐라."

어머니는 딸을 데리고 몇발짝 뒷걸음질을 쳤다. 그렇다고 구석진 곳이 있는 것도 아니었건만 그녀는 마치 먼 곳으로 도망이라도 친 것처럼 갑자기 태도를 바꾸었다. 다정스레 딸의 헝클어진 머리를 빗질해서 넘겨주며 딸의 안색을 살폈다.

"인사하려고 내려온 거여?"

"아니야."

딸은 신경질적으로 고개를 저었다.

"그럼, 사귀는 총각이여?"

딸은 이제 어머니가 바라는 것이 무엇인지 알아차렸다. 그래서 그녀는 아무 말도 하지 못했다. 어머니는 딸이 부끄러움 때문에 말을 못하는 줄 알고 서둘러 미소를 지었다.

"아가, 니들이 손을 꼭 잡고 자고 있는 걸 봤을 때 나는 그 총각이 정말 너를 아끼는구나 생각했다. 그건 아무나 할 수 있는 일이 아니다. 그건 에미가 아는 거다. 이번 일일랑 니가 잘 말을 해서 곧 정식으로 인사를 내려오너라, 응?"

딸의 눈에서 눈물이 흐르기 시작했다. 동생들이 달려와 그녀의 파카꼬리를 잡았다. 그녀는 울면서 어린 동생들의 머리를 일일이 쓰다듬어주었다.

그는 사람들의 수군거리는 시선을 피해 담배를 물었다. 멀리 떨어진 집에서 연기가 피어오르고 있었다.

같은 장소였지만 아침에 보니 모든 것이 달라져 있었다. 낭만적이고 가슴 설레던 밤의 풍경들은 이제 사라져버리고 스러져가는 빈집으로 불어가는 바람과 초라한 행색의 사람들만이 보였다. 마치 꿈을 깨어보니 길바닥에서 자고 있었음을 깨달은 것처럼 그는 모욕을 느꼈다.

멀리서 울긋불긋한 파카가 보였다. 그녀의 친구들과 N의 모습이었다. 그는 그들과 시선이 마주칠까봐 얼른 얼굴을 돌렸다.

7

그녀의 친구들은 이른 아침에 이곳으로 떠났다. 서울에서 정보를 얻은 것보다 스키를 대여하는 값이 훨씬 비쌌다. 한사람 앞에 거의 이만원을 넘는 돈을 투자해야 스키장비를 빌릴 수 있었다. 그들은 곧 스키 타는 것을 포기했다. 파란 파카는 노란 파카에게 계속해서 스키장에 오자는 제안을 한 것을 화내고 있었다. 그들은 이런 곳에 와서는 안된다는 걸 이제야 깨달은 것이었다. 초대받을 수 없는 잔치에 온 것처럼 그녀들은 스키장 주위를 배회했다.

그래서 그녀들은 스키장 입구의 간이매점에서 핫도그만 잔뜩 사먹었다.

막상 N이 스키장비를 대여해 신고 나왔을 때 그녀들은 벌써 다섯 개째의 핫도그를 먹는 참이었다.

바라보던 N이 그녀들에게 리프트를 태워주었다. 그것은 그녀들에게는 짜릿한 흥분이었다. N도 즐거웠다. 하지만 올라가고 나서가 문제였다. 그에게는 스키라는 특권이 있었지만 그녀들에겐 아무것도 없었다. 그녀들이 당황해서 N을 바라보았다. N은 슬그머니 눈을 피했다.

산 정상에서 삐죽거리며 서성이다가 그녀들은 뒷길로 산을 내려가기 시작했다. 모른 척하던 N이 꼭대기에서 바라보니 그녀들은 거의 네발로 기며 산을 내려가고 있었다. 그 곁을 스쳐 사람들이 매끄러운 곡선을 그리며 스키를 지쳐나갔다. 리프트를 태워준 것을 이제야 후회한대도 소용없는 일이었다.

"당신들은 떠나면 그만이겠지. 돌아갈 곳이 있으니까. 언제든 돌아가 타협할 곳이 있으니까. 그러나 우리에겐 처음부터 돌아갈 곳이 없었어. 이곳이 우리의 출발지이자 종착지야."

지난가을 하나둘씩 현장을 떠나는 인텔리 출신 운동가들을 보며 노동자가 그에게 말했다. 떠나지 않았다는 것이 그런 자리에서 무슨 변명이 될 수 있을까.

변명하지 않은 것은 다행이었다. 그도 서울로 돌아왔다. 하지만 그것이 다행이었을까, 그는 그때서부터 단 한줄도 글을 쓰지 못하고 있었다.

N은 다시 그녀들을 내려다보았다. 흰눈을 범벅으로 옷에 묻히며 그녀들이 구르고 있었다. N은 무거운 침을 삼켰다.

N은 하는 수 없다는 듯 먼저 산 아래로 내려가서 그녀들을 기다렸다. 아주 좋은 실력은 아니었지만 적어도 N은 굴욕적으로 산길을 굴러내려오지 않아도 되었던 것이다. 다시 한번 N의 목으로 마른침이 넘어갔다. 그녀들은 눈에서 몇번을 굴렀는지 온몸에 눈을 묻힌 채로 걸어왔다. N은 싱겁게라도 웃지 못했다. 그녀들은 파란 눈초리를 N에게 던졌다. 그것은 적의의 눈초리였다. 스키장비를 빌릴 수 있었던 자에게 그렇지 못한 이들이 그런 눈길을 던지는 것이다. N은 갑자기 눈가가 시큰해졌다.

그런 눈초리들로부터 평생 도망칠 수 있으리라고는 물론 생각하지 않았고, 아직은 모색의 기간일 뿐 도망치는 것이라고도 생각하지는 않았다. 그렇지만 이런 휴양지에서 이런 가벼운 여행에서 이렇듯 아무렇지도 않은 장소에서 이렇게 쉽게 이렇게 어처구니없이 그런 눈초리들과 마주치게 되리라고도 생각하지 않았다.

여자들은 거칠게 눈을 털었다.

"미안해요."

그가 다가가 말했다.

잠시 침묵이 이어졌다.

"우린 친구에게 가보겠어요. 새벽에 오지 않은 걸 보니 걱정돼요."

파란 파카가 그에게 등을 보이고 돌아서며 말했다. 노란 파카도 파란 파카를 따라갔다.

그는 곧 스키를 벗어던지고 그녀들을 따랐다. 어제 걸어간 두 사람의 발자국이 밤새 부는 바람에 얼어붙어 있어서 길은 쉽게 찾을 수 있었다.

"그 사람 정말 믿을 만한 사람인가요? 갠 바보 같은 데가 있어서."

여자들은 스키장비를 벗어던지고 바보처럼 묵묵히 그녀들을 따라오는 N에게 조금 화가 풀렸는지 담담하게 물었다.

N은 여자들이 모처럼 입을 연 이 기회를 놓치지 말고 말을 풀어나가야 한다고 생각했으나 할말이 없었다. N이 그를 괜찮게 생각하고 안하고 간에 어차피 무슨 일인가가 일어난 것은 사실인 듯했다. 그는 비로소 요즘 들어 제 자신이 누구도 믿지 않는다는 걸 깨달았다. 예전 같으면 그를 두둔했겠지만 이제 그럴 수 없었던 것이다.

드디어 마을 어귀에 도착해 단발머리에 대해 물어보았을 때 그들은 다음과 같은 말을 들었다.

"왔지. 웬 남자를 끌고 와서 한이불 속에서 자는 바람에 지금 개 집에서 난리가 났다니까. 그저 시절이 나빠서…… 애들 서울 보내고 나면 저렇게 버린다니까. 참 큰일이여, 큰일……"

개털벙거지를 쓴 초로의 사내는 되묻지도 못하는 그들을 버려두고 눈길을 향해 걸어갔다.

노란 파카와 파란 파카가 굳은 얼굴로 서로를 마주보았다.

"그 바보 같은 게 또 당할 짓을 할 줄 알았어."

노란 파카가 먼저 투덜거렸다.

"남자가 여관비도 없었나?"

"무슨 말을 그렇게 해? 잘 알지도 못하면서."

파란 파카가 신경질적으로 말을 받았다.

"알잖아, 그 기집애가 번번이 멀쩡한 것들한테 속아넘어가는 거."

노란 파카는 언뜻 N에게 눈초리를 던졌다. N은 노란 파카의 시선에 반발할 수가 없었다.

"왜 자꾸 바보 바보 하는 거야? 걘 바보 같은 게 아니구 착한 거야."

파란 파카는 노란 파카가 낯선 남자 앞에서 친구를 낮추어 말하는 것이 자존심 상하는 모양이었다.

"그게 그거지!"

노란 파카는 단호하게 말했다. 파란 파카는 대꾸하려고 하다가 입을 다물었다.

그리고 모퉁이를 돌자 마을이 나타났다.

멀리서 절뚝거리는 그와 단발머리가 걸어오고 있었다. 마치 모르는 사람들처럼 그들은 몇발짝쯤 떨어져 걸어오고 있었다. 단발머리는 여전히 무거운 가방을 든 채였다.

가능한 모든 상상이 N의 머릿속을 스치고 지나갔다.

"어떻게 된 거야?"

친구에 대한 신뢰가 혹시 깨어질까봐, 혹시 사고가 일어났다면 그러나 그 정도 사고는 그도 이해할 수 있다는 어투로 N이 그에게 물었다.

"모르겠어."

그는 N을 지나쳐 절뚝이며 걸어갔고 그 뒤를 무거운 가방 두 개를 든 단발머리가 따라갔다. 여자들은 단발머리의 눈이 빨갛게 부어오른 걸 보고 입을 다물었다.

긴 산길을 걸어 산장에 도착할 때까지 그들은 자신들의 생각에 잠겨 서로 한마디 말도 주고받지 않았다.

8

구름 사이로 뿌연 햇빛이 뿜어나왔다. 흐린 날씨이긴 했지만 그것이 사람들에게 눈이 내릴 거라는 기대를 주었고 산장의 아침은 활기찼다. 단지 다섯 명의 이 젊은 남녀만 짐을 싸가지고 시무룩하게 서 있었다. 영문을 모르는 K만 투덜거리며 짐을 싸가지고 맨 마지막에 그들과 합류했다.

마차가 오자 그들은 거기에 올라탔다.

모두들 아무 말도 하지 않았다. K가 N에게 몇마디 물어보려고 했으나 N이 가지는 무거운 분위기에 질려버렸는지 더 말하지 않았다.

마차는 올라올 때보다 더 느리게, 더욱 헉헉거리며 산길을 내려갔다. 개털잠바를 입은 운전사의 얼굴도 어제보다 더 까칠해 보였다. 가지마다 얼어붙은 눈을 흩날리며 을씨년스러운 바람이 불었다.

단발머리는 고개를 숙인 채 골똘히 생각에 잠겨 있었다. 울먹이는 쪽은 파란 파카였다. 파란 파카의 훌쩍임을 못마땅하다는 듯 흘겨보다가 노란 파카가 신경질적으로 파란 파카를 툭툭 쳤다.

"왜 울고 그래? 초상났어?"

"내리겠어! 난 차라리 걸어갈 테야!"

누군가가 자신을 건드리기를 바랐던 것처럼 파란 파카가 비명을 지르듯 말했다. 마차를 운전하던 개털모자 운전사가 울음에 무슨 사연이 있다고 느꼈는지 군소리 없이 마차를 세워주었다. 끼익끼익 쇠들이 부딪치는 소리가 나고 마차가 섰다.

파란 파카는 땅에 발을 딛는 순간 참았던 울음을 터뜨렸다.

모두들 침묵 속에 갇혀 있는 듯했다. 노란 파카의 얼굴이 발끈 들렸다. 그리고 그녀는 K와 N과 그를 차례로 훑어보았다. 하지만 아무도 노란 파카와 눈을 부딪치려 하지 않았다. 두 손으로 머리를 싸맨 N의 눈이 잠시 그녀를 스쳤지만 곧 고통스레 떨구어졌다. 이제는 노란 파카가 소리쳤다.

"나도 내리겠어. 차라리…… 걷겠어!"

노란 파카가 뛰어내리고 나서 마차가 잃었던 속력을 다시 내려고 했을 때 입술을 씹고 있던 N도 뛰어내리고 말았다.

파란 파카가 큰 소리를 내어 울고 있었다. 노란 파카는 여전히 껌을 씹으면서 소매로 자꾸 눈가를 훔치고 있었다. N은 주머니에 손을 찌르고 묵묵히 그들과 함께 걸었다. 그리고 그들은 함께 느린 마차의 뒤를 따라갔다. 올라올 때는 환락으로 들어서던 마차는 이제 마치 영구차처럼 보였다.

이제 마차 안에는 K와 그, 그리고 그녀가 남았다.

그들은 마치 마차의 느린 속력을 한없이 헤아리는 것처럼 덜커덩거리며 실려갔다.

K가 벗어진 머리를 연방 뒤로 넘기며 두 사람의 안색을 살피다가 살찐 손으로 턱을 괴었다.

친구들이 하나씩 내릴 때마다 조금씩 더 굳어지던 단발머리의 얼굴은 이제 만지면 딱딱할 것처럼 경직되어 있었다. 다만 무슨 말을 하고 싶은지 입술만 파르르 떨다가 다물어버리곤 하였다.

"날 하룻밤 노리개로 생각한 건가요? 그래서 내 가방을 나누어 들어준 건가요?”

천천히 그러나 또박또박 단발머리가 물었다.

대답을 해야 할 그보다 먼저 K가 손으로 얼굴을 비비며 크게 한숨을 쉬었다. 그와 그녀의 눈이 오랜만에 차가운 대기 속에서 부딪쳤다.

“아니야.”

그는 천천히 발음했다. 가장 정확한 단어가 생각나지 않았다. 하지만 그의 얼굴은 모욕감 때문에 딱딱히 굳었다. 여자의 눈이 일그러지면서 눈물이 고이기 시작했다.

“날 사랑하나요?”

이번에는 개털모자의 운전사까지 어이없다는 듯한 눈길로 두 사람을 돌아보았다. K의 입에서 한숨이 더 크게 새어나왔다. 사랑이라니, 너무 흔해서 낯설어버린 단어를 겁도 없이 뱉는 여자를 K는 이제 더 바라보고 싶지도 않았다.

그는 대답하지 않고 눈길만 떨어뜨렸다.

“아저씨가 그랬죠? 사랑한다면 조건 같은 건 문제가 안된다고……”

여자의 음성은 떼쓰는 듯한 것이었다. 그는 대답을 할 수가 없었다.

그는 기혼이야, K는 말하려다 말았다. 저런 부류의 여자들에게는 기혼이라고 하든 미혼이라고 하든 그건 문제가 되지 않는다는 걸 그는 알고 있었다. K는 이제 골치 아픈 두 남녀를 완전히 외면해버렸다.

“이제 우리는 다시는 만날 수 없나요?”

여자는 다시 물었다. 그녀에게는 이미 이 산도 마차도 K도 마부도 모든 것이 존재하지 않는 것 같다. 오직 그와 그녀 자신만이 이 세상에 남아 있는 듯 느끼는 것 같았다.

"……그래."

그가 무겁게 말했다.

단발머리는 눈길 한번 주지 않는 그를 뚫어져라 바라보더니 고개를 끄덕였다. 그래야만 그 사실을 스스로 인정할 수 있다고 믿는 것처럼 집요하게 그 동작을 되풀이했다.

"아직도 내가 아저씨 이름을 알아서는 안되나요?"

어디서 굴러먹었기에 이 아이는 이렇게 어리석은가, K의 살찐 얼굴에 짜증이 다글거리며 몰려들었다. K는 뛰어내리고 싶은 충동을 참았다.

"……내 이름은 순임이에요. 이순임."

그녀가 절규하듯 소리쳤다. 그가 고개를 들었다. K는 앉은 상태에서 그녀에게서 등을 돌렸다. 운전사만 그녀를 돌아보았다. 마치 알아들었다는 듯이 길가에 늘어선 나무들만 바람에 가지를 흔들었다. 그럴 때마다 얼어붙은 눈들이 은가루처럼 반짝이며 쏟아져내렸다.

순임은 갑자기 큰 소리로 흐느끼기 시작했다.

마차는 느린 속도로 지나갔다. 그녀의 흐느낌소리는 마차가 멎을 무렵 함께 멎었다.

"시외버스 타는 데까지 같이 가시죠."

여섯 명이 다시 모였을 때 K가 무거운 분위기를 깨며 말했다.

"올 때 태워다주신 것만으로도 고마워요. 우린 우리끼리 가겠어요."

노란 파카는 울어서 붉어진 눈을 닦으며 말했다. 파란 파카는 고개를 숙이고 운동화로 땅을 긁고 있었다. 그리고 순임은 그 무거운 가방 두 개를 아직도 들고 있었다.

그들은 그녀들을 설득하기를 포기하고 차를 주차해놓은 곳으로
갔다.

K가 차를 출발시켰다. 날이 흐린 게 눈보라라도 한바탕 불어닥칠
모양이었다.

차가 체인을 달고 털털거리며 주차장을 빠져나와 한길로 들어섰을
때 멀리서 앞서가는 그녀들의 모습이 보였고 이윽고 천천히 가까워졌
다. 그러고는 드디어 차가 그 곁을 스칠 때 그녀들이 일제히 차 쪽을
돌아보았다.

그것은 깃발 같았다. 그렇다. 마치 깃발이 올려지는 것처럼 일제히
그녀들은 돌아보았던 것이다. 그리하여 가슴속에 오랫동안 접어두었
던 깃발 역시 일어나 일제히 나부끼는 것 같은 착각을 그는 느꼈다.

그는 아직도 무거운 가방을 들고 가는 순임을 바라보았다.

그녀는 이 겨울 산길을 지나 무책임한 세상으로 걸어들어가고 있었
다. 삼년 월급을 떼먹고 달아난 사장 부인과, 염치를 모르던 대학생과
그리고 그 자신과 같은 사람들이 눈을 희번덕이며 걸어다니는 그 거
리로, 버스를 타면 앉으려 하고, 좀더 빨리 달려가려고 배를 가르고
오장육부를 떼어낸 공기처럼 가벼운 사람들 틈으로……

"세워! 차 세워."

K와 N의 눈이 마주쳤다. 아까부터, 그녀들이 일제히 나부끼기 시
작한 깃발처럼 그를 돌아보았을 때부터, 그는 아무도 알아듣지 못하
는 비명을 지르며 울고 있었던 것이다. 걱정스러운 K는 변속기어를
올렸고 차는 좀더 빠르게 앞으로 나가기 시작했다.

그리고 모퉁이를 돌자 이제 그녀들의 모습은 보이지 않았다.

절망을 건너는 법

1. 기차는 달린다

기차가 서울을 떠났을 때서야 비로소 불안감이 밀려들었다. 혼자서 떠나는 취재여행이었기 때문만은 아니었다. 다시 시작할 수 있을까, 정말 다시 글을 쓸 수 있을까 하는 의혹 때문이었다. 사실 지난 몇개월 동안 나는 늘 불안해 보인다는 염려를 받았다. 발작적인 신경질과 괴상스러운 침묵, 그리고 무모한 발랄함. 글을 쓰기 위해 그 모든 것을 각오했음에도 불구하고 그 가을이 다 가도록 나는 글 한줄 쓸 수 없었고 책 한권 제대로 읽어내지 못했다. 계약금을 끌어다 쓴 출판사 담당자의 협박 어린 충고도 나를 움직이지는 못했다.

대전에서 십오분간 쉬었다가 기차는 다시 움직이기 시작했다. 역 구내에서 뜨거운 우동을 먹던 사람들이 기차에 올라타서 자기의 자리를 찾아가고 있었다.

"니 자리를 찾아야지."

농촌여성을 취재하는 르뽀를 써달라는 부탁을 하러 전화를 한 선배가 용건 끝에 따지는 듯한 음성으로 덧붙였던 것이 지난달이었다.

"찾아야지."

"말은 잘한다."

"미안해, 언니. 나 아주 잘 있어. 단지, 글을 쓸 수가 없어. 써봤자 모두 인간에 대한 절망만으로 가득 차게 될 것 같아. 그게 무슨 소용이겠어?"

".........."

".........."

"그래, 절망하는 김에 밑바닥까지 가봐라. 그것도 괜찮지…… 밑바닥까지 갔을 때 그때 전화해."

선배는 툭 뱉듯 말하고 전화를 끊었다. 뭇사람들이 그러했듯 어쭙잖은 말로 나를 위로할 때를 대비해서 준비해놓은 많은 반박들이 마음속에서 갑자기 꼬리를 감추어버렸다. 이상스러운 오기까지 생기는 기분이었다.

하지만 서울을 떠나고 싶다는 욕망이 아니었다면 다시 전화를 걸지는 않았을 것이다.

"가서 보고 느끼면 너한테도 도움이 될 거야. 모두들 얼마나 건강하게 살아가고 있는지."

개찰구에서 가방을 넘겨주며 선배는 내 어깨를 툭툭 쳤다.

나는 선배가 건네준 쪽지를 펴보았다. 전라북도 순창군 팔덕면 창덕리 순안마을.

서울에서 태어나 서울에서 자란 내가 농촌을 읽어낼 수 있을까. 그
것도 단 며칠 만에. 하지만 기차는 어쨌든 달리고 있었고 나는 이제
돌아갈 수 없음을 알았다.

"이젠 다시 돌아갈 수 없어요. 돌아간다 해도 또다시 같은 일이 반
복될 거야."

나를 울게 할 수 있는 사람은 오직 둘뿐이었다. 나의 어머니와 그리
고 나의 딸.

나는 핏줄로 이어진 두 사람의 여성 중 한사람 앞에서 기어이 울음
을 터뜨리고 말았다.

"그래, 니가 알아서 해라. 이젠 나도 지쳤다…… 그래, 엄마 세대와
는 다르지. 나도 너보고 이 에미가 그랬듯 꾹 참고 살라고는 말 안
해."

어머니는 울지 않았다. 내가 천진스러운 딸아이 앞에서 그랬던 것
처럼 어머니도 윗입술을 지그시 누르고 계셨다.

"이혼할 용기가 있는 년이 울긴 왜 울어! 다시 시작해. 기죽지 말
고."

추수가 끝난 논에는 젖빛 갈대와 마른바람 그리고 황량함이 가득
차 있었다. 이젠 부딪쳐보는 수밖에 없었다.

기차에서 내려 버스를 두 번 갈아타고 순안까지 가는 버스를 타러
순창터미널로 갔을 때는 이미 어두운 저녁이었다. 그러지 않으려고
애썼지만 어느새 나는 주눅이 들어 있었다. 서둘러 와버린 어둠 때문
이었고 낯선 거리의 낯선 말투들 때문이었다.

터미널로 갔지만 순안마을까지 가는 버스를 타려면 두 시간은 더
기다려야 했다. 차가 다니는 간격이 두 시간 반, 더구나 다음 버스가

막차였다.

나는 가방을 메고 거리를 걸었다. 배도 몹시 고팠고 추웠다.

정육점에 들어가 고기를 사고 시간을 때우기 위해 제과점으로 들어가 아이들에게 줄 과자도 조금 사고 나서 우유로 빈속을 때웠다. 제과점 한구석에 있는 어항 속에서 물고기들이 이리저리 헤엄치고 있었다.

"난 당신한테 사육당하는 게 아냐! 당신이 당신 일을 소중히 하는 만큼 나한테도 일이 소중해."

"여민이가 있잖아. 난 저 아이가 당신이 밤늦게 들어오도록 파출부 아주머니 눈치만 보고 있는 걸 참을 수 없어."

"제발 이러지 마. 아이는 다 제게 주어진 방식에 적응하면서 사는 거야. 내가 놀러다니는 거야, 춤바람나서 카바레 다니는 거냐구! 날 용서할 수 없는 건 여민이가 아니라 바로 당신의 그 알량한 봉건의식 아냐?"

"내가 당신이 늦으면 얼마나 애를 태우는지 알아? 요즘 세상이 어떤 세상인데. 당신을 못 믿어서 그러는 게 아니잖아."

"당신이 날 믿는다면 설사 내가 밤에 떼강도에게 윤간을 당한다 해도 문제가 안돼! 왜 솔직하지 못하지? 여편네가 일한답시고 다른 남자들이랑 어울리는 게 싫은 거 아냐! 집에 오면 남들처럼 보글보글 끓는 된장찌개도 없고 썰렁한 방에 들어오기 싫다는 게 이유 아니야? 당신 우리 배고픈 시절에는 내가 일하는 것에 대해서 아무 말도 하지 않았잖아."

"여민이 때문이잖아, 여민이!"

"아니야, 여민이가 태어나기 전에도 떼강도는 있었고 그때도 난 밤늦게까지 취재를 다니곤 했어. 내가 싫은 건 당신이 좀더 당신 자신에게 솔직하지 못하다는 거야!"

싸우던 것은 오히려 애정이 있을 때였다. 점차로 집안에서는 말소리가 줄어갔고 아이를 매개로 한 대화 이외엔 우리는 그저 서걱거리는 얼굴로 마주쳤을 뿐, 서로의 문을 굳게 걸어잠갔다.

버스 시간이 대략 이십분 남은 걸 보고 나는 자리에서 일어섰다. 두어살 된 아이가 엄마에게 안겨 제과점으로 들어서고 있었다. 어머니는 아이의 손에 커다란 팥빵을 쥐여주면서 흐뭇한 얼굴을 했다.

나는 돈을 치르고 제과점 문을 열었다. 내가 무심히 지나쳐온 낯선 많은 간이역들처럼 나도 여민이를 잊게 될까. 나는 대합실로 들어섰다.

이상하게도 대합실이 텅 비어 있었다. 나는 불안한 마음으로 귀퉁이 의자에 앉았다. 자꾸 시계를 들여다보았지만 시간은 몹시 느리게 흘러가고 있었다.

그때 군인 하나와 젊은 남자 둘이 들어섰다. 군인이 내 오른쪽에, 갈색 잠바의 청년이 내 왼쪽에, 그리고 나머지 이마에 흉터가 있는 젊은이가 내 앞자리에 와서 나를 돌아보았다. 영락없이 포위당한 꼴이었다.

"이곳 분은 아니신 거 같은디…… 여자 혼자서 뭔 일이시오? 학생이오?"

그들의 입에서는 독한 술내가 풍겨왔다.

나는 대꾸하지 않고 자리를 빠져나갈 궁리를 하고 있었지만 비로소 실감이 왔다. 그렇다. 이곳은 대한민국. 여자 혼자 다니기에는 지나치게 위험한 나의 조국.

"좀 비켜주세요."

나는 그들을 빠져나와 무작정 승강장 쪽으로 도망치듯 나왔다. 그들은 더 따라오지 않았다. 뜻밖에도 많은 사람들이 승강장에서 우글거리고 있었다. 몇달째 사람들을 기피하고 지내던 내가 사람들 사이에서 안도의 숨을 내쉬었다. 나는 순안이라는 팻말이 씌어진 줄 뒤에 섰다. 하교하는 고등학생들과 장을 보고 돌아가는 사람들이 서로 인사를 나누며 떠들어대고 있었다.

"기집애 대학 보내서 뭘 혀. 고등학교까지만도 감지덕지제."

앞니가 뻐드러지고 키가 훌쩍 큰 여자가 여고생들과 말을 나누고 있었다.

"그래도 순임인 공부를 잘하잖아요."

그 여자의 입에서 긴 한숨이 나왔다.

"에미가 미꾸라지 팔아서 겨우 밥먹는디 대학은 무슨 대학."

버스가 왔고 나는 그들과 함께 버스에 올랐다. 앞니가 뻐드러진 순임이 엄마가 내 옆에 앉았다. 버스는 읍내를 빠져나가 불빛 하나 보이지 않는 어둠속을 덜컹이고 기우뚱거리며 달려가기 시작했다.

"저어, 순안마을에 가려면 어디서 내려야 하나요?"

"아이고, 내가 그 마을에 사는디, 누구 집에 가는가?"

"저, 현이네 집에……"

"현이네는 왜?"

"취재 왔어요."

여자는 반색을 했다.

"농촌취재 나왔다니께 우리집에도 다녀가요. 전에도 뭣이냐, 글을 쓴다는 사램이 우리집에서 이틀이나 자믄서 나랑 이야기허고 갔어.

헌데 소설은 안 나오등만."

여자는 왠지 신이 나 있는 것 같았다. 순안마을에서 내려 마중나온 현이 어머니의 안내를 받아 가는 내 등뒤에 대고 그 여자는 또 소리쳤다.

"꼭 와야 혀. 모레는 일 안 나가니께."

하늘엔 별빛 하나 보이지 않았고 기온이 몹시 찼다. 어둠에 낯선 눈으로 나는 더듬듯이 현이네 집으로 들어섰다. 으레 그랬듯이 이방인을 향해 개들이 미친 듯이 짖었다.

나는 방안으로 들어가 가족들에게 인사를 드렸다. 서울 잡지사에서 연락을 받고 모두 나를 기다리고 있은 모양이었다. 두 평 반이나 될까, 텔레비전 한대와 경대가 놓인 간소한 방이었다. 중학교 이학년인 현이는 방바닥에 도화지를 펴놓고 미술숙제를 하고 있었고, 그 동생들은 이 낯선 서울여자 앞에서 부끄럼을 타는지 윗언니가 숙제하는 데만 눈길을 주고 있었다.

나는 현이 아버지인 김만석씨에게 인사를 드리면서 직감적으로 이댁 식구들이 나를 반기지 않는다는 것을 느낄 수 있었다. 며칠이나 머물 거냐는 물음에 계획과는 달리 사흘 정도라고 우물우물 대답해버린 것도 그 때문이었다.

"우린 사실 아홉시 전에 자요. 그리고 새벽에 일어나지요. 그럴 수 있겠소?"

김만석씨가 물었다. 나는 사실 밤에 글을 쓰고 아침엔 잠이 좀 많은 편이었다.

"그래야지요."

"그럼 내일 뵙시다."

김만석씨가 사무적으로 말했다. 아주 뚝뚝한 말씨였다. 나는 큰딸 현이와 함께 작은방으로 들어섰다. 한 평 반쯤 되는 정갈한 방이었다. 이미 불을 때두었는지 방바닥이 따뜻했다. 의외로 잠이 쏟아졌다. 아침에 집을 나선 것이 아홉시 반이었으므로 천리도 못 되는 길을 근 열두 시간이나 헤매어 찾아온 꼴이었다.

2. 비오는 날에는 흰옷을 입으면 안됩니다

비가 퍼붓고 있었다. 시간은 이미 열두시를 넘어서고 있었다. 그해 봄과 여름 사이 지긋지긋하게 비가 내리고 또 내렸다. 나는 우산을 펴 들고 발을 동동 구르며 차도 가장자리에서 열심히 손을 흔들어댔지만 택시들은 흙탕물만 튀기고는 나를 지나쳐버렸다. 그래서 겨우 택시가 잡혔을 때 나는 무조건 올라타고 애원을 할 수밖에 없었다. 나는 서울 근교의 한 읍에 살고 있었는데 그곳까지 택시를 타고 가는 데는 만원 이 넘는 돈을 지불해야 했다. 운전사는 머리가 희끗희끗 오십이 넘어 보였는데 눈살을 좀 찌푸리더니 차를 출발시켰다. 비는 폭우에 가까 울 정도로 퍼붓고 있었고 불광동을 지났을 때는 거의 달리는 차가 보 이지 않았다. 운전사는 차를 몰다가 자주 나를 돌아보았다.

"허어, 이거 이런 날에는 여자를 태우지 말랬는데. 흰옷 입은 여자 는……"

운전사가 안절부절못하는 모습으로 여러번 말을 되풀이할 때까지 나는 그가 왜 그런 말을 하는지 이해하지 못했다. 구파발을 지나 차가 논길에 들어섰을 때 그는 또 말을 꺼냈다.

"요즘 세상이 아무리 개명했다고 하지만 이런 날은 왠지 집에 일찍 들어가고 싶어요. 내 친구 중에 하나는 글쎄 비오는 날 머리가 길고 하얀 옷을 입은 여자를 태웠는데……"

운전사는 말을 계속했다. 여자가 가자는 대로 험한 산골 앞에 차를 세우고 돈을 가져올 때까지 기다렸지만 여자는 오지 않았다. 기다리다 못해 들어가보니 그곳에 그런 여자는 살지 않는다는 것이었다. 운전사가 분명히 집으로 들어가는 것을 보았다고 말하자 문을 열어준 여인이 한숨쉬며 말하기를 오늘이 바로 내 딸의 제삿날이유, 했다는 흔한 이야기였다.

"아가씨, 좀 잘 앉아보슈. 백미러로 잘 안 보이는 것 같은데……"

나는 그제야 내 몰골을 돌아보았다. 흰 남방셔츠에 흰 모시재킷, 그리고 긴 생머리. 물론 밑에야 청바지에 운동화를 신었지만 나는 그가 정말로 나를 두려워하고 있다는 것을 느꼈다. 머리가 희끗희끗한 사람이 그런 걸 믿고 있다는데 웃을 수도 없었고 저는 귀신이 아니에요라고 이야기하기에는 더 이상했다. 나는 백미러에 내 얼굴이 잘 비치도록 앉아 그에게 자꾸 말을 걸었다. 하지만 마음이 몹시 무거웠다. 이건 삶이 아니야. 어쩌면 여기 앉아 있는 건 내가 아니라 정말 유령인지도 몰라. 아침 여섯시부터 밤 열두시까지 지치도록 일을 하고 나면 남는 것은 남편과의 부딪침.

차는 느릿느릿 달렸고 나는 귀신이 아니라는 것을 증명이라도 하듯 파란 만원짜리 지폐를 그에게 내밀었다. 운전사는 겸연쩍은 듯 씩 웃었으나 나는 이미 억지웃음을 지을 만큼의 힘도 남아 있지 않았다. 아파트 문 손잡이에 열쇠를 밀어넣었다. 예상대로 집은 어두웠고 방안에는 남편이 딸아이를 데리고 자고 있었다. 나는 조용히 공부방으로 와서 책상 앞에 앉았다.

시나리오 작업을 하고 있던 나는 막바지 일주일 동안 여관에 출근하고 있었다. 남자작가들이야 감독과 함께 숙식하면서 글을 쓰지만 내가 여자라는 점을 참작해 우리는 주로 다방 같은 곳에서 일을 했다. 그러나 진도는 생각만큼 잘 나가지 않았다. 촬영개시일은 다가왔고 감독은 초조한 기색을 감추지도 않았다. 여관작업은 내가 제의한 것이었다. 여자작가를 택했기 때문에 불이익을 당한다는 소리를 듣고 싶지 않았던 나의 오기도 작용했다. 연출부 세 명과 함께 여관에 들었지만 나는 거기서 잘 수는 없었으므로, 아침에 그들이 잠이 깰 때 출근하고 밤늦게 퇴근하는 편법을 썼던 것이다. 그날도 그랬다. 작가인 내가 차마 빠져나올 수가 없어서 머뭇거리다가 열두시를 십오분 남겨놓고 일어섰을 때, 닫히는 여관방 문 뒤에서 누군가 중얼거렸다.

"저 여자 남편도 참 대단하다. 나 같으면 저렇게 늦게 다니는 마누라 안 데리고 살지."

그리고 높은 웃음소리들.

잠이 오지 않았다. 나는 책상서랍을 열고 의미없이 지저분한 책상 속을 뒤적거렸다. 툭 하고 편지가 떨어졌다. 미국에 유학중인 내 친구가 삼년 전에 보내온 편지였다.

"민희야, 제발 우리 부모님을 좀 설득해줘. 설사 그가 이혼한 경력이 있다고 해서 내가 그를 선택 못할 이유는 없어. 만일 부모님 말대로라면 우리는 시장에 가서 제일 좋은 조건의 신랑감을 골라야 해. 하지만 너도 알잖아. 우린 그저 다른 여자들처럼 그러려니 체념하면서 우리의 인생을 남편한테 얹혀살진 말자고……"

나는 편지를 읽다 말고 그 자리에 엎드렸다. 그날 아침 나는 거의 일년 만에 그 친구의 국제전화를 받았다.

"민희야, 나 이혼해……"

그 친구의 남편은 자신이 먼저 박사학위를 받자마자 이 친구에게 학위를 포기하고 같이 모국으로 돌아가기를 종용했던 것이다. 그 고민에 대한 편지를 받은 지 거의 이년이 지나 있었다. 가슴이 뻐근해지면서 통증 같은 것이 느껴졌지만 내 눈은 눈물을 흘리지 않았다. 나는 빠져나오지 못한 슬픔이 그저 내 어깨를 자꾸 삐그덕거리게 하는 것을 느꼈을 뿐이었다.

"저, 저……"

누군가 나의 팔을 흔들고 있었다. 나는 거의 발작적으로 팔을 뿌리치고 일어나 앉았다. 잠깐 여기가 어디지 하는 의문이 들었다. 내 앞에 옷을 단정히 입은 현이가 앉아 있었다. 현이는 걱정스러운 눈길로 나를 바라보았다.

"꿈을 꾸시는 것 같아서."

나는 벌떡 일어나 앉았다. 시계를 보니 다섯시 사십분, 아직 동도 트지 않았다. 방문 밖에서 분주히 오가는 발소리가 들렸다. 나는 현이에게 어색하게 웃어 보이고는 밖으로 나갔다.

집 대문이 열려 있었고 김만석씨와 그의 부인이 서울로 가는 트럭에 부지런히 꿀통을 싣고 있었다. 한 박스에 일 리터짜리 꿀통이 열두 개씩 들어 있는데 그것을 트럭에 나르고 있는 것이었다. 안녕히 주무셨냐는 인사도 드릴 겨를 없이 나도 그들이 하는 대로 꿀통을 날랐다. 현이 어머니는 꿀통 개수를 체크하랴, 부엌에 드나들며 국을 끓이랴, 첫차를 타고 순창 읍내로 통학하는 현이의 상을 따로 차리랴 정신이 없었다.

꿀통 나르기가 대충 끝났을 때 나는 부엌으로 들어섰다. 지금은 거의 사라진 아궁이와 가마솥이 놓인 부엌이었다. 민속촌에서밖에는 나는 그런 부엌을 본 기억이 없었다. 민속촌과 다른 것이 있다면 부엌 상단에 생뚱맞게 놓여 있는 가스레인지 정도일까.

아침식사를 마치고 아이들 셋이 제각기 학교로 갔다. 김만석씨도 작은 트럭을 타고 읍내로 떠났다. 부엌에 수도가 없었으므로 나는 그릇들을 모아 마당으로 나왔고 거기서 쭈그리고 앉아 설거지를 했다.

시린 손을 말리면서 툇마루에 앉아 있자니 비로소 마을 모습이 눈에 들어왔다. 한 삼십여호 되는 마을이었다. 그러나 그중 다섯 집 정도는 빈집이었고 그나마 나머지 다섯 호 정도도 노인들이 혼자서 살고 있다고 했다. 김만석씨 댁과 이웃하고 있는 네 채의 집도 원래는 모두 빈집이었는데 그중 두 채에 노인들이 며느리와 떨어져 들어와 있다는 것이었다.

까치밥 몇개를 남겨놓은 감나무 가지 사이로 보이는 하늘은 푸르고 맑았지만 인기척이 들리지 않는 한옥의 그늘에는 괴기스러운 침묵만 가득 차 있었다. 노인네들 돌아가시고 나면 이제 몇집 안 남게 되겠지. 이곳에 오기 전에 자료를 읽은 바에 의하면 정부는 우루과이라운드에 대비하기 위해서 농촌인구를 오 퍼센트 이하로 줄이는 방안을 검토하는 중이라고 했다. 일인당 경작면적을 확대하는 일이 중요하기 때문이라고 했다. 하지만 내가 그 마을을 돌아보았을 때 우리의 선대들이 한톨의 낟알이라도 더 얻기 위해 산비탈을 오르내리며 자갈을 골라내고 개간해놓은 밭은 잡초 무성하게 버려져 있었다. 농사를 지을 사람이 없어서였다. 농촌인구의 고령화, 농업의 집단기계화를 고려하지 않은 채 단지 숫자상의 인구를 줄이는 일이 경지면적을 확대

하는 일인 양 알고 있는 그들이 좋은 대학을 나온 유수한 농업문제 각
료들이라는 사실이 놀라웠다. 이곳에 온 지 열두 시간도 안되는 나도
깨닫는 일을 그들이 모르고 있다니. 그것은 내가 이땅의 관료들에게
기대를 가질 만큼 순진했기 때문이 아니라 그들이 안이하게 제시한
정책들이 또 얼마나 많은 이들의 삶을 훼손할지 걱정스러웠기 때문
이다.

 잠시 휴식을 마치고 현이 어머니와 나는 갈퀴를 하나씩 들고 뒷산
으로 향했다. 길거리에서 마주치는 것은 거개가 늙은 사람들이었다.
현이 어머니는 이 마을에서 삼십대 주부가 자신과 이장 부인 둘뿐이
라고 했다. 역설적으로 이 마을에는 장가를 못 가 속을 태우는 농촌
총각이 하나도 없다는 것이었다. 처녀는 물론 남아 있는 젊은이라곤
한사람도 없기 때문이었다. 왜냐고 나는 묻지 않았다. 이 대한민국에
서 그걸 물어볼 바보가 어디 있겠는가.

 내가 일을 하겠다고 대갈퀴를 손에 잡을 때부터 현이 어머니의 태
도가 달라지기 시작했다. 뒤숭숭한 살림에 군식객 하나 더 늘었다는
생각이 어느정도 가신 모양이었다. 우리는 대나무갈퀴로 숲에 떨어진
솔잎들을 긁어 나뭇단을 만들었다. 그 나뭇단의 구조는 도회에서 자
란 내게는 참으로 신기한 것이었다. 우선 활엽수의 가지들을 낫으로
잘라 석삼자 모양이 되게 놓은 다음 그 위에 활엽수의 잔가지들을 얼
기설기 놓고 다시 솔잎 긁은 것을 올려놓았다. 소나무 이파리들은 갈
퀴로 몇번 긁어주면 마치 잘 빗질된 짐승의 털처럼 일렬로 잘 누워서
빠져나가지 않았다.

 이 솔잎 긁은 것을 보통사람의 키만한 길이와 허리쯤 되는 높이로
쌓고 그 위에 다시 활엽수의 잔가지를 놓고 밑에 깔아놓은 새끼줄을

들어 묶으면 되는 것이었다. 성냥불 하나만 켜 대면 곧 타 없어질 것들이지만 하나하나 좀더 예쁜 모양으로 배치하고 좀더 단단히 묶으려는 현이 어머니의 굵은 손마디가 참으로 아름다워 보였다.

"옛날에 나무꾼들이 이걸 장에 내다팔 때는 더 예쁘게 묶으려고 했었지요."

어느새 볼일을 마치고 산으로 올라온 김만석씨가 말을 거들었다. 김만석씨는 우리가 묶어놓은 것들을 산 아래로 날랐다. 나는 거의 힘든 일은 하지 않고 갈퀴질만 했지만 허리가 몹시 아팠고 배도 고팠다. 나는 아침밥상에서 지레 겁을 먹고 밥을 덜어놓았던 것을 생각하며 혼자 미소를 지었다. 대학 사학년 때던가, 여행중에 거제도의 선배네 집에 들렀을 때 커다란 스텐주발에 고봉으로 밥을 퍼주시던 선배의 노모. 성의를 무시한다 생각할까봐 그 밥을 다 먹고 배탈이 나서 여행의 마지막을 죽을상을 하고 다닌 기억 때문에 그랬던 것이다. 밥의 양에 대해 공포를 가진 것은 그만큼 내가 육체노동을 기피하고 있었기 때문인지 몰랐다.

잠시 후, 김만석씨가 무를 두 개 뽑아가지고 오셨다. 우리는 잠시 쉬기로 하고 산비탈에 앉았다. 올라올 때는 몹시 추웠는데 이제는 산 위로 불어오는 찬바람이 시원하게 느껴질 정도였다. 김만석씨는 낫으로 무껍질을 벗겨 내게 먹을 수 있겠는가를 물었다. 왜 먹을 수가 없겠는가, 나는 어른 팔뚝보다 크고 굵은 그 무를 다 먹어치웠다.

마치 우리의 옛 농부를 연상시킬 만큼 자존심이 세어 보이는 김만석씨는 내가 일하는 것을 보고 어느정도 나에 대한 딱딱한 태도와 경계심—사실 이것은 내 상상에 비해 그렇다는 이야기이다. 시골에 가본 경험이 거의 없는 나로서는 여섯살 무렵, 먼 친척 할머니 댁에서 내게 보여주었던 환대를 기억했는지도 모른다. 그러나 세월은 이미 이십오년이 넘게 흘렀고 이 시골사람들로 하여금 도회사람들에 대한 불신과 경계를 품게 하기에 충분한 세월이었으리라——이 누그러지는 것을 느낄 수 있었다. 산 아래로 버스가 지나갔다. 이 마을에 버스가 들어온 지 겨우 오륙년. 그러니까 우리가 팔육, 팔팔 어쩌고 하며 선진조국의 꿈을 끊임없이 강요당하던 그 무렵에도 이 마을 사람들은 순창읍에서 이십여리 길을 걸어다닌 것이었다.

"처음 시집올 때 광주 친정에서 담양으로 해서 택시를 타고 오는디 눈앞이 깜깜하두마."

현이 어머니는 그때 일을 생각하는지 희미하게 웃으셨다.

"두 분 늘 이렇게 같이 일하시면 좀 지루하지 않으세요?"

현이 어머니와 김만석씨는 잠시 서로 마주보더니 쑥스럽게 웃으셨다.

"왜요, 없으면 오히려 힘들고 허전하제."

김만석씨와 현이 어머니가 여자가 일을 하느냐 마느냐의 문제로 싸우는 일이 일어날 수 있을까. 그렇다면 우리의 문제는 무엇이었을까. 나는 땅바닥에 자꾸 의미없는 금만 그었다.

"아가씨는 농촌에 시집와서 살 마음이 있소?"

김만석씨가 물었다.

"아뇨."

나는 솔직하게 대답했다. 하지만 김만석씨도 현이 어머니도 놀라지 않았다. 우리의 고향이던 그 푸른 농촌이 이제 그들이 낳은 젊은이들로부터 버림받는 것이 결코 땅의 잘못이 아니라는 것은 그들도 알고 있으리라.

　내려오는 길에 김만석씨의 포도밭에 들렀다. 재작년에 심었다는 포도는 어려서 아직 가지들끼리 손잡지 못하고 있었다. 논농사 밭농사, 소 기르기까지 실패하고 심었다는 이국의 포도나무밭에서 김만석씨와 부인은 심각한 얼굴로 이것저것 상의를 하고 있었다.

　나는 좀 떨어진 곳에서 포도나무밭을 바라보고 있었다. 저 포도는 재벌의 포도주공장에 싼값으로 팔려갈 것이고 부자들의 만찬에 애피타이저로 오를 것이다. 김만석씨와 그 부인은 저 포도주를 맛볼 수 있을까. 아마도 그들은 그 시간에 미국에서 수입된 콩으로 만든 두부를 먹고 있을지도 모른다. 이 포도밭마저 실패로 돌아간다 해도 이들은 이렇게 나란히 서서 다른 작물에 대해 상의할 수 있을까.

　남편의 글은 과격하거나 시기상조라는 이유로 자꾸 되돌려져왔다. 대신 나의 글은 그런대로 무난하다는 평을 받으며 게재되곤 했다. 한때 우리도 저렇게 나란히 앉아 문학과 정의와 예술에 대해 진지하게 이야기한 적이 있었다. 나는 그를 격려했지만 그는 자꾸 슬럼프로 빠져들고 있었다.

　우리가 반대의 입장에 놓여 있었다면 파국이 왔을까. 하지만 그것이 모두 그의 잘못은 아니었다.

　"왜 억울하다고 하셨어요?"

　잠자리에 들었을 때 현이가 겸연쩍어하면서 내게 물었다. 내가 아침에 억울하다고 잠꼬대를 했다는 것이었다.

　"글쎄 난 안 죽었는데 날 보고 누가 자꾸 귀신이라고 하잖아."

　"구신요? 왜요?"

　"비오는 날 흰옷을 입었거든."

　현이는 어리둥절한 표정을 지었다. 나는 무거운 눈꺼풀을 느끼며 돌아누웠다. 저승으로 가지 못하고 이승을 떠도는 귀신들은 모두 머리를 길게 풀어헤치고 소복을 한 여인네들이었다. 여자가 한을 품으면 오뉴월에도 서리가 내린다는 이야기는 할머니에게 귀에 못이 박히도록 들은 것이었다.

"여자들이 독하지. 니도 기가 세서 걱정이다. 여자는 그저 남편 하늘같이 받들고 자식새끼들 보믄서 살아야 하는데."

할머니는 베갯머리에서 설핏 잠이 든 나를 바라보며 중얼거리곤 했다. 나는 할머니에게 반박하지도 않고 그대로 코방귀를 뀌곤 했다. 첫날밤, 남편에게 소박을 맞고 거의 이십년을 혼자 살다가 우리 할아버지의 재취로 들어온 할머니에게 아니라고 강변한들 무슨 소용이 있을까. 어린 나이에도 나는 그저 할머니 앞에서는 그렇다고 맞장구를 쳐주는 것이 조용해지는 길이라는 걸 알고 있었다.

그리고 할머니는 결국 할아버지의 첫번째 부인과 같은 병, 울화병으로 돌아가셨다.

3. 불행한 여자의 행복

그 집으로 들어섰을 때 나는 망연히 뒤를 돌아보았다. 나를 그 집에 데려다주고 현이 어머니는 벌써 길 아래로 사라지고 있었다. 집을 잘못 찾은 것 같았다. 내가 들어선 집은 폐가 중의 폐가였기 때문이다. 부서진 부엌의 문, 마당 가득 쌓인 가구 부스러기들, 장독대가 있었으나 그것은 다른 빈집에도 있었던 것이다. 서둘러 현이네 집으로 돌아가려는데 그 집의 부서진 문을 열고 키가 훌쩍 큰 여자가 나왔다. 그리고 반색을 하는 것이었다. 바로 순임이 어머니였다. 그녀의 큰 입이 벌어지면서 뻐드러진 앞니가 나타났다. 맑은 웃음이었다. 나는 이렇게 폐가 같은 집에 사는 그녀가 이렇듯 맑은 웃음을 웃을 수 있을까 의아했지만 끌리듯 따라 웃을 수밖에 없었다. 그녀는 잡동사니들이 흩어져 있는 좁은 툇마루를 대강 치우고 나를 거기 앉게 하고는 또 웃었다.

"꼴이 심란허제? 사는 게 심란하딩께."

심란하다는 말은 아마도 집안이 어수선한 것을 말하는 모양이었는데 그 말의 뉘앙스가 이 집의 분위기와 참 잘 들어맞는다는 생각이 들었다.

그녀는 부엌 앞에 놓인 바구니에서 감을 하나 골라 내게 내밀었다. 내가 툇마루에 걸터앉아 삐죽삐죽 감을 먹는 동안 그녀는 고무대야 속에 풀주머니 같은 것을 넣어놓고 맨발로 그것을 밟았다.

"내가 뭐 하고 있는지 왜 물어보지 않는겨?"

나는 사실 그 집의 모양새에 대해 거의 넋이 빠져 있었고, 이런 집에서 미꾸라지를 팔아 어렵게 사는 그녀가 왜 저렇게 방실방실 웃어대는지에 대해 생각하던 중이었다. 김만석씨 댁이 민속촌 같은 느낌이었다면 이 집은 아예 신석기시대 같았다.

"뭐 하시는 건데요?"

나는 마치 초등학생처럼 그녀가 하라는 대로 물었다.

"알아맞혀봐. 시큼한 건데. 남자들이 좋아하는 거."

술이라는 생각이 들었으나 이 기괴한 분위기 속에서 그녀와 스무고개를 할 생각은 없었다.

"몰러? 누룩 뜰 밀이여. 술 담그려고. 누가 부탁을 혀서."

그때 아무도 없는 줄 알았던 방안에서 기척이 났다. 사람의 소리라고 하기에는 아주 낮고 쉰 목소리였다. 이 집에 오기 전에 현이 어머니에게서 이 집의 남편이 알코올중독자라는 말을 들었는데 저 목소리가 사람의 것이라면 그 남편이리라.

"손님 왔응께 조용히 있어요. 나 밭에 갔다 올 테니께."

그녀는 내게 한 눈을 찡긋하더니 나를 잡아끌었다. 커다란 고무대야와 마부대를 들고 우리는 밭으로 향했다.

"처녀가 이런 데 혼자 오면 집에서 걱정들 안혀?"

"저 처녀 아니에요. 아이도 하나 있어요."

내가 철부지 아가씨가 아니라는 것을 밝히는 편이 이야기하기가 쉽겠기에 그렇게 말했다.

"그럼 남편은?"

"서울에요."

"왜 같이 안 오구?"

"잡지사 부탁으로 취재하러 왔는데요."

"아아, 난 또 혼자 방황하러 왔는 줄 알았제."

시골 아낙의 입에서 나오리라고는 생각지도 않은 말이었다. 나는 픽 웃을 수밖에 없었다. 하지만 왠지 그녀가 묘하다는 생각을 했고 가슴 한구석을 찔리는 듯한 기분도 들었다.

"순임이가 대학에 가고 싶어한다면서요?"

"아이들 셋이 모두 공부를 잘하니 걱정이제. 하지만 딸년 대학 보낼 돈이 어딨어? 지는 장학금 받을 수 있는 데로 간다고 하지만……"

말투는 어두웠지만 나를 바라보는 그녀의 눈빛은 자랑스러웠다.

나는 그녀를 따라 시커먼 결명자를 털었다. 좁쌀보다 조금 큰 알들이 우르르 흩어졌다.

"우리 밭 꼴도 심란허제? 남들은 벌써 다 거둬들였는데 어디 내가 시간이 있었어야제. 아까 순임이 야그가 나왔으니 말인데, 지난봄에 순임이랑 같이 핵교 댕기던 기집애 둘이 부산 신발공장으로 떠났어. 속으로 저것이 쟈들이랑 같이 간다 그라믄 얼매나 좋을까 생각이 들더만. 내 한번은 핵교 그만두라고 했더니 글쎄 이것이 사흘 동안 밥을 안 먹더라구. 내가 졌제. 헌데 신랑은 뭐 해?"

"……글써요."

"그라. 같이 글쓰고 좋겠네. 근데 연애했나봐?"

"그랬죠."

나는 내가 결혼했다는 말을 한 것을 후회했다. 그녀는 끊임없이 내게 물었다. 아이는 몇살이냐, 지금 누가 보느냐, 남편이랑 사이는 좋으냐.

"고추가 시들었네요."

나는 결명자를 털다 말고 고추밭으로 갔다. 다 붉어지지 못한 고추가 그저 약만 바짝 오른 채 시들고 있었다.

"놔둬, 따봤자 똥금이여. 우리 식구 먹을 것만 대강 땄어."

하지만 나는 고추를 땄다. 오랜 시간, 인간의 지혜와 노동이 뿌린 씨앗에 대해 대지는 평등한 선물을 주고 있었지만 우리는 그것조차 다 거두어들이지 못하고 있었다.

거의 날이 어둑해졌을 때 나는 마대 가득 고추를 딸 수 있었다. 고추 딴 것을 어깨에 지고 우리는 함께 그녀의 집으로 갔다. 초등학교 삼학년짜리 막내가 돌아와 있다 그녀를 보자 달려와 짐을 받아들었다.

그녀는 가려는 나를 억지로 잡아앉히며 꼭 저녁을 먹고 가야 한다고 했다. 나는 그 알콜중독자 남편이 마음에 걸렸다. 술에 젖어 있는 사람이라면 낯선 여자 앞에서 발작을 일으킬지도 모르는 일 아닌가. 나의 마음을 읽었는지 그녀가 말했다.

"행패는 안 부려. 원래 저런 사람이 아니었어."

나는 묻고 싶었다. 아저씨와 이혼하고 싶은 생각은 안해보셨어요?

"아저씨 저러고 계신데 미운 생각 안 드세요?"

"밉제. 밉당께."

그녀는 또 웃었다. 밉긴 왜 미워 하는 얼굴이었다.

"들어가, 찬데. 얼렁."

나는 하는 수 없이 장지로 안방과 통하는 아이들의 방으로 들어섰다. 열린 장지문 사이로 순임 아버지의 가래 끓는 소리가 들려왔다. 한 평 좀 넘을까, 서까래에서 금방이라도 흙이 와르르 쏟아져내릴 것 같은데 알전구가 휑뎅그레 매달려 있고 흙이 드러나도록 좀 작은 비닐장판이 깔려 있었다. 커다란 쌀독과 아이들의 앉은뱅이책상이 하나 있을 뿐, 을씨년스러운 방이었다.

그녀는 낡고 때묻은 이불을 내 무릎 위로 덮어주며 이야기를 시작했다.

"나 고상한 거는 말로 다 못혀. 우리 둘째녀석은 나가 길바닥서 났는디……"

그녀는 마치 옛 친구를 만난 듯 스스럼없이 이야기를 풀어나갔다.

"아, 순창시장서 시금치를 파는디 아가 나오려고 하는겨. 이십리 길을 걸어 집으로 올 수도 없고, 그렇다고 길바닥서 낳을 수는 없고 혀서, 나도 모르겄다, 읍내 산부인과로 달려갔지. 헌데 병원 문을 여는디 그만 그 녀석이 나와버린겨. 난생처음 병원 침대에 누워 호사스

210

레 지냈제…… 이 야그가 여러 책에 나왔어."

그녀는 방구석에서 소책자 몇권을 꺼내서 내게 보여주었다. 전북
여성농민회 같은 단체들에서 낸 소책자였다. 알코올중독인 남편을 부
양하며 사는 그녀의 이야기가 고난받는 여성의 표본으로 고통스레 그
려져 있었다. 그런 이야기라면 여러번 읽은 일이 있었다. 하지만 막상
그 주인공인 그녀가 자랑스레 웃으며 그런 말을 꺼낼 것이라곤 생각
하지 못했다. 더더구나 나보다 더 행복한 얼굴로 살아갈 것이라고는.
나는 갑자기 할말이 없었다.

"저, 아저씨는 하루종일 뭐 하세요?"

"그냥 있제."

여러번 물었지만 똑같은 대답이었다. 그냥 있다는 말이 무슨 뜻인
지 몰라 나는 다시 물어볼 수밖에 없었다.

"아무 짓도 안한당께. 그냥 하루종일 누워 있다가 일어나고 또 눕
고 그랴."

"술은?"

"못 마시게 혀도 소용없어. 딱 끊어버리믄 되는디, 그라믄 될 텐
디."

"병원에라두…… 아니면 여러 어른들이 지키고서 한 일주일간이
라도 술을 못 드시게 하면……"

"안돼. 그라면 저 냥반은 죽어."

나는 상식적으로 말해본 것이었으나 그녀는 뜻밖에 완강했다. 나는
갑자기 그녀가 나를 향해 단단한 자물쇠를 채우는 것을 느꼈다.

"글쎄 우리가 이해 못하는 점이 바로 그거여. 술을 못 먹게 하믄 되
는디 사다준단 말이여. 젊었을 때 순임 아버지가 인물 좋아 바람을

좀 폈지. 순임 어매는 그저 남편이 허튼짓 안허고 집에 있는 것만 좋아서 어쩔 줄 모르는 사람 같어."

현이 어머니의 말이 떠올랐다. 하지만 아무것도 이해할 수 없는 기분이었다.

드디어 저녁이 준비되었고 나는 순임 아버지와 대면하게 되었다. 까맣게 타들어간 얼굴, 촛점 없는 눈동자. 한때는 건강했으나 바스러질 것처럼 마른 몸. 막상 밥상을 대하고 마주앉자 오히려 쓰잘데없는 두려움 같은 것은 일지 않았다.

"원래 술을 입에도 못 댔더랬는데, 뭣이냐, 그 노풍벼 땜시 빚지고 소 키우다 망하고 그 담부터 이렇게 되았어."

안방 벽면 높은 곳으로 흑백사진이 걸려 있었다. 희고 맑은 얼굴, 감수성이 예민해 보이는 눈. 순임 아버지의 사진이었다. 밥을 씹다가 갑자기 목이 메어왔다.

저 영민한 청년은 왜 이 값싼 소주에 제 몸을 버리는 늙은이가 되었는가, 순임 어머니는 왜 치매상태로라도 남편을 붙들어매놓지 않으면 안되는가, 순임이는 왜 공부를 잘하는가, 공부를 잘하는 순임이는 왜 대학에 갈 수 없는가, 순임이의 친구들은 왜 모두 신발공장으로 떠나버렸는가, 왜 이곳에선 소의 울음소리가 들리지 않는가, 왜 콩밭은 포도밭이 되었는가, 왜 그는 나를 그토록 자신 속에만 가두고 싶어했을까, 나는 왜 모든 걸 버리고 이곳까지 와야 했던가.

나의 괴로움은 내가 그 모든 것의 대답을 안다는 데 있었고, 그러면서도 그 현실을 타파하기 위해 아무것도 하지 않는다는 데 있었고, 또 내가 순간적으로 포착한 절망을 아득하고 영원한 것으로 믿는다는 데 있었다.

4. 절망을 버리고

하늘은 아주 맑아 있었다. 버스는 아직 오지 않았다.

우리는 마을 어귀에 서 있었다.

"그래, 사흘 묵고 나서 농촌에 대한 기사를 쓸 수 있겠어요?"

김만석씨가 웃으며 물었다.

나는 혼자서 고개를 저었다. 결코 쓸 수 없을지도 모른다. 그러나 나는 아마도 쓰기 시작할지도 모른다. 누가 우리의 이 아름다운 땅과 마음을 황폐하게 했는지, 무엇이 우리 서로를 가두어 물어뜯고 할퀴는지. 나는 적어도 이제는 내 머릿속에서 미리 만들어놓은 관념으로 사람을 재단하지는 말아야 했다. 회피하지 않고 나가고 싶었다.

"내일은 장날이라 마중 못허겄네. 시장으로 들를쳐?"

어제는 생각해보겠다고 말했으나 나는 순임이 어머니에게 들르지 않기로 결심했다.

나는 갑자기 불행 앞에서 그녀가 그토록 행복해할 수도 있는가 하는 따위의 생각이 얼마나 잘못되었는지를 깨달았던 것이다. 내가 들르든 그렇지 않든 그녀는 그녀의 방식대로 살아갈 것이다. 그녀는 행복한 것이 아니고 말할 수 없이 꿋꿋했던 것이다. 절망 따위의 말 같은 건 그녀에게 아무런 도움도 되지 않았다.

"방황하러 온 게 아니고?"

어떻게 보면 시골 아낙이 뱉기에는 참으로 문학적인 말을 뱉어놓고 결명자를 쓱쓱 베던 그녀였다.

그리고 버스가 왔다.

“참 감사했습니다.”

읍내로 가는 할머니들이 올라타고 내가 맨 마지막에 탔다. 김만석 씨 부부가 오래 손을 흔들고 있었다. 나는 멀어져가는 순안마을의 모습을 보면서 이제 다시 절망이라든가 하는 말은 결코 쓰지 않으리라 결심했다.

하지만 이제 그 절망을 버리고 어디로 가는지 알 수는 없었다.

나는 서울로 가는 직행버스를 타기 위해 순창읍에서 내렸다.

잃어버린 보석

1

　생각해보자. 어느날 당신이 우연히도 당신에게 많은 빚을 진 채 종적을 감추어버린 사람을 만났다면 어떻게 할 것인가. 더구나 당신의 처지는 아주 궁색하고, 그는 빚진 돈의 백배, 천배를 가진 부자가 되어 있다면. 아마도 그의 얼굴을 떠올릴 때마다 돈다발이 먼저 아른거릴 것이고, 당신의 마음은 그 돈으로 누릴 갖가지 호사스러움으로 설렐 것이다.

　최만열씨의 경우가 바로 그랬다.

　아직 그의 수중에 들어오지는 않았지만, 곧 돌아오게 될 돈에 대해 생각할 때마다 최만열씨의 마음은 호기로워졌다. 이런 호기는 네 가구가 세들어 사는 화장실에서 가장 먼저 나타났다. 예전 같으면 담배

세 대를 피울 동안이라고 마음을 먹고 들어갔다가도 뒷사람들의 독촉 때문에 피우다 만 담배를 꼬나문 채 나와야 했던 화장실을 그는 요즘 한 시간도 넘게 독차지하고 있었다. 눈치를 보아가며 아침 일찍 학교로 달려가는 최만열씨의 아들이야 아버지의 소행 때문이니 그렇다 치고, 아예 눈살을 찌푸리며 공장으로 출근해버리는 미스 박과 미스 나도 또 그렇다 치고, 엉거주춤 배를 잡고 늦은 아침시간을 기약하는 황씨 마누라의 욕설도 그리 오래가지 않았지만, 전철역 앞으로 노점일을 나가는 황씨에게는 돌변한 최만열씨의 태도가 더할 수 없이 분통이 터졌다.

"헹님, 하루이틀도 아이고 이게 무신 일입니꺼? 하루종일 화장실 한번 마음놓고 못 가는 이놈 신세 좀 봐주소 예?"
하던 말은 이미 바뀐 지 오래였다.

"헹님, 문을 뽀수고 들어가기 전에 얼른 못 나오겠십니꺼? 오이야, 좋심더. 내사 마 급한 김에 헹님 아궁이 가차이 똥을 싸삐도 너무 구리다 마소. 내사 적기 묵고 가는 똥 싸는 놈 아입니꺼 예? ……참 세상 더럽다. 아, 돈이 굴러들어오면 똥도 굵어지나부지. 하모, 배 터지게 많이 묵을 생각을 하니 헛바람이 들어서 똥이 풍선맨쿠로 안 굵어지겠나?"

얼굴이 붉으락푸르락하는 황씨의 말이 들리는지 마는지 못 쓰는 캐비닛 골조에 슬레이트를 살짝 얹은 화장실 안에서는 느긋한 최만열씨의 목소리가 흘러나오곤 했다.

"다 됐다. 조금만 참아라. 동생이 조금만 참아. 내 돈만 받아내믄 이깟 화장실이 문제겠는가? 우리집 방방이 수세식 화장실을 세워줄 텐데……"

“아니, 그라믄 지금 저보고 헹님이 돈 받을 때까지 벤소 가는 걸 관두라 이 말 하시는 깁니꺼? 내는 공꼬는 싫소. 그라고 헹님이 그 돈 받으믄 이 동네를 휭허니 떠삐지 무슨 일 났다고 방방이 화장실을 세우고 있겄십니꺼?”

“내가 이 동네를 뜰 때 뜨더라도 자네를 그냥이야 두고 가겠는가?”

“더 듣기 싫습니더. 후회 마이소. 내사 더 몬 참겠으니께 바지 까내리고 팍—”

“참, 사람 성미도…… 지금 나가네. 지금 나간다니까.”

하지만 조그맣게 뚫어놓은 화장실 창문에서는 담배연기만 뽀글뽀글 피어올랐다.

한집에 살면서 밥만 따로 해먹었다뿐이지 한식구처럼 지내던 최만열씨와 황씨는 이런 아침 사건으로 인해 틀어지게 되었다. 최만열씨로서는 이상하게도 황씨의 핏대가 올라가면 갈수록 냄새나는 화장실 안에서의 호사스러운 공상이 맛나지는 것이었다. 그렇다면 누구 한사람 평소보다 조금 일찍 일어나면 해결될 일이겠지만, 하도 오래 절친하게 지낸 사이라 그랬던가 둘은 기이하게도 비슷한 시간에 나오게 되었고 어김없이 최만열씨 쪽이 한발짝 일렀다.

사이가 틀어지기는 아낙들도 마찬가지였다. 아낙들의 승강이는 화장실 시비가 끝난 늦은 오전에 주로 이루어졌는데 그 경위는 대충 다음과 같았다.

최만열씨의 아내가 수돗가에서 빨래를 하고 있으면—방 옆에 조그만 부엌이 있고 거기에 수도가 달려 있었지만 빨래는 손바닥만한 마당의 수도를 이용한다—황씨의 아낙이 빨래가 담긴 대야를 거칠게 내려놓으며 말을 꺼냈다.

"아이구 지겨워라, 이놈의 팔자. 매일을 피나게 살아도 밤낮 그 꼴이 그 꼴이니."

그러면 최만열씨의 아내는 그런 황씨 아낙을 바라보며 느긋한 소리로 말한다.

"이 사람, 뭘 아침부터 지겨워 소리여. 그저 애들 건강하게 잘 크고 그러믄 됐지…… 참고 살믄 좋은 날이 다 오게 돼 있다구."

최만열씨 아내의 말투는 한결 여유로웠다. 그것이 좀 느릿하고 만사 태평한 최만열씨 아내의 원래 성격이었는데 요즘 들어 황씨의 아낙에게는 그것이 곱게 들리지 않는 것이었다.

"좋은 날은 무신 좋은 날이 있겠십니꺼? 누구처럼 잃어삔 보석이 있는 것도 아니겠구."

"이 사람, 그건 무신 소리여. 형철이 아부지가 맨날 보석 보석 하지만두 내가 그런 걸 믿나? 아, 보석이건 임금님 용상이건 내 손에 들어와야지. 요즘은 그놈의 보석인지 뭔지 땜에 일나갈 생각은 않구, 내가 속썩는 건 말두 못한다구."

"아, 헹님이사 쪼매만 참으믄 좋은 날이 올 텐데 뭘 그러십니꺼. 내가 마 그런 날이 온다는 기약만 있다믄 한달이라도 굶겠구마는…… 그건 그라고 헹님, 내사 어제 바삐 오느라 빨랫비누 떨어진 걸 깜빡 잊어삤는데 우짜지요?"

하면서 황씨 아낙의 손은 이미 최만열씨네 비누통으로 들어와 있었다. 마음씨가 좋고 퍼주기 좋아하는 최만열씨의 아내로서도 황씨 아낙이 몇주일째 같은 말을 반복하며 얌체짓을 하는 데는 은근히 부아가 치밀었다.

"아, 오늘은 일도 안 나가는데 얼른 내려갔다 오지 그랴. 정씨네 가게서 외상 안하는 처지도 아님서."

황씨 아낙의 마음을 모를까보냐만 최씨의 아내는 그런 마음을 조금 긁어주기로 작정하고 느린 말투로 말했다.

"아니 헹님, 제가 이 비누 쪼매 빌려쓰는 기 그리도 아깝습니꺼? 좋십니더. 내사 빨래 안하믄 그만입니더. 기다릴 좋은 일도 없는 년이 옷은 빨아 뭐 할꼬. 누구사 주렁주렁 보석을 꿰찰 생각에 백옥걸이 흰 옷을 입고 접겠지마는…… 참, 종이 주인이 되믄은 칼로 형문을 친다 카드만 옛말 그른 거 하나도 없다카이……"

하면서도 황씨 아낙은 비누를 문지르는 손을 재빨리 놀렸다. 이쯤 되면 최씨 아낙은 어이가 없어졌다. 대꾸를 하려 하면서도 입만 달싹거릴 뿐 말을 못하는 것이 벌써 그녀가 흥분하고 있다는 증거였다.

"아니, 동상…… 무슨 말을…… 그리하는가. 거시기…… 저어기 거시기…… 핏줄로 따지자면 우리 형철이 아부지야 거시기…… 해주 쪽의 지주 집안인데…… 종이라니."

족보 이야기를 꺼내자는 것은 아니었지만 엉뚱하게 말이 나와버린 뒤였다. 말을 마친 최만열씨의 아내는 아차 싶었다. 황씨네 식구들이 가장 아파하는 곳을 건드린 것이다. 어떤 말로 이 일을 수습할까 생각했을 때는 이미 황씨 아낙이 펄쩍 뛰어오른 뒤였다. 전쟁고아인 황씨와, 자신의 부모가 머슴을 살던 집에서 식모로 자란 황씨 아낙이었다. 예전 같으면야 이런 이야기를 늘어놓으면서 빨래를 하자면 눈물바람 콧물바람에 시간 가는 줄도 몰랐겠지만 지금은 상황이 달라도 너무나 달랐다.

"아니 헹님, 그라모 씨가 다르니 우리는 애초부터 이리 고생해도 싸다, 이리 정해져 있다 이 말씸입니꺼?"

“아니 이 사람아, 내가 언제…… 내 말은…… 거시기 말인즉
슨…… 그러니께 따져보자믄 그렇다 이런 말이지…… 아, 그게 무슨
소용이 있다고 그라.”

“헹님, 사람을 그리 괄시 마소. 지는 헹님이 그런 분인 줄 마 몰랐
십니더. 그저 우리 바깥양반이 최씨 아저씨를 큰헹님처럼 믿고 따르
니 지도 그저 시댁 식구거니 하믄서 예절 채리고 했지마는…… 하모,
머리 검은 짐승을 믿은 이년이 어리석지 누굴 탓하겄노. 세상 참 더
럽다. 어느 년은 팔자가 좋아서 알라 가졌다고 침대에 누버서 맛난 것
만 집어처묵고.”

끝의 말은 황씨 아낙이 일주일에 세 번 파출부일을 나가는 아파트
여자를 가리키는 것이었지만, 그 여자가 애를 낳다는 소리를 들은 게
벌써 여러 달 전인데 누구를 빗대 누구를 욕하는 것인지는 뻔한 일이
었다. 이쯤 되면 최씨 아낙의 얼굴도 붉으락푸르락해지는 것이었다.

“아니…… 동상, 내야 말루다 동상을 그리는 보지 않았는데……
년이라니 어디에다.”

“와예, 지는 헹님 앞에서는 남 흉도 못 본다 이겁니까. 아이고, 내
사 마 무서버서 몬살겠구마. 상전을 모시고 사니.”

황씨 아낙은 말을 마치고는 그 사이 알뜰히 빨아 짠 빨래를 대야에
담아 휭허케 자신의 부엌으로 들어가버렸다. 뒤에 남은 최만열씨의
아내는 아직 헹구지 않은 빨랫더미를 우두커니 바라보다가 비누를 들
고 요리조리 살펴보며 중얼거리는 것이었다.

“빌어먹을 년, 무섭다면서 남의 비누는 왜 만날 빌려쓰누. 그놈의
보석인지 뭔지가 기필코 사람을 잡고 말겨.”

2

　홍범표 사장은 아까부터 자신의 집무실 밖에서 들려오는 최만열씨의 목소리에 귀를 기울이고 있었다. 그의 비서인 미스 방이 최만열씨의 쓰잘데없는 말에 대꾸를 그친 지도 오래건만, 최만열씨는 일단 찾아오기만 하면 비서실에서 뜸을 들이며 그의 신경을 바싹바싹 돋우어 놓곤 했다. 홍범표 사장은 가뜩이나 골치가 아픈 요즘, 최만열씨 때문에 머리가 하얗게 셀 지경이었다. 그는 건너편 장식장의 어두운 유리에 제 얼굴을 비추어본다. 어젯밤 공장 근처의 호텔에서 간부들과 밤을 새우고 바로 사무실로 나오느라 염색을 하지 못한 머리칼이 허옇게 드러나 있었다. 다른 사람들처럼 아침출근 전에 이발소에 들러 짧은 치마를 입은 애들이 나긋나긋한 손으로 해주는 염색을 하면 좋으련만 알레르기 체질인지 국산 염색약을 바르면 머리가 가려워 밤새도록 잠을 이루지 못하니 그럴 수도 없었던 것이다. 그는 지난번 출장길에 일본에서 사온 시세이도 염색약을 가지러 기사를 집으로 보내지 않은 것을 잠시 후회한다.

　그는 제 얼굴을 이리저리 살피다가 무심코 책상 위로 손을 더듬는다. 담배는 없었다. 그는 자신이 담배를 끊은 것을 새삼 깨닫고는 잔뜩 낯을 찌푸렸다.

　"젠장, 뭐 되는 일이 있어야지."

　그는 열린 창으로 보이는 찌뿌드드한 하늘을 바라보며 마른세수를 했다. 그가 담배를 끊은 것은 한달 전쯤의 일이었다. 가슴이 벌렁벌렁 뛰는 것이 처음에는 회사일로 너무 신경을 써서 그렇거니 생각했는데, 오랜만에 마누라를 안았을 때 심장이 터져버릴 것 같은 기분이 들자 그는 심상치 않은 느낌을 가지고 병원을 찾았다. 연줄을 대어 다른 사람들보다 먼저 검사를 마치고서 의사 앞에 앉았을 때, 그는 덜덜 떨고 있었다. 의사는 버릇처럼 연방 벗어진 머리를 쓰다듬으며 붉은 코에 잔뜩 주름을 잡고 있었다.

—뭐, 별 이상은 없는 것 같습니다. 마음을 편안히 잡수시고요, 육식보다 채식을 하시고요…… 가끔 운동도 좀 하시고…… 어쨌든 스트레스를 받지 않도록 하시는 게 제일입니다.

홍범표 사장은 일생을 통틀어 그토록 남의 말을 경청한 일이 일찍이 없었다. 하도 열심히 의사를 쳐다보는 바람에 무안쩍은 의사가 먼저 고개를 돌렸다. 홍범표 사장은 자신의 눈길을 피하는 의사가 수상쩍게 여겨졌다. 정말 자신에게 이상이 없다면 한마디로 "정상이다" 하면 될 것을 이것저것 토를 다는 것도 이상했다. 더구나 박사의 코에 잡히는 주름이 늘 그렇다는 것을 모르는 그로서는 그것도 몹시 불길하게 느껴진 것이었다.

—박사님.

그는 처량하게 의사를 바라보았다.

—즈이 집사람을 오라 할까요?

죽을병은 보호자에게만 알린다는 생각이 나서 그는 더듬더듬 물었다.

—네?

무슨 뜻딴지 같은 소릴 하냐는 듯 의사가 되물었다. 그 바람에 그의 코에 잡힌 주름이 깊어져 그의 얼굴은 더욱 심각하게 보였다.

나는 이제 죽는구나. 홍범표 사장의 심장은 영원히 멎어버릴 것처럼 쿵 하고 내려앉았다. 아침부터 병원에 와서 줄줄이 기다리는 환자들을 새치기했다는 것도 잊은 채 그는 그 자리에 그대로 앉아 있었다.

—혹시 이상이 있으면 다시 오세요. 지금으로서는 정말이지 더 말씀드릴 것이 없어요.

의사는 이상한 환자를 다 보았다는 듯이 약간 짜증이 섞인 어투로 말했다. 홍범표 사장의 얼굴은 몹시 침통해졌다. 그는 울고 싶은 기분을 억누르며 다시 말했다.

—박사님, 무슨 방법이 없겠습네까? 돈은 얼마든지 들어도 좋습네다. 제 나이 이제 오십여덟입네다. 너무 아깝지 않습네까? 네?

좀더 젊고 여유가 있는 의사였다면 이런 경우 상황을 알아차리고 웃음을 터뜨렸겠지만 박사는 어제 이십년 만에 미국에서 귀국한 동창과 밤늦도록 술을 마셨기 때문에 그저 만사가 피곤하고 귀찮을 뿐이었다.

—아니, 그런 게 아니에요. 선생께서 그런 강박관념을 가지고 계신 게 문제예요. 건강에 대한 지나친 관심이 오히려 건강을 해치는 수도 있지요. 어쨌든 선생에겐 아무런 문제가 없어요.

그러나 홍범표 사장은 믿지 않았다. 남의 말을 곧이곧대로 믿지 않는다는 것은 단신으로 월남한 이래 그가 지켜온 생활신조였다. 믿지 않아서 손해보는 일은 거의 없었다. 의사는 아직도 나갈 생각을 않고 의심스러운 눈빛을 하고 있는 홍범표 사장을 보자 짜증이 버럭 치밀었다. 자신의 명성과 권위를 인정하지 않는 이런 무식한 사람들을 볼 때마다 그는 몹시 화가 나곤 했던 것이다.

—정 그러시면 다른 병원에 가보시지요. ……간호원, 다음 환자 들어오시라고 해.

홍범표 사장은 의사의 단호한 태도에 주눅이 들어 엉거주춤 일어섰
다. 내친김에 다른 병원에 가보려고 생각한 것이다. 그러자 검사에 들
인 많은 비용이 아까워졌다.

그는 나가려다 말고 다시 의사를 향해 되돌아섰다.

—박사님, 제가 사업상 술 담배를 자주 하는 편인데 그거이 영향
을 미칠 수도 있습네까?

—네에, 그럼요. 끊으십시오. 특히 담배는 심장에 아주 좋지 않습
니다.

의사는 귀찮다는 표정으로 심드렁하게 말했지만 홍범표 사장은 그
말을 가슴 깊이 새겨들었던 것이다.

문밖에서는 아직도 최만열씨가 떠드는 소리가 들렸다. 홍범표 사장
은 인터폰으로 미스 방을 불렀다.

"네, 사장님."

"일들은 안하고 웬 잡담들이야?"

"………"

알면서 그러냐는 듯 미스 방은 대답이 없다.

"내가 지금 골치가 아프니까 조용히들 하라고 해."

"네, 사장님."

떨떠름한 목소리로 미스 방이 대답했다.

"참, 요즘 애들 부리기 힘들어서……"

홍범표 사장은 중얼거리며 다시 책상 위를 더듬었다. 아차 싶어 손
을 거둬들이면서 그는 미스 방에게 담배를 한갑 사오랄까 잠시 망설
였다. 하지만 그는 한번 한 결심을 지키기로 했다. 담배를 끊은 이후
로 심장이 훨씬 나아진 것도 사실이었다. 그는 입맛을 쩍쩍 다시며 책

상 위에 놓인 성인용 캔디를 한알 입에 넣었다.

사실 그는 담배를 끊는 데 남보다 더 큰 고통을 겪었다. 하필이면 이 무렵에 양담배들이 가지각색으로 줄줄이 수입된 것이었다. 예전 같으면야 집에 숨겨두고 야금야금 피우던 귀한 담배를 이제는 싼값에 어디서나 피울 수 있게 된 것이 그에게는 말할 수 없이 큰 유혹이었다. 요즘은 술집에서도 계산을 마치고 나면 한보루쯤 선사하기가 예사였다. 망설이고 망설이다 집에 도착할 때쯤 그의 운전기사에게 선심쓰듯 내밀면 함박 벌어지는 운전기사의 커다란 입도 그의 심기에 거슬렸다.

다시 비서실에서 최만열씨의 목소리가 들려온다. 최만열. 살아서 다시 그를 만나게 될 줄은 꿈속에서라도 생각해보지 않았다. 지난 초봄 최만열씨가 불쑥 그의 사무실에 나타났을 때 홍범표 사장은 하마터면 비명이라도 지를 뻔하였다. 하지만 그쪽에서는 이미 이쪽 사정을 파악하고 오래 기다려온 모양이었다.

—기억하시겠습니까? 나…… 최만열이외다.

파르르 떨고 있는 최만열씨의 거무죽죽한 입술을 보면서 홍범표 사장은 자신도 모르게 한걸음 뒤로 물러섰다. 물러서면서 그는 잠시 이 상황을 어떻게 넘겨야 할 것인가를 궁리했다. 물론 그의 판단은 짧은 순간에 이루어졌고 그는 자연스레 놀라는 표정을 지으며 외쳤다.

—아니, 이게 누군가…… 사, 살아 있었구만.

—그래…… 못 죽고…… 이렇게 살아 있네.

최만열씨는 신문에서 그의 이름을 발견하고 그를 찾아오게 된 경위를 떠듬떠듬 설명했다.

그날 길 잃은 어린애처럼 울상을 하고 있던 최만열씨의 태도는 차츰 변하기 시작했다. 최만열씨는 홍범표 사장의 사무실을 전세라도 낸 듯 드나들기 시작했다. 하루종일 비서실에서 죽치기는 예사였다. 차츰 홍범표 사장의 얼굴에도 싫은 빛이 노골적으로 나타나기 시작했건만, 최만열씨의 태도는 여전히 만사태평인 것 같았다. 어쩌면 최만열씨는 홍범표 사장에게서 끊기 어려운 담배 같은 유혹을 느끼는지도 몰랐다.

홍범표 사장은 눈을 들어 장식장에 놓인 표창장을 바라다본다. 지난겨울 돈을 좀 써서 상공부장관이 주는 훌륭한 기업인상을 받은 것이 화근이었는지도 모른다. 하필 그 기사를 보고 찾아오다니. 그로서는 난생처음 받는 상이란 생각에 축하연을 베푸느라 쓸데없이 돈이 들어간 것을 생각하면 지금도 배가 아플 지경이었다.

누군가 문을 노크했다. 홍범표 사장은 재빨리 벗어두었던 돋보기를 걸치고는 서류철에서 아무 뭉치나 하나를 집어 열심히 들여다보는 시늉을 했다.

"바쁘지 않은가?"

역시 최만열씨였다. 그는 성큼 들어서며 물었다.

"요즘 바빠서 정신이 없네."

홍범표 사장은 냉랭하게 말했다. 최만열씨는 소파에 앉아 태연스레 담배를 피워물었다. 홍범표 사장이 이 방에서는 담배를 피우지 말라고 그토록 주의를 주었건만 최만열씨는 언제나 이 방에 들어서면 담배부터 피워물었다. 어디 오늘은 어떻게 하나 두고보자고 생각하며 홍범표 사장은 그를 만류하지 않았다.

"사업이 아주 잘되나보군."

"그랬으면 좋겠네만 그 반대의 일로 그래."

최만열씨가 피우는 담배연기가 홍범표 사장의 코 곁을 자극적으로 맴돌았다. 홍범표 사장은 겉으로는 아주 무심히 서류철을 건성건성 넘겼다. 딱 한대만 하는 유혹이 그를 사로잡았다. 자신이 왜 지금 여기서 이렇듯 하고 싶은 일을 참아야 하는지 홍범표 사장은 갑자기 부아가 치밀었다.

"이거 참, 되는 일이 없어서."

홍범표 사장은 들고 있던 서류철을 책상 모서리로 내던졌다. 자꾸 여길 찾아오는 이유를 단도직입적으로 말해보라고 소리를 지르고 싶은 기분이었다. 그러나 그는 치밀어오르는 고함을 꿀꺽 삼켰다. 최만열씨가 이야기를 꺼낼 때까지 기다려야 했다. 사실 최만열씨가 그를 처음 만난 자리에서 불쑥 보석 이야기를 꺼냈더라면 그는 얼결에 그 댓가를 치르겠노라고 이야기했을지도 모른다. 그는 지금도 그 순간을 무사히 넘긴 것이 고맙고 또 고마웠다.

'바보 같은 녀석.'

시간은 그의 편이었다. 아쉬운 것은 최만열씨이지 자신은 아닌 것이다.

'어디 누가 오래 버티나 내기를 해보자.'

그는 다시 여유를 되찾아 최만열씨를 바라보았다. 최만열씨는 그런 홍범표 사장의 생각을 아는지 모르는지, 일부러 그러는지 실수인지 카펫 위에 담뱃재를 툭툭 터는 것이었다.

"아니, 거기다가 담뱃재를 털면 어떻게 하나?"

조금 전에 여유로웠던 마음은 어디로 사라졌는지 홍범표 사장의 음성은 높고 날카로웠다.

"응? 아, 이거 내가 실수를 했구만. 우리 같은 사람은 거저 일할 때

나 술 마실 때나 바닥에 재를 터는 거이 습관이 돼놔서…… 아이구,
이거 비싼 카펫인 모양인데……"
　최만열씨는 검지손가락에 침을 묻혀서 담뱃재를 주워올렸다. 그러
고는 그것을 탁자에다 조심스레 올려놓았다.
　"아니, 그렇다고 그걸 또 거기에 놓으면 어떻게 해?"
　"아, 이거 내가 또 실수를 했군. 가만있자, 그런데 재떨이가……"
　"이 방에서는 아무도 담배를 피우지 않는다고 내가 이야기하지 않
았던가?"
　"그랬던가…… 잊어버렸네."
　최만열씨는 바보처럼 해죽이 웃었다.
　홍범표 사장은 고개를 돌리며 이를 악물었다.
　'시간은 나의 편이다. 시간은 나의 편이다.'
　그는 기도라도 하듯 눈을 꼭 감았다.

3

　사람이 너무 많아 첫번째 버스를 놓치고 말았는데 연이어 오는 버
스는 아예 서지도 않고 지나쳐버렸다. 최만열씨는 맥빠진 기분으로
오후의 햇살이 기우는 버스정류장에 서 있었다. 갈아타야 할 버스는
언제 또 올지 알 수 없었다. 최만열씨는 늘 그랬듯이 무덤덤한 표정으
로 주위를 둘러보았다. 시장 어귀라 사람들이 북적대고 있었다. 장바
구니를 든 아낙들이 저녁식사 시간을 맞추기 위해 부지런히 걸음을
재촉하고 아이들은 열심히 한눈을 팔면서 어미들의 손에 끌려가고

있다.

최만열씨는 버스정류장을 따라 길게 늘어서 있는 노점 리어카들을 이리저리 훑어본다. 밭에서 나오는 끝물 딸기를 잔뜩 늘어놓은 상인이 리어카 앞에서 머뭇거리는 최만열씨를 보고는 큰 소리로 외쳤다.

"거접니다. 세 근에 천원이에요, 세 근에 천원."

"맛이 있을까? 너무 잔데……"

최만열씨는 댓 근이라도 살 것처럼 딸기를 이리저리 살펴보았다. 리어카 끝에 있던 상인이 최만열씨에게로 다가왔다. 그는 벌써 비닐 봉지를 빼어들고서 최만열씨에게 하나 먹어보라고 권했다. 최만열씨는 살 작정이 아니면서도 상인이 내어주는 딸기를 냉큼 받아 입에 넣고 우물거렸다. 새콤하고 달콤한 맛이 혀끝을 자극했다. 저녁을 먹고 설탕에 살짝 잰 딸기를 먹을 생각만 해도 흐뭇한 마음이 일어서 그는 자신도 모르게 흡족한 미소를 지었다.

"어떻습니까? 꿀맛이지요? 어떻게…… 몇근 하시겠습니까?"

상인은 최만열씨에게로 한발짝 바싹 다가서며 물었다. 이쯤 되자 최만열씨는 고개를 가로저으며 뒤로 물러설 수밖에 없었다.

"……너무 잘아. 세 근이래야 누구 코에 붙일까?"

"잘기는요. 노지 딸기치고 이렇게 굵은 딸기는 없어요."

최만열씨는 더 대꾸하지 않았다. 딸기가 굵건 잘건 꿀맛이건 무맛이건 지금 그의 주머니 속엔 백원짜리 동전 몇개가 토큰과 함께 가련히 짤랑거리고 있을 뿐이었다. 전에도 한번 술김에 참외를 하나 깎아 먹고는 크게 망신을 당한 일이 있었다. 술김이라 최만열씨도 마주서서 고래고래 소리를 지르기는 했지만, 지금은 술도 안 먹었으니 그럴 용기도 없는 것이었다. 그는 딸기장수의 찌푸린 시선을 슬금슬금 피하며 버스정류장 뒤쪽으로 뒷걸음질을 쳤다.

오늘도 그는 홍범표 사장의 사무실에서 허탕을 치고 나왔다. 아니, 홍범표 사장의 사무실에 희망을 가지고 찾아간다는 것 자체가 무모한 일인지도 몰랐다. 너무나 오랜 세월이 지난 일이었다. 그가 보석 이야기를 꺼냈을 때, 홍범표 사장이 그런 일은 없었노라 잡아떼기라도 한다면 그 자신도 스스로의 기억을 의심할 만큼 그렇게 오랜 세월이 지난 것이다. 이런 생각을 하자 그의 사지에는 힘이 쭉 빠졌다.

그는 뒷걸음질을 하다가 문득 발을 멈추었다. 예순을 훨씬 넘겼을 할망구가 노란 병아리가 가득 담긴 라면박스를 내놓고 앉아 있었다. 그의 머리는 어느덧 막내아들 형철에게로 향한다. 남들은 고3이라고 보약을 먹인다, 몸보신을 한다 야단이었지만 그는 사실 아들에게 돼지고기 한번 양껏 먹여보지 못했던 것이다. 이 약병아리들을 푹 고아서…… 그는 상자 앞에 앉아 병아리들을 요리조리 살펴본다. 개나릿빛으로 피어오른 병아리들의 솜털이 포포하며 날린다. 그는 주머니 속의 동전 개수를 헤아리며 통통한 놈을 손으로 가늠해보았다.

"할머니, 이거 얼마예요?"

하교길의 아이들이 제 키의 반만한 신주머니를 덜렁거리며 쭈르르 모여앉아 병아리의 노란 솜털을 이리저리 만져본다.

할망구의 대답은 느긋했다.

"만지는 데는 이백원이고 그냥 사는 데는 백원이다."

병아리들을 주무르던 아이들과 최만열씨의 손이 일시에 멎었다.

최만열씨는 무안쩍은 손으로 까칠한 턱수염을 한번 쓰다듬고 나서 다시 버스정류장으로 향했다. 보석값만 받아낸다면 병아리 따위가 문제랴, 산삼 녹용도 고아줄 수 있을 것이다. 최씨가문의 사대독자인 아들에게 불로초라도 먹일 수 있을 것 같은 위안을 하며 그는 버스들을 바라본다. 버스들이 꼬리를 물고 서 있는 뒤편으로 사람들이 우르르 몰려갔다. 최만열씨도 그 무리를 따라 버스정류장 뒤편으로 뛰었지만 또 꼴찌였다. 그는 매달리듯 겨우 버스에 올랐다. 단신으로 월남한 이래 그의 생은 늘 이런 식이었다. 망설이고 우물거리고 놓치고…… 그러다보니 어느덧 예까지 흘러와 있었다. 그러나 그는 자신의 거듭되는 전락을 되씹을 만큼 한가롭지 못했다. 해뜨기 무섭게 일을 나가 저녁이면 또 밥을 먹고 자기가 바빴다. 어쩌다가 공을 치는 날엔 방안에 앉아 막소주를 마셨다. 언제부터 그런 버릇이 들었는지조차 이젠 기억할 수가 없었다.

한사람도 더 들어설 수 없을 것 같던 버스 안도 염치불고하고 비비고 들어가보니 그럭저럭 설 자리를 발견할 수 있었다. 그는 빽빽이 들어선 앞사람들의 뒤통수를 바라보며 곰곰 생각에 잠길 여유를 되찾았다.

박씨가 최만열씨를 찾아온 것이 그저께였다. 최만열씨는 사십년간 공사판을 기웃거리다가 타일을 붙이는 기술자가 되어 있었는데 박씨는 그런 최만열씨와 함께 일을 하던 사람이었다. 안산의 어디 아파트 공사장에서 타일 붙이는 일을 하자고 했다. 무슨 호기로 일당 만오천원짜리 일을 거절했는지 최만열씨는 다시 생각해도 자신의 행동이 의아했다. 오늘도 집에 돌아가면 마누라는 한숨을 내쉴 것이 분명했다. 그 역시 잘돼가는 일에 여편네가 초를 치려 든다고 소리를 지를 것이었다.

최만열씨는 고개를 젓는다. 일만 잘되면 다만 얼마라도 건질 수 있을 것이다. 같이 자란 정리를 생각해서라도 홍범표 사장이 그리 매정하게 굴지는 않을 것이다. 그렇게 생각하자 정말 그렇게 될 것 같은 확신이 들기 시작했다.

하지만 버스에서 내렸을 때 그의 발길은 마냥 늘어졌다. 그는 천천히 길을 오르다가 정씨네 가게 앞에서 발을 멈추었다. 아직 해가 다 지지도 않았는데 황씨가 혼자 가게 앞에서 막걸리를 마시고 있는 것이었다. 황씨가 대낮부터 혼자 술을 마시는 것도 이상했지만 우선 목부터 칼칼해오는 것을 느끼며 그는 황씨에게 다가갔다. 벌써 여러 병을 혼자 해치운 모양인지 황씨가 앉은 간이의자 옆에는 플라스틱 막걸리통이 여러 개 엎어져 있었다.

"벌써 장사 끝냈는가? ……어이 덥다. 이거 원, 벌써 한여름이니."

최만열씨는 황씨의 시무룩한 얼굴을 보자 이상하게 생기가 도는 목소리로 말을 걸었다. 요즘 최만열씨는 황씨에게 여러번 손을 벌려 생활비를 꾸어쓰곤 했다. 그럴 때마다 황씨는 최만열씨가 무안할 만큼 훈계조의 사설을 늘어놓곤 했던 것이다. 오늘 아침에도 최만열씨는 황씨에게 오늘은 돈을 받기로 되어 있다고 큰소리를 친 것이었다. 그러니 주눅든 모습을 황씨 앞에서는 보이지 말아야 했다.

보석 이야기가 벌써 입에서 입으로 전해졌는지 최만열씨가 들어서는 것을 보는 가게주인 정씨의 눈매가 고왔다. 그는 웬일로 안하던 인사까지 넙죽 하며 최만열씨를 반기는 것이었다. 이쯤 되니 최만열씨는 움츠렸던 어깨를 펴지 않을 수가 없었다.

"아 이 사람아, 형님이 왔으면 아는 척이라도 해야지."

최만열씨는 황씨의 곁에 앉으며 큰 소리로 말했다.

"……오셨십니꺼?"

마지못해 인사를 하는데, 붉게 충혈된 황씨의 눈초리에는 힘이 없었다. 요즘 단속반이 있다는 말을 못 들었는데, 생각하며 최만열씨는 황씨에게서 심상치 않은 기미를 느꼈다. 말이 많던 황씨가 말없이 앉은 것도 괴이쩍었다.

"……허어 이 사람, 형님이 오셨는데 술 한잔도 안 권하고. 여어이 정씨, 여기 맥주 좀 가져와. 시원한 걸루다."

최만열씨는 자신도 모르게 맥주 소리를 해놓고 가슴이 뜨끔했다. 돈 한푼 없는 신세를 깜빡 잊은 것이었다.

"저어기, 우리집 외상값…… 쫙 뽑아놓게. 알았지?"

무안쩍은 김에 안해도 될 말을 한마디 더 거드는데 맥주를 나르는 정씨의 입이 함박 벌어졌다.

최만열씨는 정씨가 날라온 유리컵에 맥주를 따라 벌컥벌컥 들이켰다. 빨리 취해야 이 무안함을 무마하기도 쉬울 것 같았다. 그는 몇잔을 거푸 들이켰다. 취기는 오르지 않았지만 빈속이라 그런대로 얼큰한 기운이 돌았다. 그는 가슴을 쭉 펴보았다. 생각해보면 맨몸뚱이 하나 굴리며 살아온 세월이었다. 보석을 잃어버리고도 살지 않았던가. 이까짓 술값쯤이야. 그는 호기로워지려고 애쓰며 황씨에게 잔을 권했다.

"자, 한잔 들게."

그러나 황씨는 잔을 받을 생각이 없는지 먼 허공만 바라보며 한숨을 내쉬었다.

"왜 그래? 무슨 일이 있었어?"

황씨는 잠시 입가를 씰룩거리더니, 최만열씨가 따라놓은 맥주를 단숨에 들이켜고 나서 갑자기 최만열씨의 발밑에 넙죽 엎드렸다. 너무나 순식간의 일이었기 때문에 최만열씨는 하마터면 들고 있던 잔을 떨어뜨릴 뻔하였다.

"헹님요, 그동안 지가 헹님께 죽을죄를 지었심다. 용서해주시겠지요, 네? 헹님."

황씨는 울음을 터뜨리며 말했다. 당황하기는 바라보고 있던 정씨도 마찬가지였는지 황씨를 쳐다보느라 외상값 계산을 처음부터 다시 해야 될 지경이었다.

"아니 이 사람, 이게 무슨 짓인가? 더구나 용서라니? 지금 무슨 말을 하는 게야?"

"아입니더, 헹님. 지는 사실 맴속으로 헹님이 떼돈을 벌 거라는 사실을 배아파해왔십니더…… 헹님, 지는 이 세상 천지간에 헹님 한분뿐입니더. 부모 얼굴을 압니꺼, 피를 나눈 형제가 있십니꺼?"

최만열씨는 조짐이 좋지 않은 것을 느꼈다. 전쟁고아인 황씨가 술을 먹고 고아타령을 늘어놓기 시작하면 늘 끝이 좋지 않았던 것이다.

"이 사람아, 그걸 누가 몰라? 어서 일어나라. 맥주나 마시믄서 찬찬히……"

"아입니더, 헹님. 지는 맥주 한나도 안 마시도 됩니더…… 헹님, 지는 헹님 한분뿐입니더. 헹님, 이 동생을 살려주시는 셈치고, 이 가련한 동생 사람 맨든다 이리 생각하시고 헹님, 돈 이백만 빌려주이소. 그라믄 지가 뼈를 깎고 피를 팔아서라도 이년 안에 어떻게 해서든지 갚아드리겠십니더."

아닌밤중의 홍두깨였다.

"아니 이 사람, 이게 무슨 소리야. 내가 무슨 돈이 있다구…… 아니, 그보다 먼저 일어나게. 일어나서……"

그러나 황씨는 일어나지 않았다. 그는 정말 눈물을 펑펑 쏟으며 울고 있었다. 그가 울먹이며 늘어놓은 사정은 대충 이러했다. 지난해 올림픽 때문에 노점상들을 단속할 때 괄괄한 황씨가 경찰 몇을 때려 감옥엘 가서 한달쯤 있다 나온 일이 있었다. 감옥에서 나온 황씨는 날마다 횟술을 마셔댔는데 그것이 탈이었는지 위장에 구멍이 생겨 그만 복막염으로 발전한 것이었다. 수술비용을 마련하기 위해 황씨의 아내는 지옥보다 더 가기 싫은 예전의 주인을 찾아갔고 어떻게 이백을 빌린 모양이었다.

그 빚을 갚기 위해 지난해부터 계를 부어왔는데 그 계가 깨졌다는 것이었다.

"근데 이 못난 가시나가 곗돈 받으러 가서는 매만 맞고 온 기라예…… 헹님, 이 빚은 꼭 갚아야 합니더. 빚을 내러 가서 을매나 수모를 당하고 왔는지 이 지집이 며칠 동안 밤마다 이를 갈며 잠꼬대를 해쌓습디다. 지가 하도 화가 나서 그 집에 찾아가 갚는다꼬 큰소리를 뻥뻥 쳐놓고 왔는데…… 헹님이 불쌍한 동생을 한번만 굽어살펴주시소, 예? 헹님."

최만열씨는 황씨의 이야기를 들으며 담배를 붙여물었다. 그나마 얼큰히 오른 술이 확 깨는 느낌이었다.

"……이 사람아, 자네 처지를 내가 왜 모르겠나마는…… 난 지금 돈 이백원도 없네. 있으면야 내가 그냥도 주지…… 일만 잘되믄."

"헹님, 그라지 마시고요…… 그라믄 어떻게 백이라도……"

"그만두게. 자네 지금 날 놀리는 겐가?"

최만열씨는 자신의 처지가 새삼 처량하게 느껴져서 버럭 소리를 질렀다.

"아니, 그라믄 일도 안 나감서 맨날 보석, 보석 해쌓더니 아적 한푼도 몬 받아냈다 이 말입니꺼?”

언제 울었는가 싶게 황씨가 벌떡 일어서며 마주 소리를 쳤다. 최만열씨는 또 한번 뒤통수를 얻어맞은 기분이었다.

“그람스로 아침마다 내 창자를 쥐뜯게 하고…… 헹님, 그라고도 낯짝이 있십니꺼? 이백원도 없다꼬요? 참말로 기가 찹네, 기가 차.”

“아니 이 사람아, 그래서 내가 일만 잘되든……”

“집아치소. 되긴 뭐가 됩니꺼. 빚 받으러 갔다가 터지가지고 돌아오는 판국에…… 하모, 무신 수로 사십년 전에 잃어삔 보석을 찾겠노? 내라도 안 내주겠다. 보소 헹님, 좋은 말로 지가 충고 한마디 하까요? 집아치소. 차라리 나랑 계 깨고 도망친 년이나 잡으러 댕깁시다. 뭐, 사십년 전에 잃어삔 보석을 찾아? 어림없지. 사십년 동안 뭐하고 이제사 어슬렁거린다 이 말입니꺼? 사십년 동안 설날마다 기념삼아 패대기를 쳤어도 보석 가지고 간 놈 몸뚱이가 성한 곳이 없을 끼구마는…… 그나저나 이 못난 지집, 지 꺼 잃어삐고 매를 맞아?”

황씨는 횡설수설이었다. 최만열씨는 떨떠름한 표정으로 서 있는 정씨의 안색을 살폈다. 황씨는 최만열씨의 맥주잔을 빼앗아 남은 맥주를 다 마시더니 정씨를 불렀다.

“니, 내가 성질상 외상 안하는 거 알제? 막걸릿값하고 맥줏값 계산해봐라. 남의 것 묵고 도망치는 연놈들 쌔고발렸지만 이 황호병이사 남의 것 거저 안 묵는다 이 말이다. 알겄나?”

황씨는 버럭버럭 소리를 질렀다. 제 물건 내주고 돈을 받으면서도 정씨는 이상하게 고마운 마음이 느껴져 공손히 돈을 받았다.

최만열씨는 빈 맥주병 앞에 망연히 앉아 있었다. 사실 황씨의 말이 옳았다. 돈떼이고 매맞는 일쯤 그리 놀라운 일도 아니었다. 몇달씩 일해준 공사판에서 임금은커녕 타일값까지 떼인 일도 부지기수였다. 최만열씨는 갑자기 울고 싶은 기분을 느꼈다. 자신은 생각조차 하기 두려웠던 일을 황씨가 너무 쉽게 뱉어버렸기 때문만은 아니다. 사십년 동안 무엇을 했을까? 잃어버렸다는 일을 그토록 당연하게 받아들이며 자신은 그럼 무엇을 찾고 있었는지 아득해진 것이었다.

최만열씨는 정씨의 험악해진 눈초리를 피해 자리에서 일어섰다. 정씨가 엉거주춤 최만열씨의 곁으로 다가왔다. 기껏 장부를 뒤져 외상값을 계산해놓은 데 대한 억울함이 가득한 얼굴이었다.

"그래! 내가 오늘은 이백원도 없다! 그래! 이백원도 없지만 안 떼어먹을 테니 그리 알고!"

최만열씨는 큰소리를 쳤다. 하지만 정씨와 눈을 마주치지 않으려고 재빨리 말을 끝내고는 도망치듯 가게 앞을 빠져나왔다.

최부자댁 삼대독자가 돈 이백원이 없어 망신을 당한다는 것을 누가 믿으려 할 것인가. 홍범표에게 찾아가 구걸하듯 빼앗아간 그것을 돌려달라고 쭈뼛거리게 될 줄 누가 상상이나 했겠는가. 최만열씨는 문득 온몸에 소름이 돋는 것을 느꼈다. 많은 기억들이 한꺼번에 온몸의 세포들을 뚫고 터져나오는 것 같았다.

그는 가물거리는 눈으로 뒤를 돌아보았다. 그렇다. 그림자처럼 기억은 늘 그의 뒤를 따라다녔다. 단지 그는 이제야 겨우 뒤를 돌아보기 시작한 것이었다.

4

　근 한달째 홍범표 사장의 얼굴에서는 짜증이 가시지를 않았다. 별 것 아닌 일로 서류철을 집어던지곤 해서 가끔 훌쩍거리던 미스 방도 아주 필요한 일이 아니면 그의 곁에 얼씬을 하지 않았고, 설사 얼씬할 일이 있다 해도 될 수 있으면 밀찍이 떨어져 홍범표 사장을 대하곤 했다. 이런 일 또한 홍범표 사장의 심기를 더욱 언짢게 하는 일 중의 하나였다.

　홍범표 사장은 회사내의 동정을 보고하는 김전무의 전화를 받고 나서는 엉뚱하게도 미스 방을 내보내고 얼뜨고 나긋나긋한 비서를 새로 써야겠다는 생각을 하고 있다. 사실 미스 방은 이십년을——그녀가 야간고등학교를 다니며 급사노릇을 하던 때까지 합쳐서——그와 함께 일해온 유신섬유의 터줏대감이었다. 말이 이십년이지 열일고여덟의 소녀가 서른네다섯의 노처녀가 되기까지의 세월은 결코 짧은 것이 아니어서 미스 방은 이제 홍범표 사장이 왼쪽 눈을 찡그릴 때와 오른쪽 눈을 찡그릴 때가 어떻게 다르다는 것까지 훤하게 알고 있었다. 이제는 비서로서 너무 늙어버린 미스 방을 그가 쉽게 해고하지 못하는 것은 바로 이런 이유 때문이지만, 그녀가 다 쓰러져가는 집안의 가장노릇을 하느라 아직 시집을 가지 못했다는 것도 그의 동정심을 좀 사기는 했다. 어쨌든 홍범표 사장은 미스 방을 내보내겠다는 생각을 될 수 있는 한 빨리 실행에 옮기리라 결심했다. 홍범표 사장이 이런 엉뚱한 생각을 하는 까닭은 그가 요즘 너무 지치고 피곤해 있기 때문인지도 모른다. 갑자기 터진 회사내부의 일이며 집안일, 게다가 건강문제까지, 한술 더 떠서 시국마저 뒤숭숭하고 보니 그는 영 정신을 차릴 수가 없었다. 평생 요즘처럼 골치 아픈 시기는 없었노라고 그는 늘 투덜거리곤 했다.

요즘 친구들과의 술자리에서 이런 이야기를 털어놓다보면, 이런 고민은 비단 홍범표 사장 개인의 문제는 아닌 것 같았다. 친구들은 차라리 5공시절이 장사하기에는 편했다는 이야기를 자주 꺼냈다. 그렇게 거슬러 올라가다보면 이승만이야말로 가장 민주적인 대통령이었다는 이야기가 나오고, 어쩌면 일제시대가 가장 평온한 시기였다는 결론까지 나왔다. 사실 삼팔선 이북에 살았던 그로서는 별로 실감이 나지 않았지만, 해방 이후의 사회혼란은 일제시대의 정연한 질서에 비하면 끔찍하기까지 했다는 것이다. 없었던 강도와 도둑이 날뛰고 사기와 모략, 게다가 좌우 이데올로기의 대립까지. 하지만 여기까지 이야기가 나왔을 땐 모두 입을 다물어버렸고, 그래도 어떻게 일제시대가 좋다고 이야기할 수 있느냐는 말에 대충 이야기를 마무리지어버렸다. 하지만 요즘처럼 시끄러워가지고는 되는 일이 없다는 데에는 모두 자신있게 동의하였다.

그의 아들 문제 또한 은근히 그의 신경을 건드렸다. 주인집의 새하얀 쌀밥을 바라보며, 솥 밑에 깔아둔 깡보리밥으로 배고픔을 달래야 했던 그의 어린시절 이야기가 나오면 아들녀석은 아예 고개를 돌리거나 더이상 듣기 싫다는 듯이 외면을 하기가 일쑤였다. 한번은 그런 태도를 핀잔주었더니 그게 어디 제 탓이냐고 대들기까지 한 것이었다. 밥상머리에서 당장 뺨을 올려붙여 식구들 모두가 그대로 숟갈을 놓아버리고 아들녀석 역시 그날 저녁을 굶었지만 그의 분은 아직 풀리지 않았다. 그는 대학 이년생인 아들이 아직 사춘기적으로 그에게 반항

하고 있는 것이 틀림없다고 단정했다. 하지만 가끔 아들녀석의 행동 거지를 보면 꼭 그런 것 같지도 않았다.

홍범표 사장의 아내는 아예 아홉시만 되면 아들녀석을 이층 제 방으로 쫓아보내곤 했다. 제 에미에게서 무슨 훈계를 들었는지 아들녀석은 이제 애비와는 아예 아무 말도 나누려 들지 않았다. 언젠가 그런 아들을 불러놓고 이야기를 나누려 했더니 아들녀석은 이렇게 말하는 것이었다.

— 아버지와 저는 한 사건을 보는 눈이 근본적으로 다릅니다. 어머니 말씀대로, 공감대를 가진 토론이 아니라 싸움이 될 수밖에 없는 거지요.

애비와 싸우겠다는 건지 말을 안하겠다는 건지 말을 하면 싸우고야 말겠다는 것인지 알 수 없었다. 위로 줄줄이 딸을 셋 낳고 얻은 귀한 아들이라 오냐오냐하며 키운 것이 화근이라고 그는 생각했다.

며칠 전에는 술에 얼큰히 취해 집으로 돌아가 거의 엇비슷이 귀가한 아들녀석을 불러놓고 모처럼 좋은 기분으로 술을 한잔 따라준 적이 있었다. 그로서는 아들과 다시 화해하고 싶은 기분도 있었고, 요즘 돌아가는 시국에 대해 대학생들은 도대체 어떻게 생각하는가 궁금한 마음도 있었다. 그러나 아들녀석은 맹꽁이처럼 입을 다물고 그가 따라준 양주를 홀짝홀짝 마시더니 기껏 한다는 말이, 그만 들어가보겠습니다였다. 그때, 그는 처음으로 자신이 늙었다는 생각을 했다. 술탓이었는지 모르지만 화가 나기에 앞서 눈물이 핑 돌았기 때문이다. 그런데 지금 사무실에 앉아서 그 일을 되돌이키자니 부아가 치밀어올랐다. 그는 우선 미스 방 일을 처리해야겠다고 생각하고 미스 방을 불렀다.

"미스 방, 나 차 한잔 갖다주갔어?"

"네, 사장님."

오랜만에 들어보는 홍범표 사장의 나긋한 목소리에 미스 방은 약간 당황하는 것 같았다. 그는 깨끗한 유리가 덮인 책상머리를 손가락으로 톡톡 두드리며, 이제는 너구리같이 교활해진 이 노처녀를 어떻게 요리할 것인가를 궁리했다. 잠시 후 미스 방이 차를 가지고 사장실로 들어섰다. 홍범표 사장은 피곤한 듯 기지개를 쫙 켜고는 소파로 내려앉았다. 미스 방은 쟁반에 담아가지고 온 차를 탁자에 내려놓고는 홍범표 사장에게서 한걸음 물러섰다.

"미스 방, 거기 좀 앉지…… 차를 한잔 더 가져오랄 걸 그랬나?"

홍범표 사장은 긴장하고 있는 미스 방을 향해 부드럽게 말했다.

"괜찮습니다, 사장님."

미스 방은 무슨 일일까 의아해하며 천천히 홍범표 사장과 마주앉았다.

홍범표 사장은 미스 방의 얼굴을 비스듬한 시선으로 바라보았다. 처음 급사로 들어왔던 그때와는 비교도 할 수 없게 세련되어졌지만 역시 나이는 속일 수가 없다. 그녀의 얼굴에는 어린 나이에 한 집안의 생계를 맡아야 했던 피곤함이 무겁게 깔려 있다. 홍범표 사장은 그런 그녀에게 약간의 연민을 느낀다. 돈을 아끼려고 점심을 굶던 그녀를 데리고 나가 설렁탕을 사주었을 때, 눈물을 보이지 않으려고 설렁탕 뚝배기에 얼굴을 처박고는 꾸역꾸역 밥알을 씹던 어린 그녀의 모습도 떠올랐다. 그게 벌써 십몇년 전의 일이 아니던가.

홍범표 사장은 따끈한 인삼차를 한모금 삼켰다.

"미스 방, 올해 몇이지?"

사장이 자기에게 왜 새삼스레 나이를 묻는지에 대해 이리저리 생각을 굴리느라 그녀는 선뜻 대답을 못한다. 짙은 화장을 한 그녀의 눈자위가 완강하게 아래로 쏠려 있다.

"……서른다섯인가?"

시인인지 아닌지 미스 방은 잠시 웃었다. 내 나이가 벌써, 스스로의 놀라움을 무마하느라 마음에도 없는 웃음이 나왔는지도 모른다.

"……시집을 가야지."

애매하게 웃던 미스 방의 입가가 문득 굳어졌고 이어 작은 경련이 일었다. 그 나이 되도록 이런 질문을 하는 홍사장의 의중을 눈치채지 못한다면 바보일 것이었다. 그러나 설마 하는 기분도 있었는지 자꾸 굳어지는 입가를 억지로 펴듯 다시 웃는다. 그 바람에 눈가에 들떠 있던 파운데이션이 잔주름과 함께 보기 싫게 밀렸다.

'한물갔군. 단단히 갔어.'

홍범표 사장은 그쯤 해두기로 작정했다. 서두를 필요는 없었다. 그렇게 되면 미스 방도 반발하기가 쉬웠다. 비서생활 이십년에 홍범표 사장의 비리 몇개쯤 모를 것 같냐고 떠들어댈지도 몰랐다. 그는 결정적 시기가 올 때까지는 조용히 낚싯줄을 드리우고 있기로 했다.

"미스 방도 알다시피, 내가 그동안 회사일로 하도 머리가 복잡해서 미스 방에게 너무 무심했던 것 같아. 내 성질, 미스 방도 잘 알지?"

무언가를 복잡하게 계산하느라 굳어져 있던 미스 방의 얼굴에 다시 화색이 돌아왔다. 쫓겨날지도 모른다는 불안감이 어느정도 가신 얼굴이었다. 홍범표 사장은 그런 미스 방의 변화를 느긋이 지켜보면서 흐뭇함을 느꼈다.

"그래, 그래서 부른 거야. 이제 나가보지. 참, 그리고 그 늙은이 오거든 제발이지 좀 적당히 따돌려주라."

마지막 말은 최만열씨를 가리키는 것이었다. 미스 방은 이제 완전히 긴장을 푼 것 같았다.

"사장님, 그런데 그 노인네 좀 이상한 것 같아요. 뭐 보석이 어쨌대니 하면서 사장님이 자신을 괄시는 못 할 거라고 날마다 큰소리를 치던데요."

보석 이야기를 꺼냈을 때, 홍범표 사장의 얼굴이 잠시 일그러지는 것을 보았는지 못 보았는지, 이제 해고의 위협에서 벗어난 미스 방의 목소리에는 어느덧 아양기마저 배어 있었다.

홍범표 사장은 미스 방을 내보낸 뒤 창가로 다가섰다. 그러고 보니 요즘 며칠째 최만열의 얼굴이 보이지 않았다. 포기하지는 않았을 거라고 그는 생각했다. 최만열씨의 경우는 미스 방처럼 그렇게 간단하게 해결되지는 않을 것이었다. 홍범표 사장은 무심히 건물 아래를 내려다보다가 흠칫 뒤로 물러섰다. 흙빛 얼굴을 하고 우두커니 여기를 올려다보고 있는 사내. 그는 분명 최만열이었다. 홍범표 사장의 커다란 체구에 팽팽한 긴장이 서린다.

5

햇볕은 사정없이 내리쬐었다. 유월의 날씨가 푹푹 찌는 것을 보니 올 여름 또한 얼마나 더울지 알 수 없었다. 최만열씨는 홍범표 사장의 사무실이 있는 건물을 올려다보며 이마에 밴 땀을 닦았다. 최만열씨는 며칠 전 안산의 공사장엘 찾아갔다. 박씨에게는 수원에 볼일이 있어서 오는 길에 들렀다고 말했지만 실은 아직도 그가 일할 자리가 있는지에 대해 알아보려고 일부러 내려갔던 것이다. 물론 그의 자리는 다른 사람들로 채워져 있었다. 그가 아니어도 타일 기술자는 얼마든지 있었기 때문이다. 돌아오는 길에 그는 갑자기 울고 싶은 기분을 느꼈다. 있어야 할 자리에서 쫓겨난 듯한 기분이었다.

그리고 그것은 마치 지구 밖으로 쫓겨난 듯한 기분이기도 했다. 부상당한 몸으로 혼자 삼팔선을 넘어왔을 때와는 또다른 느낌이었다.

사실 오늘도 처음부터 홍범표 사장을 찾아올 작정은 아니었다. 어디 일거리라도 알아보기 위해서 공사판 감독으로 일하는 곽씨를 찾아가려고 나선 길이었다. 하지만 곽씨가 아직 하계동의 그 연립주택 공사장에서 일을 하고 있는지도 확실히 알 수 없었고 무엇보다 무더운 날씨 때문에 최만열씨는 잠깐만이라는 다짐을 스스로에게 하며 이리로 온 것이었다.

그는 요즘 너무 지쳐 있었다. 홍범표 사장에게 당한 수모쯤이야 참아낼 수 있었다. 하지만 당장 아들녀석의 참고서 하나 사줄 능력이 없는 것은 그를 몹시 괴롭혔다.

무슨 짓을 해서라도. 막내아들의 대학진학을 생각할 때마다 최만열씨의 머릿속에는 이런 단어가 떠올랐다. 왜냐하면 ‘무슨 짓’을 하지 않고는 아들에게 도저히 대학공부를 시킬 수가 없기 때문이었다.

"홍사장 기신가?"

미스 방은 여느때와는 달리 치던 타이프를 멈추고 최만열씨를 바라보았다.

"사장님 지금 안 계세요."

그것이 거짓말인 줄 최만열씨는 알 수 있었다. 왜냐하면 홍범표 사장이 없을 때에는 미스 방은 아예 그에게 아무런 대꾸도 하지 않았기 때문이다. 최만열씨는 비서실에 꽂힌 잡지들을 뒤적거리며 여느때처럼 미스 방에게 이런저런 잡담들을 늘어놓았다. 최만열씨가 이런 행동들을 하는 이유는 딱 한가지 때문이었다. 그로서는 어떻게 하면 최대한도로 홍범표 사장으로 하여금 보석을 잃어버린 그 시점까지 접근하게 하는가를 궁리했던 것이다. 여태껏 그는 홍범표 사장을 향해 쓸데없는 고향 이야기며 어린시절 이야기들을 늘어놓았지만 늘 결정적인 순간에서 막히곤 했던 것이다.

사장실 문을 열고 들어섰을 때 홍범표 사장은 어딘가와 통화중이었다. 무슨 중요한 일이 있는지 홍범표 사장은 얼굴이 벌게진 채로 예, 예를 연발하고 있었다. 들어서는 최만열씨를 보고도 여느때처럼 떨떠름한 표정을 짓지 않는 것을 봐서는 기분이 상당히 좋은 모양이었다. 최만열씨는 소파에 앉아 버릇처럼 담배를 꺼내물려다가 이내 손을 멈추었다. 홍범표 사장의 심기를 상하게 해서 좋을 것은 없었다. 그는 사장실을 두리번거렸다. 사장실에 놓인 장식장에는 갖가지 기념패들이 모여 있었다. 표창장, 감사장, 임명장, 위대한 시민상 등등. 최만열씨는 그것들을 바라보다가 고개를 돌렸다.

이제 홍범표 사장을 찾아오는 일은 그에게 있어 습관처럼 굳어버렸다. 처음에는 그가 정말 홍서방의 아들 홍범표인지 두 눈으로 확인하지 않고는 못 배기겠는 심정에서, 그리고 그 다음에는 잃어버린 보석을 찾고야 말겠다는 심정에서, 그리고 그 다음에는 다만 얼마라도 건질 수 있을 것 같은 기분으로. 그러고는……

"왔군."

전화를 끊으며 홍범표 사장은 반가운 목소리로 최만열씨를 향해 말했다.

"자네 지금 내가 누구와 통화를 했는지 알기나 하나?"

홍범표 사장은 무엇이 그리 좋은지 벌어지려는 입을 다물지도 않고 말했다.

"하하하, 자네는 상상도 못하는 사람이지. 하하하…… 바로 말야."

홍범표 사장은 엄지손가락을 곧추세우며 말했다.

최만열씨는 그것이 무슨 소린지 알 수 없었지만 얼결에 홍범표 사장을 따라 애매하게 웃었다.

"일전에 술자리에서 한번 모신 적이 있었거든…… 그랬는데 여지껏 이 홍범표를 기억해주시더란 말야. 하하하."

최만열씨는 다시 애매하게 웃지 않을 수가 없었다. 홍범표 사장은 기분이 아주 좋아졌는지 미스 방에게 차를 두 잔 가져오게 하고는 최만열씨 앞에 마주앉았다.

"신문을 봐서 자네도 알겠지만, 요즘 우리 공장이 벌써 보름째 돌아가지를 못했댔어. 그런데 기어이 내가 찾아낸 거이야. 아 글쎄, 조합장이란 녀석이 말깨나 한다 싶어 뒷조사를 해봤더니 전과가 둘이나 있는 대학출신 빨갱이다 이거야, 하하하."

최만열씨는 유신섬유의 노동조합장이 빨갱이인 것과 홍범표 사장이 저토록 유쾌해하는 이유를 빨리 연결지어 헤아릴 수가 없었다.

"그동안 내가 잠도 제대로 못 잤는데, 이젠 거저 십년 묵은 체증이 쭈욱 내려가는 기분이야. 하하하."

최만열씨는 담배를 물고 싶었다. 이상하게 홍범표 사장이 유쾌해할수록, 이 기회에 빨리 이야기를 꺼내야 한다는 생각에 조바심이 쳐졌다.

"요즘 젊은애들, 무서운 걸 도대체 알아야지. 내가 당했던 이야기를 그렇게 해줘도 공산주의 무서운 걸 모르더란 말이야. 애들이 말이야…… 오, 미스 방. 이쪽으로 가져와."

최만열씨는 우두커니 홍범표 사장을 바라보고 있었다. 고향…… 빨갱이…… 최만열씨는 찻잔을 드는 홍범표 사장의 얼굴에서 이제는 옛날을 발견할 수 없었다. 홍범표 사장 역시 주눅든 최만열씨의 얼굴에서 그 과거를 읽어내지 못했으리라.

"우리 때도 거 빨갱이들에게 얼마나 당했댔어. 생각만 해도…… 참, 그런 점에서는 아마 자네도 남에게 빠지지 않을걸. 땅들을 다 빼앗겼으니까 말이야."

홍범표 사장은 말을 마치고는 목을 뒤로 젖힌 채 과장되게 웃었다. 그 지주 아들이 지금 저런 몰골로 자신의 앞에 앉아 있다는 것이 한편으로는 얼마나 그의 빛나는 성공을 이야기해주는 것인지, 홍범표 사장의 기분은 더할 수 없이 유쾌했다.

"글쎄 자네도 생각해봐. 내가 아직 니북에 있었다믄은 오늘의 홍범표가 있었겠느냔 말이야. 어제도 노사협상인지 뭔지 하는 자리에서 말이야, 쟁의부장인지 뭔지 ── 이런 감투는 지네들끼리 정해놓은 건데, 이놈들 우리 회사의 장자 자리에 있는 사람들은 다 원수삼으면서 지네들도 무슨 부장, 무슨 부장, 웃기지도 않는다고. 어쨌든…… 녀석이 자신들이 얼마나 가난하게 사는지에 대해 말을 하려 하더라구. 자네야말로 잘 알겠지만 나보다 더 가난하게 산 사람 있으면 나오라고 해. 내가 그랬더니 이 자식들이 꼼짝을 못하는 거야. 그래 내가 그랬지. 니들도 나처럼 피나게 부지런히 일하라고 말이야. 그 가난했던 나도 이렇게 성공하지 않았느냐, 부지런하고 똑똑한 사람 키워주는 이 사회가 얼마나 고맙냐고 말이야. 근데 문제는 말이야, 이놈의 빨갱이자식들이 내 말을 안 믿는 거야. 평생 속아만 살아왔냐고 내가 호통을 치니까, 그렇다는 거야, 글쎄. 그래 내가 그러지 않아도 사람은 그저 긍정적인 인생관을 갖는 게 중요하다고 그렇게 누차 이야기를 해도, 안돼. 걔들은 맘보가 애초에 비뚤어져 있어…… 아니, 그런데 자네 왜 그런가. 어디 불편한가?"

자신의 말에 도취해 있던 홍범표 시장은 그제야 최만열씨의 낯빛이 창백해졌다는 것을 깨달았다.

최만열씨는 아니라고 손을 내저었다. 하지만 속이 메슥거렸다. 구역질이라도 하고 싶었다. 최만열씨는 구역질을 가라앉히려고 잠시 눈을 감고 크게 심호흡을 했다. 그러자 조금 편안해져왔다. 그러나 그 편안함 속으로 또다시 자맥질하듯 옛일들이 떠올랐다.

근 한달째 미친 듯이 폭격이 계속되고 있었다. 최씨네 집도 그 폭격에 뒤채와 사랑채가 부서진 지 오래였다. 그의 집 안채 사랑채를 임시 사무실로 쓰던 막내고모부가 사람들과 함께 어디론가 가버린 후, 국방군이 양키들과 함께 이리로 올라오고 있다는 소문만이 기분 나쁜 정적을 타고 낮게 퍼지고 있었다. 학교에서는 학생들이 혈서를 쓰고 의용군에 입대를 시작하고 있었다. 막내고모의 아들인 그의 고종사촌도 그런 경우였는데, 그는 떠나기로 결심을 하고 조모 박씨에게 인사를 드리기 위해 최만열씨의 집으로 찾아왔다. 아마 그 다음날 조모 박씨가 전쟁중이라는 위험을 무릅쓰고 최만열씨에게 남행을 강행하게 한 데에는 이 고종사촌의 입대가 큰 작용을 했을 거라고 최만열씨는 생각한다. 해방후 이듬해 하나밖에 없는 아들을 여읜 조모로서는 삼대독자인 손주마저 군대에 보낸다는 것은 꿈에도 상상할 수 없는 일이었을 것이다.

사촌은 할머니에게 인사를 드리고 나서 최만열씨의 방으로 그를 찾아왔다. 일제 때부터 운동이니 독립이니, 가막소에 들락거리던 딸과 사위를 외면한 지 오래던 할머니가 스스로 전쟁터에 나가려는 외손주를 못마땅하게 대했을 것은 틀림없지만 사촌은 별로 개의치 않는다는 듯 밝은 얼굴이었다. 오히려 내일 전장에 나가는 것처럼 초조했던 것은 최만열씨였다. 마을의 젊은이들이 하나둘 전쟁터로 떠났으므로 그는 심한 불안을 느끼고 있었다. 지주의 아들이었기에 갖는 열등감과 합쳐져 그것은 최만열씨를 더욱 주눅들게 했던 것이다.

"정말 싸우러 나갈 거야?"

최만열씨는 사촌이 능히 그럴 것이라는 것을 알면서 말을 꺼냈다.

"그럼. 겨우 찾은 조국을 양키놈들에게 또 빼앗길 수야 있간?"

사촌의 얼굴에는 왠지 모를 자신감이 넘치고 있었다. 아니, 그것은 어쩌면 기쁨 같기도 했다. 놀이가 아니고, 진짜 사람이 다치고 죽고 피를 흘리는 전쟁터로 향하면서 열일곱살짜리 소년이 그런 태도를 보인다는 것은 정말 경이로운 일이었다. 최만열씨는 손마디를 툭툭 꺾다가 책상을 열고 서랍 깊숙이 넣어둔 만년필을 꺼냈다. 최만열씨의 아버지가 예전에 만주에서 가져다준 미제 만년필이었다. 사촌이 예전에 그것을 몹시 탐내던 것이 기억난 때문이었다. 사촌에게 그 만년필을 내밀면서 최만열씨는 문득 이것이 마지막이구나 하는 것을 느꼈다.

"……이거 갖고 싶어하지 않았네?"

의아해하는 사촌을 보고 최만열씨가 말했다. 사촌의 얼굴에는 환한 미소가 떠올랐다. 그러고는 종이를 한장 가져다가 이것저것 써보기도 하고 안주머니에 꽂아보기도 하는 것이었다. 최만열씨는 왠지 자신이 사촌에게 빼앗겼던 무엇을 되돌려주는 듯한 흐뭇함을 느꼈다. 만주에서 잡혀온 막내고모부의 옥바라지를 위해 고모가 서울에 가 있는 동안 최만열씨네 집에 기거하던 사촌에게 언제나 인색하던 할머니를 생각한 때문이었다. 아니, 늘 넘치게 많은 것을 가지고 있었으면서 사촌에게 그것들을 선뜻 내어주지 못했던 자신을 부끄러워하게 되어서인지도 몰랐다.

"하지만 이제 이런 것들이 다 무슨 소용이겠네? 받은 걸루다 생각할게."

사촌은 아쉬운 표정을 삼키며 그에게 다시 만년필을 내밀었다.

"왜, 양키들이 만든 거이라 그러네?"

최만열씨의 조심스러운 물음에 사촌은 얼핏 웃었다. 최만열씨는 사촌의 웃음을 피하면서 이 동갑내기 사촌에게 왠지 모를 열등감을 가졌다. 시대적인 분위기 탓도 있었겠지만 사촌에게서 풍겨나오는 어떤 의연함 같은 것이 그를 그렇게 만든 것이었다.

"양키들이 나쁘지 물건이야 무슨 죄가 있간? 잘 챙겨두었다가 전쟁 끝나믄은 그때 주라."

사촌은 웃으며 말했다. 최만열씨는 만년필을 만지작거리며 잠시 망설이다가 어려운 이야기를 꺼냈다.

"난 여기 오래 못 있을 것 같애…… 아무래도 할머니는 날 서울 큰누이에게 보내실 모냥이야. 이제 국방군이 온다는 소식도 있고…… 아마 국방군이 이리로 오면 난 서울로 가게 되겠지……"

그것은 조모와 최만열씨만이 알고 있는 비밀이었다. 다시는 사촌을 만나지 못할 것 같은 서운함에, 그리고 어쩌면 적이 될지도 모른다는 두려움을 느끼며 최만열씨는 사촌에게 그 비밀을 털어놓은 것이었다.

"그러믄은 고향을 버리겠다는 거이가?"

사촌의 얼굴에는 심한 놀라움이, 이어 약간의 서글픔 같은 것이 떠올랐다.

"아니야, 돌아와야지. 통일이 되믄은……"

최만열씨는 잡고 있던 사촌의 손을 슬그머니 놓으며 말했다.

"어떤 통일? 양키들이 북쪽까지 모두 점령하는 통일?"

사촌의 얼굴에는 약간의 경멸감마저 어려 있었다. 최만열씨는 말을 꺼낸 자신을 후회하며 머뭇거렸다.

"아니, 그런 건 아니구…… 모르겠어. 할머니는 내가 조상님들께서 물려주신 것들을 지키기를 원하셔…… 마지막 것까지 다 빼앗기기 전에."

"빼앗기기 전이라구?"

사촌의 얼굴이 심하게 일그러졌다. 최만열씨는 오늘 같은 날 꺼내서는 안될 이야기를 꺼냈다는 것을 확실히 깨달았다. 그러면서 그는 이 동갑내기 사촌과 자신 사이에 놓인 한없이 견고한 벽을 느꼈다.

그때 문밖에 홍범표가 와서 할머니가 최만열씨를 부른다는 말을 전했다. 사촌은 잠시 생각에 잠긴 얼굴을 짓다가 말했다.

"나는 네가 할머니나 돌아가신 외삼촌하고는 다른 줄 알았다. 우리가 아무것도 빼앗지 않는다는 것은 네가 더 잘 알고 있잖네? 우리는 단지 지주들에게 넘치는 것들을 거두어갈 뿐이었어. 자신들이 예전에 모든 것을 강탈해갔던 그 소작농들처럼 굶지도 않으면서, 더구나 자신들의 재물이 자신들 노동의 정당한 댓가도 아니면서 지주들은 늘 빼앗긴다고 엄살을 부렸지. 아마 곳간에 썩어나도록 그득한 재물이 있어야 안심을 할 거야."

마지막 말에는 최만열씨도 마음이 상할 수밖에 없었다. 사촌도 휭허케 일어나 갈 채비를 차렸다. 최만열씨는 땅을 빼앗기던 무렵의 일들을 기억했다. 토지개혁이라는 이름이었다. 그 때문에 몸져누우셨던 할머니도 생각했다.

"그렇다고 우리가 준 것도 아니었잖아?"

"주도록 하는 분위기를 만들었을 뿐이야. 기렇게 하지 않으면 아마 더 빼앗으려고 들었을걸."

사촌은 약간 빈정거리는 듯했다. 최만열씨는 일어서려는 그의 옷자락을 붙들었다.

"너희는 왜 우리 지주출신들을 미워하네? 그리구 네 눈에는 내가 사촌이 아니라 지주로만 보인단 말이네?"

정말로 섭섭한 마음이 들어서 최만열씨는 거의 울먹이고 있었다. 일어서려던 사촌은 다시 그 자리에 앉았다. 작별인사를 하러 와서 그런 식으로 헤어지려던 자신을 옹졸하게 느낀 모양이었다.

"……기렇지 않은 거 네가 더 잘 알잖네. 우리는 새로운 사회를 만들려고 해. 우리는 다만 지주를 지주이게 했던 것들을 미워할 뿐이야. 그건 다수의 굶주림을 전제로 한 것이었으니까. 곳간에서 재물이 썩어갈 때 함께 썩어가던 그들의 양심을 미워할 뿐이란 말이야. 그 재물을 잃지 않으려고 일제에까지 아부를 해야 한 그 욕심을 탓하는 거이지. 내가 개인적으루다 너나 외할머니를 미워할 이유가 뭐가 있갔네?"

말을 하는 사촌의 눈에서 눈물이 반짝였다. 헤어진다는 것, 서로 반대편의 땅과 삶을 위해 떠난다는 것이 둘의 마음을 압박해왔다.

둘 다 잠시 말이 없었다. 격앙되었던 감정의 물결이 지나가고 둘의 눈이 잠시 마주쳤다. 둘은 누가 먼저랄 것도 없이 픽 하고 웃음을 터뜨렸다.

"……우린 꼭 다시 만나게 될 거야."

"몸조심하라. 부디……"

둘은 굳게 악수를 나누고 방을 나섰다. 홍범표는 아직 방문 앞에서 기다리고 있었다. 사촌은 다시 한번 최만열씨의 손을 굳게 잡으며 나지막이 속삭였다.

"저 사람을 조심하게. 가끔 아버지 일을 도와주기도 하는데…… 결코 믿을 사람은 아닌 것 같아."

사촌은 그렇게 떠났다. 최만열씨는 그날 이후 그 사촌을 만나지 못했다.

예상 외로 조모는 그날 밤 최만열씨를 불러 바로 짐을 챙기라고 말했다. 조금만 더 기다렸더라면 국군이 그곳을 점령했을 것이고 최만열씨 역시 그때 그런 모험을 하지 않았어도 좋았겠지만, 그런 위험천만한 모험을 손자에게 감행시킬 만큼 조모는 다급해했다. 그것은 아마 전쟁터로 끌려가느냐, 도망을 치느냐의 양결단을 누군가 할머니에게 강요하는 듯한 부담을 느꼈기 때문일 것이다.

다음날 아침 그는 아직 어두운 새벽녘에 이미 오래전 별채로 쫓겨난 조모의 방으로 건너갔다. 조모는 방안을 서성이고 있다가 그가 들어오는 것을 보자 자리에 앉았다. 희미한 여명 속에서 가늘게 떨고 있는 조모의 얼굴은 하룻밤 사이에 십년은 더 늙은 것 같았다. 그는 할머니 앞에 단정히 꿇어앉았다. 조모는 옷장 속에서 반두루마기와 전대를 꺼냈다. 그는 그것을 집어들었다.

솜을 넣은 두루마기 속에서 묵직하고 자잘한 감촉이 느껴졌다. 조모는 방 밖에 인기척이 있는지 잠시 살피고 나서 낮은 목소리로 말했다.

"이 안에 있는 것은 금붙이들이다. 큰누이를 만나거든 반은 맡기고 나머지 반은 네가 간수해야 한다. 설사 큰누이를 만나지 못한다 해도 일단 배는 곯지 않을 거이다. 그곳에서는 아직도 이런 보석들이 쓸모 있을 테니까."

그는 보석이 든 전대를 허리에 단단히 졸라매고 반두루마기를 입었다. 조모는 이 전쟁과 격변의 와중에서 목숨을 걸고 그 보석들을 지켰고 이제 그 보석들이 남한땅에서 그녀의 하나밖에 없는 손자를 지켜주리라 굳게 믿었던 것이다. 조모는 그에게 아침을 먹이고 따로 싸둔 주먹밥꾸러미를 챙겨주었다. 큰어머니, 그러니까 큰누이의 생모가 그에게 큰딸의 주소를 적은 쪽지를 내밀었고 마지막으로 조상님들과 부친의 제삿날을 한번 더 기억하게 한 후 조모는 그를 떠나보냈다.

집 대문을 나서면서 그는 뒤를 돌아보았다. 희미한 새벽빛에 묻힌 집은 마치 과거의 망령처럼 보였다. 이제 그가 떠나면 그 집에는 할머니와 며느리, 그리고 폭격으로 다리를 다친 홍서방네 식구들만이 남게 될 것이다. 그는 애써 고개를 돌리고 소매로 눈물을 한번 훔쳐내면서 조만간 돌아와 다시 저 집을 일으켜세우리라 마음먹었다. 이 보석들만 잘 지켜낸다면 그것은 시간문제일 것 같았다. 그는 콧속으로 맵싸하게 퍼져오는 찬 새벽공기를 들이켜며 걸음을 재촉했다.

"어딜 가시나?"

논둑 저 건너편에서 누군가 그를 불렀다. 홍범표였다.

최만열씨는 손에 든 주먹밥꾸러미를 얼른 뒤로 감추었다. 그러나 최만열씨의 곁으로 다가온 홍범표는 모든 것을 다 알고 있다는 표정을 지었다. 최만열씨의 얼굴이 딱딱하게 굳어갔다.

"뭐, 그리 떨 거이는 없는데……"

범표는 나뭇가지 하나를 툭 꺾어서는 들고 있던 주머니칼로 그것을 날카롭게 깎았다.

홍범표는 원래 최만열씨 집의 머슴인 홍서방의 의붓자식이었다. 사람 좋은 홀아비 홍서방이 어느날 마을 어귀에 쓰러져 있는 여자와 그의 다섯살 난 아들을 데려다 식구로 삼으면서 홍범표는 최만열씨 집에 살게 되었던 것이다. 그의 어머니는 은율사람이란 것 외에는 거의 알려진 것이 없었는데 늘 범표에게서 회초리를 떼지 않았다. 그의 어머니로서는 범표가 올바르게 자라주기를 바라는 마음에서 그랬겠지만 범표는 나날이 비뚤어져갔다.

왜정 때 범표는 마을 순사의 심부름을 해가며 눈치껏 돈을 타쓰고 다녔다. 마을사람들의 손가락질이 심하면 심할수록 범표는 더욱 노골적으로 이웃들에게 적의를 보이곤 했다. 가끔 장이 서는 날 읍내에 가보면 술집 마당에 멍석을 깔고 잠을 자거나 노름꾼들 사이에서 잔심부름을 해주면서 술과 안주를 집어먹는 범표의 모습을 쉽게 볼 수 있었다. 어린아이 싹수가 저 정도면 볼일 다 보았다고 마을사람들은 혀를 찼지만 범표의 어머니는 더이상 매를 들지 않았다. 병이 들어 곧 죽었던 것이다.

최만열씨는 허리에 찬 전대를 본능적으로 움켜잡으며 한걸음 뒤로 물러섰다. 홍범표는 잠시 생각에 잠기는 눈치였다. 최만열씨는 재빠르게 말했다.

"해주 사는 막내누이네 다니러 가는 길이야."

"기래…… 거 잘됐군. 나도 해주까지 가는 길인데."

홍범표는 알 듯 모를 듯한 웃음을 지으며 앞장을 섰다. 최만열씨는 갑작스러운 범표의 출현에 몹시 난감했다. 어떻게든 범표를 따돌려야 한다는 생각이 들었으나 방법이 떠오르지 않았다. 최만열씨는 바싹바싹 타들어가는 입술을 깨물며 그의 뒤를 따르다가 동구 밖까지 왔을 때 범표를 불러세웠다.

"먼저 가라…… 난, 난 이웃마을 동무에게 들렀다 가겠어."

범표는 그때 대답 대신 가래침을 길게 뱉었다. 멀리 나뭇가지에서 까마귀 몇마리가 푸드득 날아올랐다. 이른 새벽 인적이 없는 마을을 다시 돌아보며 최만열씨는 문득 한기를 느꼈다. 소리쳐도 아무도 달려와줄 수 없다는 생각이 문득 들었던 것이다.

"……기냥 가는 게 어때? 난 널 따라갈 생각으로 집을 나왔어. 날 떼어놓을 생각은 마라."

"난, 해주 누이네 집에 댕기러 가는 길일 뿐이야."

범표는 깎고 있던 나뭇가지를 멀리 던지더니 주머니칼을 최만열씨의 허리춤을 향해 겨누었다. 정확하게 보석이 있는 곳이었다. 최만열씨의 입술이 하얗게 변하는 것을 보자 그는 횅허케 몸을 돌려 앞장서 가기 시작했다. 최만열씨는 허리춤에 찬 전대를 잔뜩 의식하며 홍범표의 뒤를 따라갔다. 마치 범표와 자신이 보이지 않는 끈으로 연결되어 있고, 그 고삐는 홍범표가 쥐고 있는 것 같았다.

여기저기 폭격에 파인 웅덩이들에 썩은 물이 고여 있었다. 어떤 곳은 간밤에 폭격을 당했는지 시체들이 널린 곳도 있었다.

"이번에 죽은 놈들이 지주새끼들이면 좋을 텐데."

기와집이 부서져내린 곳에 엎어져 있는 시체들을 보자 범표는 침을 뱉으며 말했다.

　최만열씨는 이제 월남을 기도하다가 자신이 저런 모습으로 죽는다 해도 범표가 저런 표정을 짓는다 생각하니 가슴이 오싹해왔다. 아까 범표가 주머니칼로 자신의 허리를 겨눈 것은 무엇을 뜻하는지. 최만 열씨는 덜컥 겁이 나서 숲 사이로 도망치고 싶다는 생각을 했다. 그러 나 힘이 세고 재빠른 범표가 그를 잡지 못할 리가 없었다. 그는 전대 에 있는 보석을 얼마만큼 범표에게 나누어주고 돌아가달라고 애원을 해볼까도 생각했다. 그러나 그것은 어리석은 일이 될 것이었다. 보석 이 있다는 것을 알면 범표는 결코 '얼마간'에 만족하지는 않을 것이기 때문이었다.

　범표는 돌아갈 생각을 하지 않았다. 둘은 해주를 지나 어느 산간의 빈 초막에서 밤을 맞았다. 그의 몫으로 넉넉했던 주먹밥도 범표와 둘 이 나누어먹으려니 하루치로도 모자랐다. 최만열씨는 빈 초막에서 배 고픈 생각을 잊고 잠을 잊으려 뒤척였다. 차가워진 가을바람이 낡은 거적 속으로 밀려들었다. 두고 떠나온 집 생각과 앞으로 닥칠 일들을 생각하고 있는데 범표의 손이 느닷없이 그의 허리춤으로 들어왔다. 그는 벌떡 일어서서 범표를 노려보았다. 어둠 때문에 범표의 표정은 보이지 않았지만 최만열씨는 범표가 빙긋이, 그 특유의 잔인한 웃음 을 짓고 있다는 생각에 몸을 떨었다.

　"아직 안 자구 있었구만."

　어둠속에서 범표는 태연히 말했다. 최만열씨는 덜덜 떨려오는 이빨 을 악물고 의연해지려고 노력했다. 이 산중에서 자신이 얼마나 불리 한 위치에 있는지를 그는 잘 알았다. 설사 범표가 폭력을 직접 휘두르 지 않는다 해도, 가까운 마을로 내려가 여기 월남하려는 반동을 하나 찾아냈어요 하고 소리치면 그뿐일 것이었다.

"느이 할머니가 네 몸에 간수한 걸 잘 지켜달라고 나보고 신신당부를 하길래……"

범표는 허리춤에서 궐련을 하나 꺼내물고는 그에게도 하나를 내밀었다. 최만열씨는 멈칫 뒤로 물러나 앉으며 고개를 저었다. 비웃는 듯한 범표의 웃음소리가 산막으로 울렸다. 최만열씨는 두 손으로 무릎을 모으고 앉아 생각했다. 할머니께서 그런 말씀을, 더구나 범표에게 했을 리는 없었다. 그리고 보니 아까 할머니 방에서 나올 때 인기척을 느낀 것 같기도 했다. 그는 밤새 눈을 붙이지 못하고 있다가 범표의 코고는 소리가 높아진 새벽녘에야 깜빡 잠이 들었다. 화들짝 깨어 일어났을 때, 범표는 개울가에서 세수를 하고 움막으로 들어서고 있었다. 최만열씨는 아직 자신이 살아 있다는 사실에, 그리고 아직 허리춤의 전대가 무사하다는 생각에 안도를 하고는 숨을 크게 내쉬었다. 범표는 선 자세 그대로 최만열씨를 내려다보며 주머니칼을 다시 꺼내서는 그것을 초막의 흙벽에 던졌다. 칼은 재빠르게 날아가서 흙벽에 꽂혔다. 마른 흙부스러기가 우수수 떨어져내렸다.

"어때? 난 네가 보석들을 감당하기에는 아직 너무 어리다구 생각하는데…… 더구나 앞으로 무슨 일이 일어날지도 모르는 일이고…… 나한테 맡기라. 국방군들이 점령한 지역으로 가믄 내 고스란히 돌려줄게."

범표는 담담한 표정으로 말했다. 잠시 벽에 꽂힌 주머니칼을 바라보다가 최만열씨는 고개를 저었다. 범표는 최만열씨에게로 바싹 다가와 앉았다. 최만열씨는 앉은 자세에서 엉덩이를 뒤로 끌어 물러났다. 차고 딱딱한 흙벽의 냉기가 등을 타고 흘러내렸다. 범표는 주머니칼로 그를 찌르고 보석을 빼앗아 달아날지도 몰랐다. 그렇다면 나도 가만히 있지는 않으리라. 최만열씨는 한뼘 정도 떨어져 있는 돌멩이 하나를 눈여겨보았다. 그러나 범표의 반응은 의외였다.

"기리타믄 좋아. 우리 둘이서 보석을 반씩 나누어 차자. 어때? 그래야 둘 중의 하나가 혹시 누군가에게 보석을 빼앗긴대도 반은 남는 것 아니갔어?"

최만열씨는 잠시 생각에 잠겼다. 여기서 비명 한번 못 지르고 죽느니 차라리 범표에게 보석의 반을 빼앗기는 편이 현명한 일이었다. 더구나 범표는 아직 두루마기 속에 꿰매어진 보석들에 대해서는 눈치를 채지 못한 것 같았다. 최만열씨는 하는 수 없이 그러마고 했고, 단단히 둘러맨 전대를 풀기 위해 조심스레 두루마기를 벗었다. 전대를 허리에서 풀려고 하는데 범표가 벗어놓은 두루마기를 재빠르게 집어들었다. 최만열씨는 순간적으로 놀라 홍범표가 들고 있는 두루마기를 잡으려 했다. 범표는 두루마기를 쓸어내리면서 무슨 감촉을 느꼈다는 듯이 손짓을 멈추고 빙그레 웃었다.

"기라믄 기렇지. 그 늙은 여우 같은 할망구가……"

여우라는 것이, 그 늙은 할망구라는 것이 자신의 조모를 가리키는 말이라는 데 대한 불쾌함 같은 것은 따질 겨를도 없었다. 최만열씨는 흙벽에 꽂힌 주머니칼이 내뿜는 반짝이는 살기를 느꼈고, 이어 숨을 틀어막듯 죽음의 공포가 밀려들었다. 범표는 들고 있던 두루마기를 최만열씨의 얼굴에 들이대었다.

"아직 얼음두 안 얼었는데 웬 두루마긴가 했지."

범표는 전대를 통째로 빼앗아 제 허리춤에 단단히 묶고는 일어섰다. 이렇게 하면 공평하게 반반씩 나눈 것이 아니냐는 투였다. 최만열씨는 할 수 없이 범표를 따라 일어섰다.

그러고는 며칠이 지났다. 국군 점령지역까지는 걸어서 하루의 거리도 안되는 곳이었지만 전방에 가까워올수록 심한 폭격과 감시 때문에 새벽녘에야 조금씩 걸을 수 있었으므로 남행은 매우 지연되고 있었다. 사실 그때 범표와 함께 있지 않았더라면 그는 거기서 죽었을지도 몰랐다. 어떤 집에서 먹을 것을 훔칠 수 있는지, 그리고 들판의 것들 중 무엇을 먹을 수 있고 없는지에 대해 범표는 어느 모로 보니 최만열씨보다 나았다.

그리하여 거의 접전지역에 다다랐을 때였다. 어느 새벽녘 최만열씨는 덤불에서 범표와 함께 기어나와 마을 쪽으로 내려갔다. 그때 가까운 새벽하늘에서 난데없는 폭음이 들려왔다. 그와 홍범표가 하늘을 바라보았을 때, 이미 귀청을 찢는 듯한 폭음이 울리고 있었다.

깨어보니 그는 구덩이 속에 누워 있었다. 가슴이 답답한 것은 그의 위에 누워 있는 시체들 때문이었다. 그는 선지피를 뒤집어쓴 채 기어이 그 구덩이를 나왔다. 자신이 쓰러진 곳은 분명 마을 어귀였는데 지금 자신이 빠져나온 구덩이는 마을 한가운데에 있는 것을 보면 누군가가 자신을 그리로 옮겨놓은 듯했다. 그는 제 몸을 둘러보았다. 팔다리, 얼굴, 쓰리고 아픈 곳이 많았지만 크게 다친 곳은 없는 듯했다. 겨우 구덩이 밖에서 몸을 추스르던 그는 다시 쓰러졌다. 몽롱해오는 의식 속에서 그는 다시 두루마기를 더듬었다. 없었다. 홑저고리뿐이었다. 두루마기도, 그 안에 꿰매어진 보석도, 그리고 그가 찾아가려던 이남의 단 하나의 혈육인 누이의 주소도 모두 사라져버린 것이었다.

6

다시 전화벨이 울렸다. 홍범표 사장은 전화를 받으며 흡족한 미소를 지었다. 최만열씨는 과거나 회상하고 있을 만큼 자신의 처지가 한가한 것이 아니라고 마음을 다져먹었다. 홍범표 사장이 그에게까지 호의적인 태도를 보이는 것은 그다지 자주 있는 일이 아니었다. 보석 애기를 한다면 지금이야말로 절호의 기회가 아닐 수 없었다.

무슨 애기부터 꺼낼 것인가. 최만열씨는 오래전부터 어떻게 하면 조리있게 보석 애기를 꺼낼 것인가를 궁리해왔다. 그리고 마누라가 집을 비운 사이 거울 앞에 서서 중얼중얼 연습까지 해보았다. 여보게, 보석을 돌려주게. 나는 그것이 꼭 필요하단 말일세. 거울 속의 사내도 애처로운 표정을 짓고 있었다. 그 보석은 원래 내 것이 아니었나. 자네가 빼앗지 않았나. 거울 속의 사내도 꼭 그렇게 주장하고 있었다. 이 대목에 이르면 최만열씨는 "지주들은 늘 자기가 빼앗긴다고 엄살을 부리지" 하던 사촌의 말이 떠올라 약간 당혹해야 했다. 그러나 지금의 최만열씨는 지주도, 최부자댁 도련님도 아니었다. 지금 그의 처지를 본다면 사촌도 최만열씨가 엄살을 부린다고 말하진 못하리라. 그러나 막상 홍범표 사장의 얼굴만 대하면 최만열씨는 모든 것이 뒤죽박죽되어버리는 기분이었다. 최만열씨는 홍범표 사장이 전화를 받는 사이 말문을 열 궁리를 하느라 얼굴에 열이 오를 지경이었다. 최만열씨는 보석을 잃고 남에 내려온 그가 겪어야 했던 고생과 불행에 대한 애기부터 꺼내는 것이 좋겠다고 마음을 먹는다. 거지의 몰골로 밥을 얻으러 다니던 시절, 쓰레기통과 깡통을 집과 밥그릇 삼아 떠돌아야 했던 시절. 재건대원, 청소부, 나뭇단장수, 선지장수……

"그래? 끌고 갔어? 그래, 별일은 없었고? ……그래, 잘했어. 이제
부터는 애들한테 집중적으로 이야기를 해. 걔들이 빨갱이고 전과자라
는 걸…… 무슨 밥통 같은 소리야? ……감옥에 보낸다고 위협을 해.
빨갱이에게 동정을 보내는 건 간첩이 할 짓이라고 말야. ……그래,
그리고 김전무에게 연락해서 애들 어디 야유회라도 데리고 갈 계획을
세워봐. ……그래."

홍범표 사장이 전화를 끊자, 최만열씨는 아슬아슬한 심정으로 그를
쳐다보았다. 전화통화를 통해 그의 기분이 다시 나빠져버린 것은 아
닐까 걱정이 되었기 때문이다. 다행히 홍범표 사장의 표정은 밝았다.
그는 십년 묵은 체증이 내려갔다는 듯이 호쾌히 외쳤다.

"건방진 것들 같으니, 감히 누구 회사에서 노동조합을 결성해! 내
가 피땀 흘려 번 돈을 한푼이라도 빼앗길 것 같애?"

홍범표 사장은 '피땀 흘려 번 돈'이라는 대목에서 특히 억양을 높였
다. 나는 바늘로 찔러도 피 한방울 안 나올 놈이다. 홍범표 사장의 말
은 은근히 최만열씨를 겨냥한 것이었다. 그러나 조금 둔한 편인 최만
열씨로서는 그저 홍범표 사장의 기분이 나빠지지 않은 것만 다행스러
워 얼결에 맞장구까지 치고 나왔다.

"거 참, 일이 참 잘되었구만."

눈치없는 사람을 상대하는 일만큼 피곤한 일도 없었다. 홍범표 사
장은 자신의 겨냥이 빗나가자 최만열씨에 대해 공연히 부아가 치밀
었다.

"여우하고는 살아도 곰하고는 못 사는 법이지……"

홍범표 사장은 저 작자를 빨갱이로 몰아붙일 수만 있으면 얼마나

좋을까 생각하고 중얼거렸다. 그러나 아무리 뜯어봐도 최만열씨는 멍청하고 눈치없는 곰퉁이 이상이 아니었다.

"그럼!"

최만열씨는 아무 뜻도 모르는 채 또 한번 홍범표 사장의 비위를 맞추기 위해 맞장구를 쳤다. 홍범표 사장은 어처구니가 없어 끌끌 입맛을 다셨다. 이쯤 해서 얘기를 꺼내야지. 최만열씨는 입안이 바짝바짝 타는 기분이었다. 담배생각이 간절했지만 홍범표 사장의 기분을 상하게 해서 좋을 것은 없었다.

"나도 월남해서 참 고생 많이 했지."

애써 궁리한 끝에 최만열씨는 밑도끝도없는 말을 불쑥 끄집어냈다. 최만열씨로서는 홍범표 사장의 '피땀 흘려'라는 말에 착안한 것이었지만, 홍범표 사장은 무슨 홍두깨 같은 소리냐는 듯이 최만열씨를 흘겨보았다. 구질구질한 신세타령을 듣느라 모처럼의 흔쾌한 기분을 망치고 싶지 않았던 홍범표 사장은 자리를 뜨는 것이 상책이라 판단했다.

"월남해서 가진 것은 없고 당장 먹고살기 위해……"

버스 안에서 구걸을 하는 아이의 대사처럼 최만열씨가 중얼중얼 서두를 꺼내는 판에 홍범표 사장은 시계를 들여다보더니 벌떡 일어서서 양복 윗도리를 걸쳤다.

"난 나가봐야 되겠네. 점심약속이 있어놔서."

홍범표 사장은 책상 위에 어지러이 놓인 서류들을 정리하며 최만열씨에게 말했다. 말이 동강 끊겨버리자 최만열씨는 그만 민망한 생각이 들어 얼굴이 벌게졌다. 그러나 민망하고 말 문제가 아니었다. 오늘도 보석 얘기를 못 꺼내면 막내 형철이에게 대학을 포기하라고, 공부를 잘해도 아무 소용이 없다고 말해야 할 판이었다. 최만열씨는 울고 싶은 기분이었다. 어떻게 해서든 말을 다시 이어야 했다. 최만열씨는 주머니에서 주섬주섬 담배를 찾아 물었다.

"그래서 하는 수 없이 동냥을 시작했지 뭔가."

"그래?"

서류를 정리하는 홍범표 사장은 심드렁하게 받았다. 그러고는 개인 캐비닛으로 가서 무엇인가를 뒤적거렸다. 최만열씨는 홍범표 사장을 따라 고개를 백팔십도 돌렸다.

"그 비참함이라니! 고향 최부잣집 아들이 그 고생을 하게 될 줄 누가 알았겠나?"

홍범표 사장은 아예 최만열씨의 얘기를 듣고 있지도 않은 것 같았다. 그는 나갈 채비를 차리기 위해 책상에서 캐비닛으로, 캐비닛에서 책장으로 분주히 오락가락했고, 최만열씨의 고개도 홍범표 사장을 따라 뱅글뱅글 돌았다.

——뭐라꼬요. 뜸을 들여요? 헹님, 세상 헛 살았소. 아, 그런 놈이믄 헹님 계산대로 뜸이 들여질 것 같소? 도둑놈들헌티는 몽둥이가 약인 기라예. 그저 멱살을 잡아갖고는 이 도둑놈의 자석아, 내 보석 내놓아라 이라믄서…… 그리 소심해갖고 무슨 놈의 일이 되겠십니꺼?

황씨는 홍범표 사장을 패대기를 치는 시늉까지 해가며 열을 냈다. 하긴 그의 말이 옳았다. 멱살을 잡을 용기도 없으면서 찾긴 개뿔을 찾아? 최만열씨는 안타까운 심정으로 애써 외운 대사를 끈기있게 계속해나갔다.

"밑천이나 있었다면 장사나 해보련만, 어디 내가 지닌 돈이 있어야지……"

갑자기 홍범표 사장이 우뚝 멈추어서더니 최만열씨를 노려보았다.
이크, 이제 됐구나. 최만열씨는 속으로 쾌재를 불렀다. 홍범표 사장으
로 하여금 보석 일을 환기시키는 데 성공했다고 생각한 최만열씨는
다음 대사를 추슬렀다.
"만일 그때 고향에서 가지고 온……"
그때 갑자기 홍범표 사장이 버럭 소리를 질렀다.
"자네 이게 무슨 짓인가?"
최만열씨는 홍범표 사장의 지나친 반응에 내심 뜨끔했으나, 이미
그 정도의 사태쯤은 예상한 것이었다. 최만열씨는 마음을 모질게 다
져먹었다.
"물론 자네를 괴롭힐 생각은 추호도 없네."
"무슨 소리야. 자네는 벌써부터 나를 괴롭히고 있었어."
"나는 단지……"
그러나 최만열씨의 생각과는 다르게 홍범표 사장이 노려보고 있는
곳은 최만열씨의 발밑이었다. 최만열씨도 무심결에 발밑을 내려다보
았다. 연둣빛 카펫 위에 시커먼 담배의 재가 상처처럼 긁혀 있었다.
얘기에 열중하던 최만열씨가 무심결에 담배꽁초를 바닥에 떨구어 발
로 으깨고 있었던 것이다.
"자네, 저번부터 내가 주의를 주지 않았나?"
홍범표 사장은 흥분한 듯 보였다. 최만열씨는 어쩔 줄 몰라하며 손
으로 검은 재를 이리저리 지우려 했다. 홍범표 사장은 잠시 최만열씨
가 가련한 생각이 들었다. 그러나 매듭을 지을 것은 어서 지어야 했
다. 기회는 늘 오는 것이 아니라는 걸 그는 잘 알고 있었다.
"이 카펫이 어떤 건 줄이나 아나? 벨기에에서 특별히 주문해온 거

네. 벨기에에서."

홍범표 사장은 이야기의 효과를 높이기 위해 몸소 카펫에 몸을 구부리고 안쓰러이 검은 자국을 들여다보았다.

"물어달라고는 안하겠지만, 더이상 여기 오지 말게. 솔직히 자네 땜에 내가 방해를 받는 일이 한두 가지가 아니네."

홍범표 사장은 난폭하게 수화기를 들더니 미스 방에게 차를 대기시키라고 지시했다. 사태가 이쯤 되자 최만열씨는 이미 자신이 해야 될 얘기가 완전히 빗나갔음을 깨달았다. 홍범표 사장은 그런 최만열씨를 힐끗 보고는 짐을 챙겨들었다.

"물어주겠네."

최만열씨가 다급하게 외쳤다. 홍범표 사장은 최만열씨의 뜻밖의 역습에 가슴이 뜨끔해졌다. 그러나 이내 그의 얼굴에는 여유있는 미소가 떠올랐다. 그는 어디 한번 구경이나 해보자는 얼굴로 최만열씨와 마주섰다.

"정말 물어줄 텐가?"

막상 홍범표 사장을 붙들어놓는 데 성공은 하였지만, 최만열씨는 다음에 할말이 떠오르지 않았다. 최만열씨는 눈을 껌벅거리며 멍청히 홍범표 사장을 바라보고 있었다.

"그래? 그럼 내 계산을 뽑아보도록 하지. ……하지만 자네의 처지로는 꽤 비싼 가격일 텐데."

홍범표 사장은 빙긋이 웃고 있었다. 짜릿한 통쾌함이 홍범표 사장의 전신으로 퍼져갔다. 이 보잘것없는 늙은이가 자신의 소년시절, 그토록 눈부시던 그 도련님이라니. 최만열씨는 아무 말도 할 수 없었다. 최만열씨는 시꺼멓게 그슬린 양탄자를 원망스레 내려다보며 얼어붙은 듯 서 있었다. 홍범표 사장은 미소를 지었다.

"그만두게. 같은 고향 사람끼리 이렇게까지 할 필요가 있겠나?"

홍범표 사장은 다시 문을 향해 걸어갔다. 최만열씨는 얼결에 다시 외쳤다. 지금의 순간을 놓친다면 정말 어떤 보석도 어떤 희망도 모두 잃어버릴 것 같은 심정이었다.

"물어주겠네. 그래, 물어주겠어. 대신 자네는 내 말을 들어주어야 하네."

홍범표 사장은 홱 돌아섰다.

"보석 얘기라면 하지도 말게."

놀란 것은 오히려 최만열씨 쪽이었다. 자신이 그토록이나 어렵고 어렵게 꺼내려던 얘기가 홍범표 사장의 입에서 불쑥 튀어나와버리자 최만열씨는 그만 말문이 막혀버렸다. 홍범표 사장에게는 네가 그래봐야 사십년이 지난 지금 어쩌겠냐는 배짱이었다. 오랫동안 속을 썩여왔던 노동조합 문제도 해결되었겠다, 이참에 최만열씨 문제도 분명히 못을 박아버릴 심산이었다. 이왕 최만열씨의 입에서 나올 얘기라면 선수를 치는 것이 상책이다,라고 홍범표 사장은 생각했던 것이다.

"그 보석은 나 역시 예전에 잃어버렸다네. 그리 알게."

"거짓말!"

최만열씨는 부르짖었다. 홍범표 사장은 얘기가 길어질수록 손해라는 사실을 잘 알고 있었다.

"자네가 거짓말이라고 생각한다 해도 할 수 없지. 어쨌든 자네가 그 보석 때문에 여태껏 날 찾아온 것이라면 이제부터는 여기 올 필요가 없네."

홍범표 사장이 딱 잡아떼는 바에야 최만열씨는 더 할말이 없었다.

최만열씨는 무엇인가 말해야 한다는 강박관념을 느꼈으나 아무 말도 떠오르지 않았다.

"뭐 더 할말 있나?"

홍범표 사장은 호기롭게 말했다. 최만열씨는 입안에 뱅뱅 돌던 말을 멍청히 내뱉었다.

"여보게, 보석을 돌려주게. 나는 그것이 꼭 필요하다네. 그것은 원래 내 것이 아니었나? 그것을 자네가 빼앗지 않았나?"

그러나 상대는 거울 속의 최만열씨가 아니라 홍범표 사장이었다.

"억지부리지 말게. 누가 자네 것을 빼앗았다는 거야? 우린 그 보석을 안전하게 가져오기 위해 나누어 지녔을 뿐이고, 자네나 나나 그것을 잃어버렸던 거야. 어쨌든 그 보석 얘기는 더 할 것도 없네. 나는 바빠서 이만 나가보겠네."

홍범표 사장은 문을 열려다 말고 힐끗 최만열씨를 돌아보았다. 그는 내친김에 오랫동안 하고 싶었던 말을 뱉어놓았다.

"따지고 보면 그 보석이 딱히 자네 것이었다고만 할 수도 없지 않나?"

홍범표 사장은 문을 꽝 소리나게 닫고 나가버렸다. 멍청히 서 있던 최만열씨는 담배를 한대 피워물었다. 보석을 찾겠다는 희망은 이미 와그르르 무너져버린 뒤였다. 아니, 따지고 보면 보석을 잃어버린 그 순간에 이미 그의 희망이 무너졌던 것이다. 최만열씨 자신은 보석을 지키기 위해 고향을 떠났고, 홍범표는 보석을 빼앗기 위해 고향을 떠났다. 최만열씨는 홍범표 사장의 사무실을 둘러보았다. 홍범표는 고향을 떠난 나름대로의 이유가 있었다. 그러나 최만열씨 자신은 왜 고향을 떠났던가? 최만열씨는 천천히 자리에서 일어났다. 홍범표의 말대로 그 보석은 자신의 것이 아니었는지도 모른다. 어쩌면 홍범표가 보석을 빼앗는 그 순간에 모든 일이 공평해졌는지도 모른다. 하지만 보석으로 인해 잃어버린 사십년의 세월은 어디서 보상받을 것인가? 최만열씨는 홍범표와 똑같은 이유로 그가 잃어버린 사십년의 세월을 보상받아야겠다는 결심을 굳혔다. 황씨의 말대로, 멱살을 붙잡고 이 도둑놈의 자석아, 훔쳐간 내 세월을 돌려도고, 이리 말할 작정이었다.

최만열씨는 홍범표 사장이 '피땀 흘려' 번 돈으로 사들인 벨기에산 카펫 위에 담배꽁초를 던지고 발로 힘껏 뭉개버렸다.

손님

1

아침부터 을씨년스럽게 진눈깨비가 뿌려대던 날 오후, 그 사내는 허름한 옷차림으로 우리집에 찾아왔다. 내가 대문을 열었을 때, 사내는 깊게 팬 주름살에 거의 파묻혀버린 듯한 작은 눈매로 나를 바라보며 서 있었다. 축축하게 젖은 머리칼에 푸르죽죽하게 죽은 입술하며, 집을 찾기 위해 오랫동안 헤맨 자의 몰골임이 역력해 보였다.

"여기가 황봉석씨 댁이 맞디요?"

사내의 입에서 아버지의 이름이, 그것도 당신의 그것과도 같은 걸쭉한 서북사투리에 실려 튀어나오자 나는 순간적이나마 방어자세를 취하지 않을 수 없었다. 아버지의 망령이 또하나의 망령을 불러들이고 있구나 하는 생각이 퍼뜩 머릿속을 스쳤던 것이다. 나의 표정에서 어떤 확신을 얻었는지, 사내의 입술에서 안도의 한숨 같은 것이 길게 흘러나왔다.

거실로 들어선 사내는 잠시 눈망울을 깜박이며 어색한 표정을 지어 보이더니 느릿느릿 난롯가로 다가가 소파 끝에 엉덩이를 걸친 채 언 손을 녹였다.

"잠깐만 기다리세요."

나는 컵을 가져다가 난로 위에서 끓고 있는 너운물을 그에게 권했다. 어느덧 그의 젖은 몸에서 희미하게 김이 오르고 있었다. 예순쯤 되었을까, 밑단이 너덜너덜한 양복바지에 금방이라도 솜이 비어져나올 것 같은 외투를 걸친 사내의 체구는 대단히 왜소해 보였다.

"집이 아주 아늑하구만."

거실을 휘둘러보며 중얼거리는 사내의 얼굴에는 아주 오랜 세월, 비바람 속을 떠돌아다닌 것 같은 피곤함이 배어 있었다. 저런 표정은 아버지에게도 있었지. 나는 사내의 얼굴을 찬찬히 뜯어보며, 그 위에 아버지의 영상을 겹쳐보았다.

사내는 듬성듬성한 눈썹을 잔뜩 찌푸리고 후루루룩 소리를 내며 더운물을 마시다가 문득 외투 안에서 작은 정종병을 싼 비닐봉지를 내밀었다. 반늙은이다운 느긋함과 궁색함이 사내의 동작에서 물씬 풍겼다. 사내는 물을 다 마시고 나서 이제야 좀 살겠다는 듯 허리를 펴고 소파에 등을 기댔다.

"누가 오셨네?"

아버지의 방에서 나오면서 어머니가 물었다. 어머니의 모습을 본 사내가 엉거주춤 일어섰다.

"형수님이십네까? 저 김두칠이라고 합네다."

사내는 거무죽죽한 입술을 쭉 찢으며 웃더니, 마치 고향에 돌아온 아들처럼 다짜고짜 어머니를 의자에 앉히고는 넙죽 큰절을 올렸다.

"누구신지……"

사내의 큰절을 황급히 마주 받고 나서 어머니가 물었다.

"일전에 봉식이성님께서 저를 찾으신다는 신문광고를 보았습네다. 곧 온다는 것이 이렇게 늦어버렸습네다."

어머니가 나를 바라보았다. 아, 하는 반가움이 어머니의 얼굴에 떠올랐다.

"저도 진즉에 수소문을 했지만 어디 통 소식이 닿아야 말이디요. 그런데 성님은 어디 가셨습네까?"

집안에 들어올 때와는 달리 얼굴에 화기가 돌기 시작한 사내가 활달한 목소리로 물었다. 어머니의 반가워하던 얼굴에 이내 그늘이 졌고 곧 짧은 한숨이 새어나왔다. 어머니는 사내의 얼굴을 잠시 바라보다가 아버지의 방으로 사내를 안내했다. 퀴퀴한 냄새가 풍기는 어두운 아버지의 방으로 들어간 사내는 벌써 몇달째 주검처럼 누워 있는 아버지의 모습을 보자 일순 작은 눈을 커다랗게 뜨고 잠시 서 있다가 쓰러지듯 아버지 앞에 엎드렸다.

"성님, 이게 어이된 일입네까? 나중에 고향으로 돌아갈 때도 같이 가자시던 성님이…… 으흐흐흑."

아버지의 검버섯이 핀 손목을 잡고 두 팔 사이로 얼굴을 묻은 채, 사내는 거짓말처럼 뚝뚝 눈물을 흘리며 울었다. 나는 사내의 그런 행동이 어딘지 모르게 과장되고 호들갑스럽다고 생각했다. 사내의 태도는 마치 아버지의 불행한 모습을 이미 잘 알고 있었고, 그것을 눈으로 직접 확인하여 자신감을 얻은 듯한 태도였다.

"지난가을 쓰러지신 이후에 사람도 잘 못 알아보시고……"

"기런 일이……"

사내는 고개를 들고 놀란 표정으로 어머니를 바라보았다.

"성님, 제가 왔습네다. 저 덕천의 두칠이야요. 두칠이……"

그때였다. 덕천이라는 말을 들은 아버지가 감고 있던 눈을 번쩍 뜨고 어머니와 사내를 바라보았다. 아버지의 퀭한 눈에서 잠시였지만 작은 빛이 반짝였다. 아버지의 눈빛에 놀란 듯, 사내는 일순 움츠러들었다. 그러나 놀라기는 어머니가 더한 것 같았다. 어머니는 사내와 나를 번갈아 바라보더니 아버지에게 바싹 다가가 앉았다.

"덕천…… 덕천……"

아버지는 돌아간 입을 천천히 움직이며 중얼거렸다. 촛점을 잃은 눈동자가 아주 먼 어떤 것을 확인하려는 듯 잠시 좁혀졌다.

사내가 그 틈을 놓치지 않고 외쳤다.

"기렇습네다, 성님. 두칠이가 왔습네다. 성님이 저를 못 알아보신단 말입네까? 네, 성님?"

사내의 울부짖는 듯한 목소리가 어두운 방안에 울렸다. 어떤 것을 잡으려고 애쓰던 아버지의 눈동자가 잠시였지만 심하게 흔들리더니 다시 풀어졌다. 그러고 나서 아버지는 피곤한 듯 두 눈을 감았다. 나는 아버지 방의 열려진 문가에 서서 그 광경을 바라보다가, 거실로 나와 소파에 털썩 주저앉았다. 사내가 덕천이라는 말을 꺼냈을 때 아버지의 눈가에 잠시 어리던 그 안간힘을 생각했다. 꺼져가는 육신에 마지막 불을 피우듯 아버지가 잡으려 하는 것은 무엇이었을까. 그것은 얼마나 먼 것이기에 잡히지 않는 것일까.

지난가을 뇌일혈로 쓰러졌던 아버지는 사흘 만에 깨어났다. 깨어난

아버지는 병원의 흰 벽을 한참 바라보다가, 어머니와 나에게 시선을
던졌다. 병원에서 서로의 체온을 의지한 채 사흘 밤을 새우고 부석부
석한 얼굴로 아버지에게 다가가려던 우리 모녀는 문득 멈추어설 수밖
에 없었다. 아버지가 돌아간 입을 씰룩이며 아주 힘겹게 첫마디를 던
진 것이었다.

　—아즈마이 뉘기요?

　종종 있는 일이라고만 말했을 뿐 의사는 더이상의 언급은 하지 않
았다. 놀라움과 기막힘에 이은 허망함은, 어머니와 내가 친척 하나 없
는 설움을 씹어가며 아버지를 집으로 모셔오고 난 후에 불어닥쳤다.

　—색시는 뉘기지? 아즈마이 딸인가보구레…… 저어기 우리집에
기별 좀 해주갔어? 거 페양 근처 내리에 가서 황부자댁을 찾으믄 모
르는 사람이 없을 거이야. 아니믄 정식이, 황정식이 아버지를 찾든
지…… 아즈마이는 통 내 말을 들어주질 않으이……

　아버지의 눈빛은 타는 듯 간절했다. 그러나 그 간절한 아버지의 소
망을 위해서 내가 무엇을 할 수 있단 말인가. 나는 아버지의 머리맡에
물그릇을 놓아두고 말없이 방을 나왔다.

　그날 밤, 나는 처음으로 아버지의 인생이, 귀에 못이 박히도록 들어
온 아버지의 그 과거가, 과학실 알코올병 속에 잠겨 있다가 뚜껑을 열
자 갑자기 머리를 치켜드는 뱀처럼 내 목을 죄어오는 것을 느꼈다. 아
버지의 뒷머리께에 있는 실같이 가느다란 혈관에서 용솟음치던 그 뜨
거운 핏줄기는 혈관을 파괴하고 터지면서 어머니의 한많은 반생과 이
땅에서 태어난 나의 모든 생애를 휩쓸어 어두운 아버지의 기억 저편
으로 몰고 간 것이었다.

　어머니는 아버지의 기억을 되살리기 위해 날마다 기도하듯 하루하

루를 보냈다. 그것은 어머니의 동강난 반생을 찾으려는 노력과 같은 의미를 가지고 있는지도 몰랐다. 그러나 아버지는 고향을 떠난 후의 일은 아무것도 기억하지 못했고, 따라서 어머니와 나는 그날 이후 아버지에 의해 철저히 타인으로 쫓겨날 수밖에 없었다.

아버지의 그런 모습에 어머니와 내가 조금씩 지쳐가기 시작하면서, 어머니 역시 아버지 곁에 주저앉아서 아버지처럼 촛점없는 눈동자로 먼 곳을 바라보는 일이 잦아져갔다. 나 역시 거꾸로 도는 지구에 서서, 조금씩 태고의 깜깜한 땅속으로 빨려들어가는 악몽에 밤새 시달리는 일이 많아져갔다. 죽음이 임박한 이 가장 진실해지는 시간에 아버지로부터 거부당한 나는, 나그네 되어 떠돌던 아버지가 무심히 떨구고 간 낙엽인지도 몰랐다. 땅위에 내려 형체도 없이 스러지는 이 진눈깨비 같은.

어머니와 사내가 거실로 나오는 기척을 듣고 나는 얼른 방으로 들어와버렸다. 진눈깨비는 그칠 줄 모르고 창가에 부딪쳐서 더러는 얼음알갱이로 마당에 떨어지고 더러는 주르르 흘러내리고 있었다.

2

이틀 사흘이 지나도록 사내는 떠날 생각도 없이 집에 머물렀다. 나는 낯선 남자가 집에 있다는 불편함을 느끼지 않을 수 없었다. 예전처럼 샤워를 한 뒤에 어머니에게 속옷을 깜박 잊고 왔다고 소리를 지르거나, 잠옷바람으로 거실에 나갈 수도 없었다. 사내는 아침저녁으로 아버지의 방에 들어가서 덕천의 두칠이니 황주의 과수원집에서 하루를 묵었다느니 이야기를 꺼냈지만, 어머니의 표정으로 보아 아버지에게는 그 이상의 어떤 반응도 없는 것 같았다. 사내는 낮에는 어머니에게 차비를 몇푼 타서 나갔다가 저녁이면 돌아와 늦게까지 텔레비전 앞에 붙어살았다. 내가 밤늦게 책을 읽고 있다가 물을 마시려고 거실로 나가면, 사내는 켜놓은 텔레비전을 보지도 않은 채 우두커니 먼 곳을 바라보고 있기도 했다. 아주 잠깐이었지만 그럴 때 사내의 얼굴에는 아주 짙은 우수 같은 것들이 깔려 있었고 한없이 근심스러워 보이기도 했다. 그리고 또 그런 사내의 모습을 보면서 나는 밤마다 뒷짐을 지고 거실을 서성이던 아버지를 떠올리지 않을 수 없었다. 그러나 사내는 나를 발견하면 안면을 싹 바꾸고는 큰기침을 두어 번 하면서 텔레비전에 눈을 돌렸다. 한번은 사내가 켜놓은 텔레비전의 볼륨이 너무 커서 내가 거실로 나가 일방적으로 볼륨을 줄인 일이 있었다. 아무도 없는 거실 소파에 길게 누워 킬킬거리던 사내는 나의 그런 행동을 보고 입맛을 쩝쩝 다셨다. 방으로 들어와서, 아무리 객손님이지만 내가 좀 너무했나 싶어서 혼란스러워하고 있는데 내가 줄이고 온 볼륨이 다시금 조금씩 커지는 소리가 들렸다. 뻔뻔함도 저 정도 되면 얼마나 편하게 한세상 살까 싶어 어이가 없었다. 아무튼 나는 사내의 존재 자체가 성가셨고, 잇사이에 이물질이 낀 것같이 신경이 자꾸 그리로 몰렸다.

사내에게 하루종일 신경을 곤두세우고 있어봤자 득이 될 것 하나 없겠다 싶어 친구와 영화라도 보러 가려고 외출준비를 하고 있는데 어머니가 문을 열고 들어와 내게 지폐 몇장을 내밀었다.

"돌아올 때, 남자내의 몇벌하고 양말 좀 사오라."

"엄마, 그 사람 집에 오래 둘 작정이야?"

천부당만부당하다는 듯 내가 상을 잔뜩 찌푸렸다. 어머니는 말없이 벗어던진 옷들을 챙겨 옷장에 넣고는 엄한 표정으로 나를 바라보았다. 하긴 아버지의 기억을 조금이라도 되살리게 해주는 사람이라면, 어머니는 백명 아니라 천명, 만명이라도 집에 들일 것이었다. 나는 얼굴을 펴지 않은 채 코트를 대강 걸쳐입고 방을 나왔다. 사내는 난로 옆에 고양이처럼 웅크리고 앉아 발톱을 깎고 있었다.

"날이 추운데, 어데 나가는 모양이디?"

그냥 지나치려는데 사내가 물었다. 친척아저씨라도 되는 어조였다. 나는 대꾸하지 않고 현관문을 밀었다. 바람에 현관문이 거칠게 닫혔다. 며칠 전 내린 진눈깨비가 얼어붙어 길은 몹시 미끄러웠다. 따뜻한 이불 속에서 소설책이나 읽고 싶었는데, 사내 때문에 집을 나서야 한다고 생각하니 갑자기 화가 치밀었다. 비탈길을 내려가고 있는데 어머니가 부르는 소리가 들렸다. 뒤를 돌아보니 어머니가 손에 내 털목도리를 들고 서 있었다.

"괜찮아, 안 추워."

내가 듣기에도 내 목소리가 곱지는 않았다.

"하구 가라우. 감기들믄 어쩌려구 그러네?"

가던 길을 그대로 내려가려고 하자 어머니가 목도리를 든 채 조심조심 비탈길을 내려오기 시작했다. 좀 내버려둬줘요, 짜증이 울컥 치밀어올랐지만, 저러다가 넘어지시기라도 하면 어쩔까 싶어 내가 다시 비탈길을 올라갔다. 어머니는 마치 내가 초등학교 일학년 학생인 것처럼 목도리를 둘러서 꼭꼭 여며주었다.

"아까 말한 것 잊지 말고 사오라."

"알았어."

어머니가 둘러준 목도리에 얼굴을 묻고 걷다가 문득 뒤를 돌아보니, 어머니가 반쯤 열린 대문의 문고리를 잡고 날 바라보고 있었다. 겨울의 엷은 햇살을 타고 부는 바람에 어머니의 반백머리가 나부꼈다. 많이 늙으셨구나. 내가 손으로 어서 들어가라는 표시를 해 보였다. 어머니는 고개를 끄덕였지만, 내 모습이 사라질 때까지 거기 서 계셨다. 어머니의 그런 모습에 조금씩 가슴이 아파오기 시작하면서, 나는 내가 사내에게 지나치게 신경을 곤두세우고 있는 것은 아닐까 생각했다. 정말 어머니의 마지막 희망일지도 모르는데. 부모 되어보기 전에는 그 마음을 어찌 알겠네. 어머니는 가끔 한숨쉬듯 먼 곳을 바라보며 말하곤 했다.

고향에 세 아들과 아내를 두고 온 아버지와, 남편과 딸을 미군 폭격기에 잃은 어머니의 결합은, 지울 수 없는 옛일을 각자의 가슴속에 품고 만나야 했던 서러움과 낯선 타향의 남루함을 지닌 것이었을 것이다. 월남 이후 아버지는 남대문시장에서 어묵장사를 시작하셨고, 우연히 친구에게서 떠맡은 땅이 금싸라기로 변하면서 꽤 많은 돈을 모을 수 있었다 한다. 그후 아버지는 부동산에 손을 대었고 월남한 사람 특유의 집요함으로 재산은 나날이 늘어만 갔다. 그러나 그 집요함은 아무도 넘볼 수 없는 단단한 성곽 같은 것이었다. 심지어는 어머니와 나조차도…… 어릴 때 집안에 들끓던 동향인들을 위해 아버지는 술상 한번 변변히 차려준 적이 없었다. 아쉬운 소리를 하러 왔던 손님들은 아버지의 단호한 거절에 늘 푸르죽죽 낯빛이 변했고, 더러는 대문 앞에 침을 뱉고 가기도 했다. 어머니는 혼자서 그들에게 미안함을 표시하느라 쩔쩔매곤 했다. 평생 아버지에게 다정한 말 한마디 듣지 못하셨던 어머니. 아버지가 쓰러지시기 전까지 어머니는 아버지가 소유

한 작은 빌딩에서 한달에 얼마만한 돈이 월세로 걷히는지도 모르실 정도였다.

내가 어머니의 부탁대로 남자내의와 양말을 사들고 집에 도착했을 때, 사내는 거실 소파에 길게 누워 낮잠을 자고 있었다. 가죽만 남은 것 같은 사내의 뺨이 난로의 열기에 불그스레한 빛을 띠었다. 고르게 숨을 내쉬며 자고 있는 사내의 모습을 바라보자니 문득 세월에 찌든 듯한 그의 단단한 얼굴가죽 밑으로 어린아이 같은 피가 흐르는 듯한 생각이 들었다. 공연히 내가 이럴 필요가 없지. 느긋하게 마음을 먹기로 했다.

어머니는 부엌에서 잔치라도 벌이듯 음식을 늘어놓고 부산하게 움직이고 있었다.

"무슨 일이야?"

"보면 모르갔네?"

어머니는 꽃이라도 피우는 사람처럼 정성스레 만두를 빚고 있었다. 그 옆으로는 돼지머리를 눌러놓은 것이 보였다.

"뭐 하네. 날래 손 씻구 와서 거들지 않구서."

어머니는 나지막하고도 엄격한 목소리로 내게 말했다. 그녀의 표정은 마치 고사상을 보는 듯한 진지함으로 가득 차 있었다.

"웬 돼지고기야?"

"저 아제씨하고 너의 아버지가 월남할 때, 하두 허기가 져서 어느 동리에 들어섰다지 않아? 그런데 마침 그 동리에 잔칫집이 있어서 들어갔더니만 이 돼지머리 눌린 거하고 만두하고를 내놓는데 두 분이서 그리 달게 자셨단다."

어머니는 마치 국어책을 읽듯이 사내에게서 들은 이야기를 반복했다. 그 얘기는 어딘지 꾸민 듯한 느낌이 들었다. 아버지는 원래 돼지고기를 드시지 않았고, 아무리 귀한 손님이 온다 해도 당신이 건강 때문에 피하고 있는 돼지고기를 어머니가 구태여 장만하는 일은 없었다. 더욱이 해방 직후가 어떤 시절인데, 그것도 삼팔선 근처의 동리에서 눌린 돼지머릿고기와 만두를 가지고 잔치를 벌이며, 지나가는 객들에게 포식하게 한단 말인가. 정말 이 음식 몇접시로 그동안 돌아오지 않았던 아버지의 기억이 돌아온다고 어머니는 믿고 있는 것일까. 엄마, 아파 누워 계신 분한테 돼지고기가 무슨…… 하고 막 말을 하려는데 밖에서 자고 있는 줄만 알았던 사내가 불쑥 부엌으로 들어섰다.

"냉수 좀 주시갔소?"

사내는 냉수잔을 받아 꿀꺼덕 소리를 내며 달게 마신 뒤, 흡족한 표정으로 장만된 음식을 훑어보았다.

"그때 워낙 허기가 져서 먹었던 음식이라 아주 인상에 남디요……"

이건 뭔가 단단히 잘못되었어. 지금 아버지가 나나 엄마를 다시 기억한다고 한들 그게 무슨 대수람. 뭣 때문에 저런 기생충 같은 작자를 이렇게 음식까지 장만해 먹이면서 떠받들어야 하지. 쇠테를 두른 이빨을 헤벌쭉 드러내며 웃고 서 있는 사내를 향해 소리라도 꽥 지르고 싶은 기분이었다.

아버지의 기억을 되살리려는 어머니의 무모한 노력은 신문광고를 내보자고 매일같이 나를 조르는 데서부터 시작되었다.

—월남 이전만 기억하시구 월남 이후는 기억을 못하시니, 월남하던 그 시절부터 차근차근 기억을 되짚어야 하는 거 아이갔네? 거 내려올 때 같이 동행했던 사람을 보믄 네 아버지도, 아 내가 그때 이렇게 남한에 왔디, 하실 거 아이갔네?

아버지가 혼자 월남하셨는지 아닌지 모르고, 설사 누구와 같이 오셨다 하더라도 그분이 여태까지 살아 있으리라는 보장도 없고, 또 설사 다행히 살아 있더라도 아버지의 기억을 되살려줄지도 알 수 없는 일이 아닌가. 얼굴을 봐서 되찾을 수 있는 기억이라면 아버지는 삼십 년을 함께 살아온 어머니를 가장 먼저 알아보았어야 할 것 아닌가. 그러나 그야말로 실낱같은 희망에 어머니는 매달리셨고, 나는 마침내 어머니의 성화에 못 이겨 신문사 광고국을 찾지 않을 수 없었다.

—1949년 2월, 평안남도 내리생 황봉식과 같이 월남했던 분 연락 바랍니다.

광고가 나간 후부터 보름간 어머니와 나는 매일같이 걸려오는 전화로 인해 시달림을 받아야 했다. 이름은 잘 모르지만 사진과 비슷하게 생긴 사람과 같이 넘어왔다, 나도 평안도 사람인데 혹시 아는 사이가 아닌가 해서 전화해봤다, 등등. 더욱 괴로운 것은 아버지를 알고 있는 동향사람들의 반응이었다. 그들은 그렇게 동향사람들을 괄시하더니 죽을 때가 되어서야 아쉬운 걸 아느냐고 노골적으로 욕을 퍼부어대었다.

그러나 어머니의 끈기는 대단한 것이었다. 장난기가 섞인 전화일지라도 인내심을 가지고 차근차근 챙겨나갔고, 거미줄 같은 가능성만 있어도 직접 당사자를 만나야 직성이 풀리곤 했다.

—엄마, 이젠 제발 그만둬.

매번 허탕을 치고 돌아오는 어머니의 모습에 나는 견딜 수 없는 참담함을 느끼곤 했다. 이미 오래전에 과거로 떠나버린 아버지와 그 아버지를 현재로 끌어내려고 애쓰는 어머니. 그것은 흡사 망자를 불러들이려는 청혼굿과 같은 귀기마저 서린 것이었다.

　　─저놈의 삼팔선은 황천길인가 북망길인가. 산 사람만 못 넘는 줄 알았더니 혼백도 한번 넘어가면 돌아올 줄 모르누나.

　　넋이 나간 사람처럼 허공만 바라보다가 어머니가 가락 섞인 혼잣말을 뱉어놓곤 하셨다. 그러다가 문득 생각이라도 나신 듯,

　　─이것아, 내가 이러는 거이 나 때문만은 아이라는 걸 아네?

하며 나를 멍하니 바라보았다.

　　그러나 당신의 외출도 그리 오래 지속되지는 않았다. 한달 두달 지나면서 그 잦던 전화도 뜸해졌고 예전보다 더 말이 없어진 어머니는 아버지 곁에서 묵묵히 수발만 들었다. 나는 어머니가 이미 체념했으리라 생각하며 이러한 평화가 내내 지속되기를 어쩌면 속으로 바라고 있었는지도 모른다. 그런데, 그런데 갑자기 나타난 저 사내는 마땅히 지속되어야 할 이 평화를 산산조각내고 있는 것이다.

　　그날 저녁 아버지는 물론 그 음식들을 입에 대지 않았다. 사내는 반주까지 곁들여, 만두와 고기를 포식하고는 거실의 카펫 바닥에 길게 다리를 펴고 앉았다. 누가 보지 않았더라면 배라도 두드릴 것 같은 얼굴이었다. 그는 입술을 찢어질 듯 벌리고 어금니에 박힌 고기찌꺼기를 힘겹게 뽑아내서는 그것을 재떨이에 톡톡 털었다. 사내의 이빨에서 빠져나온 고깃살이 재떨이 한구석에 보였다. 나는 부글부글 끓어오르는 속을 내보이지 않으려고 이를 악다물고 그가 켜놓은 텔레비전에 눈을 돌렸다. 사내는 시원하다는 듯 이쑤시개를 버리고 담배를 맛나게 피워물었다.

　　세상 참 편하게 사는군. 얼굴을 더 찌푸리고 있기도 싫어서, 나는 커피를 끓여가지고 방으로 돌아왔다. 교수가 검토해달라고 하던 자료들을 펴고 책상머리에 앉아 있는데, 길게 트림을 하던 사내와 소파 위

에서 늘어지게 낮잠을 자던 사내와 이를 쑤시던 사내의 얼굴이 자꾸 떠올랐다. 거실에서는 여느때처럼 어머니와 사내가 이야기를 주고받는 소리가 두런두런 들려왔다.

"우리 딸아이가, 그러니끼니 국민학교 댕길 때쯤에 남북적십자회담인가를 했시요. 텔레비에 니북사람들 사는 게 나오두만요. 그래, 정말 곧 통일이 될 것 같구, 곧 고향에 돌아갈 수 있을 것만 같아서, 그래두 죽지 않구서리 살아온 거이 얼마나 다행인가 생각했디요. 우리 영감도 영감대로 밤마다 제대로 잠을 못 자구…… 그런데 사람 마음이란 게 뭐인디…… 정말 통일이 되믄 고향에 갈 거이고, 거기 영감의 아들들하구 부인이 있을 텐데, 갑자기 우리 정희하구 나는 어찌되는 거인가 하는 생각이 들두만요. 그런데 회담이 고만 끊어져버리니, 내가 요사스런 마음을 먹어서 그런 거이는 아닌지 죄스런 마음이 일어났디요……"

나는 식어버린 커피잔을 들었다. 커튼이 열린 어두운 창으로, 스탠드 불빛 속에 앉아 있는 내 모습이 낯설게 비치어졌다.

3

오랜만에 장교수가 찾아왔다. 커다란 체구의 장교수가 점잖은 코트 차림으로 들어섰을 때, 이 집안에서 정신이 온전한 사람을 처음 만나는 듯싶어서, 달려가 그에게 안기고 싶은 기분마저 들었다.

"같이 월남한 분을 찾았다면서요?"

장교수는 코트도 벗지 않은 채 소파에 앉으며 어머니에게 물었다.

"예, 근데 지금은 마침 잠깐 외출하셨에요."

이제 곧, 어떤 의식을 치러야 할 사람다운 경건함이 어머니의 얼굴에 떠올랐다. 장교수는 잠시 말이 없더니, 회색 코트를 벗어놓고 어머니를 따라 아버지의 방으로 들어갔다. 나는 장교수의 뒷모습을 바라보면서 그가 무언가 달라졌다는 생각을 했다. 안정을 찾은 사람의 느긋함이라고나 할까. 그러나 아버지의 방문 앞에서 약간 주춤거리는 그의 모습에는, 어쩔 수 없이 마주서야 하는 것들에 대한 곤혹스러운 분위기가 풍겼다.

장교수는 아버지와 한때 일본에서 함께 유학을 한 적도 있는 동향 친구로서, 그 역시 이땅에 혼자 남아 이 세월을 살아온 사람이었다. 한때 그는 무슨 지식인 서명운동인가를 했다는 이유로 재직하던 대학에서 물러나야 했던 일이 있었다. 그때가 내가 고등학생 무렵이었을 것이다. 해직된 장교수와 아버지는 밤늦게까지 술자리를 벌였고, 끝내는 서로 언성을 높였다.

—서명하구 하는 거이 무슨 대수갔네? 그런다구 통일이 되간?

—그러믄 너처럼 돈이나 박박 긁어모으믄은 통일이 된다 이 말이네? 여기서 고생하는 고향사람들 괄시하믄서리, 나중에 고향 가서 다시 지주노릇 할래?

—뭐이 어드래? 내가 돈벌은 것하구 고향 가는 것하구 무슨 상관이 있단 말이네?

—속속들이 박힌 이 잔가지들 다 쳐버리구서리 다시 고향 갈 수 있갔네? 이 재산 다 버리구 고향에 돌아가라믄 그리하갔네?

—뭐이, 그러믄은 네놈은 고향 가기 위해서 학교에서 쫓겨났단 말이네?

─이게 바로 분단이야. 알갔네? 우리가 고향에 못 가는 것만 분단
인 줄 아네?

잠시 후 장교수는 매우 화가 난 표정으로 집을 나섰다. 그날 밤 아
버지는 불안스러이 뒷짐을 지고 뜰을 거닐다가 새벽 무렵에야 잠자리
에 들었다.

그 일이 있고 난 뒤 장교수의 발길은 자연 뜸해졌고, 어쩌다 방문을
해도 두 분 사이에는 무언가 서먹서먹한 분위기가 감돌았다. 그러나
아버지가 쓰러지신 후, 장교수는 남한땅에서 아버지의 기억 속에 남
아 있는 유일한 사람이 되었다.

─어디 갔다 이제 오네? 곧 막내놈 돌인데 얼마나 기다리고 있갔
네? 내가 이 모양이니 연락이나 할 수 있어야디. 자네가 내 대신 연락
좀 해주라우. 여기 아즈마이 신세를 더 질 수 없어야.

장교수를 보자 아버지의 눈에서는 주르르 눈물이 흘러내렸고, 장교
수 역시 손수건을 꺼내 연방 코를 풀었다.

"이 사람, 봉식이……"

과거로 뻗어나간 동굴로 들어서듯 내키지 않는다는 표정으로 어두
운 아버지의 방에 들어간 장교수가 조심스레 아버지를 불렀다. 죽은
듯이 누워 있던 아버지가 천천히 눈을 뜨고는 장교수를 물끄러미 바
라보았다. 그 눈은 순간적으로나마 반짝이는가 싶더니 이내 안타까운
눈빛이 되었고 곧 스르르 감겼다. 그 눈꼬리에는 작은 눈물방울 같은
것이 매달려 있었다. 거의 실어증상태로 치닫던 아버지의 입은 움직
이지 않았다. 그러나 그 잠시 동안의 눈빛은 분명히 이렇게 말하고 있
었다.

이제는 모든 것을 버려도 좋으니 데려다달라고.

다시 거실로 나온 장교수는 소파에 앉아 이마의 땀을 닦았다.

"사람 고집도 참…… 원래 고집이 셌어. 네 오마니가 고생이시디."

장교수는 담배를 물고, 한숨처럼 길게 연기를 내뿜었다. 그런 장교수의 얼굴에는 기억을 잃어버린 아버지를 바라보는 어머니의 얼굴보다 더욱 더한 괴로움이 엿보였다. 아버지의 옷을 갈아입혀드렸는지 어머니가 누런 속옷과 파자마 보따리를 한움큼 들고 아버지의 방에서 나왔다. 어머니는 빨래통에 그것들을 넣어놓고는 내 곁에 와서 앉았다. 세 사람 다 말이 없었다. 난로 위에 얹힌 주전자의 물 끓는 소리가 무겁게 가라앉은 침묵 사이로 파고들었다.

"논문, 다음 학기로 미루었다믄서?"

그 침묵을 깨뜨리려는 듯 장교수가 어색한 미소를 지어 보이며 내게 물었다.

"네."

"그래도 어쩌겠니. 닥친 일은 또 닥친 일대로 해나가야지. 네 아버지 같은 분들은 이제 우리 세대들이 없어지면 다시는 나타나지 않을 거이고……"

그러나 나는 의미없이 고개를 끄덕이면서, 아버지 때문에, 또 그로 인해 불쑥 나타난 그 사내 때문에 얼마나 고통을 겪고 있는지 그에게 말해주고 싶다는 생각을 했다. 하루에 한번씩 아버지의 방에 들러 월남하던 당시의 이야기를 몇마디 지껄여준다는 이유로 기생충처럼 우리 모녀에게 달라붙어 있는 사내. 사내가 처음 오던 날, 덕천이라는 말에 번쩍 눈을 뜬 것을 제외하고는 여태껏 단 한번의 반응도 보이지 않은 아버지. 그럼에도 불구하고 날마다 소파에 발랑 나자빠져 있는 사내가 던지는 말 한마디에 굽힌 허리를 펼 사이도 없이 분주히 움직

여대는 어머니. 영지버섯을 사다 먹인다는 둥, 아버지를 알 만한 사람을 찾아다닌다는 둥 갖은 핑계를 다 대며 돈을 뜯어가는 사내에 의해 흔들리는 어머니의 살림. 이 어처구니없는 분위기 속에 심장이 터져버릴 것 같은 나…… 그러나 나는 한마디도 입밖에 낼 수가 없었다. 어머니에게 있어서 그것은 곧 아버지에 대한 불효나 다름이 없었기 때문이다. 그런데 사내에 대한 이야기를 먼저 꺼낸 것은 오히려 장교수 쪽이었다.

"여기 와 계신다는 분이 같은 내리 사람인가?"

나는 그 말이 엉킨 실타래의 꼬투리라도 되는 듯이 반갑게 외쳤다.

"아니, 덕천 분이래요. 아버지랑 우연히 만나서 황주서부터 쭉 같이 내려오셨대요. 그런데……"

그 사람 너무 뻔뻔스럽고 염치가 없어요라고 말하려다가 나는 살며시 어머니의 눈치를 살폈다. 어머니는 호들갑스럽게 이야기를 하는 나를 완강한 눈빛으로 바라보았다. 그 분위기에 눌려 나는 슬며시 입을 다물었다.

"……기래? 누구랑 같이 내려왔다는 말은 들은 적이 없어놔서…… 혼자 내려왔다고 하는 것 같았는데……"

장교수가 무심히 내뱉은 말은 나와 어머니에게 있어서 벼락이 내려치는 소리 같았다. 어머니는 번쩍 고개를 들어 장교수를 바라보더니 이내 시선을 돌렸다. 나는 기가 막혀 어머니와 장교수의 표정을 번갈아 살폈다. 그리고 그 기막힘은 이내 가슴이 확 뚫리는 상쾌함 같은 것으로 바뀌어갔다. 사내를 내쫓을 수 있는 결정적 실마리를 찾은 것이다. 나는 갑자기 흐드러지게 웃고 싶은 충동을 느꼈다. 장교수는 우리 모녀의 안색을 살피더니,

"……하기는 나도 이제는 기억이 가물가물하니…… 사십년이믄
짧은 세월이 아니잖네?"
나를 바라보며 서글프게 웃었다.

　　　　4

　골목길은 구불구불 끝이 없었다. 사내에게 들키지 않으려고 이리저
리 엄폐물까지 생각해가며 걸으려니 차가운 날씨에도 겨드랑이께부
터 땀이 축축하게 느껴질 정도였다. 골목이 끝나자 이번에는 모래부
대와 돌로 불규칙하게 쌓아놓은 계단이 나타났다. 사내는 손에 든 비
닐봉지를 덜렁거리며 익숙한 솜씨로 계단을 올라갔다. 잠시 후 삐그
덕하는 소리와 함께 사내는 군데군데 칠이 벗겨진 푸른 목조대문 안
으로 사라졌다.
　나는 사내가 들어간 집을 확인한 뒤에 골목 한귀퉁이에 서서 어떻
게 할까 망설였다. 골목 건너편 쓰레깃더미에서 누렁개 한마리가 머
리를 처박고 먹을 것을 찾는 것이 보였다. 개가 고개를 파묻을 때마다
배에 달려 있는 앙상한 젖꼭지들이 덜렁덜렁 흔들렸다. 그러다가 문
득 고개를 쳐든 개는 나를 빤히 올려다보았다. 배고픈 개의 눈에는 이
상한 슬픔 같은 것이 어려 있었다.
　얼어붙어오는 추위를 피하려고 나는 일단 길을 내려가서 동네 다방
으로 들어갔다. 다방은 굴속같이 어두웠지만, 후끈한 다방의 열기에
안도를 하면서 나는 자리를 잡았다.
　사내의 뒤를 밟아보겠다는 생각은 늘 하고 있었지만, 막상 실행에

옮기게 될 줄은 몰랐다. 집에 있으면 터무니없는 생각에 신경만 피곤해질 것 같아서 도서관에라도 가려고 책을 챙기는데 마침 사내가 집을 나서는 소리가 들렸다. 사내와 내가 집을 나선 것은 한 십오분 정도의 간격이었는데 버스정류장을 향해 내려가다보니 장난감가게에서 사내가 무슨 꾸러미를 들고 나오는 것이 보였다. 그러고는 호기롭게 택시를 집어타는 것이었다. 아마 그 택시의 뒤를 따라서 빈 택시 하나가 다가와, 정류장 앞에서 손님을 기다리기 위해 멈추지만 않았어도 내가 사내의 뒤를 밟지는 않았을 것이다.

사내의 택시는 가까운 전철역 부근에서 멎었다. 택시에서 내린 사내는 그 근처에 있는 시장으로 들어가서 여기저기 기웃거리기도 하고 무언가를 사기도 하더니, 간이술집에 선 채 막걸리 한사발을 쭉 들이켜고는 시장을 나와 전철역으로 들어섰다. 사내에게 들키지 않으려고 애써 조심하며 뒤를 밟은 끝에 온 것이 여기 인천이었다. 이제 어쩐다…… 고작 집이나 알려고 여기까지 왔단 말인가. 별일도 없이 다방에 죽치고 앉은, 기름기가 얼굴에 흐르는 중년사내들이 힐끗힐끗 나를 쳐다보았다.

사내가 호기롭게 장난감을 사고 택시를 타고 시장바닥을 거닐며 무엇인가를 사던 그 돈은 어머니로부터 뜯어낸 것임에 틀림없었다. 장교수에게서 아버지가 혼자 월남했으리라는 이야기를 들었지만, 사내에 대한 어머니의 신뢰는 조금도 흔들리지 않았다. 그전처럼 친근하게 이야기를 주고받는 일은 드물어졌지만, 사내가 궁색한 표정을 지으며 돈을 요구할 때마다 어머니는 단 한번도 거절하지 않았다. 물론 푼돈에 지나지 않았지만 사내의 손아귀에 돈이 들어갈 때마다 나는 굉장한 사기라도 당한 듯이 바짝바짝 약이 올랐고, 가끔은 어머니를 만류해보기도 했다.

　——관두라. 너의 아바지가 모은 돈 너의 아바지를 위해서 쓰는데 뭐이 어드래서 그러네?

　엄마, 그 작자는 가짜야, 가짜. 늘 내 목구멍에서 간질거리는 이 말을 내뱉고 싶어서 나는 잠꼬대까지 할 지경이었다. 하지만 장교수마저도 확인할 수 없는 사실을 어떻게 발설한단 말인가. 그러나 정작 더 큰 이유는 다른 데 있었는지도 모른다. 어머니의 그 실낱같은 희망을 차마 끊기가 두려운 까닭이었다. 아니, 어쩌면 어머니와 똑같은 처지인 나 역시 그 실낱같은 희망에 매달려 있는지도 몰랐다.

　나는 갈피를 잡을 수가 없었다. 그래, 가능성이 없는 희망이라면 끊어버려야 해. 그러기 위해서라도 사내의 정체에 대해서 확인할 필요가 있어. 나는 옹골차게 마음을 다지고는 자리를 박차고 일어섰다.

　그러나 막상 그 집의 대문을 밀치고 들어갔을 때, 나는 당혹감을 갖지 않을 수 없었다. 마당을 가운데 두고 예닐곱 개의 작은 방들이 다닥다닥 붙어 있었고 문마다 채워진 가지각색의 자물쇠들이 그 방들이 각각 다른 세대들의 집임을 나타내고 있었다. 방문 앞에 걸어놓은 말린 시래기며 툇마루에 올려놓은 작은 단지들이 없었다면, 어느 여인숙에 들어온 것으로 착각할 지경이었다. 이런 곳에서 살고 있다니. 그 방들 중 어느 곳에서 불쑥 사내의 모습이 나타나면 내 꼴이 얼마나 우스울까 생각하며 돌아서려는데 대문 바로 옆에 붙은 방의 부엌에서 웬 여자가 불쑥 나타났다. 여자는 아직도 불기가 조금 남아 있는 연탄재를 손에 들고 있었다. 놀란 것은 그쪽이 더했는지 기미가 낀 얼굴이 한순간 해쓱해졌다. 여자는 내 행색을 살피고는 이내 안도의 한숨 같은 것을 내쉬었다. 이왕 내친걸음이다. 나는 여자의 태도에 용기를 내어 말을 꺼냈다.

"저어, 실은 이 집에 누굴 좀 찾아왔는데요."

혹시나 그 사내가 나타날까 싶어서 나는 주위를 두리번거렸다. 나의 다음 말을 기다리는 여자의 시선이 내가 가슴에 안고 있는 책에 가서 잠시 머물렀다.

"혹시 김두칠씨라고……"

여자의 얼굴에 팽팽한 경계의 그림자가 드리워졌다.

"지금 안 계시는데요."

제대로 찾긴 찾았구나 하는 생각과 함께 사내가 없다는 사실에 나는 우선 안도감을 느꼈다. 여자는 바람이 차갑게 느껴지는지 허름한 스웨터 앞자락을 여미며, 무엇을 망설이는 듯 잠시 눈을 내리깔았다.

"추우신데 잠시 들어오시겠어요?"

두 평쯤 될까, 천장 한모서리에 있는 검은 곰팡이자국이 방안의 분위기를 을씨년스러워 보이게 했지만 방안은 깨끗했다. 여자는 아랫목에 펼쳐 말리던 기저귀를 한쪽으로 치우며 나에게 자리를 권했다. 아랫목 한쪽에서는 아직 태열기가 가시지 않은 작은 아이가 쌕쌕 잠들어 있었다. 여자는 아기의 이불을 고쳐 덮어주고 단정한 자세로 나와 마주앉았다. 문득 사내의 얼굴이 여자의 갸름한 턱선에서 느껴졌다.

"김두칠씨가 저의 아버님 되십니다."

여자가 먼저 말을 꺼냈다.

생전 볕이 들 것 같지 않은 작은 창에 바람막이로 덧대놓은 비닐이 펄럭이는 소리가 들렸다.

"저어…… 제가 찾아온 것은 다름이 아니라…… 저어, 저의 아버님께서 김두칠씨와 함께 월남하셨는데 부탁드릴 일이 있어서 절 보내셨어요."

생각지도 않은 많은 말이 내 입에서 스스럼없이 흘러나왔고 여자는 그제야 얼굴에 서려 있는 긴장을 풀고 미소마저 지어 보였다.

"남한에 계실 때 삼팔선이 막혔는데 월남이랄 거야 있나요?"

순간 가슴이 쿵 하고 내려앉았다. 그러나 나는 억지로 입가에 미소를 띄우며 둘러댔다.

"네…… 그 전에 함께 내려오셨다더군요."

"늘 고향 말씀이죠."

"그래도 댁의 아버님께서는 삼팔선이 막히고 나서도 한번 더 고향에 다녀오실 기회가 있었다죠? 저희 아버님께서도……"

나는 얼렁뚱땅 넘겨짚었다. 혹시 다시 고향으로 가서 아버지와 함께 월남했을 수도 있지 않을까 하는 생각이 머리를 스쳤다. 여자는 담담하게 말을 이었다.

"웬걸요, 평양수복 때 군대를 따라 진격을 하다보니 트럭에 실려 먼발치로 잠시 보신 게 마지막이라시던데요. 그걸 고향에 다녀왔다고 할 수 있나요. 그때 트럭에서 뛰어내려서라도 못 달려간 걸 늘 한탄이신걸요……"

이젠 더이상 의심의 여지가 없었다. 차가운 벽에서 냉기가 등골을 타고 흘러내렸다.

"그분들은 왜 그리 고향에 집착하시는지 몰라요. 갈 수 없는 고향이라 그런지…… 어떻게 생각하면 이해가 갈 것 같기도 하구……"

나는 더이상 여자의 말을 듣고 있지 않았다.

"보시다시피 이렇게 누추해요. 뭐 대접해드릴 것도 마땅치 않구……"

여자의 말에 나는 문득 정신을 차렸다. 바람이 여자와 내가 어색하게 마주앉아 있는 방을 날려버릴 듯이 거세게 불었다. 흔들릴 때마다 자주 방문을 바라보던 여자의 입에서 낮은 한숨이 새어나왔다. 여자는 치워놓은 기저귀를 가져다 차근차근 개키기 시작했다.

"애기가 참 예쁘군요."

잠자는 아기의 머리맡에 놓인 딸랑이며 곰인형을 보면서 내가 말을 돌렸다. 사내가 들었던 꾸러미 속에서 나온 것이리라. 여자는 내 시선을 따라 아이에게 눈을 돌렸다. 어두운 여자의 얼굴에 한없이 자랑스러운 미소가 떠올랐다. 여자는 엉덩이를 조금 들고 아이의 이불을 여며주었다. 가느다란 손목과는 달리 마디가 굵은 손가락이 아주 낯설게 느껴졌다. 여자가 여미는 아이의 이불 밑에서 만원짜리 지폐 몇 장이 보였다. 아까 이곳으로 들어왔던 사내가 찔러놓고 나갔겠지. 배신감인지 허탈감인지, 무엇인가가 목으로 울컥 치밀어올라왔다. 나는 일그러지려는 입술을 지그시 눌렀다.

5

처음에는 어머니에게만 조용히 말하리라 생각했다. 절벽에 매달려 작은 나뭇가지를 잡고 있는 어머니에게, 엄마, 그건 썩은 동아줄일 뿐이야, 하고. 그리고 나서의 끝없는 추락. 그러나 떨어지는 것은 언제나 나였고, 눈을 떠보면 성에 낀 창문으로 뿌옇게 새벽빛이 어리고 있었다. 나는 구질구질한 사내와의 대면을 피하기 위해 새벽이면 집을 나와 도서관으로 갔다. 쨍하니 맑은 겨울하늘이 도서관 유리창 가득

널려 있고, 멀리 학부 아이들이 써놓은 붉은 구호가 보였다. 나는 스팀이 나오는 따뜻한 유리창 안쪽에서 멍하니 그것들을 바라다보았다.

사내는 나의 이 따뜻함을 방해하는 찬바람 같은 사람이었다. 문 닫고 나가주세요, 실내온도가 내려가요. 그러나 사내는 끈질기게 문을 열고 서서, 따뜻한 실내온도에 적당한 옷을 입고 있는 나를 추위에 떨게 만들었다. 어머니 때문이라고 했지만 어쩌면 내가 용서하지 못했던 것은 그 찬바람이 아니었을까. 바람이 불어대던 낯선 인천거리. 구불구불 이어진 골목들. 다닥다닥 붙어 있는 그 집들. 덜컹이던 방문을 자주 돌아보던 여자의 낮은 한숨소리. 그래, 내가 가난을 모르고 자랐고, 사내의 그 남루한 환경이 나에게는 낯설었고, 솔직히 충격적인 것이었다고 하자. 그렇다고 해서 사내의 거짓이 용서될 수 있는가. 자신의 반생을 찾기 위해 몸부림치는 어머니와, 고향과 처자를 버린 자신을 끝내 용서할 수 없어서 모든 것을 버리고 그 과거 속으로 뛰어들어간 아버지를 이용하려는 그 사내……

그래, 아버지의 고향은 술기운에 부르는 향수 어린 노래 속에만 있었는지도 모른다. 그렇다면 사내의 고향은 그의 가난한 집과, 기미낀 딸과, 꼬질꼬질한 이불 속에서 잠든 그 아기 속에 있는가?

——우리가 고향 못 가는 것만 분단인 줄 아네?

장교수가 말했다. 그렇다면, 그렇다면 가진 자의 고향과 가지지 못한 자의 고향 또한 갈라져 있단 말인가.

나는 봄이 아직도 먼 서울거리를 무작정 쏘다니거나 하기 시작했고 더러는 친구들과 마시지 않던 술을 마시기도 했다.

어느날 눈을 뜨니 아버지는 휴전선 건너편으로 떠나고 없었다. 억울해. 누구에겐가 모를 배신감에 시달리던 그 밤들…… 그러나 어느날 사내가 눈을 떠보니 세상이 왈칵 뒤집혀 있었다면. 그 역시 배신감에 시달리며 끝도 모를 세상의 밑바닥으로 추락해간 거라면…… 갔다 해도, 그 사내가 우리를 속일 권리는 없었다. 나는 사내에게 가서 그의 멱살을 잡고, 아니 조용히 마주서서, 아니 그것도 아니면 무릎 꿇고 빌기라도 하면서 제발 우리 어머니에게 더이상 거짓희망은 주지 말아달라고 말하리라 마음먹었다. 아저씨의 삶이 누추하다고 해도 나의 삶에 개입해야만 될 어떤 이유가 있는 건 아니잖아요. 나는 아무것도 종잡을 수가 없었다.

결심을 한 날, 나는 대문 앞에 서서 입을 커다랗게 벌리고 차가운 공기를 깊숙이 들이마셨다. 요즘 와서 더욱 늙어버린 어머니에게 술냄새를 풍기고 싶지 않아서였다. 초인종을 누르자, 평소 같으면 정희네? 하고 물어야 할 어머니가 웬일인지 누구세요, 하고 물었다. 어머니는 현관문을 미는 나를 바라보다가 창가로 가서 정원에 싸인 어둠을 바라보고 있었다. 어머니의 모습이 무언가 다르다고 느끼면서, 나는 소파에 길게 누워 있어야 할 사내가 보이지 않는다는 걸 알았다.

"……김씨 아저씨 아직 안 들어오셨어?"

어머니의 뒷모습이 왠지 허전하고 불안해 보여 내가 조심스럽게 물었다.

"부산 가셨다."

"부산?"

어머니는 꼼짝 않고 서서, 마치 창밖의 세상에 드리운 어둠과 싸움이라도 벌이는 사람 같았다.

"부산엔 왜?"

"사리원 부근서부터 동행했던 분을 찾았다누나. 모시러 가셨다."

잠시 말이 끊겼다. 나는 가방을 던지듯 내려놓고 소파에 털썩 주저앉았다. 그래도 염치는 있구나. 이제는 갈 수밖에 없겠지. 갑자기 해방감 같은 것이 느껴졌다. 그러나 어머니의 뒷모습은 쓰러질 듯이 위태로워 보였다. 언제까지 이 기약도 없는 희망에 매달려 계실 것인가. 그러나 어머니의 뒷모습을 보고 있자니 짜증이 느껴지기보다 왠지 울고 싶은 기분이 들었다.

"엄마…… 엄마아."

"어린애처럼 와 엄마 엄마 찾고 그러네?"

어머니는 팔짱을 풀고 나에게 돌아섰다. 형광등 불빛 아래 드러난 어머니의 얼굴은 몹시 창백했다. 받아들일 건 받아들여야 해요. 왠지 내가 스스로에게 말하고 있다는 생각이 들었다.

"들어가 자라우."

입술을 달싹거리는 나를 지나쳐서 어머니는 조용히 방으로 들어갔다.

그리고 며칠이 지났다. 곧 돌아오겠다던 사내에게서는 전화 한통 오지 않았다. 나는 사내가 없는 후련함을 만끽하면서 사내가 오기 전처럼 소파에 길게 누워 책을 읽거나 잠옷바람으로 집안을 돌아다니거나 했다. 어머니는 내색하지 않았지만, 아버지의 방에서 나올 때마다 흙빛으로 얼굴이 변해 있었다. 그러고는 무너지듯 소파에 앉아 길게 한숨을 쉬었다. 그럴 때 어머니의 시선은 울리지 않는 전화기에 멈추어 있곤 했다. 때로는 잡상인들이 누르는 초인종 소리에 화들짝 놀란 사람처럼 대문으로 달려나가기도 하고.

"정희야, 은행 가서 돈 좀 찾아오갔네? 월세 들어온 거이 있을 거이야."

집밖으로 나갈 기력도 없다는 듯 어머니가 말했다. 돈을 찾고 인출 금액을 확인하려고 통장을 펴드는데, 며칠 전 오십만원을 찾은 것이 눈에 띄었다. 그 사내가 떠난 날짜였다.

"엄마, 김씨 아저씨 돈 드렸어?"

돈과 통장을 건네주며 내가 스치듯 물었다.

"오십만원이나 되던데?"

"……하루 벌어서 하루 사시는 분 서울까지 오시라믄서 그 정도 사례도 못하잤네?"

끝까지 너무하는구나. 다시 화가 치밀어오르기 시작했다. 어머니는 잔뜩 찌푸린 하늘이 보이는 창가로 가서 커튼을 닫았다. 말을 해야겠다는 생각이 들었다.

"엄마…… 만약에…… 김씨 아저씨가 가짜라면 어떻게 하려구 그래."

커튼을 닫던 어머니의 손이 문득 멈추어졌다. 그런 어머니를 바라보고 있는 내 가슴 한구석으로 예리한 아픔 같은 것이 전해져왔다. 어머니는 멈추었던 손으로 다시 커튼을 닫고 나서 나를 바라보며 빙그레 웃었다.

"가짜라네? 그러믄은 사람이 아니구 귀신이란 말이네."

"아니, 그런 게 아니구…… 그런 게 아니라……"

아픔은 가슴 구석구석으로 퍼져나가 갈라지고 쪼개어지면서 무언가가 모두 무너져내리는 것 같았다. 어머니는 소파로 와서 피곤한 듯 머리를 뒤로 젖히고 두 손으로 관자놀이를 눌렀다. 주검같이 누워 있는 아버지와 파리한 어머니, 그리고 닥쳐오는 모든 현실에 그저 혼란스러워할 뿐 속수무책이기만 한 내가 사는 우리집에 무거운 침묵만이 가득 찼다.

어머니는 내게서 위안을 얻지 못했다. 가짜인 그 사내만큼도 나는 어머니를 도울 수 없단 말인가. 어머니와 터무니없는 그 사내를 이어주는 끈은 무엇인가. 나는 알 수 없는 무력감에 빠져들었다.

6

전화를 받는 아가씨의 목소리는 꾸민 듯이 상냥했지만 대답은 늘 같았다.

—교수님은 지금 정년퇴임 논문 관계로 외출하셨습니다.

오셔서 어머니를 조금만 도와주세요. 누구라도 붙잡고 애원하고 싶었다. 그러나 장교수와의 연락은 닿지 않았다. 사내가 떠난 지 열흘이 지났다. 어머니는 한 사흘쯤 호된 몸살을 앓았다.

"내레 지금 이러구 있을 때가 아닌데……"

그러나 어머니는 약을 먹고 곧 잠속으로 빠져들었다.

—환자가 둘이라구요?

임시로 부른 파출부가 눈을 휘둥그레 뜨더니 혀를 끌끌 찼다. 약기운이 떨어지면 어머니는 잠에서 깨어나 곧 나를 찾았다.

"어디 전화 온 데 없었네?"

어머니가 사내를 기다리고 있다는 것을 나는 인정하지 않을 수 없었다. 그러나 만약 그 사내가 다시 뻔뻔스러운 낯짝을 들고 찾아온다면 이번에는 정말 멱살이라도 잡을 것 같은 기분이었다. 깊은 밤, 혼자서 넓은 거실에 앉아 있으려면 이상한 귀기 같은 것이 집안에 감돌았다. 망령이야, 이건 망령이야. 머리를 쥐어뜯다가 문득 고개를 들면 어두운 창에 창백한 내 얼굴이 비쳤고, 그럴 때마다 가슴이 덜컥 내려 앉았다. 혼자서는 더이상 견딜 수 없을 것 같았다. 내가 늦게까지 집에 돌아오지 않았을 때 어머니도 거실에 홀로 앉아 이런 기분을 느꼈을까.

어머니를 도와줄 사람을 찾아야 했다. 함께 울어줄 사람, 같은 상처를 가진 사람을. 나는 어느덧 전철역으로 향하고 있었다. 이건 엄마를 위해서일 뿐이야. 전철을 타고 인천에서 내려 그 사내의 집으로 걸어가면서 나는 다짐하듯 중얼거렸다. 그러나 자꾸 발길이 멈추어졌고, 그럴 때마다 망설임이 일어서 그냥 돌아갈까 어쩔까 생각하지 않을 수 없었다. 부딪쳐보는 거다, 어쨌든.

바람은 찼지만 한결 따스해진 햇살 때문에 그 사내의 집 대문 앞에 다다랐을 때는 콧등에 땀이 송골송골 솟았다. 마음을 굳게 먹고 대문을 밀었다. 여자가 살던 방에는 자물쇠가 채워져 있었다. 여자가 살던 방 옆에서 누군가 힘겹게 가래침을 뱉는 소리가 들려왔다. 나는 선뜻 인기척이 있는 방으로 가서 문을 두드렸다. 시든 사과처럼 얼굴이 붉고 쭈글쭈글한 노파가 기어나와 문을 열었다.

"누구요?"

노파는 열린 방문으로 몰아쳐 들어오는 찬바람에 말을 다 마치지 못하고 심하게 기침을 했다. 노파의 얼굴이 핏덩이처럼 붉어졌다. 기침이 좀 가라앉는 것을 기다렸다가 내가 물었다.

"저…… 요 옆방에 사는 애기엄마 어디 갔나요?"

"그 색시 찾아왔수?"

내가 고개를 끄덕이자, 노파는 찬바람이 괴로웠는지 손으로 들어오라는 시늉을 했다. 그 여자가 살던 방보다 조금 작을까, 사과궤짝 위로 허름한 옷들이 개어져 놓여 있고, 벽 구석에는 젊은 남자의 것인 듯한 바지가 걸려 있었다. 노파는 싸구려 빵봉지와 딱딱히 굳은 귤껍질이 널린 방을 손으로 대강 치우고 나에게 앉으라는 시늉을 했다. 그러고 나서 노파는 아이구구 소리를 내며 다시 자리에 누웠다.

"추운데 이리로 내려앉아요."

노파는 자기가 누워 있던 요를 조금 걷었다.

"괜찮습니다…… 저 애기엄마 찾아왔는데요."

노파의 얼굴에는 심심하던 차에 잘됐다는 표정이 역력했다. 이런 노파에게 한번 잘못 걸렸다가는 밑도끝도없는 장광설을 들어야 할 것 같아서 내가 바로 용건을 말했다.

"에이구, 추운데 이리루 내려앉으라니까."

노파는 마른 나무같이 앙상한 손목을 뻗어서 나를 기어이 아랫목으로 내려앉혔다. 급할 게 뭐 있냐는 듯 노파는 느긋했다.

"그런데 그 색시는 왜 찾우?"

"……아, 예, 저기, 어떻게 우연히 알게 된 사인데 일자리를 좀 알아봐달라고 해서…… 네, 그래서 혹시나 하고 찾아왔어요."

갑자기 말을 꾸며대느라 나는 좀 더듬거렸다.

"그랬구랴. 남편도 그 지경 되고……"

중얼거리듯 노파가 말했다.

"남편이 어디……?"

"으응…… 저 색시 미안하지만, 저어기 윗목에서 요강 좀 갖다주겠수? 내가 운신을 못하니."

노파는 또 에구구구 소리를 지르며 기듯 일어나 몸뻬와 내복, 그 속에 껴입은 속바지를 벗고 한참 오줌을 누었다. 내가 왜 여기까지 와서 저 우중충한 노파의 시중까지 들고 있어야 하는지. 벌린 노파의 두 다리에 늘어진 살덩이를 보고 있자니 갑자기 짜증이 치밀기 시작했다. 용변을 본 노파는 다시 허리를 펴고 한참을 누워 있더니 나를 향해 자글자글 웃었다.

"아이구, 이거 처음 본 색시한테 너무 신세가 많구랴. 내가 요새 허리를 삐어서 이렇게 누워 있다우. 우리 아들애가 고만 일 쉬구 누워 있으라구 하지만, 이거 원 갑갑해서……"

노파는 딴청피우듯 말을 하며 눈을 치뜨고 나를 쭉 훑어보았다.

"옆방 색시네 이사갔어. 한 열흘쯤 됐나? 원 사람들도, 십년 넘어 살던 동리를 그리 갑자기 뜨다니……"

노파는 혀를 끌끌 찼다.

"이사를 가요?"

"그렇다우. 전날까지 멀쩡히 잘 있더니 글쎄 밤새 짐을 꾸려서는 아침에 이사를 갔지 뭐유."

억누를 수 없는 배신감이 다시 솟아올랐다. 노파가 그런 내 표정을 바라보더니 달래듯 이야기를 꺼내기 시작했다.

"보아허니 색시한테 뭐 돈 빌려준 게 있는 모양인데…… 원래 심성이 고운 사람들이니 떼어먹지는 않을 거유."

끝도 없을 것같이 늘어지는 노파의 장광설을 인내심있게 듣고 나서 나는 도망치듯 서둘러 방을 나왔다. 여자가 살던 방에 채워진 자물쇠가 보였다. 너는 모른다는 듯, 자물쇠는 텅 빈 방안과 나 사이를 굳게 가로막고 있었다.

그저 그렇고 그런 삼팔따라지의 이야기가 도대체 나와 무슨 상관이 있단 말인가. 가엾은 사람들은 얼마든지 있었다. 나는 천천히 전철역까지 걸었다. 달아오른 내 뺨을 후려치듯 차가운 바람은 사정없이 불어왔다.

그래, 나는 아버지를 외면해왔다. 쓰러진 아버지가 날 외면했으니까. 잡을 수 없는 과거에 매달리는 어머니와 아버지를. 그것은 어머니와 아버지의 삶 자체를 외면한 것이었는지도 모른다. 그리고 잘리지 않은 탯줄처럼, 그 삶에서 이어져 있는 나 스스로의 삶조차도. 그것이 정말 무지가 아니라 외면이었다면…… 고등학교 시절, 수업을 받고 있던 교실로 난데없이 꿩이 날아든 적이 있었다. 무엇인가에 쫓기듯 날아든 그 꿩은 아이들이 지르는 비명소리에 놀라, 작은 교실에서 이리저리 날개를 부딪치며 날았다. 그러고는 잠시 후, 쓰레기통에 머리를 처박고 죽은 듯이 움직이지 않았다. 제 눈 가리면 다른 사람들의 눈도 가려진다고 믿은 것이었다. 아이들이 책상을 치며 웃었다…… 작은 내 안락함에 머리를 처박고 나도 죽은 듯 움직이지 않았던 것일까. 내 눈을 감으면 온 세상이 다 어둠에 잠긴다고 믿으면서.

─이것아, 내가 이러는 거이 나 때문만은 아이란 거를 아네?

멍한 눈으로 나를 바라보던 어머니. 엄마, 나는 그런 거 원한 적 없어. 와락 짜증이라도 부리고 싶었다.

─영감이, 보따리를 들고 돌아온 딸의 남산만한 배를 보면서 날마다 피눈물을 짰다우.

혀를 끌끌 차며 노파는 말했다.

언젠가 거실에서 본 사내의 근심어린 얼굴이, 차근차근 기저귀를 개던 여자의 기미낀 얼굴과 함께 떠올랐고, 월세장부를 정리하던 아버지의 얼굴이 겹쳐졌다.

—사위가 감옥에 갔는데 보석금 돈 이백을 구하려고 색시 아버지가 사방팔방을 뛰어다닌 모양이던데…… 이 천지에 누가 친척이 있나, 아, 없는 사람 돈 꾸어주겠다고 선뜻 나서는 사람이 있나.

마치 자신의 과거를 돌아보듯, 회한이 어린 얼굴로 노파는 말했다.

—고향도 없는 사람이 십년 넘어 살던 동네를 떠나 또 어디로 갔는지……

내가 그를 쫓아낸 것은 아니야. 자초한 일이야, 스스로.

표를 사려고 전철역 입구의 계단으로 올라섰다. 맞은편 벽에 걸린 거울에 내 모습이 비쳐졌다. 고개를 빳빳이 들고 어딜 가서 누굴 만나 살아도, 언제나 조금도 샛길로 새지 않고 살아갈 자신이 있었다. 곧 논문을 끝내고 또 박사가 되고 교수가 되고, 먼 훗날 나는 자식들에게, 힘겨운 노력 끝에 이룬 것이라고 자랑스럽게 이야기하게 되겠지. 그러나…… 그러나 만약 내가 그 사내의 딸로 태어났다면…… 만약 그랬다면…… 나는 문득 걸음을 멈출 수밖에 없었다. 고압선에 손을 댄 것처럼 강렬한 충격이 온몸을 지나갔다. 어두운 동굴에서 나와 갑자기 내리쬐는 햇빛을 볼 때처럼 눈앞이 아득해왔다. 나는 비틀비틀 걸어가 벽에 손을 짚고 서 있었다. 그랬다 해도 나는 박사가 되고 교수가 될 수 있었을까. 만일 내가 그 사내의 딸로 태어나 피눈물나는 고생 끝에 얼굴 가득한 기미와, 옥에 갇힌 남편과, 사기꾼이 되어버린 아버지를 얻었다면…… 그렇다면…… 오늘의 내가 전적으로 자신만의 영특함으로 되어진 것이 아니라면 오늘날의 그 사내도 전적으로 자신만의 잘못으로 이리 된 것은 아니어야 하지 않을까. 그러나…… 뜨거운 어떤 것이 목에서 가슴으로, 가슴에서 배로 천천히 내려갔다. 쓰러질 듯 벽에 한손을 짚고 서 있는 나를 힐끗힐끗 바라보며 사람들이 내 곁을 스쳐갔다.

만일…… 사내가 피땀을 흘렸지만 아무것도 손에 쥘 수 없었던 이 타인들의 땅에서, 딸과 손자까지도 내팽개치려고 하는 이 냉혹한 가난의 땅에서…… 만일 평생 자신을 배반만 했던 이땅과 마지막으로 목숨을 걸고 맞선 것이었다면…… 거미줄 같은 희망에 목숨 걸고 매달리는 어머니처럼…… 만일 목숨 걸고 우리집에 찾아온 거라면…… 그런 거라면……

7

어머니는 장교수에게 전화를 걸었다. 아버지의 임종이 가까워진 것이었다.

"너도 준비하라우."

어머니의 얼굴은 바싹 마른 가랑잎처럼 위태로워 보여서, 이젠 끝이다라고 말하는 것처럼 들렸다.

끝이 아니야, 엄마. 이미 내 가슴속에서 무엇인가가 시작되었어. 그것이 무엇인지 나는 딱히 꼬집어낼 수 없었다.

찬바람이 집안의 모든 문들을 흔들며 미친 듯이 울부짖었다. 나는 창가로 가서 커튼을 열었다. 정원에 쌓인 마른 이파리들이 희미한 어둠속에서 이리저리 몰려다녔다.

장교수가 도착하자 어머니가 나를 불렀다. 우리는 함께 아버지의 방으로 들어갔다. 아버지는 앙상한 손을 덜덜 떨며 장교수를 향해 내밀었다. 끝내 나와 어머니에게 눈길 한번 주지 않는 아버지의 모습을 나는 이제 외면하지 않을 수 있을 것 같았다. 장교수의 손을 잡는 아버지의 눈에서 마지막 불씨 같은 것이 파르르 떨렸다. 아버지는 굳어가는 입술을 조금 움직였지만 목소리는 나오지 않았다.

"기래…… 가라우…… 다 떨쳐버리고…… 기래."

목이 꽉 잠긴 장교수가 아버지의 손을 잡고 그 위에 자신의 얼굴을 묻으며 말했다. 아버지의 눈에서 파르르 일던 불씨가 마지막 순간 심하게 요동치면서 번쩍, 푸른빛을 띠더니 고개가 툭 떨어졌다.

너무도 길고긴 죽음이었기 때문일까, 어머니는 쉽게 울지도 못하고 아버지 곁에 주저앉아 있었다. 어머니의 모든 것을 빼앗기고서 만났던 아버지. 이제 그 아버지마저 떠나면 어머니는 다시 모든 것을 잃는지도 몰랐다.

"……엄마."

내가 어머니 곁으로 다가갔다. 망연히 앉아 있던 어머니가 내 머리를 끌어당겼다. 엄마, 그래도 지금은 내가 남아 있잖아. 나는 앙상하게 여윈 어머니를 부둥켜안았다.

우리는 서로 별말 없이 장례식 준비를 해나갔다. 장교수가 연락을 했고, 아버지 또래의 어른들이 찾아왔지만 썰렁한 밤이 이틀째 계속되었다.

"늦게 죽으믄 손해디. 암, 손해야. 이런 자리에 모이는 사람들두 해마다 줄어가니끼니…… 환송 잘 받을라믄 거저 먼저 죽는 거이……"

썰렁한 집안을 둘러보며 누군가 말했다.

"거 말도 안되는 소리 말라우야. 고향 갈 때꺼덩 살아 있는 거이 장땡 아니갔서? 보라우, 살아 있으니끼니 우리 황사장님 댁에서 포식도 하잖네?"

웃음소리가 들렸다.

장교수는 어머니에게 반강제로 수면제를 먹이고 주무시게 했다. 바람만이 을씨년스럽게 불어대는 집안은 밤이 되니 적적하다 못해 괴괴하기까지 했다. 더러는 골방으로 가서 화투판을 벌이고, 더러는 이곳저곳에서 쓰러져 자는 손님들의 시중을 들다가, 나는 새벽녘에야 겨우 부엌 한구석 의자에 앉아 쉴 수가 있었다. 내일이면 장례식인데…… 나는 쓰러져 자는 사람들을 보며 문득 사내 생각을 떠올렸다.

장교수의 의견에 따라 우리는 아버지의 시신을 화장하기로 결정했다. 평소에 아버지는, 만일 통일을 보지 못하고 죽게 되면 자신의 시체를 화장해 고향땅을 향해 뿌려달라는 말을 자주 했다. 그러나 막상 장교수가 그 얘기를 꺼냈을 때 나는 반대하지 않을 수 없었다.

"나중에 손자들이 할아버지 무덤에 성묘라도 갈 수 있어야……"

손자 핑계를 댔지만 사실은 어머니의 처지를 생각한 것이었다. 아버지의 육신마저 고향으로 가버린다면 도대체 어머니는 뭐란 말인가. 나는 어쩌면 아버지의 육신이나마 어머니의 몫으로 하고 싶었는지도 모른다.

그러나 정작 장교수의 의견에 선뜻 동의하고 나선 것은 어머니 자신이었다.

"기렇게 가고 싶어하시던 고향인데 보내드려야지, 어이하갔네."

어머니는 담담하게 말했고, 나는 더이상 아무 말도 할 수 없었다.

화장터를 향해 영구차가 나갈 무렵에 사내가 나타났다. 대문 앞에 우두커니 서서 집안을 들여다보고 있는 사내의 모습을 발견했을 때, 나는 사실은 오히려 담담한 마음이었다. 나는 우선 어머니에게 이 사실을 알렸다.

"아즈마이…… 면목이 없습네다……"

그는 어머니의 손을 잡으며 말했다. 그의 얼굴에 팬 주름살 사이로 눈물이 흘러내렸다. 핏발선 눈이며 텁수룩한 머리, 까칠한 수염이, 그가 처음 우리집에 왔을 때보다 더 그를 초췌하게 보이게 했다.

"……부산에 가서…… 게우 그 성님을 찾았는데…… 오시기가…… 힘들다고 해서……"

사내의 말투에는 자신이 없었다. 나의 시선을 느꼈는지 그의 말과 동작이 일시에 멈추었다. 붉게 충혈된 그의 눈이 고통스럽게 일그러졌다.

"얼마나 고생하셨습네까…… 이제 다 끝났시요."

"아즈마이, 정말 뵐낯이 없습네다."

사내는 고개를 떨구었다.

"아니야요……"

사내의 모습을 물끄러미 바라보던 어머니가 다시 중얼거렸다.

"기라믄요, 산 사람은 살아야디요…… 기라믄요."

겨울하늘이 납빛 바다에 잠겨 있었다. 흰 이빨을 드러내고 파도는 쉴사이없이 밀려왔다. 아버지의 육신은 흔적도 없이 그 서해의 파도 속으로 사라져갔다. 장례식 동안 내내, 우리를 그림자처럼 따라다니던 사내는 언덕에 쭈그리고 앉아 담배를 피웠다. 그의 시선은 저 미친 듯이 파도치는 바다보다 먼, 구름 사이로 가리어진 저 북녘땅보다 먼 곳을 향하고 있었다. 사내의 눈길이 잠시 바람에 휘날리는 어머니의 소복에 가서 멎었다. 사내는 부신 듯 어머니의 소복을 바라보다가 고개를 떨구었다.

"아즈마이…… 봉식이 그 사람 벌써 고향에 갔을 겁네다. 가서 고

향 식구들 보믄서…… 내레 남쪽 처자에게 몹쓸짓 하고 떠났구나 생
각할 겁네다."

유골을 다 뿌리고도 그 자리를 떠나지 못하는 어머니를 부축해 언
덕길을 내려가면서 장교수가 말했다.

"기라믄요……"

어머니의 눈에 희미한 웃음 같은 것이 번졌다.

"……그 냥반 고향을 잃은 날부텀은…… 내겐 늘 손님 같은 분이
었으니깐요."

나는 어머니를 따라 길을 내려가다가 뒤를 돌아다보았다. 사내가
쭈뼛쭈뼛 우리의 뒤를 따라오고 있었다. 그는 나와 눈길이 마주치자
얼른 고개를 숙였다. 나는 좀 망설이다가 걸음을 멈추고 사내를 기다
렸다. 그런 내 모습을 본 사내가 걸음을 뚝 멈추었다. 각오가 되어 있
다는 듯 그의 얼굴에 딱딱한 긴장이 어렸다. 나는 그의 곁으로 몇걸음
다가섰다. 덫에 걸린 짐승 같은 눈망울로 사내가 나를 바라보았다. 무
슨 말부터 꺼내야 할지 잘 떠오르지 않았다.

사내의 눈빛이 몹시 흔들렸다. 잘 되지 않았지만 나는 그저 애써 미
소만 지었다. 그는 얼른 시선을 내리깔고 나를 스쳐지나갔다. 그의 남
루한 파카 주머니에서 마개 딴 소주병이 흔들리고 있었다. 나는 그를
따라 산길을 걸어내려갔다. 그후로 나는 다시는 그를 만나지 못했다.

동트는 새벽

1

춥고 긴 밤이었다.

뒤척일 때마다 먼지냄새가 풀썩이는 얇은 국방색 담요마저 옆자리에서 자고 있는 여학생이 자꾸 끌어갔기 때문에 찬바람이 다리 밑으로 끊임없이 몰아쳐왔다. 한 두어 시간 눈을 붙였을까. 변기에서 떨어지는 물소리며, 사람 키의 두 배 정도 되는 높이의 천장에 바싹 붙은 창문으로 덧대어놓은 비닐이 펄럭이는 소리. 벌써 며칠째 빼지 못한 콘택트렌즈가 뻑뻑하게 굳어오는 느낌이었다. 정화는 잠들기를 포기하고 일어나 앉았다. 추위에 익숙해지지 않는 다리를 웅숭그리며 벽에 몸을 기대려던 정화는 갑자기 놀란 사람처럼 벽에서 머리를 뗐다. 뒤통수에 돋은 커다란 두 개의 혹. 추위도 추위였지만 며칠이 지나도 가라앉을 줄 모르고 욱신거리는 그 혹 때문에 더욱 잠들 수 없었다는 걸 깜빡 잊은 것이었다. 정화가 그러모은 발 사이로 다시 다른 여학생들의 발과 머리가 비집고 들어와 포개진다. 두 평 남짓한 공간에서 다 큰 처녀들 스무 명이 잠을 자려니 누군가 서넛은 잠을 포기해야 할 상황이었다. 정화는 저만치 떨어진 곳에서 새우잠을 자고 있는 순영의 모습을 바라보다가 얼른 시선을 비꼈다. 갑자기 가슴이 답답해오면서 이 어둠과 이 추위가 못 견디게 싫어지기 시작했다.

창문이라도 있다면, 하늘이라도 볼 수 있다면, 마른 나뭇가지를 지나는 바람소리와 새벽의 여명을 볼 수 있다면. 정화는 문득 쓰게 웃으며 제 머리를 쓸어올렸다. 새벽 두시 반. 창살 너머 졸고 있는 전경들의 짧은 머리 위로 따가운 전구빛이 부서져내린다. 이어 발소리. 어둠 저편에서 쿵쾅거리며 누군가 올라오는 소리가 들렸다.

"자, 깨워! 모두 일어나!"

출석부같이 긴 종이를 들고 온 잠바차림의 사내가 보호실 입구로 성큼 들어서며 말했다. 시간이 다가온 것이다. 두이(二)자 모양의 마루판이 깔린 보호실의 신발들 사이로 라면박스의 온기에 의지해 잠을 자던 여학생 둘이 먼저, 이어 다른 사람들도 모두 게슴츠레 눈을 뜨고 일어나기 시작했다. 남자보호실 쪽에서도 술렁거리는 소리가 들렸다. 사내는 지옥의 사자라도 되는 듯이 길고 가는 눈으로 주섬주섬 일어서는 아이들을 쭉 훑어보았다.

"자, 지금부터 부르는 사람 대답해! …… 최순영!"

첫번째로 순영의 이름이 불렸다. 순영은 웅숭그린 채 아직 자고 있었다. 정화는 조심스레 다가가서 순영을 흔들어 깨웠다.

"최순영 없어?"

잠을 못 잔 것은 너희들 때문이라는 듯, 사내는 창백한 낯을 잔뜩 찌푸리며 소리쳤다.

"얼른 대답해."

부스스 눈을 뜨고 일어서는 순영에게 정화가 낮게 속삭였다.

"……네."

사내는 순영의 헝클어진 머리칼을 잠시 쏘아보더니 다시 들고 있는 종이로 눈을 내리깔았다.

"이정화!"

"네!"

그는 또 정화의 얼굴을 확인하려는 듯 한참 정화를 바라보다가 묘한 미소를 띠었다.

"자, 둘은 저기 구석에 앉아 있어. 지금부터 부르는 사람은 이리로 나온다. 김××!"

사내가 이름을 부를 때마다 아이들은 며칠간 자기가 머물렀던 곳의 짐을 챙긴 비닐봉지를 들고 철창 밖으로 나갔다.

"문 잠가! 이름 부를 때마다 한번씩 열란 말이야!"

사내가 전경들에게 소리쳤다. 전경들은 사내 앞에서 빳빳이 굳어 자물쇠를 채우고 또 열었다.

"젠장, 우리가 도망이나 치려구 여기 온 줄 아나?"

한 아이가 중얼거렸다. 그러나 아직 이름이 불리지 않은 아이들의 얼굴로 납빛 같은 긴장이 어렸다.

"언니, 우린 어떻게 되는 거지?"

정화의 학교 후배인 아이가 제 소지품이 든 비닐봉지를 불안스레 만지작거리며 물었다.

"글쎄……"

"박××."

사내가 부르자 후배는 화들짝 놀란 듯, 그러나 이어 네, 하고 대답하며 재빨리 신을 신었다. 전경이 열어주는 철창문을 향해 급히 몇발짝 나아가던 후배가 문득 남아 있는 정화를 돌아보았다.

"언니, 우린 이제 언제 다시 만나지?"

정화는 후배의 모습을 바라보다가 애써 미소를 지었다.

"또 어딘가 다른 보호실에서…… 잘 가라."

정화의 목소리에는 힘이 빠져 있었다. 후배의 눈동자가 잠시 흔들렸다.

"언니, 힘내! 그리고 순영씨도요……"

그리고 후배는 마지막으로 그 철창을 빠져나갔다. 철창문이 쾅 하고 닫혔다. 정화는 동굴 깊은 곳에서 들려오는 듯한 그 긴 여운을 듣고 있었다. 이어 남자보호실에서도 일단의 무리가 빠져나갔다. 순영은 정화와 맞은편 침상에 우두커니 앉아 차고 어두운 창살을 바라보고 있었다. 우리는 어떻게 되는 것일까. 둘만 남다니, 하필이면……

술렁대던 보호실이 조용해지자, 종이를 들고 왔던 사내가 철창 너머로 정화와 순영을 보며 또 야릇한 미소를 지었다. 이상한 일이었다. 철창 이쪽 편에 사람들이 많을 때에는 저쪽 편에 있는 전경 넷과 보호실 담당주임을 구경하는 기분이었는데, 둘만 남고 보니 정말 우리에 갇힌 짐승이 된 느낌이 드는 것이었다.

"아저씨, 우린 어떻게 되는 건가요? 구류가요 구속인가요?"

"……구속이다!"

사내는 정화를 바라보며 빈들빈들 웃었다. 혀로 핥듯 샅샅이 정화를 보고 있는 사내의 얼굴 위로 흰 전구빛이 기름기처럼 흘러내렸다.

"농담하자는 게 아닙니다. 정확히 대답해주세요."

정화가 그를 쏘아보며 말했다.

"글쎄 내일이면 알 텐데 뭘 그러나? 이젠 잠자리도 널찍해졌으니 잠이나 푹 자두라구."

사내는 빈들거리는 눈길을 떼지 않은 채 말했다. 정화는 잠시 그를 쏘아보다가 고개를 돌렸다. 이럴 리가 없는데, 이렇게 될 만한 진술을 한 적이 없는데, 나가야만 하는데…… 이어진 약속들, 기다리고 있을 동료들…… 정화는 손가락으로 제 머리를 쥐어뜯었다.

"옆방! 옆방!"

남자보호실 쪽에서 누군가가 소리쳤다. 정화는 얼른 창살로 달려갔다.

"남은 사람은 어떻게 되는 건가요?"

정화가 먼저 물었다.

"아마 구류인 것 같습니다. 거긴 몇명 남았습니까?"

또랑또랑한 목소리가 들려왔다.

"두 명이에요. 그쪽은?"

"우린 열한 명 남았습니다. 그리고 구속될 사람 열 명이 재조사를 받으러 나갔습니다. 모두 강력계로 넘어갔던 사람들입니다."

오십줄이 되어 보이는 보호실 담당주임이 이제 그만 하라는 듯, 벗어진 머리를 슬슬 쓰다듬으며 정화에게 다가왔다. 정화는 잠시 말을 끊었다가 다시 옆방을 불렀다.

"그게 무슨 뜻이죠?"

"살인범 대하듯 패고 나서 자술서를 쓰게 했다는 거죠."

정화에게 다가온 주임이 미간을 잔뜩 찌푸리며 남자보호실 쪽을 노려보았다. 그의 뒤로, 잠에서 깨어난 전경들이 머쓱한 표정으로 마치 테니스를 구경하는 관객들처럼 대화가 오고가는 두 방으로 이리저리 고개를 돌렸다.

"동지들! 힘냅시다!"

"힘내세요."

정화는 철창을 잡고 있던 두 손을 힘없이 풀고는 나무침상에 털썩 주저앉았다. 해고당할 게 틀림없었다. 그리고 또 민옥이는 얼마나 걱정하고 있을 것인가?

"아가씨, 돌 던지고 그랬나?"

단잠을 깨어버렸으니 이제 다시 잠을 청하기도 어렵다는 듯, 뒷짐을 진 주임이 다가와 물었다.

"이상하구먼…… 내 여기 오래 있어봐서 아는데 아가씨는 데모하구 그럴 사람이 아니야."

그는 혀를 끌끌 차듯 말했다.

"무슨 뜻이죠?"

"아가씬 너무 곱게 생겼어…… 어느 대학 다니나?"

철창가에 머리를 갸웃이 붙이고 있는 그의 입에서 역한 술냄새가 풍겨왔다.

"전 대학생이 아니에요. 무직이에요!"

두 사람을 바라보던 순영의 눈길이 흠칫 움츠러들었다.

"……호호호, 내 눈은 못 속여. 아가씬 아마 대학 다녔을 게야. 아 그래, 이정화라고 했지. ××대학 이번에 졸업하는, 맞지?"

사내는 보물찾기놀이에서 보물이라도 찾아낸 사람처럼 만족스러운 미소를 지었다. 물론 산통을 깬 것은 그가 아니었다. 그러나 정화는 그가 순영과 그녀를 이렇게 만들어버린 장본인이기라도 한 것처럼 화가 치밀어오르기 시작했다. 정화는 풀썩이는 먼지가 모두 그에게 가도록 거칠게 담요를 폈다. 정화가 담요를 뒤집어쓰고 눕는 것을 보자, 주임은 거무죽죽한 입을 헤벌쭉 벌리고 웃더니, 신트림을 하고는 밖으로 나갔다. 차렷자세를 하고 있던 전경들이 웅성거리기 시작했다.

"……아가씨? ……자요?"

정화는 뒤집어쓴 이불을 내렸다. 낯익은 전경이 문가를 조심스레 살피며 한손을 철창 사이로 밀어넣었다. 그의 손바닥 위에는 담배 한 개비와 라이터가 놓여 있었다. 그는 수줍게 웃었다. 담배를 내민 전경은, 네 시간마다 바뀌는 전경들 중에서 가장 적극적으로 호의를 보이는 사람이었다. 한번은 밤에 주임이 없는 틈을 타서 정화들 앞에서 초등학교 일학년생처럼 노래를 부른 적도 있었다.

——우리는 뭐 아가씨 같은 사람들이 여기 들어오면 기분이 좋은 줄 아십니까?

항변하듯 말하기도 했다.

정화는 앳된 얼굴의 전경이 내미는 담배와 라이터를 바라보았다. 지난여름 굳은 결심을 하고 끊은 담배였다. 그런데 지금은 못 견딜 정도로 피우고 싶다. 순영의 시선이 정화의 모습을 비켜가는 것이 보였다. 아아, 실수였어. 순영이를 데리고 온 건 실수였어. 그러나 이미 엎질러진 물이었다. 정화는 벽 쪽을 향해 돌아눕는 순영의 완강한 뒷모습을 물끄러미 바라보았다. 쇠창살의 그림자가 길게 순영과 정화 사이를 가르고 있었다.

"불안할 때 도움이 될 텐데요……"

정화가 담배를 받지 않는 것을 보고 이번에는 다른 전경이 물었다. 정화는 잠시 순영을 바라보다가 고개를 저었다.

"여유가 있으시면, 옆방에 좀더 넣어주시겠어요?"

전경은 천천히 고개를 끄덕였다. 정화는 무릎 위로 다시 담요를 덮었다. 가끔씩 멀리서, 질주하는 자동차 소리가 들려왔다. 민옥이는 잘 있는지. 지하실 그 어두컴컴한 방에서 날 위해 저녁상을 보아둔 채 쓰러져 잠잘 것이었다.

정화는 차가운 벽에 등을 기댔다. 맛도 모르고 처음 담배를 피운 때가 언제였던가. 그래, 그 형이 교문 앞에서 갈가리 옷을 찢긴 채 끌려가던 그날. 아니, 어느날 갑자기 친구의 머리가 파르라니 깎이고, 반도의 허리께에 박힌 그 가시 같은 철책선으로 끌려가던 날…… 정화는 눈을 감았다.

2

일학년 봄날, 아카시아 향기가 진동하던 그 교정에서 느닷없이 솟구쳐올라 터지던 최루탄 소리. 끌려가던 선배들…… 그 무렵 정화는 과선배에게서 책을 한권 선물받았다. 책갈피마다 선연한 핏자국들. 함성소리, 총소리, 눈물겹게 서로를 부둥켜안고 다독이던 광주의 위대한 시민들. 도서관 한모퉁이에 앉아 터져나오는 통곡을 틀어막으려 했지만 소용이 없었다. 그날 이후 정화는 날마다 허물을 벗는 세상을 보았다. 휘황한 거리의 깊숙한 곳에 선명한 핏자국이 배어 있었고, 무심한 듯 강의실 사이를 움직이는 학생들 사이로 선배와 동기들의 진지한 몸부림들. 팝송이 흘러나오는 거리를 걸으면 또 어디선가 함성 소리가 들려왔다.

이땅에서 진정한 역사를 배운다는 것은 분명 쉬운 일은 아니었다. 더구나 그 역사가 이제껏 살아오고 배워오면서 굳어진 틀을 깨야만 받아들일 수 있는 것일 때, 정말로 다시는 예전의 그 아무것도 모르는 철부지로 돌아갈 수는 없었을 때, 단순한 양심과 욕심이 날마다 무수히 피흘리며 끝나지 않을 것 같은 싸움을 계속하고 있을 때, 정화는 분단된 조국의 젊은이들이라면 누구나 한번은 겪었을 고통과 분열을 느꼈고, 그것을 스스로의 사슬로 인식하기 시작하면서 이제까지 살아온 곳으로부터 새로운 삶이 펼쳐지는 곳으로 우선 몸을 움직이리라 마음먹었다. 그리고 그 새로운 삶이 펼쳐질 곳은 바로 조국을 위해 가장 열심히 일하는 사람들이 가장 버림받고 있는 곳, 그러므로 바른 사회가 온다면 당연히 역사의 주인이 될 이들이 있는 곳이어야 했다.

1987년 가을, 용광로처럼 달아올랐던 여름의 투쟁들이 안으로 다져지기 시작했을 때, 정화는 현장에 가려는 결심을 굳혔고, 설마 하는 부모님들에게 쪽지 한장을 남겨놓고 집을 나왔다. 정화는 알고 있었다. 그 쪽지의 의미는 딸이, 먹을 것 입을 것 어느 하나 부족한 것 없이 키워놓은 딸이 어느날 느닷없이 월북이라도 하겠다는 소리처럼 들렸을 것이다. 옷장 가득 걸린 고운 옷들과 손때 묻은 책상까지 버려두고 떠난 딸의 배신을 아마 부모님들은 지금까지도 용서하지 못했을지도 모른다.

어제 온 면회에서 어머니는 말없이 속옷가지를 건네주었다. 그리고 다시 철창 속으로 돌아서야 하는 딸의 뒷모습을 다 보지 못하고 그 자리에 무너지듯 쓰러졌다. 울음소리…… 정화 역시 어머니의 그 모습을 끝까지 지켜볼 수 없었다. 엄마, 어쩔 수 없이 불효를 저지르는 이 딸을 용서해주세요. 그러나 어머니와 저를 이렇듯 갈라놓는 자들을 용서하진 마세요. 아버지와 어머니 그리고 동생들을 사랑합니다.

집을 나온 정화는 지하실방을 얻어 친구 민옥과 함께 서투른 자취를 시작했다. 천장에 붙은 손바닥만한 창으로 밀려오던 트럭소리. 습기와 곰팡이. 가끔 잠 못 이루고 눈을 뜨면 완벽한 어둠뿐이었고, 이 어둠속에서 눈을 뜬다는 것이 무슨 의미가 있을까 하는 생각에 정화는 깊이 한숨을 쉬기도 했다.

그리고 어느날 외출했다 돌아와 그 어둠속에서 잠 못 이루던 민옥의 얼굴이 떠올랐다.

"왜 그래? 무슨 일 있었니?"

정화는 어둠속을 더듬어 민옥이 앉아 있다는 것을 알고는 일어나 앉았다.

"아니, 그저…… 집에 전화했었어."

"……불을 켤까?"

정화는 어둠속에서 민옥의 윤곽을 잡으려 애쓰며 물었다.

"아니, 이대로 그냥 둬. 아버지가 병원에 입원하셨대. 관절염이 도지셨나봐. 날 데려오라고 날마다 성화시라나……"

"그럼 가봐야지."

"아니, 가지 않기로 했어. 곧 취직도 해야 할 텐데……"

정화는 민옥과 무릎을 맞대고 앉아 있었다. 어둠속이었지만 그녀가 운다는 걸 알 수 있었다.

"민옥아, 우리가 운동을 한다는 것은 집안일을 소홀히하고 부모님 가슴을 아프게 해드려도 좋다는 의미는 아니잖아."

그것은 스스로에게 중얼거리는 말인지도 몰랐다. 가끔 집에 전화를 걸 때마다, 목이 메시던 부모님의 목소리.

"……아니, 아버지는 병원에 입원이라도 하셨잖아. 생명이 위태로운 지경도 아니고…… 생각해봐. 병원 근처에도 못 가보고 죽어가는 사람들, 아니, 삶이 죽음 같은 사람들……"

정화는 민옥의 손을 잡았다. 민옥은 정화의 손을 터질 듯 움켜잡더니, 잠시 후 툭, 하고 손을 놓았다.

"사실은…… 사실은 겁이 나서 그래. 사실은 이 지긋지긋한 지하실방과 간장종지만 놓인 밥상, 버스 한번 탈 때도 주머니를 뒤적여야 하는 이 생활을 내가 뛰쳐나가고 싶어할까봐…… 가서 아버지 얼굴을 뵙고, 또 집에 가게 되면 흔들릴까봐……"

어둠이 짙었고, 민옥의 흐느낌소리를 밟아버리듯 달리는 트럭소리가 커다랗게 들려왔다. 정화는 일어나 불을 켰다. 눈물에 얼룩진 민옥의 얼굴이 원망스러운 듯 정화를 올려다보았다.

"민옥아, 아버지께 갔다 와. 흔들릴 것은 흔들리게 하고 극복할 것은 극복해야지. 그렇지 않다면 그건 은폐에 불과해."

민옥은 다음날 아버지를 뵈러 갔고 며칠 후에는 김치를 싸들고 정화에게 나타났다. 둘은 하나의 고비를 넘은 것이었다. 남아 있는 수많은 고비들. 평생 이렇게 살 수 있을까 의문이 들 때마다 뒤척이던 밤들. 그러나 고통의 깊이만큼 얻어지는 기쁨 또한 컸다.

정화는 이력서와 주민등록등본을 들고 공단을 헤매어다녔다.

"나이가 너무 많군."

대부분의 회사들이 사람을 뽑는 데 까다로움을 피웠다. 호황이라 사람이 모자랐지만, 미심쩍은 여공을 뽑느니 기계를 놀리는 게 낫다는 계산이었다. 정화는 이십세의 박혜순으로 변해야 했다. 새로운 삶을 위해 낡은 자기를 버려야 했다면, 이름과 나이가 바뀌는 일쯤은 사실 그리 큰 문제가 아니었는지도 몰랐다.

"정화야, 너 눈 커다랗게 뜨고 쏘아보지 마. 너무 똑똑해 보여."

취직이 안되는 정화에게 던진 민옥의 웃음기 어린 충고는 사실이었는지도 몰랐다. 공장의 수위들은 정화의 눈빛을 마주하면 곧 아래위로 그녀를 훑어보고는 딴데나 가보라며 창문을 닫아버리곤 했다. 그렇게 하루를 허탕치고 들른 마지막 공장에서 정화는 정말 기운이 빠져 고개를 숙이고 그저 멍청히 앉아 있었다.

"원래 말이 없나봐, 아가씨."

면접을 하던 생산과장이 웃었고, 내일부터 출근하라고 했다. 드디어 드디어 취직이다! 그러나 공장 정문을 나서면서 정화는 씁쓸하게 웃을 수밖에 없었다. 저들은…… 노동자들이 똑똑하지 않기를 바라는구나.

지독한 소음과 울컥 토해버릴 것 같은 납냄새. 정화는 현장에 출근한 첫날, 귀와 코를 모두 틀어막고 싶은 충동을 참았다. 사원들이 조회를 하는 동안 현장이 훤히 보이는 유리벽으로 된 사무실에 앉아 있다가 배치를 받았다. 신입을 가르쳐줄 임무를 맡은 사람이 순영이었다.

"몇살이니?"

순영은 자주색 가운 호주머니에 두 손을 찌르고 눈을 내리깔며 물었다.

"……네?"

소음 외에는 아무것도 들리지 않았다. 이마에서 진땀이 배어나오기 시작했다.

"몇살이냐구?"

"……스, 스무살."

"그래? 나도 스물이야. 자, 지금부터 내가 하는 일 잘 봐."

순영은 자리에 앉아 수북이 쌓인 나사를 하나씩 부품에 꽂고 재빨리 돌렸다. 기가 막히게 빠른 솜씨였다. 정화는 엉거주춤 앉아 순영의 흉내를 내었다. 컨베이어는 정화의 손놀림을 비웃기라도 하듯 빠르게 흘러갔다. 전신이 뜨거워졌다 차가워졌다 반복을 계속했고 눈앞이 핑핑 돌았다. 흘러내리는 땀을 닦을 겨를도 없었다. 잠시 후 컨베이어가 뚝 멎었다.

"나사가 하나도 안 조여졌잖아."

컨베이어 끝에서 조장이 소리쳤다. 순영이 허겁지겁 다가가 하나하나 나사를 조였다.

그날 점심시간 순영이 정화에게 다가왔다.

"혜순아, 나 지금 불량 많이 냈다고 주임님한테 혼나고 오는 길이야."

순영의 눈에 푸른 서슬이 아른거렸다.

"미안해, 잘해보려고 했는데……"

"신입이라고 봐주는 건 없어. 그럴수록 더 정신을 바싹 차려야 해."

순영은 정화의 얼굴을 빤히 쳐다보았다. 이 나이 되도록 무얼 했기에 그 쉬운 나사 하나 조이지 못할까 하는 얼굴이었고, 정화는 정말 자신이 지금까지 무얼 배워왔을까 생각하기 시작했다.

"같은 나이에 내가 이런다고 기분 나쁘게 생각하지 마. 난 나보다 더 어린 애한테 혼나가면서 일 배웠어."

"……그래, 알아. 나이에 상관없이 배울 건 배우고 혼날 건 혼나야 지. 하나도 기분 나쁘지 않아. 단지 너한테 미안해서……"

순영이 의아한 표정을 지었다. 그러고는 잠시 후, 마음이 좀 풀렸는 지 어조를 누그러뜨렸다.

"주임님한테 혼나고 왔기 때문에 너한테 이러는 거는 아냐. 이왕 들어온 이 직장에서 맡은 일은 뭐든지 잘하고 싶은 거야. 사실, 신입 때 다 그래."

그녀는 웃으며 정화의 어깨를 툭 쳤다.

"가자, 점심시간 끝나겠다."

그리고 저녁이면 탈의실에서 계급을 갈아입던 아이들. 우중충한 작 업복의 아이들은 재빠르게 아름답고 멋진 아가씨로 변해갔고 거울 앞 은 늘 만원이었다. 겨우 안면을 익힌 순영과 걸어나오던 퇴근길에 정 화는 갑자기 주저앉아 울고 싶은 기분이었다. 생산하는 민중이 역사 의 주인임을 알고 있었지만 아직 그 민중이 되지 못한 얼치기와, 스스 로가 역사의 주인이면서 그걸 모르는 바보들. 쌀쌀한 바람은 피어오 르는 시커먼 굴뚝연기를 흩뜨리며 정화의 뺨을 마구 후려쳤다.

3

공장에 들어간 지 한달쯤 되었을 때 대통령선거가 있었다. 애초부 터 희망을 건 것은 아니었지만 밤새 민옥과 함께 성능이 좋지 않은 라 디오에 귀를 기울이던 정화는 흐린 새벽 집을 나섰다. 무엇엔가에 철 저하게 기만당한 것처럼 억울했다.

"우린, 혹시나 하던 우리 자신의 부질없는 희망에 기만당한 건지도 몰라."

버스를 타고 가면서 민옥의 말을 떠올리고 있는데, 구로구청 앞에 빽빽이 들어선 전경차와 사람들 그리고 곳곳에 붙여진 벽보들이 보였다. 모든 개표소는 평온하다고, 라디오는 숨막히는 버스 천장에서 계속 외치고 있었다.

그날 잔업을 마치고 집으로 돌아가는 길에 정화가 순영에게 물었다.

"어제 선거했어?"

"늦잠 좀 자려고 했는데 우리 동생이 하도 성화를 해싸서."

"동생이 있었니?"

"응."

순영의 동생은 열여덟이라 했다. 함께 자취를 하고 있는데 몸이 약한 것이 걱정인 모양이었다. 여동생의 이야기를 꺼내는 순영의 얼굴에는 복잡한 표정이 어려 있었다.

"…… 저기, 구로구청 앞에 사람들이 많던데 구경가볼까?"

전경들이 서 있는 뒤편으로 밀가루 같은 최루탄 분말과 돌멩이들이 흩어져 있었다. 순영은 코를 막고 기침을 하기 시작했다. 구로구청 밖, 큰길까지 사람들의 물결은 끝이 없었다. 정화는 이상한 흥분이 솟구쳐오르는 것을 느끼며 순영과 함께 맨 앞쪽으로 갔다. 이미 어두운 밤이었지만 군데군데 횃불이 타오르고 있었다.

사람들이 나와서 구로구청 개표의 부정사례를 이야기하고 있었다. 노랫소리. 박수소리.

"아가씨들, 추운데 이거 깔고 앉으세요."

뒷자리의 남자가 깔고 앉았던 얄팍한 스티로폼을 내밀었다. 정화와 순영은 나란히 그것을 깔고 앉았다. 따뜻한 온기가 전해져왔다. 잠시 후 콜라와 김밥과 귤이 나누어졌다. 정화와 순영은 처음 보는 사람들과 그것을 나누어먹었다. 성금이 계속 답지했고, 장기자랑, 시민들의 소견발표가 있었다. 정화는 시계를 들여다보았다. 돌아가야 할 시간이었다. 밥상을 차려놓고 기다릴 민옥의 얼굴이 떠올랐다. 그러나 정화는 순영의 옆모습 때문에 망설이고 있었다. 그녀는 사람들이 나와서 이야기를 할 때마다 열심히 귀를 기울였고 서툴지만 노래도 따라 불렀다.

"순영아, 그만 가자."

순영의 손을 잡아끌고 올 때는, 순영에게 이런 자리를 마련해줌으로써 앞으로 그애가 나아갈 길에 도움이 될까 생각한 것이었지만, 막상 순영이 어린애처럼 열중하는 것을 보자 정화는 갑자기 초조해지기 시작했다. 만약에 출구가 봉쇄될 경우도 생각해야 했다.

"왜? 재미있는데 조금 더 보고 가자."

어떤 사내가 나와 밀양아리랑 노래를 부르며 덩실덩실 춤을 추기 시작했다. 굵은 주름살이 진 얼굴하며 옷매무새는 그가 오랜 세월 고된 노동에 시달려왔다는 것을 말해주었지만, 그의 얼굴 가득한 미소가 타오르는 횃불에 반짝이고 있었다.

"와 이리 좋노, 와 이리 좋노, 와아 이리 좋노오오오……"

그는 노래가 끝나고도 들어갈 줄을 몰랐다. 사회자가 그에게 다음 기회를 약속했고, 사람들 사이에서 커다란 웃음소리가 터져나왔다. 그때 다시 최루탄 터지는 소리가 들렸다. 젊은 남자들이 달려가 전경들과 맞섰다.

"여러분, 그는 이겼다고 하지만, 우리는 지지 않았습니다. 이제부터가 중요합니다. 진짜 싸움이 시작될 것입니다. 모두 싸우는 동지들에게 성원을 보냅시다."

사회자의 말에 남아 있던 사람들 모두가 목이 터져라 응원을 보냈다. 최루탄 소리도 경찰의 방송도 함성에 묻혔다. 정화는 손마디를 툭툭 꺾었다. 순영은 뺨이 달아오를 정도로 함성을 지르고 있었다. 멀리 타오르는 횃불이 그녀의 눈동자에 비쳐졌다. 진짜 싸움. 오늘 이곳이 우리 모두에게, 스스로의 것을 빼앗기고도 늘 침묵해야만 했던 우리 모두에게 하나의 불씨가 될 수 있다면.

작은 싸움을 승리로 마친 남자들이 돌아왔고 박수소리가 울려퍼졌다. 한 시민이 마이크를 잡았다.

"여러분, 저는 시장에서 장사를 하는 상인입니다. 시장도 보통 시장이 아니라, 우리 서울의, 아니 우리나라의 중심에 있는 남대문시장의 상인입니다. 저어기 신세계 옆 골목으로 들어오셔서 점박이상회라고 있으니까 나중에 많이들 오세요—— 저는 이번 선거가 있기 전에 저의 가게에 오는 손님들 모두한테 물어보았습니다. 누구를 찍을 거냐고 말이지요. 헌데 노태우씨를 찍겠다는 사람은 아무도 없더라 이겁니다. 이건 정말입니다. 그래서 저는 마음을 딱 느긋이 먹고 있었는데…… 여러분, 이게 웬 날벼락입니까? 이럴 수가 있습니까? 여러분도 저와 똑같은 생각에서 오셨을 거라 믿습니다. 그러나 저는 아직 모든 것이 끝난 것은 아니라고 생각합니다. 아직 개표는 끝나지 않은 것입니다. 우리는 여기에 있는 저 투표함이 바로 아직은 도둑맞지 않은 우리의 양심이라 생각하고, 저것을 무슨 일이 있어도 지켜야 합니다. 여러분, 제 생각이 어떻습니까?"

정화는 오늘밤 여기에 남겠다는 생각을 굳히면서 순영과 함께 일단 대열을 빠져나와 근처의 잔디밭에 앉았다.

"여기서 밤새울 수 있겠니?"

다짐하듯 묻는 정화의 얼굴을 바라보던 순영의 얼굴에 의아한 빛이 떠올랐다.

"이따가 졸리면 집에 가지 뭐."

"못 가게 될지도 몰라. 막을지도."

순영은 주위를 한바퀴 둘러보았다.

"아줌마들도 있고 아이들, 할아버지 할머니도 있는데?"

"그래, 그렇다 해두."

순영은 대답하지 않고 묵묵히 타오르는 횃불을 바라보았다.

"그래도 지금은 가고 싶지 않아."

둘은 잠시 저쪽 울타리 가에서 타오르는 규찰대의 횃불을 바라보았다.

"이런 데 와본 일 있어?"

정화가 조심스럽게 물었다. 대열을 빠져나오니 몹시 추웠다. 순영은 벗고 있던 장갑을 다시 끼고는 정화를 바라보았다.

"아니…… 하지만 동생에게 얘기는 좀 들었어."

"동생이 이런 데 잘 다니나보지?"

"지네 회사에서 뭐 노조를 만들었다나. 아침마다 코피 터뜨리면서도 밤마다 무슨 책을 그렇게 보는지…… 오늘도 야간근무만 아니면 여기 가자고 날 졸랐을 거야."

"……노조 같은 것 싫어하니?"

순영은 잠시 말이 없이 누런 잔디잎새를 하나 뽑아서 그걸 물끄러미 바라보았다.

“모르겠어…… 걔네는 뭐 파업하구 그래서 월급 조금 올랐다는데, 우린 지난여름에 처음으로 휴가비도 많이 나오고 월급도 조금 올랐거든.”

“그건 네 동생 같은 사람들이 싸우고 그랬기 때문인지도 몰라. 우리도 파업할까봐 미리 겁먹고 올려준 것 아닐까?”

“내 동생도 그렇게 말은 하더라. 모르겠어…… 딴 건 모르겠는데, 굉장히 울보고 비관적이었던 그애가 노조일 하고부터는 명랑하고 의젓해지고 그런 걸 보니까 그만 하란 말은 못하겠더라. 사실 걘 고향에서 어릴 때 공부를 참 잘했거든. 걘 꼭 학교엘 보내고 싶었는데……”

순영은 어둠 저편으로 고개를 돌렸다. 순영과 이렇게 사는 이야기를 나누어보는 건 처음이었다. 라인은 달랐지만 열이 비슷해서 점심시간이나 작업시간 끝마칠 무렵 비슷하게 컨베이어에서 손을 떼곤 했기 때문에 비교적 가까워질 수 있었던 순영이다. 다른 아이들처럼 상사의 눈치를 보았고, 또 열심히 일했고 자신에 대해서는 지나치리만큼 입을 열지 않았다. 그건 다시는 건드리고 싶지 않은 상처들을 그 나이에 너무 많이 가지고 있어야 했기 때문인지도 모른다.

“여기 오니까 어때?”

“좋아. 서울 온 지 사년 좀 안됐는데 이런 곳은 처음이야. 저 사람들 모두 거짓말하고 있는 것 같지는 않아.”

그때 요란한 박수소리가 들려왔다. 뚱뚱한 중년아낙이 마이크를 잡았다.

“여러분, 저는 구로동 주민 대표 정식이 엄마예요. 여러분들이 이 추운 날 이렇게 고생들 하고 계신데 이 밤에 편안히 잠만 자고 있을 수가 있어야지요. 그래서 우리 엄마들이 무엇을 도와드릴까 의논을 해가지고 급히 김밥을 조금 만들어왔어요. 급하게 만든 것이라 맛이 없더라도 맛있게 드세요."

곧 김밥이 나누어졌다. 급하게 만든 김밥에 남은 온기를 느끼면서, 정화는 가슴속으로 울컥 뜨거운 것이 솟구쳐오르는 것을 느꼈다. 오월, 그때의 세상도 이랬을까. 트럭에 탄 시민군들에게 김밥을 전해주는 아주머니의 얼굴들.

—왜 광주를 참혹하다고만 생각하지? 난 그때 처음으로 대동세상을 보았는데.

광주에서 올라온 선배의 말이 떠올랐다.

"혜순아, 우리 이거 저 사람들에게도 나누어주자."

순영이 손가락으로 울타리 가에 횃불을 들고 서 있는 규찰대를 가리켰다. 둘은 양손에 김밥을 들고 그리로 달려갔다.

"춥지 않으세요?"

"괜찮습니다…… 그런데 여자분들은 집에 가셔야 하지 않겠습니까? 사실 싸울 때 여자분들이 있으면 좀 불편하거든요."

학생이라고 자신을 소개한 남학생이 한손엔 횃불을 들고 한손으로 김밥을 먹으면서 씩 웃었다.

"아니에요. 같이 싸워야 남녀평등이지요."

노동자라고 자신을 소개한 젊은 남자가 슬쩍 끼여들었다. 어두운 하늘 끝까지라도 밝힐 듯 횃불이 타올랐고 순영은 정화의 얼굴을 바라보며 함빡 웃고 있었다.

4

　가슴속에 팽팽하게 잡아매어진 공포의 현을 퉁기며 최루탄 터지는 소리가 들려왔다. 아직 유리창이 깨어지지는 않았지만, 이미 들어찬 최루가스 때문에 숨이 콱콱 막혀왔다. 정화는 순영과 함께 오층 강당의 연단에 앉아 있었다.

　──우린 지금 죽어가고 있어요! 학생들이 지금 피흘리고 있어요!

　아까 오층 저쪽 방에서 전화기를 들고 울부짖던 사십대 아주머니의 음성이 떠올랐다. 그때 최루탄이 유리창을 깨며 빗발처럼 날아들었고, 순영의 손을 붙들고 정화는 도망치듯 이 방으로 들어온 것이었다. 첫번째 접전 때 부상을 당했던 노동자가 피묻은 붕대를 감은 다리를 절룩이며 어디론가 숨어들어가는 것이 보였다.

　누군가 강당 한구석에 불을 피웠다. 사람들이 모여들어, 만일 잡혔을 때 보여서는 안될 것들을 불속에 던져넣었다. 정화는 머뭇거리며 다가가 박혜순이라는 이름의 주민등록증을 던져넣었다. 이건 패배를 위한 준비인가. 울컥 토해버리고 싶었다. 돌아보니 순영은 목도리로 코와 입을 막고 괴로워하고 있었다.

　"여러분, 우리는 끝까지 싸워야 합니다. 모두 대열을 정비합시다."

　한 젊은이가 일어서서 소리쳤다. 그러나 대부분의 사람들은 넋을 잃고 앉아 있었다. 정화는 순영의 옆으로 다가가면서 유리창을 열고 화염병을 던지는 남자들을 바라보았다. 싸워야 하는데, 이렇게 앉아 있으면 안되는데…… 그러나 꼼짝도 할 수 없었다.

　"악!"

　누군가 비명을 질렀다. 화염병을 던지려던 학생이 손을 너무 뒤로 젖히는 바람에 불이 그의 옷으로 옮겨붙은 것이었다. 옆에 있던 동료들이 재빨리 불을 껐지만 이미 옷은 타버린 뒤였다. 그는 타버린 옷을 벗어던지고 의연하게 화염병을 창밖으로 던졌다. 남아 있는 화염병은 고작 세 개.

콰 쨍그렁!

날아온 최루탄에 첫번째 유리창이 깨어졌다. 그러나 그들은 물러서지 않고 남은 화염병을 던졌다.

다시 두번째 유리창이 깨어졌다. 세번째 유리창이. 그리고 최루탄이 비오듯 쏟아지기 시작했다. 모두 납작하게 엎드렸다. 고개를 들면 정수리를 향해 최루탄이 날아와 박힐 것이다.

그러나 정작 죽음의 공포는 그후에 왔다. 안개보다 자욱한 가스 속에서 모두들 질식해가고 있었다. 누군가 가슴을 쥐어뜯으며 뒹굴었다. 정화는 숨죽인 채 괴로움을 견뎠다. 오층으로 올라온 백골단들이 문을 깨는 소리가 들려왔다.

"무서워."

순영이 정화의 파카자락을 움켜잡았다.

"괜찮아. 자신의 승리가 공표된 날 우릴 때려잡진 않을 거야. 눈이 있지. 설마……"

자신이 말을 하고 있는지 아닌지도 확인할 수 없었다. 정화는 제 목을 쥐어뜯었다. 신선한 공기를 보내줄 수 있는 사람이라면 백골단 아니라 백골단 할아버지라도 반겨맞을 것 같았다.

"여러분, 우리가 순순히 투항한다고 해서 저들이 너그럽게 우릴 대하진 않습니다. 여러분, 오직 끝까지 싸우는 자만이 적들 앞에서도 당당할 수 있습니다. 우리에게 이제 더이상의 무기는 남아 있지 않지만,

용기를 내서 우리 다같이 의연한 모습으로 노래를 부릅시다."

한쪽 알이 깨어진 안경을 쓴 젊은이가 자신의 가쁜 호흡을 천천히 조정해가며 낭랑하게 말했다.

그는 사람들을 둘러보더니, 한손을 높이 쳐들고 저으면서 노래를 하기 시작했다.

──압박과 설움에서 해방된 민족.

숨조차 쉴 수 없는 자욱한 연기 속에서 사람들이 천천히 노래를 부르기 시작했다.

──싸우고 또 싸워서 찾은 이 나라.

정화는 몽롱한 눈길로 그들을 바라보았다. 그 광경은 차라리 장엄한 것이었다. 정화는 점점 낮아지고 있는 노랫소리가 발작적인 기침과 구역질로 변해가는 것을 보면서 한마디라도 따라부르기 위해 입을 열었다. 그때, 최루탄가스에 젖은 정화의 폐가 경련을 일으키기 시작했다. 정화는 가슴을 움켜잡으며 몸을 뒤틀었다.

쾅, 쾅, 쾅, 쾅.

바리케이드가 쳐진 문을 도끼로 때려부수는 소리가 계속 커다랗게 울렸다.

5

모두들 순식간에 벽 쪽으로 밀려나면서 주저앉았다. 몽둥이가 춤을 추었고, 으깨진 비지처럼 사람들이 서로 엉겼다.

"고개 숙여! 안 숙여?"

정화는 거꾸로 처박혀도 될 정도로 고개를 숙였다. 그래도 여전히 몽둥이질은 계속되었다. 누군가 정화의 등을 밟고 올라가 뒤쪽 사람들에게 몽둥이질을 해댔다. 순영이는 어디 갔을까? 둔탁한 몽둥이질 소리를 들으면서 정화는 제 등을 밟고 올라선 육중한 워카발을 느꼈다. 아아, 나는 얼마나 우아한 체포를 꿈꾸었던가. 민옥의 말이 맞았다. 정화는 또 혹시나 하는 자신에게 기만당한 것이었다. 이건 영화가 아니었다. 전쟁터였다. 그리고 우린 포로였다. 그들에게 우리는 개, 돼지였다. 정화는 이를 악물었다.

"이 새끼들이 제일 악질들이야! 이쪽으로 몰아!"

정화는 잠시 고개를 들까 망설였다. 순영이는 어디로 갔을까. 그때 뒤통수에 쇠의 감촉이 날카롭게 부딪쳐왔다. 순간 눈앞에 검은 장막이 팍, 하고 드리워지면서 파란 불꽃 같은 것이 아른거렸다.

"고개 숙여!"

몽둥이질은 계속되었다. 그러나 이상하게 신음 하나 들리지 않았다.

"……으으 으으윽."

한참 후 아주 오랫동안을 악물었던 신음이 터지면서 여러 사람들이 쓰러지는 둔탁한 소리가 들려왔다.

"다음은 이놈이야!"

이곳은 어디인가. 여기는 지옥, 지옥, 살육장. 끝내 신음을 참았던 저 사람들. 심장에 최루탄 고물을 묻힌 것처럼 아픔이 가슴을 헤집었다.

유리창을 깨는 소리, 물을 뿌리는 소리, 캄캄한 눈앞에 들려오는 소리만으로 상황을 짐작할 뿐이었다. 이제부터 시작이라는 듯 얼음 같은 물이 끓어앉은 바닥으로 번져갔다.

그리고 백년이 지났다…… 그래, 백년이었다. 그 백년 동안 창밖으로 최루탄이 터지는 소리, 몽둥이질 소리…… 발밑으로 번져 들어온 물이 서서히 얼어붙기 시작했다.

"야, 머리 터진 새끼들 어디 갔어?"

다시 신음소리가 들려왔고,

"데리고 나가!"

하는 소리가 들려왔다.

"옥상 끝났어?"

"네, 다 끝났습니다."

"자, 일어서! 동작 봐라! 고개 숙이고 앞사람 허리에 대가리 묻어!"

일어서려는 정화의 뒤통수로 다시 몽둥이가 날아왔다. 사람의 두개골이란 얼마나 견고한 것인가. 어째서 제 머리가 터지지 않는지 정화는 이해할 수 없었다. 머리가 터졌다는 그 사람은 어디로 갔을까.

이쪽저쪽으로 사람들이 다시 분류되었다. 정화는 여자들을 몰아놓은 곳에 가서 다시 끓어앉았다. 바닥에 고인 찬물이 뼛속까지 스며들었다. 눈을 치뜨니, 조금 앞쪽에 순영의 코트자락이 보였다. 살아 있었구나. 그때 정화의 턱밑으로 차갑고 축축한 것이 불쑥 들이밀어졌다. 정화의 턱이 그 차가운 것을 따라서 치켜졌다. 그리고 그것이 책상에 걸터앉은 사복이 멀리서 잡고 있는 대걸레라는 걸 알았다.

"넌 뭐 하는 년이냐?"

"……무직입니다."

"미친년."

걸레가 정화의 목덜미에서 파카 안으로 밀려들어왔다. 차고 뭉클뭉클한 것이 정화의 속옷을 파고들어 가슴팍을 헤집고는 빠져나갔다.

"넌 또 뭐 하는 년이냐?"

"학생입니다."

"이런 씨팔년."

걸레가 이쪽저쪽을 낚시 드리우듯 오가는 동안, 뒤쪽에서는 다시 몽둥이질 소리가 들려왔다. 그들은 두더지잡기놀이를 하고 있는 것이었다. 머리를 치켜드는 두더지의 머리를 망치로 때리는 놀이. 동전 대신 최루탄을 밀어넣고 그들은 놀이를 하고 있는 것이다. 머리를 치켜들지 않아도 때리는, 게임의 룰이 다르다면 다를까.

무릎의 감각이 없어지고 발끝까지 나무토막처럼 딱딱하게 굳어갔다.

"발 집어넣지 못해!"

앞자리에 앉은 여학생의 다리 역시 마비된 모양이었다. 그녀는 비져나온 다리를 집어넣으려 했지만 잘 되지 않는 모양이었다. 군홧발이 그녀의 다리를 찼다.

"아, 아, 아야."

"이년이 엄살을 떨어?"

군홧발이 그녀의 마비된 무릎을 짓밟았다. 그녀는 더이상 비명 지르지 않았다. 인간이 자신의 아픔을 표현하는 것이 상대방이 인간으로서 가지고 있는 아픔에의 연민에 호소하는 것이라면, 더이상 비명 지르지 않는 그녀의 판단은 옳았다. 정화는 눈물조차 흐르지 않는 눈을 어둠속에서 깜박였다.

"그만들 때리지…… 너무들 하는군."

뒤쪽에서 누군가가 중얼거렸다. 아까부터 아이들의 등을 살살 내리치던 사람이었다. 부드러운 몽둥이질. 이 살육의 현장에서 그것은 어떠한 의미를 갖는 것인지. 그에게 고마움을 느끼는 자신을 보면서 정화는 고통 앞에서 한없이 나약해지는 것을 느꼈다. 저들이 원하는 대로……

"왜 이러시는 겁니까?"

쥐죽은 듯한 침묵을 가로질러 저쪽 어디선가 날카로운 비명소리가 들려왔다.

"어떤 년이야?"

군홧발들이 우르르 몰려가는 소리가 들렸다. 그리고 다시 그 지긋지긋한 몽둥이질 소리. 아아, 내가 맞고 있다면 이렇게 괴롭지는 않을 것이다. 정화의 옆에 앉은 여학생이 귀를 틀어막고 숨죽여 울기 시작했다.

사복들은 비명 지르던 여학생을 늘씬하게 두드린 후, 그녀의 등에 한쪽 발을 올려놓고 파카에 매직으로 갈겨썼다.

　　─나는 김×× 하수인입니다.

이후, 그녀는 장소를 옮길 때마다 사복들의 표적이 되었다.

정화는 마비된 제 무릎에 얼굴을 비볐다. 몽둥이질 소리가 들려올

때마다 그녀의 가슴속에 무엇인가가 선명하게 한획 한획 각인되고 있
었다.

오, 월, 은, 지, 금, 도, 계, 속, 되, 고, 있, 다.

6

어딘지도 모르는 경찰서 보호실은 차라리 아주 안락했다. 비로소
모두 고개를 들었다. 횃불에 그을린 옷과 머리, 멍든 자국, 수포가 돋
은 목언저리.

그것이 정말 오늘 아침의 일이었던가. 오층에서 일층으로, 일층에
서 구로경찰서 지하실로 끌려가 분류되던 일. 꿇어앉은 정화들의 옆
을 지나 그 어두운 지하실로 포로처럼 끌려들어오면서, 어떤 남자가
속삭였다.

―동지들, 우리 동지들! 기운을 잃으면 안됩니다!

정화는 그때 울음을 터뜨렸다. 자신이 정말 동지라 불릴 자격이 있
을 만큼 힘껏 싸웠는지 자신이 없었다. 그러나 그 숨막히는 상황 속에
서 속삭이는 그 '동지'의 목소리는, 아무리 작은 것일지라도 자신을
잃어서는 안된다고 말하고 있었다. 그런데 정화는 울음을 터뜨린 것
이었다. 왜인지 스스로도 알 수 없었다.

잠시 후, 그들은 호송버스에 다시 처박혀졌다. 떠나려던 버스가 갑
자기 섰다. 아주머니들이 버스를 막은 것이었다.

―이놈들아! 학생들 다 어디로 데려갔어? 하늘이 무섭지도 않으
냐!

모두 버스 바닥에 꿇어앉혀졌기 때문에 밖에서 학생들의 모습은 보이지 않았다. 버스에 탄 사복들이 아주머니들을 밀어냈고, 버스는 도망치듯 구로를 빠져나와 여기 도착한 것이었다.

형사 하나가 보호실로 들어오더니, 아이들 몸에 밴 최루가스가 괴롭다는 듯 코를 막고 종이를 내밀었다.

"자, 여기다 이름하고 주소, 직업, 주민등록번호를 적는다."

정화는 순영에게 먼저 종이를 내밀고 나서 혹시나 순영이 볼까 돌아서서 제 이름을 적었다. 그러나 그것은 부질없는 일이었다. 곧 정화의 이름이 불렸기 때문이다.

"이정화! 이정화!"

"……네."

"나와!"

정화는 순영의 얼굴을 돌아보았다. 순영은 이제까지 보아왔던 믿을 수 없는 사실들이 아직 끝나지 않은 것처럼 여겨졌는지 그저 무표정한 얼굴이었다. 곧 순영의 이름이 불렸고, 일곱 명이 주르르 대공3계로 들어섰다. '대공'이라는 팻말 앞에서 순영의 얼굴이 일순 해쓱해졌다. 정화는 이제 그런 순영을 향해 싱긋 웃어줄 수 있는 여유를 되찾았다.

"너 돌 날랐지?"

바닥에 꿇어앉은 정화를 향해 담당형사가 물었다.

"아니요."

"그럼 돌 던졌지?"

"아니요."

"정말 안 던졌어? 그럼 뭐 했지?"

정화는 더 대답하지 않았다. 정화의 눈앞에 붕대를 친친 감은 담당 형사의 발이 보였다.

"니가 던진 돌에 이렇게 맞았는데도 아니란 말야?"

형사는 다친 발을 들어 보이며 얇은 입술을 잘근잘근 씹었다. 벌써 다섯 시간째였다. 몽둥이로 맞는 것보다 취조시간은 더 고통스러웠다. 몇번이나 자술서를 다시 쓰고 같은 질문에 똑같은 대답을 되풀이해야 했다.

"이 씨팔년아, 너 지금 나 가지고 노는 거야?"

옆책상에서 취조당하던 여학생에게, 그래도 비교적 마음 좋아 보이는 형사가 별안간 꽥 소리를 질러댔다. 그것이 잠이라도 깨워놓은 듯 다른 형사들도 모두 언성을 높였다.

"넌 말야, 골수분자야. 내가 척 보면 알아!"

"아니에요."

"아니긴 뭘 아냐? 수수한 파카에다 허름한 청바지, 그게 바로 골수 분자들의 차림새야!"

정화의 담당형사는 다른 형사들이 취조하는 것을 바라보다가 정화의 자술서를 신경질적으로 훑었다.

"좋아, 네가 돌도 안 던지고 아무것도 안했다는 거 인정하지. 대신 여기다가 네가 보기에 주동적이었던 사람의 인상착의를 적어. 그러면 곧 보내주지."

그는 정화에게 흰 종이와 펜을 내밀었다.

"모릅니다."

"잘 생각해보고 결정해봐. 어느 쪽이 더 현명한지."

담당형사는 일어서서 밖으로 나갔다. 정화는 그가 내민 종이를 짝

짝 찢어발기고 싶은 충동을 느꼈다. 책상 밑으로, 순영이 저린 무릎을 펴고 일어서서 나가는 모습이 보였다. 순영의 뒷모습을 바라보던 순영의 담당은 원하는 해답을 얻은 듯한 표정을 짓더니 기지개를 쭉 켰다.

"재 말야…… 참 글쎄, 이 부정선거와 끝까지 싸울 거라고 자술서에 썼지 뭐야. 참, 솔직해서 좋았어!"

7

취조를 받고 돌아온 아이들은 모두 그 자리에서 기진한 얼굴로 쓰러졌다. 정화는 보호실로 돌아오면서, 끝끝내 아무것도 쓰지 않은 자신의 눈을 노려보던 담당의 파란 눈을 떠올렸다. 그러나 어떤 댓가를 받는다 해도 잘했다는 생각이 들었고 갑자기 피곤함이 쏟아졌다. 순영은 벌써 어떤 여학생과 친구가 되었는지 담요를 덮고 이야기를 나누며 웃고 있었다. 정화는 신발을 벗고 침상으로 올라섰다.

"어? 언니, 정화언니 맞지?"

정화는 담요를 무릎 위로 덮으면서 고개를 들었다. 순영과 이야기를 나누던 여학생이 정화를 보며 반가운 얼굴을 하고 있었다. 그리 가까운 사이는 아니었지만 얼굴 정도는 익힌 학교 후배였다.

"나야, 나 모르겠어?"

심장이 이상한 소리를 내며 덜그덕거리는 것 같았다. 순영의 얼굴이 순간 굳어지는 것을 보면서 정화는 천천히 고개를 끄덕였다. 후배는 정화에게 이것저것 묻더니 다시 순영에게 무슨 이야긴가를 꺼내며 웃었다. 정화는 손으로 담요를 쥐어뜯고 있는 순영의 모습을 보았다. 어떻게 해야 할지 아무 생각도 떠오르지 않았다.

처음 보호실에 들어와서 노동자라고 자신을 소개한 사람은 정화와 순영 두 사람뿐이었다. 정화는 활달한 학생들 틈에서 묘한 위축감을 가지는 순영을 다독거렸다. 더구나 순영이 처음에 자신을 회사원이라고 말했을 때는 귓속말로 소곤거리기까지 했던 것이다.

—순영아, 우린 노동자야. 누가 물으면 자랑스럽게 대답해야 해.

순영은 잠시 의아한 표정을 지었지만, 정화가 자신을 노동자라고 당당한 목소리로 소개했을 때 대학생들이 보인 반응을 보고는 곧 고개를 끄덕였다.

갑자기 모든 것이 뒤죽박죽이 되어가는 것 같았다. 어떻게 말할 수 있을까. 나도 순영이 너와 똑같은 노동자일 뿐이라는 사실을. 정화와 순영의 눈이 잠깐 마주쳤다. 순영의 눈에서 잠시 파란 불꽃 같은 것이 튀었고, 이내 순영은 눈을 내리깔았다.

—재, 정말…… 아, 이번 부정선거와 끝까지 싸우겠다고 썼지 뭐야.

순영이 나간 후, 지껄이는 형사의 말에 취조를 받던 다른 아이들이 웃음을 참고 있는 것이 보였다. 세상에, 형사 앞에서 그렇게 이야기할 필요가 뭐 있담. 정화도 웃음을 참았다. 그러나 갑자기 등줄기로 서늘한 것이 흘러내렸다. 순영이가 어떻게 그런 생각을 했을까? 그저 일이나 하고 떡볶이나 먹으러 가고 월급을 쪼개어 화장품 살 생각이나 하는 줄 알았는데…… 생각하는 정화의 목덜미에 다시 소름이 오소소 돋았다. 그렇다면 나도 사장들과 똑같은 눈으로 노동자들을 바라보고 있던 것은 아니었을까? 너희들은 너희들이 얼마나 부당한 대

우를 받고 있는지 그렇게도 모른단 말이니? 가끔 관리자들의 손찌검
에 그저 감정적인 반응을 보이던 아이들, 쥐꼬리만한 월급이 그저 제
날짜에 나오기만 기다리는 아이들을 보면서 외치고 싶은 기분이 드는
때가 한두 번이 아니었다. 오월의 의미도 유월과 칠팔월의 피투성이
항거도 모르는 듯, 주는 대로 먹고 시키는 대로 일만 하는 듯 보이던
아이들. 이게 아닌데 싶어서 가끔 정화는 벽을 만지는 듯한 막막함에
괴로워하곤 했다. 그런데 순영은 난생처음 와보는 숨막히는 취조실에
서 당당하게 그리고 또박또박 외친 것이다.
　—나는 이 부정선거와 끝까지 싸우겠다!
　정화는 고개를 흔들었다. 나는 순영이를 믿지 않았다. 노동자들과
그들의 건강한 힘. 정화는 혹시 자신이 믿고 있던 것이, 사실은 제 머
릿속의 얄팍한 관념뿐이었던 것은 아닐까 생각하기 시작했다.

　　　　8

　영영 밝아지기는 글렀다는 듯 밤은 깊어만 갔다. 정화는 차가운 벽
에 기대고 앉아서 돌아누운 순영의 뒷모습을 계속 바라보았다. 후배
가 정화에게 학교 이야기를 떠들썩하게 지껄인 후, 순영은 계속 정화
를 피하고 있었다. 사람들 앞에서 순영을 붙들고, 그래, 나 사실은 대
학 다니다가 너희 회사 들어갔어라고 말할 수도 없었다.
　정화는 화장실로 가서 얼음 같은 물에 머리를 감았다. 차가운 물의
느낌이 뇌리 깊숙이 파고들었다. 턱이 덜덜 떨려오고, 얼굴에 아직 남
아 있는 최루탄가스가 바늘처럼 피부를 찔러왔지만 개운했다.

정화는 다시 제가 앉아 있던 자리로 와서 비닐봉지를 열어 속옷을
한벌 꺼냈다. 그러고는 잠시 망설이다가 순영에게 다가갔다.

"……자니?"

순영은 대답하지 않았지만, 석고처럼 굳어 있던 그녀의 어깨가 움
찔하는 것이 보였다.

"……속옷 갈아입어. 여기."

순영이 등을 돌렸다. 그녀는 여전히 정화를 바라보지 않은 채 일어
나 앉았다. 창백한 순영의 얼굴 뒤로 쏟아져들어오는 불빛이 그녀의
얼굴에 짙은 그림자를 드리웠다. 순영에게는 면회 오는 사람이 없었
다. 동생과 연락도 되지 않았고, 설사 연락이 된다 해도 순영의 동생
이 이 먼 곳까지 오기도 힘들 것이었다. 취조가 거의 끝나갈 무렵 면
회가 허락되었고, 우르르 몰려온 엄마들이 딸들의 상한 얼굴을 보며
눈물을 터뜨릴 때도, 그리고 알뜰히 챙겨온 속옷이나 우유, 빵 등을
들여보냈을 때도, 순영은 그저 우두커니 앉아 있을 뿐이었다.

순영은 정화가 내민 새 속옷을 받아들고 화장실로 가서 갈아입었다.

"걱정하지 마. 우린 곧 나가게 될 거야……"

다시 돌아와 앉은 순영을 물끄러미 바라보다가 정화가 더듬더듬 말
했다. 그리고 어쩌면 다시는 만나지 못할지도 모르지. 말이 끊겼다.
순영이 제 입술을 꼭꼭 깨물고 있는 게 보였다. 정화는 버릇처럼 코를
훌쩍 들이마셨다. 머리에 남은 물기 때문인지 몹시 추웠다.

"미안해……"

정화는 겨우 다시 입을 열었다. 순영은 고개를 숙이고 한참 말이 없
었다. 동료들에게 거짓말을 해야 할 때 가장 가슴이 아팠어,라고 말하
고 싶었지만 목이 콱콱 막혀오는 것 같았다.

"……나 실은 대학에 다닌 적이 있어. 이름도 이정화구, 나이는 스물네살이야. 거짓말하고 싶지 않았지만 어쩔 수가 없었어. 하지만 영영 속이려고 한 건 아니야. 언젠가 우리가 서로를 더 많이 이해하게 되면…… 그때 다 털어놓으려고 했는데……"

순영이 천천히 고개를 들었다. 정화는 덜덜 떨려오는 이를 악물었다.

"저기……"

순영은 코트자락을 만지작거리며 말을 더듬었다.

"언니라고 불러야 할지…… 혜순이라고 불러야 할지……"

"혜순이라고 불러. 아니, 아무렇게나 불러도 돼. 우린 친구잖아."

"……사실, 처음엔 좀 화가 났지만…… 니가 좀 다르다는 건 알고 있었어…… 그런데 여기 온 대학생들을 보고 또…… 거기서…… 아무튼…… 화나지 않았어. 근데 니가 자꾸 날 피하구…… 어색해서 어떻게 해야 할지 몰랐어. 나 화 안 났어. 난 니가 좋은 사람이라고 생각해."

말을 마친 순영이 쑥스러운 듯 씩 웃었다. 정화는 어느덧 순영의 손을 꼭 잡고 있었다. 정화는 코를 훌쩍 들이마셨다. 이번엔 추워서가 아니라 갑자기 눈가가 뜨거워진 때문이었다.

"……고마워, 순영아."

"아니야."

순영이 휴지를 내밀었다. 정화가 코를 풀면서 순영을 향해 웃었다.

"울다가 웃으면 어디에 털난대."

정화는 웃으려고 했지만 또 눈물이 흘러내렸다. 그 눈물 고인 눈을 찡그리며 정화는 다시 웃었다. 저들이 지른 고통과 고난의 불구덩이

속에서 우리는 쇳물처럼 녹아 하나가 된다. 아무도 다시는 예전처럼 갈라놓을 수 없는 하나가.

"아까 나간 아이들은 집으로 가는 거야?"

순영이 물었다. 정화는 고개를 끄덕이면서 문득 돌아서던 후배를 생각했다.

—언니, 우린 이제 언제 다시 만나지?

정화는 후배에게 했던 그 대답을 정정하고 싶었다. 보호실에서가 아니라 모든 싸움의 현장에서라고.

"옆방, 옆방! 잡니까?"

남자들도 자지 않은 모양인지 부르는 소리가 들렸다.

"아니요, 우린 깨어 있어요."

"우리도 잠이 안 와서 모여앉아 이야기를 하고 있어요. 이거 받아요! ……아까 나간 사람들이 주고 간 거예요."

비닐이 부스럭거리는 소리가 들려왔고, 의자에 앉아 있던 전경 하나가 익숙한 솜씨로 그것을 정화에게 건넸다. 빵과 우유였다.

"고마워요…… 우린 드릴 게 없는데 받기만 해서 어떻게 하죠?"

"아따, 말루만……"

옆방의 누군가가 외쳤고 와르르 웃음이 터졌다.

"아니, 그럼 저 나중에 만나서 차 사드릴게요. 꼭이오."

"그려, 명동에서 만나자고…… 거기도 시방 싸우고 있는 모양이니께. 근데 그쪽은 학생들이여라?"

정화와 순영은 서로 얼굴을 마주보았다. 그러고는 서로 누가 먼저랄 것도 없이 말했다.

"우린 노동자예요!"

정화와 순영은 마주보고 웃었다. 정화가 다시 말했다.

"아저씨는요?"

"내는 노동자도 아니구 노가다여."

이번엔 전경들까지 모두 웃음을 터뜨렸다.

정화는 순영과 함께 빵을 나누어먹었다. 정화는 팥이 가장 많은 부분을 뚝 떼어서 순영에게 내밀었다. 순영이 그것을 받아먹었다. 그리고 제가 들고 있던 빵에서 크림이 가장 많은 부분을 떼어서 정화에게 주었다. 정화는 이 세상에서 가장 화려한 만찬을 즐기고 있다는 생각이 들었다.

둘은 빵을 다 먹고 나서 나란히 누웠다.

"순영아, 너 이번 부정선거와 끝까지 싸우겠다고 썼니?"

"응…… 내가 잘못한 건가?"

"아니, 그렇진 않아."

"솔직히 말하면 내보내준다길래……"

"……하지만 때로는 거짓말이 필요할 때도 있는 것 같애."

"너처럼?"

순영이 빙긋 웃었다.

"하긴, 생각해보니 그렇다. 거짓말이 필요하다는 건 좋은 세상이 아니라는 증거가 되는구나. 그렇지 않았다면 우리가 서로 그렇게 어색했을 필요도 없었을 텐데……"

"난 이제 경찰서 근처에 있는 사람이라면 다신 믿지 않을 거야."

"우리도 지금 경찰서 근처에 있잖아?"

"아니, 그것말구……"

둘은 다시 웃었다. 순영은 담요를 끌어올려 목까지 덮으며 정화의

몸에 찬바람이 들어갈까 꼭꼭 여며주었다. 그때 어디선가 무슨 소리
가 들려왔다.

> 휘몰아치는 거센 바람에도
> 부딪쳐오는 거센 억압에도
> 우리는 반드시 모이었다, 마주보았다
> 살을 에는 밤, 고통받는 밤
> 차디찬 새벽서리 맞으며 우린 맞섰다
> 사랑, 영원한 사랑 변치 않을 동지여
> 사랑, 영원한 사랑, 너는 나의 동지!

"훈방된 사람들이 이제야 나가는 모양이야."
"그럼 경찰서 정문에서 저렇게 노래하는 거란 말야?"
"그러엄…… 우리도 따라부를까?"
둘은 자리에 누운 채 힘차게 노래를 불렀다.

> 세상 살아가는 동안에도
> 우리가 먼저 죽는다 해도
> 그 뜻은 반드시 이루리라, 승리하리라
> 해방되는 날, 통일되는 날
> 희망찬 내일 위해 싸우며 우린 맞섰다
> 투쟁, 영원한 투쟁 변치 않을 동지여
> 투쟁, 영원한 투쟁, 너는 나의 동지!

경찰서 정문 어디쯤에서 시작된 노랫소리는 점점 커져가고 있었다. 옆방에서도 힘찬 노랫소리가 울려퍼졌다. 정화와 순영은 손을 잡았다. 침침한 보호실의 어두운 벽만 보였지만 그들은 들을 수 있었다. 새벽의 소리가 들리고 있었다. 새벽이, 찬란한 새벽이 동터오고 있는 것이었다.

순진성에서 자기됨으로
'금 밖에서 글쓰기'의 길

손경목

공지영은 소설가로서의 활동기간이 길지 않은데도 벌써 여러 편의 장편소설을 생산해낸 작가이다. 특히 최근에 나온 장편『무소의 뿔처럼 혼자서 가라』로 인하여 이 작가의 이름은 상당히 대중적인 것이 되기에 이르렀다. 그 소설에서 작가와 처음 낯을 익힌 뒤 이 창작집 『인간에 대한 예의』를 찾아들게 된 독자도 적지는 않으리라. 하지만 지금처럼 대중적으로 알려지기 이전부터 공지영은 눈여겨볼 만한 중단편소설들을 꾸준히 발표해왔고, 그것들은 장편과는 또다른 방식으로, 한결 정제된 형식 속에서 이 작가의 개성과 체취를 확인시켜준 바 있다. 이 책은 그 중단편소설들의 첫 묶음이다.

다소 사사로운 이야기가 허용된다면, 공지영의 등단작 「동트는 새벽」을 비롯하여 여기에 실린 9편의 작품들을 다시 읽는 동안, 나로서는 독자의 특권이랄 수 있는 어떤 '방심의 상태'를 많은 부분 포기해야 했다는 말을 하고 싶다. 다시 말해 무심한 마음으로 소설의 움직임을 따라가는 편안한 글읽기가 이 책의 경우에는 꽤나 어려웠다. 그런 어려움은 해설을 써야 한다는 의무감에서 오는 것만은 아니었다. 그것은 작가의 소설작업을 비교적 가까운 거리에서 지켜볼 수 있었던 자의 얼마간 일방적인 근린의식과 그것을 의당 경계해야 한다는 의식 사이의 은밀한 다툼이 불러오는 긴장의 지속에 말미암은 것이기도 하였으며, 다른 한편 『인간에 대한 예의』의 여러 소설들이 표현하는 특정한 시대적 정황과 인물들의 체험, 그것들이 야기하는 복합적인 정서로부터 나 역시 자유로울 수 없다는 자기확인의 부담에서도 비롯되는 것이었다. 아마 중요한 것은 나중의 항목일 것이다. 작가와 동년배의 독자로서, 그의 소설 속의 인물들이 1980년대에서 현재에 이르는 시기를 배경으로 겪어온 사회적 체험의 어느 부분을 나눠가지고 있다는 연루감은 나로 하여금 그들의 움직임에 방관자의 느긋한 눈길을 던질 수 없게 한다.(이 말은 물론 소설의 인물들과 공유하는 체험이 없거나 드물다고 해서 방관자적 글읽기가 정당화될 수 있다는 뜻은 아니다. 만약 독자의 그런 글읽기를 손쉽게 허용하는 문학이라면, 다시 말해 독자의 한눈파는 의식을 충격하고 흔들어 깨우지 못하는 작품이라면 좋은 작품일 리도 만무한 노릇이다.) 대신에 남겨지는 것은 소설 속의 인물들이 걸어가는 발걸음의 추이와 방향에 신경을 곤두세우는, 자못 편안치 않은 글읽기의 방식이다. 이 글은 『인간에 대한 예의』를 그처럼 편안치 않은 마음으로 읽어내려간 독후감이 될 것이다.

『인간에 대한 예의』에 실린 공지영의 소설들은 많은 경우, 미성숙한 인물이 새로운 환경 속으로 진입하여 갖가지 곡절을 겪게 되는 형식을 지니고 있다. 공지영 소설의 주요인물들이 대부분 이십대에서 삼십대 초반에 이르는 젊음을 간직하고 있다는 것은 이와 관계깊다. 그때 소설은 인물들이 넓은 의미의 사회와 본격적으로 낯을 익히는 자리이거나, 그것을 통해 인간적이고 사회적인 맥락에서 모종의 성숙을 이루는 체험의 장이 된다. 이른바 입사(入社, initiation) 형식의 소설유형에 해당하는 특징을 곧장 드러내고 있는 셈이다. 여기서 유의할 것이 있다면 그 사회입문의 체험이 반드시 일회적인 것만도 아니라는 사실이다. 다시 말해 공지영 소설의 인물들에게 입사의 체험은 잇따른 재입사의 필요를 배제하지 않는다. 오히려 그의 소설은 사회적 재입문의 연속적 과정과, 거듭되는 그 입사의 바람직한 방향을 위한 모색의 연쇄로 이루어졌다고 할 수 있다.

  이러한 연속성은 우리의 경험에 비추어 이해할 만한 사실이다. 흔히 사회화라고 부르는 과정, 혹은 일반적으로 사회 속에서 우리의 삶이란 한차례의 편입과 적응 과정을 겪고 나면 그 다음부터는 내내 순탄한 행보가 보장되는 그런 것이 아니다. 반대로 우리는 불규칙적이고 불가측적인 사회의 율동 앞에서 끊임없는 재적응과 재출발의 요구에 시달린다. 이를 두고 삶의 본래적인 리듬이랄 수도 있겠지만, 수시로 사회적 재입문의 절차를 거쳐야 한다는 것은 당사자로서는 여간 번거롭고 곤혹스러운 일이 아니다. 더구나 동시대의 우리 사회처럼 미증유의 격변을 겪어온 사회의 구성원에게 그 곤혹스러움은 한결 더한 것이 되지 않을 수 없다. 어제의 기정사실이 오늘 터무니없는 거짓으로 판명나는 일이 일상화되다시피 한 상황에서는 사회적으로 재적

응할 필요의 빈도와 강도는 높아지는 반면 바람직한 재적응을 이끌어 줄 공적인 규준은 부재하거나 흐릿하게 나타날 따름이기 때문이다. 이런 처지에 놓인 개인에게 사회적 입문과 재입문의 과정은 자기정체성의 위기와 자기분열의 길이기 십상이다. 그러나 그렇다고 해서 그 과정을 생략하거나 회피하려는 노력은 성장과 성숙의 기회를 내던지고 밑모를 정체의 늪에 빠지기를 자청하는 일이 된다. 이렇다는 것은, 삶의 큰 테두리가 어지럽게 헝클어져 있는 사회일수록 그것에 옳게 마주서기 위하여 사회구성원들에게 자기분열의 위험을 견디고 이겨 나갈 강한 용기와 결단이 요구된다는 점을 말해준다.

『인간에 대한 예의』의 여러 소설을 통하여 우리는 결코 호의적이랄 수 없는 사회적 조건 속에서 젊은 인물들이 겪어내는 입사 및 재입사의 다기한 양상과 그것에 따르는 어려움, 그리고 그 모두를 기꺼이 감당하고 돌파하려는 용기를 읽는다. 여기서 먼저 염두에 둘 것은 사회와의 본격적인 마주침을 앞에 두고, 또는 그 마주침의 과정에서 공지영 소설의 많은 인물들이 내보이는 본래의 성격적 특징이다. 그들은 말하자면 '순진성의 상태'라고 부를 만한 성격적 공통성을 나누고 있다. 그것은 자아가 세계와의 결정적인 불화를 경험하지 않고 둘 사이에 심리적인 봉합을 이루고 있는 상태이다. 그것을 자기본위로 만들어놓은 상상적 질서 속에 잠겨 있는 어린아이의 처지에 비교해볼 수도 있을 것이다. 그러나 성장함에 따라 아이의 상상적 질서가 어른들이 지배하는 상징적 질서로의 불가피한 이행을 강요받게 되듯이, 공지영 소설의 인물에게도 자아와 세계의 돌연한 균열을 피할 수 없는 순간이 온다. 그것은 세계가 어느 순간 갑자기 구체적인 사회의 모습을 띠면서 제 은폐된 본질을 적나라하게 또 적대적인 방식으로 드러내는 데 말미암는다. 이 순간과의 맞닥뜨림을 통해 공지영의 인물들이 일차적으로 겪는 것은 예의 순진성의 상태의 해체, 그리고 그것에 이어진 내부파열의 경험이다.

공지영의 첫 소설 「동트는 새벽」부터가 그러한 내파의 체험을 다루고 있다. 이 작품의 주인공은 대학생 출신으로 노동현장에 '위장취업'한 여자이다. 소설의 서술시점에서 그는 부정선거에 항의하는 집회(이 집회의 전말에 관한 묘사는 1987년의 '구로구청 농성사건'의 추이를 거의 사실 그대로 따르고 있는 것으로 보인다)에 참여하여 유치장에 갇힌 몸이 되어 있다. 이러한 삶의 길은 대학생 시절의 첫 충격에서 이미 그 가능성을 예비하고 있는 것이었다.

일학년 봄날, 아카시아 향기가 진동하던 그 교정에서 느닷없이 솟구쳐올라 터지던 최루탄 소리. 끌려가던 선배들…… 그 무렵 정화는 과선배에게서 책을 한권 선물받았다. 책갈피마다 선연한 핏자국들. 함성소리, 총소리, 눈물겹게 서로를 부둥켜안고 다독이던 광주의 위대한 시민들. 도서관 한모퉁이에 앉아 터져나오는 통곡을 틀어막으려 했지만 소용이 없었다. 그날 이후 정화는 날마다 허물을 벗는 세상을 보았다. (319면)

인용문이 묘사하는 체험은 그다지 낯선 것이 아니다. 1980년대 초반의 대학생활을 다룬 기왕의 소설들에서 우리는 이와 흡사한 대목을 숱하게 마주친 바 있기 때문이다. 그것들이 배경으로 삼고 있던 시대와 거리가 꽤 벌어진 지금, 앞 인용문이 이야기하는 내용은 얼마쯤 상투적이고 낡은 것으로 보일 여지도 없지 않겠다. 그럼에도 여기에 간직되어 있는 어떤 진정성의 계기는 사라지지 않는다. 또 공지영의 소설적 자아에게 이 체험이 갖는 특별한 의미가 줄어드는 것도 아니다. 말하자면 앞 인용 속의 체험은 소설적 자아가 본래의 순진성의 파열(주인공은 그 체험으로 인해 "정말로 다시는 예전의 그 아무것도 모르는 철부지로 돌아갈 수는 없"다고 느낀다)을 겪으면서 무도한 힘에 의해 저질러진 역사 혹은 현실과 만나는, 공지영 소설의 중요한 원체험의 순간을 이룬다. 그 원체험을 통해 공지영의 소설적 자아에게 기성의 사회질서는 입사의 첫 순간에 이미 그 정당성을 통렬히 의심받게 되는 셈이다.

그렇다면 「동트는 새벽」의 주인공이 기성질서와 전혀 다른 새로운 질서를 세우기 위해 분투하는 삶의 길을 선택하는 것은 필연적은 아닐지언정 자연스러운 귀결이랄 수 있다. 이러한 선택을 뒷받침하는 것은 수월치 않은 용기이다. 주인공이 자기파열의 아픔을 딛고 현실과의 대결로 나아가는 것, 그 구체적 실천으로서 노동현장에 투신하는 것, 그리고 생명마저 위태로운 상황에서 농성장에 끝까지 남고 그런 일련의 과정에서 미묘한 갈등을 겪는 동료 노동자에게 자신이 '학출'임을 떳떳이 밝히는 것 등은 모두 손쉽게 얻어지지 않는 용기의 소산이다. 그리하여 소설은 1980년대 노동소설이 흔히 보여준 낙관적 전망을 떠올리면서 맺어진다. 이 결말을 두고 앞서 말한 시간적 거리감을 재확인하는 독자도 드물지 않을 터이다. 그러나 억압과 거짓이 미만한 사회에 맞선 이들의 지난한 활동의 기록으로, 또한 굳이 어느 연대에 한정될 까닭이 없는 사회적 진실과 용기의 가치를 환기하는 소설로서 「동트는 새벽」은 지금 읽어도 나름의 실감을 잃지 않고 있다는 것이 공정한 판단일 것이다.

「동트는 새벽」과는 얼마간 양상을 달리하지만, 인물들이 간직하고 있던 순진성의 상태가 역사와 현실 구조의 작동에 연루되면서 해체되는 모습은 「잃어버린 보석」「사랑하는 당신께」에서도 찾아진다. 차이가 있다면 전자의 경우와 달리 후자의 주인공들은 자기파열의 경험을 주체적으로 극복할 능력과 의지를 갖추지는 못했다는 점이다.

먼저 「잃어버린 보석」을 보자. 6·25 당시 월남한 지주의 아들과 머슴이 오늘의 시점에서 일용노동자와 기업가로 처지가 뒤바뀐 채 만난다는 다소 희극적인 설정을 바탕에 둔 작품이다. 옛 지주의 아들이자 오늘의 일용노동자인 '최만열씨'는 사장이 된 옛 머슴에게 월남 당시 빼앗아간 보석의 반환을 줄기차게 요구하지만 뜻을 이루지 못한다. 이것은 물론 고약한 자본가로 그려진 '홍범표'의 뻔뻔스러움 때문이다. 그러나 문제는 최만열씨의 순진성에도 있다. 그가 순진한 인물이라는 것은 가령 빼앗긴 보석을 되찾기만 하면 일거에 가난을 면할 수 있으리라고 믿는 데서도 나타나지만, 문제는 이 순진성이 자기 삶의 내력에 대한 (다분히 이데올로기의 자기은폐작용에 말미암은) 무의식과 연결되어 있다는 사실에 걸린다. 과거 지주 아들로서의 삶이 타인의 것을 빼앗음으로써 유지되는 것이었으며 자신의 월남행위는 더 이상 그런 삶의 재생산이 보장되지 않게 된 조건에서의 탈출을 뜻하는 것이었다는 반성적 인식이 그의 의식에는 전혀 떠오르지 않는다. 그렇게 보면 소설에서 홍범표가 가하는 패악은 최만열씨의 과거 및 그에 대한 현재적 무의식을 향해 주어지는 역사의 상징적 보복이라고도 할 수 있는 셈이다.

최만열씨의 예의 순진성이 해체되는 것은 그 보복의 성격이 어렴풋이나마 의식됨으로써이다. 그가 소설의 끝에 이르러 "홍범표의 말대로 그 보석은 자신의 것이 아니었는지도 모른다. 어쩌면 홍범표가 보석을 빼앗는 그 순간에 모든 일이 공평해졌는지도 모른다"고 생각하는 대목은 바로 그러한 순진성의 해체——이데올로기 장치 해제의 순간을 비추어준다. 그 역시 피해자라는 사실과 앞의 깨달음이 내포하는 진실성을 감안한다면 최만열씨는 앞에 말한 역사의 상징적 보복을 감수하여 마땅한 인물이 아니라고 할 수 있다. 이 인물에 대한 소설의 묘사가 어디까지나 연민의 어조에 실려 있음은 그 점을 반영하는 것이겠다. 더욱이 앞의 대목에 이어지는, "하지만 보석으로 인해 잃어버린 사십년의 세월은 어디서 보상받을 것인가? 최만열씨는 홍범표와 똑같은 이유로 그가 잃어버린 사십년의 세월을 보상받아야겠다는 결심을 굳혔다"는 구절은 이 소설의 진정한 관심사가 (역사의 흐름에 떠밀려오다시피 한 개인의 잘잘못에 대한 시비를 넘어) 사람 사이의 뺏고 빼앗기는 관계를 숱한 희생 위에 제도화해온 현실의 구조 자체를 비판적으로 환기하는 데 놓여 있음을 보여준다. 월남한 사람들이 등장하는 또하나의 소설 「손님」은 그 현실구조가 민족분단의 상황과 상호인과성을 띠며 민족구성원들 각자의 보상받지 못할 생애를 강제해온 데 대한, 새롭달 수는 없지만 여전히 의미있는 문제제기로서 「잃어버린 보석」과 보족적으로 읽힐 수 있을 것이다.

 현실을 지탱하는 틀에 대한 작가의 이런 비판적 시선은 「사랑하는 당신께」에 이르면 성적 억압의 구조에 대한 추적으로 이어진다. 이 소설의 화자 역시 앞에 읽은 작품들에서처럼 순진성의 해체를 겪는 인물이지만 그 귀결은 훨씬 비극적이다. 입사의 첫단계에서 곧장 죽음으로 이끌리는 운명을 맞고 있기 때문이다. 한 순박한 처녀가 아내 있는 남자를 사랑하게 되고 결국 남자의 성적 방종 때문에 자살한다는 이 소설의 플롯은 전형적인 멜로드라마의 그것이다. 하지만 그런 통속성을 작가가 의도적으로 빌려온 측면이 있다는 것은 가해자로서의 남자, 그의 횡포에 희생당하는 여자라는 통념적인 이분법의 도식을 해체하고 넘어서려는 시도가 소설의 갈피에 잠복해 있는 데서 드러난다. 우선 눈여겨볼 것은 소설에서 화자의 운명에 관계되어 나타나는 남자의 이미지이다. 여기서 그는 선과 악의 상투적 이분법에 따른 악랄함의 담지자로서가 아니라, 다양한 종류의 성적 일탈행위가 남성다움의 표상으로 치켜세워지거나 적어도 당사자의 사회적 운신에 아무런 지장을 주지 않는 사회구조화 원리의 무의식적 운반자로 묘사된다. 이런 맥락에서 그 역시 사회의 희생자로 볼 여지마저 생겨난다. 그렇다고 소설 속의 남자가 화자의 고통에 대한 도덕적 책임에서 면제될 수 있는 것은 물론 아닐 것이다. 그러나 진정 책임이 문제된다면 그 책임은 근본적으로 특정한 남성 개인의 도덕적 부실함을 지나 그것을 낳고 보장하며 어떤 면에서는 권장하기까지 하는 사회의 틀과 그 구조화 원리에 돌려져야 한다는 것이 이 소설의 뿌리에 있는 문제의식이다. 이러한 문제의식은 가령 화자가 "남자를 가리켜 좋은 사람이라고 말할 때 그것이 여자를 가리켜 좋은 사람이라고 말하는 것과 다르다는 걸 알지 못했"다고 고백하거나, 자살을 선택하기 직전 "당신의 괴로운 남자됨에서 구해드릴 수 있는 길은 오직 이것뿐"이라고 말하는 대목에 잘 나타난다.

이 소설은 그러니까, 통속적인 그만큼 강한 흡인력을 갖는 소재를 빌려 여성에게 주어지는 구조적 억압의 상황을 전경화하되, 문제가 남성과 여성 사이의 대립구도로 단순해지는 것을 애써 경계하는 형국이다. 이러한 노력이 정당한 근거를 가지고 있음은 분명하다. 그런 한

편 우리는 「사랑하는 당신께」가 좀더 복합적인 관계망의 설정 위에서 그런 노력을 한층 정밀하게 만들었더라면 하는 생각을 갖는다. 또 화자가 자살에 이르는 이 소설의 결말처리가 상황의 자연스러운 흐름에 따른 것이라기보다는 작가에 의해 미리부터 준비된 결론이 아닌가 하는 데서 오는 어떤 작위성의 느낌을 이야기해야 할 것이다. 더 나아가, 이러한 맺음방식은 소설이 품은 전언의 선명함을 높이는 데는 기여할지 모르나, 주인공으로 하여금 상황에 밀착하여 겯고 틀게 하는 가운데 한결 실속있는 모색을 이루어내려는 노력을 단념한 결과라는 비판의 소지를 낳기도 한다.

그렇게 볼 때, 똑같이 여성 특유의 체험을 다루면서도 주어진 조건과의 대결이 문제되고 있는 「절망을 건너는 법」은 「사랑하는 당신께」에 비하여 한걸음 더 나아간 세계를 내보인다고 할 수 있다. 여기서 화자는 순진성의 상태와 그것의 해체를 이미 거쳐온 여자이다. 또는 세상의 쓴맛을 벌써 맛본 존재이다. 그것은 주로 행복하지 못한 결혼생활에 말미암는데, 소설에 짙게 암시되어 있는 것은 화자가 결국 이혼에 이를 가능성이다. 변화하고 있다고는 하지만 우리 사회처럼 가부장제의 구속력이 아직도 막강한 조건에서 여성의 이혼이 얼마나 불리한 선택인가에 대해서는 별다른 설명이 필요하지 않을 터이다. 이혼한 여성을 사회적 책임과 의무를 내던진 존재로 치부하는 시각도 여전히 완강하다. 「절망을 건너는 법」의 화자 역시 그런 편견을 의식하지 않을 수 없는 처지에 있다. 사태를 한층 딱하게 만드는 것은 화자 내면의 혼란스러움이다. 이혼 후의 자기 삶이 어떻게 꾸려질지에 대한 확신이 서지 않은 채로 그는 끊임없이 주저하고 흔들린다. 소설에 그 전말이 제시되어 있는 농촌으로의 취재여행은 이러한 안팎의

시련, 외부의 공격성과 내면의 흔들림을 견디고 이겨내려는 안간힘의
표현이다.

　그 취재여행의 과정에서 엿보이는 화자의 만만치 않은 관찰력은
「절망을 건너는 법」을 오늘의 피폐한 농촌에 대한 실감나는 보고로
읽을 여지를 마련해주고 있기도 하다. 그러나 정작 소설의 무게는 농
촌현실 자체보다는, 퍽이나 뜻밖의 느낌을 동반하면서 이루어지는 한
활달한 농촌여성의 삶과의 마주침에 실려 있다. 처음에 화자는 폐인
이 된 남편의 온갖 수발을 들면서도 웃음을 잃지 않고 살아가는 여자
를 놀라움으로 바라보는 한편, 그녀에게서 어떤 맹목적인 행복의 낌
새를 느낀다. 그러다 소설의 끝에 가서 비로소 그런 느낌이 틀린 것이
었음을 깨닫는다.

　　나는 갑자기 불행 앞에서 그녀가 그토록 행복해할 수도 있는가
　하는 따위의 생각이 얼마나 잘못되었는지를 깨달았던 것이다. 내가
　들르든 그렇지 않든 그녀는 그녀의 방식대로 살아갈 것이다. 그녀
　는 행복한 것이 아니고 말할 수 없이 꿋꿋했던 것이다. 절망 따위의
　말 같은 건 그녀에게 아무런 도움도 되지 않았다. (213면)

　그녀의 삶에 견줄 때 자기 고뇌란 보잘것없는 것이었다는 발견과
함께, 불행에 휘둘리지 않는 주체적인 삶의 가능성에 대한 예시가 화
자에게 주어지는 순간이다. 그 가능성은 스스로의 등뼈를 올곧게 세
움으로써 세상의 무게를 넉넉히 견뎌내며 나아가 세상에 올바르게 작
용할 수 있는 자기됨의 삶을 향한 가능성이다. 그것은 자기와 세상 사
이에 대립을 느끼지 못하는 순진성의 삶과도 다르고, 세상과의 갈등

속에서 절망을 곱씹는 자기균열의 삶과도 다른 삶의 길이다. 물론 가능성이 곧 현실은 아니어서, 「절망을 건너는 법」은 "하지만 이제 그 절망을 버리고 어디로 가는지 알 수는 없었다"라는 말로 끝날 따름이다. 하지만 이러한 결말에도 불구하고 독자는 화자가 자기됨의 삶을 향한 길에 놓인 어려움을 회피하지 않을 것이며, 이 소설의 화두라고 할 수 있는 사회적 재진입의 올바른 방식에 대한 모색을 그치지 않을 것이라는 예감을 갖는다.

「무엇을 할 것인가」「인간에 대한 예의」「꿈」 등 일련의 소설 역시 사회재입문−재입사의 올바른 방략에 대한 모색이라는 화두를 간직하고 있다. 「무거운 가방」 또한 이들 소설의 자력권에서 멀리 있지 않다. 연작소설에 가까이 간다고 할 만큼 주제나 작품의 세부에서 긴밀한 관련성을 맺고 있고, 그래서 서로 어울려 『인간에 대한 예의』의 중요한 뼈대를 이룬다 할 이 소설들은, 앞에서 살핀 작품들보다 한결 확대된 당대성과 보편성의 맥락을 얻고 있다고 할 만하다. 그것들이 제시하는 핵심적인 물음이 비단 그 물음을 놓고 고뇌하는 소설 속 인물들만의 관심사로 한정될 수 없는 의미의 폭과 긴박함을 지니기 때문이다. 그 물음이란, 1980년대라는 역사적 시기 다음에 닥쳐온 새로운 시대적 상황 아래서 과연 '무엇을 할 것인가'라는 물음이다.

가령 「무엇을 할 것인가」의 화자는 이러한 물음을 떠올리면서, 지나간 80년대의 의미를 그때와는 여러모로 달라진 현재의 조건에 견주어 되새긴다. 「동트는 새벽」의 후속편이라고 해도 무방할 이 소설의 화자에게 80년대란 무수한 이들이 "거대한 뿌리를 가진 이 역사의 왜곡에 대항해서" "사랑마저도 버리고 가야 할 길"을 기꺼이 걸어갔던, 사회변혁의 열정과 헌신으로 충만한 연대였다. 화자 자신은 그 헌신의 길을 도중에 이탈한 인물이다. 지하조직에 몸담고 있던 그는 선배와 아무에게도 환영받지 못하는 사랑을 키우다 도망치다시피 조직을 빠져나온다. 이 과정의 묘사에서 독자는 80년대 변혁운동권이 지니고 있던 어떤 현실적 한계를 읽을 수도, 거기 몸담고 있던 이들의 실제 고뇌가 풍부하게 그려지지 못했다는 불만을 품을 수도 있겠다. "노동자가 된다는 일은 혹은 민중이 된다는 것은 너무 힘겨운 일이었다"는 고백을 두고도 화자의 불철저한 고민의 흔적을 발견하거나, 반대로 그 솔직성에 인간적 공감을 보내는 상반된 반응이 가능하리라. 아무려나, 그 자신 변혁운동의 장에서 이탈했음에도 불구하고(아니, 이탈했다는 부채의식 때문에 더더욱) 화자는 80년대의 열정이 해체되고 당시의 투사들이 뿔뿔이 흩어져 다만 생존을 위해 허덕이는 90년대적 현실을 마주하여 깊은 아픔과 슬픔을 느낀다. 그 아픔과 슬픔의 진술을 통해 소설은, 화자(그리고 작가)가 믿기에 근본적으로 옳은 것이었던 80년대 진보적 사회운동의 대의가 오늘에 와서 부정/훼손될 수 없다는 항변, 또 오늘의 보편적 삶이 그 대의를 어떤 식으로든 이어받는 것이 되어야 하리라는 다짐을 전해온다.

그 항변과 다짐은 진정성의 울림을 울린다. 다만, 그런 소설적 전언이 "사회적 진보를 위한 1980년대의 기획을 둘러싸고 있던 열기가 왜 그토록 쉽게 쇠잔해질 수밖에 없었는가 하는 문제에 대한 새롭고 주목할 만한 통찰"(졸고 「불꽃의 추억」, 『세계의 문학』 1994년 봄호)로 이어지지 않는 것은 아쉬운 일이다. 그러나 어떻든, 「무엇을 할 것인가」가 품은 문제의식은 「인간에 대한 예의」에 와서 한결 또렷한 표현을 얻고 있다. 작중의 잡지 여기자가 한 장기수 노인을 만나고 쓰는 기사 첫머리처럼, 중요한 것은 "시대와 역사와 인간에 대한 예의를 지"키는 일인 것이다. 얼마간 추상적인 명제인 대로, 그 명제는 사회역사적 지평 위에서 인간적 진실을 좇고 확보하는 일과 그것에 책임지는 일을 여하튼 포기해서는 안된다는 의미론적 함축을 지닌다고 할 수 있다. 「무거운 가방」의 주제는 바로 그런 '인간에 대한 예의'와 그에 따르는 책임의 무게이다. 하룻밤 풋사랑을 나누고 헤어지는 고시 합격생에게 "돌아가 타협할 곳"이 있는 자의 무책임을 질타하는 여성노동자의 목소리는 곧바로 사회역사적 맥락 속에서 메아리를 얻을 만한 것이다. 그러나 지난 연대의 열정과 분투를 흘러간 옛꿈쯤으로 취급하는 사회의 분위기 속에서 '시대와 역사와 인간에 대한 예의'의 호소는 얼마나 상처받기 쉬운 것인가. 그 연약함을 작가 스스로도 알고 있다. 앞의 소설들과 주제의 맥을 같이하는 작품으로서 가장 최근에 씌어진 「꿈」의 비감한 어조는 아마 그 때문일 터이다. 그러나 여기서도 화자인 소설가는 "살육과 절망만이 가득한 그때"의 기억을 앞으로의 삶 속에서 육화해나가리라는 다짐을 늦추지 않고 있다. 주목할 것은 그런 다짐의 한켠에서 화자가 내비치는 소설가로서의 자기됨의 발견 혹은 확인이다.

나는 어쩌면 그때부터 소설을 쓰고 싶어했던 것은 아닐까. 영원히 술래가 된 것처럼 금 밖을 서성이면서 그들이 그것을 타는 모습을 지켜보기, 그리고 그들처럼 해보는 것을 상상하기, 그래서 밖에 서 있는 자의 쓸쓸함과 안에 있는 자들의 복닥거림을 엮어내보기…… 그런 사람이 할 수 있는 일이란 바로 소설쓰기가 아니었을까? (48면)

　이 대목은 소설작업에 대한 작가 자신의 의미부여로 읽혀도 좋을 것이다. 화자-작가에게 소설쓰기는 '금 밖'에 서서 금 안에 있는 사람들의 삶을 들여다보는 작업이다. 그것은 예외자의 삶의 방식이다. 그러나 이러한 삶에 대한 긍정이 낭만주의 예술(가)관의 특권의식과 이어져 있는 것은 아니다. 오히려 앞 인용문과「꿈」의 전체 맥락을 통해서 작가가 말하고자 하는 '금 밖에서 글쓰기'의 진정한 의미는 동시대의 일반적 삶의 흐름에 손쉽게 타협, 순응하기를 거부하려는 문학적 의지의 표명에 있다고 이해해야 할 것이다. 나아가 공지영의 인물들이 앞에 두고 있는 90년대의 조건과 연관지을 때, 그것은 자본의 힘에 기초한 사회가 통합력을 키워갈수록 드세어지게 마련일 순응주의와 눈먼 행복의식에 의문을 제기하고, 주어진 것과는 다른 삶의 가능성을 찾아나가려는 소설적 노력을 가리킬 수 있을 것이다. 그러니까 글쓰기의 차원에서 '시대와 역사와 인간에 대한 예의'를 지켜내려는 시도인 셈이다. 이러한 시도는 그 자체로 뜻있는 것이지만, 공지영 소설의 내면적 도정과 관련해서도 각별한 의미를 지닌다. 말하자면 '금 밖에서 글쓰기'를 향한 의지와 자기긍정은 그의 소설적 자아가 순진성의 상태로부터 오랜 방황과 입사/재입사의 모색을 거쳐 다다른 자기됨의 자리, 그 징표를 이루며, 그 점에서, 사회와 역사의 억압을 거슬러 용기있게 자기를 세워나가는 젊은 영혼의 길찾기의 세계라고 요약될 『인간에 대한 예의』 전체의 잠정적인 결론에 해당한다고 말할 수 있다.

　아마 그 결론을 또다른 문제제기로 바꾸어내는 곳에 앞으로 공지영 소설의 새로운 길이 놓여 있을 터이다. 나는 물론 공지영 소설의 새 길이 어디서 어떤 모습으로 열릴지를 알지 못한다. 다만 그의 '금 밖에서 글쓰기'가 더욱 알찬 것이 되려면, 역설적으로 금 안에 있는 사람들 사이의 관계와 그 관계의 '틈'에 한층 세심하고 정밀한 눈길이 주어질 필요가 있다는 부탁을 할 수는 있으리라. 그럴 때 많은 경우 1인 칭 시점으로 씌어진 『인간에 대한 예의』의 소설들에 비해 더 많은 2 인칭과 3인칭의 세계가 그의 소설 속으로 흘러들어올 수 있을 것이 다. 이 소설집의 여러 군데서 드러나는 감상주의의 흔적이 지워질 수 있는 것도 그러한 다인칭의 다중적인 얽힘을 더 깊이있게 파고드는 일을 통해서가 아닐까 한다. 그러나 무엇보다 공지영은 젊은 작가이 다. 그의 앞에는 드넓은 소설적 가능성이 놓여 있다. 그 가능성을 열 어나가는 작가의 발걸음이 힘차고 꿋꿋한 것이기를 바란다.

孫敬穆 / 문학평론가

태어난 이래 대통령의 이름이 한번도 바뀌지 않은 나라에서 자란 내게 대학은 참으로 견디기 힘든 곳이었다. 거기엔 이미 유신시대의 암울한 평화가 사라져버리고 없었던 것이다. 그러므로 나는 피난민처럼 보따리를 싸들고 이곳저곳을 기웃거렸다. 내 괴나리봇짐에는 하고 싶은 말들이 아직 외피를 쓰지 못한 채 잠들어 있었지만 나는 어디에서도 감히 그 보따리를 풀 수 없었다. 전쟁터에서 문학이라니. 그랬다. 문학이란 그때 참으로 하찮고 우스운 것이었다.

그래서 그때 글을 하나 발표하고 나면 나는 씩씩한 투사들에게 비웃음의 표적이 되곤 했다. 하지만 아침에 눈을 뜨면 옆자리의 동료가 하나씩 사라져버렸던 아픔에 비하면 사실 그런 비난들을 견디는 것쯤은 참으로 쉬웠다. 나를 비판하던 그들의 말은 옳았고 가끔씩 터져나오던 감정의 반박들은 내 어설픈 양심이 막아버리곤 했다. 재능으로 가득 찬 자신의 펜대를 꺾고 그 싸움의 한복판으로 달려나가던 선배들의 모습은 참으로 눈부신 것이었다. 나는 잔뜩 주눅이 든 채로 날마다 내게 같은 질문을 반복해 던졌다.

　―젊은날의 김지하같이 혹은 전태일같이 살지도 못하면서 쓰는 네 글이 도, 대, 체, 누구에게 도움이 될 것인가?

　노승에게 목침으로 후려맞은 땡초처럼 나는 화두를 짊어지고 떠돌았다. 글은 그 사람이 산 만큼만 써진다는데 나는 내 삶이 부끄러웠던 것이다. 나는 아무것도 아니었다. 고민이 깊어갈 무렵엔 이미 학생도 아니었고 직장도 없었다. 시나 소설을 쓰겠다던 생각은 팽개쳐버린 지 오래되어서 밤마다 식은땀을 흘리며 일기나 써대곤 했다. 그 무렵의 일기장 속에서 나는 날마다 삶과 죽음, 광기나 일상 어느 곳에도 끼이지 못하는 여자와 눈이 마주치곤 했다.

　그리고 어느날은 버림받은 듯이 엎드려 우는 그 여자의 몰골이 혐오스러워서 마지막 남은 것까지 버리기로 작정했다. 그것은 글이었다. 언젠가 장편을 들고 찾아갔던 출판사에서 받은 비판 때문에 6개월 동안 글씨라면 단 한 글자도 쓰지 못했던 기억도 물론 버렸다. 그것들을 붙들고 있는 동안 나는 황폐해져버릴 것이라는 위기감이 내 속에서 팽배해진 무렵이었다.

　아마도 나는 그리고 나서야 진정으로 내 삶에 대해 진지하게 생각할 수 있었던 것 같다. 평소 슬그머니 경멸하던 이웃집 젊은 여자와 수다도 떨었고 직장에 들어가 승진 때문에 고민하던 친구들이나 선을 볼 때마다 번번이 퇴짜를 맞은 사촌의 이야기에도 열을 내며 끼여들었다. 현장으로 떠나 제 몸에 불을 지른 후배의 초상술을 마시고 밤새 주정하는 친구의 오물을 치워준 기억도 있다. 지레 유치하다고 단정했던 사람들 속에서 나는 나와 같은 고민을 발견하게 되었고 지금은 묻어버린 그들의 이상의 편린을 엿보기도 하면서 나는 소설의 대상으로서가 아니라 나와 함께 사는 그들의 삶을 이해하게 되었던 것이다. 가끔씩 먼저 데뷔해서 화려한 처녀작을 출간한 친구들을 만나기도 했고 그들의 성취에 질투심이 솟기도 했지만 또다시 습작시절의 터널 속으로 들어가고 싶지는 않았다. 그런대로 나는 그런 삶에 적응해가고 있었다.

그러나 그 평화도 곧 끝이 나고 말았다. 어느날인가 잠 못 이루고 뒤척이다가 일어나 나는 미친 듯이 타이프를 두드려댔다. 발표하겠다든가 안하겠다든가 하는 생각도 없었다. 내 목구멍까지 차오른 듯한 그 무엇을 뱉어버리겠다는 생각뿐이었다. 몽유병환자 같은 몰골을 하고 하루 밤낮 동안 내내 그 일을 하고 보니 한 편의 소설이었다.

나는 비로소 내가 원하는 것이 무엇이었으며 내가 있어야 할 자리가 어디인지 깨달았다. 사춘기를 끝내고 줄곧 분열되었던 내 의식이 처음으로 화해의 악수를 했다. 나는 그후로 글을 써서 밥을 먹고 살려는 사람이 되었다. 적어도 나는 더이상 어설픈 고뇌의 흙탕물에 나를 던지지는 않게 된 것이었다.

그리고 십여년이 지났다. 참으로 많은 일들이 일어났다.

동독이 낫과 망치를 시세보다 비싼 값에 팔아 서독 마르크화를 샀으며 소련은 맑스와 레닌의 저작물들을 박물관의 먼지 속으로 들여보낸다고 발표했다.

세계가 그 이야기로 들끓는 듯했다. 그러나 그것은 어쩌면 먼 나라의 일이었다.

변화는 내 가장 가까운 곳에서부터 왔다.

학생들과 노동자들이 죽어 아스팔트 위에 고꾸라졌을 때도 문학은 영원한 것을 테마로 잡아야 한다고 내게 충고하던 교수가 자본주의 진영과 사회주의 진영의 접경선의 변화에 비상한 관심을 나타내면서 변화는 시작된 것이었다.

너무 단호해서 차라리 숭고하게 보였던 이론가들의 초조한 모습과 술집에서 마주치는 일도 점점 늘어났다. 노동문학을 하겠다고 떠났던 친구는 폐병을 얻어 먼 남쪽으로 요양을 갔고 알지 못하던 선진이론을 늘어놓아 날 자주 감동시켰던 동료 하나는 쓰던 소설을 팽개치고 쾌락을 설파하기 시작했다. 그리고 그 이론으로 밥을 먹고 사는 듯했다. 존재와 의식 사이에서 괴로워하던 지난날을 가볍게 청산한 그는 아무런 갈등도 없어 보였다. 왜냐하면 그는 비로소 존재와 의식을 합치시킨 것이었다. 소시민으로서의 삶을 청산하지 못해 발버둥치던 그는 이제 편안해 보였다. 그는 내게 이제 민족이나 민주 자 들어가는 글씨만 보아도 구역질이 난다고 말했다. 그리고 그의 곁에서는 우리의 사상이 자신들을 억압한다고 주장하던 사람들이 거 보라는 듯 미소를 머금고 있었다.

불행히도 세계정세에 어두운 나는 그들의 고뇌에 끼이지 못했다. 왜냐하면 그들을 혼란스레 혹은 편안하게 만들었던 그 나라들의 지나간 영광과 오늘의 오욕은 내게는 한낱 예시에 불과했기 때문이다. 오히려 예전의 나를 고뇌하게 만들었던 것은 맑시즘의 도덕적 동기와 과학적 탐구방법이었고 그것을 가지고 정의로움에 제 목숨을 바친 이 세계 많은 젊은이들의 치열한 삶의 과정들이었으며 그에 반비례해서 부끄러운 이 나라 현실의 어처구니없음이었기 때문이다.

어리석은 나는 내 문학소녀적 환상을 박살내며 나를 키운 작가 황석영과 시인 박노해가 찬 감방에 기댄 채 이 불임(不姙)의 계절을 보내는 한, 더구나 망월동 묘비 앞에서 자식들의 이름을 부르는 어머니들의 흐느낌이 멈추지 않는 한 아무것도 달라지지 않는다고 생각만 했다. 우리가 싸운 것은 알량한 이데올로기 때문이 아니라 이 시대와 구조가 안고 있는 모순 때문이었다. 이념은 수정되거나 혹은 사라지지만 좀더 나은 인간들의 삶을 향한 인간들의 순수한 열정은 결코 사라지지 않는다.

애초부터 작가라는 것, 더 나아가 예술가라는 것은 바로 이런 부채를 제 등의 혹으로 짊어지고자 하는 사람들이 아니었던가.

얼마 전 소설가가 되겠다고 원고보따리를 싸들고 온 후배에게 나는 정말 '사회과학적으로' 비판을 해서 돌려보냈다. 그는 어쩌면 내가 그랬던 것보다 더 오래 글씨라면 단 한 자도 쓰지 못할지 모른다. 그러나 나는 내 글에 대해 혹독한 비판을 서슴지 않았던 내 씩씩한 동료와 선배들을 이제야 진정으로 이해한다. 그들은 문학에 무지했던 것이 아니라 삶이 소중함을 알았던 것이고 그럴듯한 작품보다는 진실을 찾아가려는 사람들끼리 손잡는 것이 훨씬 귀하다는 것을 알고 있었던 것이다. 그들은 무엇보다도 글을 쓴다는 것 역시 이 시대의 모든 행위들과 마찬가지로 이 사회 모든 구성원들에 대해 책임을 동반한다는 것을 내게 가르쳐주었다.

이제야 나는 내가 싸울 차례가 되었다는 것을 느낀다.

무엇보다도 먼저 나는 내 선배들이 내게 겨눴던 그 비판의 칼날을 나 자신에게 들이댈 것이다. 철이 지난 유행가를 부르자는 이야기는 물론 아니다. 나는 그들의 실패와 좌절을 배우기 위해 '교활하게' 노력할 것이고 이땅의 아픔들에 '순결하게' 귀기울일 것이다.

그러기 위해 나는 모든 선입견들을 배제한 채 현실을 탐구해나가려
한다.

글을 쓰는 데 있어서 기본적으로 현실주의에 동의하지만 그 뜻을
손상시키지 않는 범위내에서 여러가지 시도도 할 것이다. 실제로 지
금 쓰고 있는 소설에서는 공상과학적인 요소가 등장하기도 한다. 왜
냐하면 이론이 과학적 방법이라는 틀에 발목을 잡힐 가능성이 많은
반면 창작이라는 것은 상상력 속에서 자유롭기 때문이다. 또한 나는
탐미주의자가 될 생각인데 내가 쓴 두 권의 장편소설의 제목에 '아름
다운'이라는 형용사가 들어간 것도 이와 무관하지 않다.

즉 인간이 가진, 이 세계에 살고 있는 어떤 생물도 가지지 못한 아
름다움에 천착할 것이다. 배가 고프면서 제 이웃에게 빵을 나누어주
는 아름다움, 하나밖에 없는 제 생명이 아득한 우주 속으로 사라져갈
것을 알면서 도청에 뛰어들었던 시민군의 아름다움, 고문을 받으면서
동료의 이름을 불지 않는 아름다움에 대해서 쓰고 싶다. 우리의 조상
들이 동물에서 벗어나기 위하여 수천만년 동안 몸부림쳐 진화한 결실
을 새삼 스스로 인식할 때 우리들은 스스로 존엄해지지 않을까.

나는 내 소설의 주인공들을 그러한 역사적 사회적 의미의 복판에
가져다놓는 일을 계속할 것이다. 그러기 위해서 어떤 것이 우리와 함
께 나누어야 할 역사적 사회적 의미인가에 대해 계속 고민할 것이다.

그것이 바로 작가의 몫이며 또 능력이라고 나는 생각한다.

왜냐하면 작가라는 것, 적어도 전업작가라는 것은 다른 이들이 이
상을 포기하고 일상을 받아들여야만 하는 현실을 담보로 비일상적 직
관력을 획득할 수 있기 때문이다.

작가라고 문단에 얼굴을 내민 지 오년 만에 첫 창작집을 내면서, 소
풍을 앞둔 어린아이처럼 잠을 설쳤다. 언제나 '처음'이라는 것은 늘
신선하고 새롭다는 걸, 이제야 깨닫는다.

대학 사학년 때인가 처음으로 소설이라는 걸 써서 교내문학상에 응
모했을 때, 선뜻 뽑아주시며 칭찬을 해주셨던 이선영 교수님께 무엇
보다 감사의 말씀을 드리고 싶다. 물론 선생님은 다 잊으셨겠지만, 작
가로서의 내게 회의가 들 때마다 선생님의 칭찬의 말씀이 큰 힘이 되
었다. "이 세상에 비바람치는 곳이 있으니, 작가는 그리로 가라"고 아
프게 격려해주셨던 염무웅 선생님께도 감사를 드린다.

그리고 무엇보다, 막내딸이 소설가라는 걸 언제나 자랑스러워하
시는, 그저 내가 옳은 길을 가기만을 바라시는 나의 부모님께 감사드
린다.

부족한 재능으로 이땅에서 글을 써서 먹고 살려는 나의 책무와 기
쁨이 부끄러움으로 변하지 않도록 그러므로 나는 끊임없이 노력할 것
이다.

1994년 6월
공지영

나는 아직도 이 소설집이 나오기 전, 교정지를 넘기고 홀로 설레던 밤들을 기억한다. 많이 분노하고 많이 울고 많이 웃고, 억지로나마 많이 공부하던 날들이었다. 내 한몸을 바쳐 세상이 구원된다면 그럴 수도 있을 거라고, 실은 좀 싫지만 정히 그렇다면 해야 한다고, 잠자리에 누워 혼자 주먹을 쥐던 날들이었다.

곧 소설가가 된 지 20년이 된다. 이 글을 쓰기 전, 12년 전에 나온 책을 꺼내놓고 그 무렵의 내 사진을 들여다본다. 참 촌스럽다. 어색하고 수줍고, 그러나 젊다…… 그러니까 지금의 내가 늙고 시들었다는 이야기를 하려는 것은 아니다. 그것은 여름이 다르고 가을이 다르듯 너무나도 자연스러운 일이다. 다만 내가 소설가가 된 지 20년 동안 나와 내 나라에 일어났던 일들을 생각하고 있으려니까 수세기를 산 듯 아득해졌을 뿐.

소설가로 산 20여년은 내 인생의 격랑이 소용돌이치는 나날들이었다. 그와 함께 나의 나라도 된통 몸살을 앓았다. 나는 그동안 모든 고

통이 헛되지 않다는 것을 배웠다. 그것은 우리에게 블라인드포인트를
돌게 하는 용기의 채찍이며 환절기의 비 같다는 것을.

"진심으로 직면할 것, 그렇게 되기를 진심으로 기원할 것! 그리고
남은 시간은 견딜 것, 반드시 그뒤에는 사랑을 통한 성숙이 온다는 것
을 믿을 것!"

"슬픈 사람이 울고 있을 때 우리는 따라 눈물을 흘리지는 않는다.
그의 슬픔이 나의 슬픔과 다르기 때문이다. 숭고한 일을 하는 사람을
볼 때 그는 울지 않으나 우리는 운다. 왜냐하면 그의 안에 들어 있는
숭고함이 우리에게도 있기 때문이다."

이런 글을 삐뚤삐뚤 써서 책상 앞에 압핀으로 눌러놓고 지내던 시
간들이었다. 하지만 신기하게도 이 우울의 시간들은 격렬하였고 거기
에는 나의 영혼의 성장에 대한 낙관적 호기심이 향신료처럼 자리잡고
있었음을 이제 나는 부정할 수 없다. 불행의 별에서 온 사람처럼 세상
이 좋다는 가치들이 실은 내게는 전혀 매력적이지 않았다. 돈, 명예,
권력…… 한때는 차라리 내가 이런 것들을 추구했다면, 하는 생각을
짧게도 했었지만 말이다.

창밖으로 가을이 내리고 있다. 아이들을 학교에 보내고 나는 고요
한 집에서 모짜르트의 「레퀴엠」을 듣는다. 얼마만에 가져보는 이런
아침인가…… 창밖에는 가만히 가을안개가 자욱하다. 누군가의 블로
그에서 이런 글을 보았다. "빗방울이 내리기 시작한다. 지금 나는 천
국에 있다." 욕조에 물을 받으며 나도 따라 가만히 중얼거려본다. "창

밖에 안개가 내린다. 지금 나는 천국에 있다." 무엇을 더 바라나 하는 생각이 들었다. 다만, 이제 내가 나 자신에게 열렬한 응원을 보낼 수 있는 생을 만들어가고 싶을 뿐이다.

어느순간 온세상이 내게 은총의 덩어리로 변해버렸는데 그것은 아마도 고통의 문제가 온 우주의 핵심이라는 것을 이제 내가 알고 난 후였을 것이다.

그러므로, 이 가을 나는 다시 은총의 장대비에 젖는다.

2006년 10월
공지영

| 수록작품 발표 지면 |

「사랑하는 당신께」…『샘이깊은물』1993년 12월호

「꿈」…『창작과비평』1993년 가을호

「인간에 대한 예의」…『실천문학』… 1993년 여름호

「무엇을 할 것인가」…『문예중앙』1993년 봄호

「무거운 가방」…『한길문학』1992년 여름호

「절망을 건너는 법」…『샘이깊은물』1991년 4월호

「잃어버린 보석」…『문예중앙』1990년 여름호

「손님」…『한국문학』1989년 1월호

「동트는 새벽」…『창작과비평』1988년 가을호

인간에 대한 예의

초판 1쇄 발행 / 1994년 6월 20일
초판 21쇄 발행 / 2005년 10월 28일
개정판 1쇄 발행 / 2006년 10월 25일
개정판 18쇄 발행 / 2025년 5월 27일

지은이 / 공지영
펴낸이 / 염종선
책임편집 / 황혜숙
펴낸곳 / (주)창비
등록 / 1986년 8월 5일 제85호
주소 / 10881 경기도 파주시 회동길 184
전화 / 031-955-3333
팩시밀리 / 영업 031-955-3399 편집 031-955-3400
홈페이지 / www.changbi.com
전자우편 / lit@changbi.com